格 格 不 嫁
GE GE BU JIA

格格不嫁

我心无语 ◎ 著

真情面前，
权位也不过
就是一片浮云
聪明如她，
最终俘获了
十三阿哥的心

台海出版社

图书在版编目(CIP)数据

格格不嫁 / 我心无语著. ——北京:台海出版社,2013.7

ISBN 978-7-5168-0164-2

Ⅰ.①格… Ⅱ.①我… Ⅲ.①长篇小说-中国-当代 Ⅳ.①I247.5

中国版本图书馆 CIP 数据核字(2013)第 117369号

格格不嫁

著　　者:我心无语

责任编辑:王　萍

装帧设计:吴小敏　　　　　　版式设计:通联图文

责任校对:李书秀　　　　　　责任印制:蔡　旭

出版发行:台海出版社

地　址:北京市朝阳区劲松南路 1 号，邮政编码:100021

电　话:010-64041652(发行,邮购)

传　真:010-84045799(总编室)

网　址:www.taimeng.org.cn/thcbs/default.htm

E-mail:thcbs@126.com

经　销:全国各地新华书店

印　刷:北京柯蓝博泰印务有限公司

本书如有破损、缺页、装订错误,请与本社联系调换

开　本:710×1000　　1/16

字　数:250 千字　　　　　　印　张:18

版　次:2013 年 8 月第 1 版　　印　次:2013 年 8 月第 1 次印刷

书　号:ISBN 978-7-5168-0164-2

定　价:29.80 元

目录

第一章

她居然不见了

难得一天没有公务,我十分惬意地坐在花园里自斟自饮。我觉得一年中最美的时节,莫过于清明前后,空气清新,草长莺飞,无异于人间天堂。

两壶酒下肚,有了些诗兴要发的意思。我手捻胡须,微眯双眼,大约李太白醉诗三百篇也是这番状态。

然而有人打扰了我的雅兴。

"爷,爷,出事了!"菊香,我老婆大人的心腹丫头,慌慌张张地边跑边嚷。她是个爱大惊小怪的姑娘,一点儿风吹草动就能说成天大的事。

我一掸袍子,坐正身体,给自己又斟了一杯酒,喝了下去。菊香也正好气喘吁吁地赶到,劈手将酒杯抢了过去:"王爷,您还有心思喝酒,出大事了!"

"什么大事,是福晋的花丢了,还是格格的猫不见啦?"我带了些嘲笑,手指轻敲着石桌面。

菊香直摆手:"不是,不是,不是王爷……"话被她越说越乱。我含笑看着她,这正是她可爱的地方,也是我妻子喜欢她的原因。

菊香大约感觉到了我对她的轻视,便深吸了口气,加重语气,缓缓地说道,"是十三福晋。十三福晋不见了!"

我的手指不由自主地停了:"什么?"

"十三福晋不见了。"见我如此反应,菊香十分得意,声音更为有力,"十三爷在书房等爷,很着急。福晋让奴婢来请爷!"

这是怎么回事?我迷惑不解。

虽然说是十三福晋,但其实还有两个月她才会正式与十三弟大婚,目前还是兵部尚书马尔汉大人家的九格格,不过理论上讲,她已经是爱新觉罗家的人了。婚礼已经开始操办,整个皇家忙得不亦乐乎,在这节骨眼上丢了新娘,这才是天下丑闻呢。顾不得再与菊香玩笑,我急忙站起来,三步两步地往书房赶。

十三弟是我家之最,不管从相貌、才学和皇阿玛的宠爱上说,他都是独占鳌头。他生得稍稍晚了一点，在他出生前十几年皇上就已经立了太子，要不然，他可能就是新一任国君，当然，现在也不是完全没有可能，在太子逐渐失宠的时候，皇阿玛对他的恩宠却与日俱增，一些朝中的大臣和我的兄弟们已在慢慢向他靠拢了。而此刻，因为着急，他像头困兽一样，在书房里直打转。

旁边柔声细语正在安慰着他的是我的妻子——诚亲王妃，兄弟姐妹们口中的三福晋，但显然她的话没有起到多大的作用。一般来讲，女人劝告男人的话是不会有多大作用的，因为她老劝不到点子上，何况现在最重要的不是劝，而是找，找回未来的十三福晋。

见我进来，十三弟终于停止了转圈，一个箭步蹿上来，抓紧我的手："三哥，清华不见了！"

别看他平时一副书生模样，那手到底也是会开弓放箭的，加上着急时下意识发出来的力度，我的手被抓得生疼。

"我已听说了。怎么回事？"我一边说，一边将他拉到旁边坐下，同时也趁机抽回了自己的手，悄悄地看一下，果然手已经红了。

十三弟十分痛苦："我也不知道，我还没到尚书府去。刚才尚书府的管家到我那儿，说清华不见了，我……就直接来找三哥了。"

我很惊讶他会这样。平日我与十三弟走得并不十分近，毕竟他是德妃娘娘那边的人，与老四关系更好。而我是个不问朝政的闲人，和他们这帮热血沸腾、胸怀大志的弟兄不常联系，他为何直接找到我这里？

"你找三哥也没用啊，他只知道钻学问，其他的一窍不通，你找他能帮什么忙，不是瞎耽误工夫嘛！"三福晋说出了我心中的话，果然是夫妻同心。

十三弟迟疑了一下，说："三哥淡泊世事，洞察秋毫，小弟想不出除了三哥还有谁能找到她！"

我暗暗点头，十三弟说话总是滴水不漏。我们兄弟虽多，但能帮老十三找老婆的还真没几个。老四、老五、老八他们虽能做到，但老五不在京中，想帮也帮不上；老八与他不和，必定不会帮忙；老四虽与他关系最好，却一直反对这桩婚事，清华一走，也许正高兴着呢。

"皇阿玛知道了吗？"我问。

老十三摇摇头："暂时是否不要惊动他老人家？"虽是商量的语气，其实他已经决定好了。我自然不会多事，毕竟不见的是十三福晋，何况皇阿玛远在千里之外。我也理解他这种想法。像我们这样的人家，其实是最难做人的，他不想让别人多一些茶余饭后的谈资，更不愿清华再次成为别人诽谤的对象，这也是他来找我的真正原因。

不过，这不能怪老四的疑心，清华实实在在是个来历不明的女子，正如两年

第一章
她居然不见了

前莫名其妙地出现一样,现在她又莫明其妙地失踪了。

我敢说,这事情不简单。

在尚书府,最着急的莫过于兵部尚书马尔汉。这个年过花甲的老头,因为女儿的失踪,显得分外衰老,往日里挺拔的身躯此刻竟然弯了下来。他勉强打起精神,给我和十三弟请了安。

"大人,这究竟是怎么回事?"十三弟等不及进户落座便着急地问。我理解他的心情,失踪的是他最心爱的人。

马尔汉叹了口气:"一言难尽啊!"

像往常一样,昨日晚饭后九格格来到马尔汉和太太的上房定省,在听说父母到前院陪客后,便嘱咐上房的丫头替她给双亲道晚安,随后回自己房中休息。马尔汉在我们到来前也曾仔细问过服侍清华的下人,证明清华昨晚确实是在房中休息的,并且半夜时还要了两次茶水,但今天一早却人去床空。

马尔汉老态龙钟的样子,让我不禁同情这个老头,九格格是他心头的珍宝,如今这珍宝得而复失,打击可想而知。

"谁最先发现令爱不见的?"我问。

马尔汉回答:"是老妻的丫头,碧绿。"——这倒出乎我的意外,我一直以为应当是服侍九格格的下人们呢。——"碧绿每天一早会采花送给老妻和小女,小女起得比老妻早,因此碧绿总是先到小女那儿去。今天早上,碧绿像往常一样,采了鲜花送到小女房中。这时候,下人们才刚刚起床。因为听小女的丫头们说小女不舒服,碧绿便到床前问候,众人这才发现,小女不见了。"

十三弟也十分吃惊:"之前居然没人发现?"

老马愤怒地挥了下拳头,好在面前没人,要不准是皮开肉绽:"这事荒唐!老臣也责问过那几个服侍的,说床上的帐幔一直放着,被子堆得就像有人睡在里面一样,她们一直以为小女还睡在床上。谁知道……哎!"

十三弟道:"这就是说,一直到喝茶时清华还在,不见的时间,是在以后这短短的两个时辰内!"

马尔汉点头:"是啊!但老臣也问过上夜的人,都说后半夜没有发现小女走出房门,更没有什么人闯进府中,门上的家丁也没发现小女走出府第。可是,小女却真真切切不见了。"

"我们到令爱的住处看一看吧。"我建议道。这自然不会有人反对。

马尚书一生最大的成就是生了九个女儿,因此对女儿们的住处安排可谓煞费苦心,既要安全,又要舒适。现在九位格格已嫁出去八位,只有清华还待字闺中,自然格外宝贝了。老马的府第建的是院中套院,中门以后,一般人不能够进入,我和十三弟也是第一次到他家内院。女眷们因为听说我们要来,都预先回避了。

清华住的小院取了个好听的名字,叫留春,是尚书府最好的住所之一。满人家的姑奶奶在娘家的地位是最高的,因为不知何时就能飞上枝头成凤凰,而清华分明已经是凤凰了,以十三弟目前的发展来看,最不济她也会是亲王妃。

院中三间小小正房,是清华起卧之处;两侧有几间厢房,用作堆放杂物和供下人们居住。院门虽小,却也包了铁钉,并且门缝采用了凹凸对榫的做法,门从里面锁上后,内外就是两个世界,外面根本无法开启。院子所处的位置在马尔汉夫妇的正房后面,只有一个门通向外边,也就是说,进出清华的闺房,不经过马尔汉的住处是不可能的。

我们往里走。院子里三三两两地站了些下人,个个惊惶失措,连大气都不敢出。虽然春风摇曳、花红叶绿,这个小院竟像没了生命一样。看见我们进来,下人们都慌乱地跪倒在地上叩头,惶恐至极。难怪,主子不见了,下人有推卸不掉的责任。

马尔汉厌烦地看着眼前的一切。我有预感,若是清华的事情不搞清楚,这里的人都不会有好下场。马尔汉武将出身,年青时脾气暴躁得很,生起气来什么事都做得出。

清华的房间布置得十分简单,屋里飘浮着淡淡的清香,仿佛佳人犹在。东屋是一间碧纱橱,做了卧室。床上的被子没有叠,几件衣裳随意搭在床前的衣架上,显得屋子有些凌乱。一张梳妆台临窗而放,桌上摆放着各种女孩子的用具,显然昨晚用过。床后几个箱笼整齐地叠放着,没有动过的痕迹。一些未拆封的礼品随意堆放在角落里,落了一层浮灰,可见收到礼物者极不重视,连拆看的欲望都没有。我一眼就看见我家三福晋送的也在其中。我不禁解嘲地笑了笑,这件礼物可是费了我们相当多的心思呢。

另外两间则没有隔断,十分阔朗,稀稀疏疏地摆放了几件家具,但错落有致,品相不俗。墙上显目的位置挂着一幅仕女画,一个汉人打扮的少女坐在桃树下,巧笑嫣然,画卷上题了两句诗,墨迹犹新:"人面不知何处去,桃花依旧笑春风。"我很讶然,这可是一首情诗啊,清华怎会在自己的房中挂这样一幅画?与她的大家闺秀身份不符不说,也有煞这屋里的风景。

一圈看完,我还没来得急喘口气,十三弟便问:"怎么样,三哥,有没有什么发现?"话语里充满了期待。

我暗自叹了口气,十三弟啊,你以为我是唐朝的狄仁杰、宋朝的包龙图吗,一眼就能看穿事情的真相?但见他心急如焚的样子,又不忍让他失望,只好敷衍道:"再看看,再看看,总会有破绽的。"

第一章
她居然不见了

十三弟很失望,低下头没说话。这孩子对他的未过门的妻子有很深的感情,曾有相思成病的经历,皇阿玛爱子心切,虽然对清华不十分满意,也只好认她为儿媳。我若不帮他将清华找出来,是没法子安生了。

我又仔细打量了一下这间屋子,一定有我看漏的地方,但急切中还真没法发现什么。

"服侍格格的有哪些人?"我问马尔汉。

老马想了一下,但显然他不十分了解,只说大概有七到八个人。见我不满意这个回答,他向窗外叫道:"小菊!"

一个穿着淡青色衫子的丫头在极短的时间里跑了进来。她大约十八九岁的年纪,相貌算是相当好看的一类。此刻的她稍稍有些惊慌,灵活的大眼睛不断地去看马尔汉,对于我的问话,她总是在得到马尔汉的许可之后才开始回答。看得出马尔汉比较喜欢和信任这个丫头,我立刻想到了爱屋及乌这个词,很显然小菊是清华当年带来的丫头,算是心腹之人。

从小菊的回答中我了解到,清华现在实际上有八个人服侍,除了小菊外,还有一个奶娘——众人都叫她黄妈,是清华带来的旧人,与二个教导嬷嬷一起照管清华的饮食起居、言行礼仪;两个大丫头碧云、红云,与小菊一起掌管衣钏盥沐,另有两个小丫头看守门户、打扫屋子。

清华的生活很有规律,一般亥时初刻睡,卯时二刻起。黄妈陪侍在碧纱橱里床前的横榻上,外间则是小菊、碧云、红云三个丫头轮流上夜,设有临时床铺,白天拆去。

我现在肯定,清华没有办法在不惊动任何人的情况下走出这个小院,但她确实不见了,这是怎么回事?

我喝了一口茶。不得不说,马尔汉这老头还真会享受,这是真正的新茶,茶淡而清,但满口留香。我向十三弟做了个请喝茶的意思,可惜他没有心情。傻兄弟啊,我真的忍不住想跟他说,有的事不要太当真,感情也是一样,大丈夫何患无妻?三条腿的马或者难寻,两条腿的女人到处都是,清华与其它女子有什么区别?

十三弟勉强按捺住性子,一等我将茶碗放下,便迫不及待地开了口:"三哥,是不是将服侍的人叫来问一问?"这句话显然他已憋了很久了。

我也正有此意。常言道,侯门似海,清华一介弱女子是如何突破重重关锁,在众人的眼皮子底下不动声色地消失的?难道真有飞檐走壁的大盗,能不留踪迹地掳人而去?说实话,我还真不相信世上有此能人。

"先将黄妈叫来吧。"她是昨天晚上离清华最近的人,我当然想找她。

马尔汉巴不得我这一句,大声叫道:"黄妈!"

格格不嫁

老马话音刚落,黄妈很快就进了屋。这是个年过半百的老妇人,身上有一种南方人特有的气质,优雅得不像个下人。

"黄妈,你一定要将昨天格格的行动仔仔细细地说出来,才有利于早点找到格格。你知道,九格格孤身一人不知去向,有多危险。"十三弟嘱咐道,亲切而诚恳,我算是明白了什么叫爱屋及乌了。

黄妈抬头看了一眼,显然已经懂了他的意思,她几乎没有考虑,直接开了口:"昨天小姐从外面回来后,给老爷太太道了晚安,便回了自己的房间……"——黄妈按汉人的叫法,习惯性地称清华为小姐。

我打断她:"昨天格格出去过?"

黄妈点头:"昨天是小姐生母的生祭,小姐去祭奠。"

马尔汉也给予证明:"前天小女就跟老臣说了,这是她出嫁前最后一次去祭奠生母,因此吃了午饭就出门了,直到天黑才回来。"

"那么,"我说,"黄妈,你们这一天都做了些什么?"

"小姐像往常一样拜佛请经,然后请大师父做法事。不知不觉时间就过去了,小姐忽然想起来,难得出来,应当给全少爷带些吃的和玩的回去,因此派老妇人上街去买。因天时不早,小姐叫老妇人买好后直接回府,不用再回去接她。"——老马家的幼子关柱排行老十,嫌"十"与"拾"同音不好听,阖府都称全少爷。

"那你回来后小姐回来了吗?"

"回来了。"黄妈十分肯定,"老妇进屋时,小姐正一个人看书,可能想起母亲,脸上犹有泪痕,老妇解劝良久。"

十三弟很意外:"怎么?她是一个人?下人们呢?"

"小姐都打发出去了,她喜欢一个人独处。"

我点点头,深有同感,更多的时候我也不愿意旁边立着几个人,打扰自己的心境。我常听我家里那几位女人说,清华话语不多,十分安静,若不是身世离奇,又贵为尚书小姐,大约谁也不会注意到她。

"昨日可曾遇见什么陌生人吗?"十三弟问。

"没有。"黄妈肯定地答道。

十三弟急道:"好好想一想,或许有人就是在那时盯上了格格呢?"

"没有。"黄妈回答得不容置疑。

"那这几天可曾有什么异常的事情发生?"十三弟看来还不死心,他非要给清华找一个对她图谋不轨的人出来。

黄妈又摇了摇头。她看着十三弟,眼神复杂,既有爱护,也有内疚。

我想,黄妈与清华的感情一定相当好,这是长期以来相濡以沫的亲情,没有一点儿虚假。我尤其敬重这样的下人,因为年深日久,她们其实早已与主人成为

第一章
她居然不见了

一家人,只要需要,她们甚至肯为主子献出自己的生命。

我觉得有必要将有些细节再抠一下:"昨夜你一直陪在格格左右吗?"

"是的。小姐想是受了风寒,睡得很不安稳,直到下半夜才渐渐睡去。"

"那是什么时候你发现格格不见了的?"

黄妈叹了口气:"今天早上,碧绿来送花,大家才发现小姐不见了。"

马尔汉花白的胡子颤抖着:"这么多人,连格格是怎么丢了的都不知道,要你们何用!"

黄妈轻叹了声气。我觉得马尔汉的这通怒火对她没有一点效果,她依然只沉浸在自己的情绪中:"老妇年纪大了,下半夜就睡得沉了一些。早晨起来时,因为隔着帐子看小姐正睡得香,就没忍心惊动她。谁知道……这竟是个假相……"

"难道格格竟然不在床上?"虽然我心中已明白是怎么回事,但还是忍不住问了出来。

黄妈点点头:"被子下面是一只长枕,从外面看起来,就像有个人躺着,可实际上……"

"你最后一次与格格说话大约是什么时候?"

黄妈想了想:"大约寅时三刻吧!"我很惊讶她对时间把握得如此准确,可能是看出了我的疑惑,黄妈解释道,"因为那时碧云在外间问了小菊时间。晚上想睡却不能睡时,对时间总是十分敏感的。"

我点了点头,然后挥手让她出去。她行了礼,慢慢走了。看着她的背影,我纳闷不解,这态度过分从容了。

第二个被叫来的是小菊。见我看她,小菊低下头,手里一个劲儿地绞着帕子,露出一丝女儿的羞态。不能否认,这羞态很美,竟让我的小心脏跳了一下,问话的语气也不由自主地缓和下来:

"昨天黄妈走后是你陪着小姐的?"

她连连摇手:"不是,昨天小姐没带奴婢出门,是碧云与黄妈陪着去的。"给人的感觉是她要急于撇清一些关系。

我不禁意外:"怎么?你没去?为什么?"依着马尔汉的介绍,我的第一感受就是这丫头是清华的心腹,她和黄妈应如同哼哈二将,清华出门这样重要的事,她不可能不跟着去。

小菊解释:"昨天奴婢到九姨奶奶房中帮全少爷做衣裳去了,故而没有跟着出门。"

"小姐回来时你在吗?"

"不在。九姨奶奶借用了奴婢,怕小姐出门不方便,就让自己屋里的彩云姐姐过来服侍。因为彩云姐姐不在,奴婢便一直在九姨奶奶那边,等彩云姐姐回来了才走的。"

"那你回来后与小姐说了什么吗？"

"说了。小姐躺在床上，床帐放着，奴婢与她说话，她只随意应了两句，便说累了，想一个人呆会儿，让奴婢和碧云出去。"

"床帐放着？"我仔细品咂着这句话，又问，"你说话时就没有卷起帐子？"

小菊摇头："没有。"

"为什么？"我好奇了。

"格格常常这样隔着帘帐与奴婢们说话的，她气血弱，晚上躺下后怕见灯光，大家都习惯了。"

我点点头："这几天你跟着格格可曾有什么异样？"

小菊想也没想就答道："没有。"语气之肯定比黄妈尤甚，眼角却偷偷地去看十三弟。十三弟的态度则相当冷淡，将头扭向一边。

我淡淡一笑，将她打发走了，把碧云叫了进来。碧云个子高挑，长相一般，气质却很不错。听说她原本是太太跟前的红人，后来才给了清华。

"昨天黄妈走后，你们又做了什么？何时回府的？"我尽量使自己的声音从容一些。看得出来，这一次碧云吓坏了，脸色苍白，拿着帕子的手指还微微颤抖着。但她既然能被马太太派给清华，自然有她的不同寻常之处。果然她深吸了一口气，缓缓开了口，声音不仔细听，还是很正常的：

"黄妈走了以后，格格又独自念了一会儿经书。这时候寺中师父送来了素点心，格格让众人随意用些。站了半天，大家也确实饿了，因此或多或少都吃了一些。"她忽然停顿了一下，随即接着说下去，"……天渐渐地黑了，格格让打轿回府。进府后，格格隔着轿帘说她要去给太太、老爷请安，让奴婢先回屋准备一下，她累了，想早些安歇。奴婢想太太的屋子就在小姐屋子的前面，而且有彩云姐姐、几个嬷嬷和小丫头跟着，应该不会出什么事，所以就先回去了……"

我问："那么，大约过了多久格格回房的？"

"奴婢不知道。"碧云摇了摇头。

十三弟问："你不是等她吗？怎么会不知道？"

碧云解释道："奴婢准备好了一切，见格格迟迟不到，不禁心急，便去接她。到了上房才知道，老爷和太太在前面会客，格格没见着。奴婢这才想起来，昨天太太确实说过今天有要客来府，让格格不用请安的话，只是今日一忙，将这事给忘了。奴婢想格格大约又向前面去了，便去寻找。刚出院门，就遇见从九姨奶奶那儿回来的小菊，这才知道格格已回屋了。后来，奴婢们进屋见格格，格格躺在床上，只简单询问了几句，就让奴婢们吃饭去，说她想一个人呆一会儿，有事再叫奴婢。因为这一天在外面确实累了，奴婢们就退出来回自己的屋里了。"

第一章
她居然不见了

"她自己难道不吃饭吗？"十三弟关切之情溢于言表。

碧云迟疑了一下,低声说:"奴婢也曾问过格格用餐之事,但格格忽然发起了脾气,竟拿起床上的书扔了出来。格格从来没生过这么大的气,奴婢们也不敢多问,就出去了。"

"后来什么时候你又见到格格的?"我问。

"是黄妈妈回来以后,她站在房门口叫奴婢,说格格今日想要早点睡,让把院门关了。大家便各自安歇了。因为格格身体不好,是奴婢与小菊两个人在外面上的夜。格格这一夜睡得很不安稳,奴婢在外间听得黄妈妈起来了好几次,又有两次听见格格叫喝水,奴婢和小菊便准备起来侍候。黄妈听见声音,说她一个人就行了,让奴婢们别起来,免得着凉。直到后半夜,格格才睡得安稳了,奴婢也就渐渐睡了。"

"那下半夜有人进屋里来了吗?"

碧云直摇头:"奴婢不知道。"

接下来,我又简单地询问了一下红云。红云昨日不当值,回去看望家人,今天早上才回来,所以什么也不知道。

马尔汉派人叫来彩云。不出所料,彩云的说法与黄妈和碧云完全一致,而她一直将清华送进留春小院才走的。当然彩云也说过自己要服侍好格格才走的话,但格格不放心,怕九姨娘少了彩云不方便,再三叫她回去。彩云想碧云就在屋里,还有小丫头和嬷嬷们,自己就算在这里也插不上手,所以就走了。

几个人的话,没有让我找到一点头绪,但又总感到有些不对劲。我自己也是习武之人,纵有人真能飞檐走壁,也无法悄无声息地从这深宅大院中带走一个大活人。但如果说清华是半夜自己走了,这也说不通,她一个弱不禁风的女子,如何走出这深宅大院?除非,清华昨天没回来,但这似乎更说不通,昨天跟着清华出去的众人可全都证明她是回来了的。

我真的糊涂了。这是怎么回事?

我提出来,到留春小院的后面看看,马尔汉和十三弟起身相陪。

此刻,太阳已经西沉。院子的后院墙和另外一个院子中间只隔了一条青石小路。清华住的这边,院墙外又用一圈蔷薇花围成花墙,一方面是美化,但更多的是保护小院,因为花枝上的小刺会毫不留情地刺向了每一个妄图靠近的人。相对的院子就是九姨娘和小少爷的住处,看着虽近,但要来往还得绕一大圈的路。

我想,我必须要好好想一想,一定有什么地方绕住了。

尽管知道肯定不会丢东西,但我觉得还是有必要好好地查一下。我相信以大户人家训练有素的丫头们的素质,就算少一条帕子,她们也会很快地查出来。果然,不过一顿饭的工夫,结果就出来了。

清华穿走的是一套月白色的衣裳,据众人介绍,这衣裳是旧的,当年清华进府时就穿的这一身;首饰只带走了一只小金凤,很小的那种;其它所有的东西,包括放在抽屉里的散碎银子、金稞子等等,一件也没有少。

"是什么样的小金凤?"我觉得有必要好好问一下。如果说两年前的清华还只是一个普通少女的话,现在的她可不一样了,首饰珠宝、古玩珍奇应有尽有,随便拿一样出来,就够普通人家吃个三年五载的没问题。可这些都没有拿走,反而只拿了一只不起眼的小金凤。

管首饰的红云是个做事妥当的姑娘,说起话来细声细气,不慌不忙:"是前些日子老爷送给九格格的。"她的眼睛很自然地看向马尔汉。

我将目光转向马尔汉。马尔汉轻轻地咳了一声:"这只金凤是小女生母的遗物。"老头儿有些不好意思地说。我恍然大悟,这大约是他当年的定情信物吧?想不到,这胡子拉碴的老头也是个情种。清华的生母与马尔汉相遇时,老马至少五十岁了,居然还如此多情,那清华的生母又是个怎样的尤物呢,竟然能让这见惯人间风情的半百老人如此念念不忘?

我连忙打住自己的念头,这对死者太不敬了。

十三弟迷惑不解:"来者只是为了清华,没有劫财之意?"他更加担心,清华在他心中是无可替代的珍宝。我真想提醒他,对别人可未必,还是世间的真金白银更重要些。不过,我忍住没说。少年情怀总是诗啊,在我像他这样年纪的时候也是这样钟情于我的表妹,觉得她是无可替代的,后来她被皇阿玛嫁到蒙古去了,我们再也没见过,而我的痛苦也不过在半年后就烟消云散了。

马尔汉问:"三爷,您看这事是怎样的?"

我喝了一口茶,斟酌着字句:"令爱不像是被外人劫走的。"

十三弟急道:"三哥,你说什么?"他样子比让他死还难过。我明白,以他的聪明,他也一定早就与我的想法一致了,只是一直不肯承认。看来清华是逃婚走的?那么传言是真的,清华并不满意这门人人羡慕的婚事,难道她想做的真是未来的皇妃而非王妃?

我还没来得及开口,马尔汉便重叹了口气:"三爷的想法与老臣不谋而合。事到如今,也没办法再隐瞒了,家门不幸啊!"

他这时候做出了一番惊人之举,一挥手屏退了所有的下人,脸上的神情只能用悲愤交加才可形容。我知道,他是有话要说的,这与清华的失踪有关。

果然,马尔汉稍稍沉吟了一下,低声道:"是老妻做的手脚,是她将小女藏起来了!"他的手狠狠地一捶桌子,"老臣没想到她的仇恨如此深,但……小女总是无辜的,她怎能这样对待一个没娘的孩子!"

第一章
她居然不见了

十三弟闻言比我更吃惊:"岳母藏匿了清华?不可能吧!她为什么要这样做?"但显然心情轻松了一点儿。

我有些失望地看着十三弟。真是事莫关心,关心必乱,我那平日里聪明能干的十三弟随着清华的消失居然变成了个榆木脑袋。

马尔汉垂着头:"十三爷,您不明白,老妻一向是不太喜欢小女的,但又不得不……"

老马咽下了后面的话,我却已全明白了。可怜的老马太太,在人前还不得不装出非常疼爱清华的样子,谁让清华已飞上了皇家的枝头?我不禁为她叹了口气,同时也十分佩服,女人是天生会演戏的,据我的那几位女人回来的反馈,马太太对清华爱逾亲生,看来这次她们是集体看走眼了。

十三弟还在追问:"岳母为何不喜清华?"我不得不说,我的十三弟今天已愚蠢到了极点。

马尔汉叹口气:"这都是因为清华的母亲……"

第二章

惨死的母亲

齐人之福不是好享的。

马尔汉五十岁时,膝下仍无子,就想再娶一房妾氏。那时候老马已有了三位姨娘,可惜都不能生男,只不断地生丫头。偌大家业无人承继,无疑很让老马伤脑筋。

私底下,老马很埋怨太太,因为他的几位姨娘都是太太作主挑选的,与其说是为马尔汉纳妾,不如说是直接在他身边安下的眼线,马尔汉的行动更不自由了,除了太太姨娘外,别的女人他是连看都被限制了,人生乐趣从此锐减。他甚至怀疑是太太故意让他没儿子,因此这一次马尔汉是铁了心要从外面娶一位。

老马虽然平日被太太管住了,但脾气还是有的,一旦真发起火来,太太也拿他没辙,何况这是关系到传承香火的大事? 太太看着暴跳如雷的半百老人,实在没有反对的理由,只得无可奈何地答应了。太太大概是有侥幸的想法,娶妾这样的事情不可能说成就成,以她的手段总会想到办法将自己的人安排进来。

可惜人算不如天算,居然有人十分热心,没有经过太太就给老马介绍了一位。马佳氏,二十一岁,出生贫寒,母女相依为命,很愿意嫁给人家做小,唯一条件是给母亲养老送终。马尔汉一口答应了媒人的要求,但也有一个条件,要当面看看姑娘。他家的几位太太长得都不好看,他这次很想换一下口味。

我们现在从清华的长相上就能猜出清华的母亲肯定不会丑,所以马尔汉一眼就看中了,下定、纳吉、娶过门,几件事做得一气呵成。马太太这里还没有缓过神来,新人已经进门了。

马太太自然不满意这位四姨娘,总结起来大概有以下几个方面:太美丽,美到出乎人的想象,这衬托得马太太以及那几位姨娘越发不让人待见了;太有才,没事就吟诗作画弹琴唱歌,马尔汉似乎很喜欢这个调调,弄得五十多岁的老头轻狂得像个少年,看得太太直撇嘴,却又没有办法;太有心计,表面上温柔和顺,不与人争宠,但她越这样,老爷倒越喜欢她,越离不开她,实际上马佳氏已达到了擅宠专房的程度。据太太向几位姨娘了解,老爷就算留宿,也是终夜不碰她们的。

第二章
惨死的母亲

马府的妻与妾在此时空前地团结起来，排挤马佳氏，但马佳氏似乎并不以为意。也许在马佳氏看来她不需要与她们计较，在太太们看来却是马佳氏不屑计较，因此心头更火。

好在这位马佳氏也没有生儿子的命，嫁过来几年只生了一个女儿，马太太对这一点相当满意。但马太太又看不得马尔汉见了九丫头的兴奋样，仿佛只有九丫头是他亲生的，其它女儿都是抱养的，这时候马尔汉倒又不说儿子比女儿好了。况且马佳氏还年轻呢，以老爷对她的爱，她自然还会有生育的机会，将来只怕生个儿子也说不定。因此太太的担心没有办法完全解除。

太太不高兴，三位姨娘自然也就推波助澜。相对于太太，姨娘们更加想自己生个儿子。因为马尔汉曾经有话，谁能生下儿子，以后就与太太平起平坐。她们本来个个都在跃跃欲试，但马佳氏一到，夺走了她们所有的机会。马佳氏虽然还没生儿子，可已差不多与太太平起平坐了，如不出意外，这儿子定是马佳氏生了，母以子贵，那时太太是否能与这位四姨娘平起平坐还是个问题，更何况她们这些偏房？

马太太出身高贵，一辈子作风强硬，没想到最后败在了一个年龄与自己女儿差不多的女人手里，气得天天牙疼。因此，马太太千方百计想赶走马佳氏。她打算先拿马佳氏的娘开刀，而机会很快降临了。

这一年，马佳氏又怀孕了。马尔汉兴奋得觉也睡不好了，他已五十五岁啦，胡子都白了，别人在他这个年纪早就含饴弄孙，而他还在为儿子努力着，因此这一次格外宝贝马佳氏。谁知马佳氏偏偏流产了，还是一名男婴，马尔汉五十多岁的人哭得像个孩子一样，马佳氏的伤心自然不必说了。马太太便说马佳氏被她娘的生肖冲撞了，因此才会流产，要她娘出去住。太太将赶人的时间挑在马尔汉不在家的时候，所以马太太这个举动做得十分顺利，马佳氏的娘乖乖地搬走了，并且以后再也没有搬进来。

马尔汉回来后十分生气，但马太太毕竟是结发妻子，几十年的老夫妻了，马尔汉也不好说什么。马佳氏事实上是愿意母亲住在外面的，所以在马佳氏的劝说下马尔汉的气很快就烟消云散了。于是马尔汉给马佳氏的娘买地造屋，这一点太太倒也没敢怎么反对。于是一切都相安无事。

悲剧发生在两年后。清华四岁时，马佳氏去看望母亲，结果一去再也没有回来。

那桩惨案现场我曾去过，至今记忆犹新，案件的惨烈程度甚至影响了当年妇女回家省亲的次数。马佳氏被杀，满身鲜血，脸上被砍了无数刀，模样都看不清了，若不是身上衣裳谁也不会认为她是马佳氏。谁能想到，一代佳人竟会以这样惨烈的方式死去。而凶手在现场未留下任何蛛丝马迹，当年官府多方查找均无结果，此事最后只得不了了之。

马佳氏是抱着清华走的，但案发后清华却不见了，这也成为此案的另一个疑点。一时间流言四起，众说纷纭，清华的尸体被发现过无数次，但最后都证明不是她。因此马尔汉认为，马佳氏虽死了，清华却侥幸逃脱了毒手。

尽管人人都认为这是痴人说梦，马尔汉却从此开始了对女儿的寻找，动静之大，举国皆知，因此骗子层出不穷。尚书府的人开始还一个个地认真察问，分辨真假，后来实在疲于应付，便将一些骗子狠狠地责罚一番，关的关，流放的流放，来的人才渐渐少了。马尔汉也失望了，渐渐地能听进别人的劝告，认为女儿可能早已不在人世。他这态度一转变，其他人更乐得放手，因此这几年已是鲜有人上门。

但前年这个时候，马府忽然来了一位少女，带着一位奶妈和一个丫头。少女自称她就是马府失踪已久的九格格。人人都认为这又是个骗子，而马尔汉不过单独问了几句话，便确认她真是自己的女儿。不久后，马尔汉奏请皇上为九格格重新取得了秀女资格，并在去年秋天顺利指婚给了老十三。

马尔汉叹了口气："当年我就怀疑那件事是老妻让人做的，但苦于一直没有证据。现在小女失踪了，还是在自己的府里失踪的。三爷您想，除了老妻，还有谁能做这番手脚呢？"

我笑笑："这也未必呀，老马。当年那件命案，因为时间久远，是谁做的我不知道。不过我想未必就是太太。但今天的这件事，我想绝不会是太太做的。"

"为什么？"

"婚期已近，这时太太藏起令爱不是死罪吗？她想必也是不敢与皇家作对的！"

马尔汉显然将我的话听了进去。

"那么不是老妻又会是谁呢？"

我一笑，没有说话，还有一些地方我总想不明白。

"找着了吗？"三福晋看见我第一句话就问。

我摇了摇头："哪儿那么容易。今天丢的是一个大活人，可不是样东西！"

跑了一下午，还真挺累的。我脱下长袍，接过菊香递过来的热手巾，擦一把真是舒服。肚子这会儿饿得咕咕叫起来。马尔汉也曾要留饭，可见他那伤心欲绝和十三弟魂不守舍的样子，谁还好意思留下来吃饭，再说，就是留下来，他们两个陪在旁边，我也吃不下去。因此，我坚决回绝了他们的美意，回府自行解决肚子的问题。

三福晋取出家常衣裳，一边服侍我穿上一边叹气："怎么会发生这样的事呢？

第二章
惨死的母亲

今天听十三弟一说,我的心都揪起来了,整担心了一个下午。"

我妻子最大的好处是简单,对人真心诚意。她在我跟前至少夸了清华不下数十次,且每一次都是出自真心的。我想一个能诚恳地夸奖另一个女人的女人,最起码不失为一个好女人。

我握着她替我扣纽扣的手:"你还真喜欢这位十三弟妹!"

三福晋嗔怪道:"这是什么话!人孰无情,我们相处日久,自然是会担心的。前几天去老五他们府里祝寿,几个妯娌还在开玩笑说,什么时候改口叫弟妹呢,谁知道就出了这样的事。"她唏嘘不已。

我的心里一动:"你觉得清华可愿意与十三弟的这门婚事?"

三福晋不禁失笑:"这又是什么话?十三弟要人品有人品,要样貌有样貌,还贵为皇子,世上哪会有不愿意的女子?"

"可是我听说……"

三福晋嗤之以鼻:"亏你还是位王爷,坊间传闻岂能相信?再说,纵然原本有什么想法,到了此刻也谈不上了,皇上的旨意岂好随意更改?更何况指婚给十三弟是嫡妻,那边……"她示意了一下东宫的方位,"还不知排第几呢。清华那么聪明,怎会有这么糊涂的想法?这些谎话也不知谁编的,一点不靠谱,没有这样来坏人名声的。"

一番话说得我频频点头,没想到我这一向简简单单的福晋也能说出如此见地的话语,真令人刮目相看。

三福晋又道:"要我说,清华对十三弟还是好的。十三弟是没娘的孩子,所穿所戴均出自宫中。可那天他庆生,穿戴得上下一新,却不是宫中之物。"

我笑着打趣:"难道是清华所赠?"

她正色道:"虽不知是否清华亲手所做,但总是她的心意无疑。你知道十三弟向来挑剔,一般人送的东西岂肯用的?"

我暗自点头。还记得两三年前科尔沁王公的公主随父朝班,送了十三弟一个据说是她自己做的箭袋,结果十三弟接过来转手就送给了下人,气得公主脸上红一阵白一阵的。皇阿玛宠爱十三弟,对此失礼之事一笑了之。那公主本意对十三弟相当有好感,王公私下也有联姻的打算,可惜十三弟这么一来,结亲的事自然就谈不上了,话说这位王爷是孝庄皇太后的娘家人,皇阿玛也要礼让三分呢。

我净手净面完毕,坐下来伸了个懒腰,又接过三福晋亲自端来的茶,喝了一口,胃中有了一丝暖意,才觉得身上松快了一点。我走到桌边坐下,三福晋给我往碟子里夹点心,又说:"你可要上点儿心,早点将清华找到。我就担心时日久了又出什么乱子,婚期可是近了呢!"

我笑:"那是自然。既然你们前几天还在一起,我倒要问一问,清华可有什么

格格不嫁

异常吗？"

"哪有什么异常……"三福晋漫不经心的。

我提醒她："再好好想一想，这很重要！"

三福晋难以置信地看着我："我们见面是七八天前的事了，清华是今儿早上才不见的，就算异样也不会有什么关系……"

"事情的发生总是有因才有果，说不定有迹象呢，你好好回忆一下。"

三福晋被我这样一说，便认真想了起来，可惜她真想不出什么来。哎，我也是太急躁了一些，试想，她们妯娌们那一整天定是许多人在一起，清华这样的女孩子，怎么会在人前露出什么来呢？而且我的这位福晋一向简简单单，她自己单纯，将人也想得十分简单。我要指望她，那真是找错人了。

"你觉得清华是个什么样的人？"一个点心下肚，我终于腾出嘴来说话。这句话我其实想问很久了，但又怕福晋多心，不过今天不同，我终于有机会说了出来。

三福晋脱口而出："沉静寡言，淡泊名利。"

我想起了清华房中积满灰尘的礼物。

菊香正好端菜进来，我便又将上述问题抛给了她。

菊香想了一下，我很讶异她也要想一想才能回答，要知道她平时说话从来不经大脑的。

"格格给人第一印象是和蔼可亲，但细想起来，似乎又不是这样，总有高高在上之感；她礼节周到，对任何人都这样，哪怕是奴婢们，但太客气了，反而显得生疏；她的心里总像藏着什么事情……怎么说呢，她不高兴……"

"郁郁寡欢?！"我抛出了这个词。

菊香笑了："是啊，这个词太难了，奴婢想不到。格格她真的十分郁郁寡欢呢！"

三福晋嗔怪道："她为什么郁郁寡欢？难道她还有什么不称心的吗？天下的女孩子做梦都想能像她那样，你尽瞎说！"

菊香最怕别人不相信她的话，她索性郑重起来："格格真有伤心事呢！"

我心中一喜。这个菊香丫头，最感兴趣的是东家长西家短，她出一趟门，能将世界上最隐密的事情都打探得清清楚楚，但这丫头有个特点，你越想问她会越不正面说，牵牵拉拉一长套，听得你头疼。而你不想听她反而急着要告诉你。于是，我故意一脸的不屑，十分冷淡："你能知道些什么，还不是些花花草草、鸡零狗碎的小事。"

三福晋也道："别瞎说，你懂什么。"

菊香急了："真的，福晋，奴婢真的知道一些情况呢！十三福晋……"

三福晋打断她："又瞎说，什么十三福晋，叫九格格……"

第二章
惨死的母亲

菊香一笑,吐了下舌头,也知道自己说错了,但还是忍不住为自己辩解一下:"奴婢也是听主子们平日里开玩笑,听惯了,顺着嘴就溜出来了……"她转向我,极其认真,"在恒亲王(我五弟)府那天,九格格是有点异样的举动呢!"

"哦,"我一下来了兴趣,但装作故意不信,"你能知道什么?福晋都不知道你能知道?"

菊香干脆从福晋的那边跑到我这边来,绘声绘色地讲了起来:"那天,福晋们坐在一起说笑玩乐,也不叫奴婢们做事了。奴婢几个姐妹因不常见,便也趁机躲到一边说私房话,让几个小丫头在外面盯着,防着主子们唤人。"

福晋哼了一声:"找机会偷懒,还好意思说。"但她的语气温柔,根本没责备的意思,菊香当然不会害怕。

菊香做了个捂嘴的动作,又悄悄向我做个鬼脸,意思露了馅了,便又接着说下去:"后来奴婢因水喝多了,去解手。刚走到假山后头,便听到两个人小声说话。只听一个道:'你可看仔细了,真没有?'另一个道:'真没有。'随后便有人小声啜泣。另一个劝道:'别这样,当心别人看见!'开始奴婢以为是哪个丫头丢了主子的东西,怕受责罚,便没放在心上。走到山前头,才发现是九格格与她的奶妈——黄妈。不过,她们倒好像没看到奴婢。"

福晋道:"你这样一说,我倒想起来了。清华中途是出去了一趟,时间还挺长的。那天本来她只带了小菊和碧云,后来黄妈也来了,说是怕晚上回去冷,送衣裳来的。但我也没看出什么异样啊。"

菊香反驳:"怎么没异常?后来奴婢特别注意了一下,九格格的眼睛毕竟是有些儿红的,黄妈也像哭过的样子。"

福晋笑道:"我的眼神哪儿比得上你们小丫头们,我原老了,不中用了!"

菊香便说了一堆拍马屁的话,福晋听得十分舒服。我呢,自然没心思再与她们说笑了。菊香说的这个情况十分重要,老五福晋的生日是八天前,而清华今天就不见了,这件事一定与失踪有关系。

"当时哭的是谁?"我问。当然,谁哭不是个很重要的问题,但我忍不住想问。想必清华哭起来也是梨花带雨,十分动人。

菊香挠挠头:"这倒真没听清。"见我一脸失望,菊香也有些不好意思,又连忙替自己辩白,"爷您知道,南方人讲话都是差不多的嘛。再说她们的声音又是那样低,我一开始又没在意,所以……"她笑了笑,弄得我也不太好意思再说什么。

菊香又笑道:"不过依奴婢想,两人竟是都流了泪的,因为黄妈的眼圈儿也是微红的。而且那天天气十分好,晚上虽然凉了些,但也没到要加衣裳的地步,并且格格走时,穿的还是上午来时的衣裳。"

我的心一动,这丫头的观察力还真不错呢。不为送衣裳,那一定是有别的事了? 一定是很重要的事, 否则, 黄妈不会巴巴地那么远从府中跑来!

我重重地表扬了菊香一番, 不吝溢美之词。这丫头幸亏没长尾巴, 不然真的要翘上天了。随即我又鼓励她, 要再接再厉, 多方打听情况, 三爷我寻找十三福晋离不开她的帮助。小丫头意气风发, 大有不干出一点成绩誓不罢休的劲头。

三福晋哭笑不得: "这下可有了她的用武之地了。本来她够闹的, 现在好, 有名目了。干脆你带了她去, 叫她给你当助手算了, 免得一天到晚烦我。"

菊香倒是跃跃欲试, 我却赶紧谢绝, 又再三给她讲了留在福晋身边的重要性, 以及留下来对我帮助的重大性, 菊香才总算肯安于现状。

这一晚我睡得不好, 醒了好几次, 甚至做梦梦到了九格格, 虽然模样不甚清晰。

其实, 我对这位九格格并不熟悉, 只见过一两次。唯一印象是她是我这一生中见过的最美的人, 如果我是像十三弟他们这样的年纪, 没准也会昏了头, 想方设法地让她嫁给自己。但我年纪大了, 这几年也看开了, 对美仅仅局限于欣赏, 并不要占有, 因此省却了许多烦恼。

有段时间, 我家里那几位女人(一妻三妾)天天在我跟前谈论着这位九格格的一切。女人嘛, 不会是真朋友, 特别是共有一个丈夫的女人之间。我家这几位肚量不大, 或者说是典型的小女子, 以我对她们的了解, 她们是为了一件衣裳、一件首饰就能撕破脸的人。可她们对清华的看法却惊人的一致, 这实在让我出乎意料。

貌美, 但不张扬;多才, 但不自大;锦心绣口, 兰质蕙心, 总之天下所有对女人的赞美之词她们都毫不犹豫地用在九格格身上了, 妒忌是有的, 但更多的是羡慕。大概对无法危胁到自己的女人, 她们之间还是肯做朋友的。何况那样的美到极致的人, 女人也会有怜香惜玉之心的吧?

但这个从天而降的女子真是马尔汉的女儿吗? 我看未必, 但咱也不好说三道四, 毕竟她是马尔汉认下的女儿, 干我何事? 看着几个小兄弟和他们的母妃上演的夺妻大战, 我真是又好笑又好气。不过一个女人, 将来一样是个粉骷髅, 有何可争? 何况到手之后还不知是祸是福。民间有句俗语, 丑妻家中宝。虽然太丑了有碍观瞻, 但咱也没必要为了养眼, 就娶个绝色佳人吧? 自古以来, 所说的红颜祸水, 大多特指最美的那种红颜。我劝退了和我关系最好的十二弟, 让他少蹚这浑水。

事实证明, 我的预言是正确的。最后清华指给了老十三, 这可见谁才是皇帝心中最爱的人。太子忙乎了一通, 也没沾上边。老十三是抱得美人归了(当然, 还需再过几天), 但与老十简直成了死对头, 与老十四的关系也微妙起来。要知道以

第二章
惨死的母亲

前这小哥儿几个关系都不错，特别是老十四，他是德妃娘娘的亲生儿子，又与老十三年纪最相仿，兄弟两个好得恨不得穿一条裤子。老四一直反对老十三的这门亲事，其激烈程度满朝皆知，十三弟订亲后，兄弟二人是和好了，但若说一点儿芥蒂没有那是不可能的。因此说，红颜祸水啊，这是真理。

但我想不明白，清华认亲的目的不就是为了得到荣华富贵吗？眼看就要到手，为何突然放弃？

我想起了我的福晋昨天对她的评价——沉静寡言，淡泊名利。如果她是一个淡泊名利的人，为什么要千里迢迢地从江南赶来认父？为什么又能容许她的父亲为她恢复秀女身份，指婚皇家？既然这样，她又为什么会忽然离开？她是怎样不动声色地离开的呢？到底她是不是马尔汉的女儿？

我的脑中突然灵光一闪，如果清华不是马尔汉的女儿，不就可以解释她为何要离开了吗？冒认官亲，还嫁入皇家，那是死罪。随着婚期的逼近，她害怕了。或者一定出现了让她害怕的情形，她觉得自己的假身份就快隐瞒不住了，才会这样不声不响地离开。说到底她终究是个小女子，胆识是有限的。只是她是如何突破这重重关锁离开的呢？我忽然想起菊香昨晚说过的话："南方人讲话都差不多。"如果清华有黄妈和小菊的帮助，离开自己的住处躲起来，到早晨无人注意时再趁乱出去也不是没有可能。可她如何瞒过了碧云这个眼线？

好不容易挨到天亮，我草草用过早点，便向马尔汉家去。

马尔汉看来是一夜没睡，眼睛通红，胡须乱蓬蓬的，辫子也毛了。同样状态的还有十三弟，颓废至极，令人心疼。我以为我早，十三弟比我早多了，或者他这一夜竟没有回去，一直在马府等清华的消息。

我到时，正赶上出去寻找九格格的人们在回话。从十三弟和马老头失望的脸上就能看出一无所获。十三弟为了清华，将他所有能派出去的人手全都派出去了。可惜啊，这十八路人马所找的方向全是错的，到哪儿能找得到清华呢？我暗自叹了口气，我的十三弟，到现在他还真的相信清华是被人掳走了吗？

我一把拉过老马，顾不得寒暄客套，直截了当地要求他将下人们屏退了，我有话要说。

可能是我胸有成竹的样子让老头儿误会了，他一个劲儿地问我是不是已知道清华的下落，希望殷切得让人不好意思。我尽管脸皮厚，也觉得有些话问不出口。但我也不能虚行此一遭啊，我好不容易安抚完老马，迫切地问：

"清华真是大人的女儿吗？"

"三哥！"十三弟简直是在怒吼，我的心不禁哆嗦了一下。我要不是他三哥，他的拳头就过来了。清华是他未过门的媳妇儿，我居然怀疑其来路不明，也难怪他会生气。

格格不嫁

我陪着笑脸:"别急,别急,三哥也是为了找到清华!"

十三弟没吱声,但肯定还是不高兴的,只不过是因为我的最后一句话,他不与我计较了,默默地坐在一边。这没精打采的样子让我心痛。

马尔汉倒很释然,大概类似的话问过的人太多了,他已不在乎再多回答一次:"当然,这是没有任何疑义的!"

"为什么?"我边问边看了一眼十三弟。还好,他没再像刚才那样暴怒,可能是马尔汉肯定的语气让他心里有了底。我甚至怀疑十三弟有时也在怀疑清华的真实身份,可他又实在太爱清华,不愿往其他方面想。事实上,自从清华被指婚后,已有一些人在背后说三道四了,当然,也不排除个别人嫉妒的因素在里面。

"还记得昨日在小女房中看到的那幅画吗?"马尔汉并不直接回答我的问题,而是反问。

我点了点头,却不明白他话中之意。

"那画上画的是谁?"马尔汉问。

我想了一下,恍然大悟:"难道,是令爱?"心里不禁嘀咕,这是哪位大家的巨作,居然没有一丝相像之处。

马尔汉居然露出一丝笑容,要搁在平时,他大概要大笑了:"那是小女的生母,是她的自画像,可十个人里有九个都将她当做清华了。如不是母女,世上哪有如此相像之人?"

我实在怀疑老马的眼神,那画上的女子和清华除了性别哪有相似之处?怎么他口中就变成一模一样了呢?

老马却不管我的想法,自顾自地说下去:"何况……"他停顿一下,"……小女的手臂上有牙痕,这是做不了假的。"

我很惊讶:"牙痕?什么意思?"

十三弟与我一样好奇:"大人,这是怎么回事?"

马尔汉叹了口气:"这是清华小时候的事了。"

清华的生母是个多愁善感的人,为了一朵花、一片叶子能沉吟半天。像她这样的人,虽然有马尔汉的百般宠爱,但在太太与姨娘们的排挤之下,心情可想而知,到第二个孩子不幸流产之后,她就更加孤绝,几乎每天以泪洗面。当时马尔汉有一段时间公务特别繁忙,不能陪在她左右,因此四姨娘很不高兴,精神上也就有些恍惚。有一天,马尔汉刚从外面回来,就有丫头慌慌张张地跑来禀报,说是四姨奶奶将九格格的手臂咬伤了,鲜血直流。马尔汉连忙叫人去找医生,好容易才止住了血。但清华的手臂却从此留下了伤疤,牙痕宛然。但这牙痕只有极少的人知道,连太太也不知情。

我问:"牙痕是何时咬的?"

第二章
惨死的母亲

老马略沉思了一下："大概是小妾与小女出事前的一个月左右。"

他的回答让我心里不禁一动，马佳氏不会是故意给女儿做个记号吧？

我真的有必要与马府的几位太太谈一谈了。

马太太是位老太太，但越老越有威严。她个子不小，立起来可能比马尔汉还高，不要说女人，就是在男人中也算高个了。大约是个子高到人不好意思的程度，她的腰有些抱歉地弯着，而心里却似乎不高兴，因此脸上神色便不好看，也越加显得威严。

我们满人虽不像汉人那样讲究什么"男女大妨"，但我以一个皇子的身份直接求见人家女眷还是少的。太太对这一次的会见不大积极，甚至有些怨气，要不是碍于我的身份，她大概早就发作了。我知道她是敬谨郡王的女儿，从辈份上讲，我要叫她一声姑妈，所以她才能在任何时候都这么牛。

我将想说的话稍微在脑海中理了一下。与这位太太说话，是要讲究一些方法的，毕竟此时我不是以官方的身份出现，而是十三弟找来帮忙的。我迟迟地不发问，马太太倒有一些沉不住气了，她假装喝茶端起茶碗，眼睛的余光却扫向我。

我笑道："这两天令爱不见了，太太一定很担心吧？"

马太太惊讶地看着我，显然我的话出乎她的意料，她的神情不禁缓和了些："怎么会不担心呢！王爷可曾发现什么线索？"我感觉这话不像敷衍。

"惭愧，没有。"我简短地答道，暗地观察她的神色，"太太可有什么想法？"

太太叹了口气："老身一介女流，能有什么想法？我们老头子一天到晚跟老身闹，说是老身将清华藏了。三爷您说说，老身能干这样的事吗？她终究也是叫我额娘的，何况，清华现在是皇家的人，老身就是吃了豹子胆也不敢做那样的事。"她大概已经知道了马尔汉昨日与我谈话的内容，故此作这一番解释。

我不禁感叹，深宅大院是没有秘密的。

我故意说："马大人有马大人的想法。他是太着急了，而且又想起了当年四姨娘的那桩惨案……"

马太太立即出言打断我："王爷，您不会也认为那件事是老身做的吧？"我很惊讶她会这样直白。

我笑道："当然不会，但关键是马大人这样想，人就怕钻了牛角尖。太太当年一定没到现场看过吧？"

马太太点了点头。

我一笑："当年杀害四姨娘的人无疑对四姨娘十分仇恨，否则不会在她脸上砍那么多刀。太太对当年那件事的想法是什么？"

太太依旧不说话。

我只得接着说下去:"马大人想不出有谁那样恨四姨娘。"我咽下了后面的半句:"只除了你和那帮姨娘们!"

马太太显然明白我的话外之音,哑着声音说:"老身也没有这样大的仇恨,老身只是不喜欢她。"她说得十分直接,我倒有点儿喜欢这个老太太了。

"九格格这一走,马大人是要将以前的案子翻出来了,他是旧案新案要一起查个底儿掉。"

我语气中透着局外人的轻松,太太却听得不轻松。她沉默了一会儿,然后招手让碧绿过来,低声说了几句。不一会儿,碧绿带着所有的下人消失了。

马太太似乎有些疲惫,又有些无奈:"老身真的没有派人杀害四姨娘。"她这时已没有了先前的强硬,甚至还有些软弱。被人误会成凶手不是件好过的事,而在四姨娘的事件上,马太太已不是第一次被人误会了。这时候碧绿丫头带着一只小匣子进来。马太太先摆手让她出去,然后才从身上取出一把小巧的钥匙。

我在心里吹了一下口哨,这老太婆真的隐瞒了一些真相,难怪马尔汉要怀疑她。

太太给我看的是一封信。由于时间久远和无数次的触摸,信皮已变得十分陈旧,四角都起了毛边。信是写给马尔汉的,字迹十分娟秀。但给马尔汉的信竟然到了马太太手里,还保管得如此隐蔽,八成老马根本就不知道有这样一封信。

马太太将信交给我:"三爷,您看了这封信就会明白,老身从未对四姨娘做过什么,她是自己走的。"

信是马佳氏写的,虽然只有寥寥数语,几层意思却表达得很清楚。第一,马佳氏走了,让老马不要找她;第二,马佳氏对不起老马,老马最好忘了她;第三,此事与太太无关。

这倒让我迷惑不解了。这样看来,马佳氏的那次回娘家是早有预谋的,确切地说,回娘家不过是一个借口,不管出不出那件事,她都不会再回来了。但信又是如何到了马太太的手中?

太太似是看出了我的疑问,解释道:"四姨娘离开马府这件事,老身是知道的。当时老爷出京公干,不在家中,四姨娘又急着要走,故而才托老身将信转交老爷……"

"四姨娘为何要离开?"

老太太一下子推得干干净净:"老身不知,腿长在她身上,要走谁拦得住?"

"太太就没问问?"

"问了,可她不肯说,老身有什么办法呢?"

我心里明白,老太太知道些内情,说不定,四姨娘真如老马所猜,真是她逼走的呢!对女人,任何时候都别小看了她们。但看太太这样子,是不会轻易将四姨娘出走的真相告诉我了。

我问："既然信是给马大人的，因何滞留在太太手中？太太怎么不交给马大人？"

马太太反问："四姨娘不幸遇难，三爷请想，这种情况下老身怎么能够将信交给我家老爷？"

我相信此言不虚，如果我是马尔汉，也要怀疑马夫人的动机了。

接下来，我又见了几位姨娘，都没有发现什么疑点。

几位老姨娘看来真的不喜欢四姨娘，虽说死者已矣，还是微词颇多。但对清华倒没什么太大的意见，唯一觉得不好的是清华的来历，不过因为老马的原因，似乎也不敢多作评议，因此谈话时颇有保留。看她们那一个个怕事的样子，我心里也有数，这些女人在家里欺负欺负同伴还可以，出门为非作歹却是绝不可能。而四姨娘走后，马尔汉又娶的几位倒是真的挺喜欢清华，言辞中不吝赞美，对清华的失踪也都表现得十分痛心，特别是九姨娘。

九姨娘是唯一为老马生了儿子的姨奶奶，府中地位可想而知。她如此喜欢清华，自然是因为清华将来能为她儿子带来利益，但另一方面也说明清华确实有招人喜欢的地方。全少爷关柱才七八岁，对姐姐表现得十分关心，我停留了不过一刻钟的时间，这孩子问了不下五六遍姐姐的下落。小孩子是不会作假的，清华必定十分疼爱这个小弟弟。

回到前厅，老马又在安排人出去寻找，在一起的自然还有我那位糊涂的十三弟。

我不禁叹了口气。清华不会走远，但人到底在哪儿呢？又是怎样走出去的？有人在帮助她，可我如何才能找出这些人的破绽？

我决定再到留春小院去探个究竟。

第三章

黄妈可疑

留春小院今天十分空荡，院子里一个人也没有，各色花卉依旧蓬勃地开放着，只是少了欣赏的人，连花都开得没精打采的。

我知道，一双双眼睛正从窗户后面看着我。我装作不知，直接来到黄妈的住处。

黄妈正在屋里做针线，是一只小巧的荷包。以她偌大的年纪，竟能做出如此精美的东西，实在出乎我的意料。刺绣是相当费眼力、心力的活，而她此刻居然还有心情做这个，也正证实了我的想法，她知道清华的下落。

黄妈显然没想到我会来，她急忙站起来，将东西快而稳地放在一边，过来给我道个万福。我摆摆手，让她平身。她起身站在一边，礼节规范，态度从容，这种不失恭敬但又绝不卑微的气质出现在一个几十年的老下人身上实在太不正常了。

我决定开门见山："黄妈，今天来我还有些事想问一问你。"

"王爷请讲。"她平静地说，从桌上拿个茶杯倒了些水端到我跟前。

"这几天可曾发生过什么事，让格格举动异常吗？"

"老妇人不知道王爷说的是哪一方面的事？"她把问题又踢给了我。

我淡然一笑："各方面。"

"没有。"她回答得十分肯定。

我笑道："但我听说是发生了一些事，一些不寻常的事情。"

"比如……"她低声道。

"比如让格格伤心的事。"

"没有。"她很快答道，但没有刚才的那般肯定了。

"不会没有吧。"我拉长了声音，暗自打量她的神色，但愿这个"诈"字诀能有效果。

她抬头看看我，这让我十分意外，从没有一个下人敢这样从容、平等地直视于我。我心里忽然转了个念头，黄妈必定不是一个下人。

"三爷明示。"

第三章
黄妈可疑

"格格是不是曾经丢了什么东西,非常心爱的东西,以至于她……"我寻找着合适的词语。

但黄妈已显然明白了我的意思,主动接过我的话头:"是啊,老妇人想起来了。那天去给恒亲王妃祝寿,格格戴了一只小金凤去,可是不小心弄丢了,着急得很,都掉眼泪了。后来还遇见了爷府上的菊香姑娘,格格因含着泪,便没好意思上前招呼,正好菊香姑娘那天也没看见我们。"

事实竟如此简单?可一只小小的金凤,能让尚书小姐和她的奶妈惶恐不安到那个地步吗?

"什么小金凤? 可是小菊说的那只?"

黄妈予以确认:"正是。"

我略有些不满:"可昨天你为什么不说? 大家还以为小金凤被偷了呢!"

"因为老爷特别看重姨奶奶的东西,如果他知道是小姐弄丢了,不仅会责备小姐,也会责备跟着小姐的人,所以大家都统一了口径……"

"哦,下人们之间的攻守联盟。"

黄妈有些不好意思:"老爷的脾气很暴躁。事实上,这只金凤是老爷前些日子才给小姐的,说是姨奶奶的遗物,因此,即使是小姐自己弄丢了,小姐也不敢说。老妇人见格格这样着急,就斗胆将此事隐瞒了下来。还请三爷不要将此事向老爷提起,毕竟小姐失踪了……"

这番解释似乎足以让我消除心中的疑团,但不知为何,还是不安。我爽快地答应了她的请求,黄妈再三道谢。

我另开一个话题:"听说,九格格当年是被苏州一户姓顾的人家收养的?"

黄妈像是松了口气:"是啊,一转眼都这么多年了。"

"你一定还记得当年的情形吧?"

"怎么会不记得呢,"她若有所思,"那是十四年前吧。老妇人记得那年冬天特别冷,雪下得很厚,有好些年没下过那么大的雪了。老妇那天陪着太太到庙里进香——老妇是说小姐的养母,回来时遇见一伙小乞丐,太太心慈,将一些零钱和吃的分给他们。就在此刻,老妇人发现了小姐。她蜷缩在墙角边,又冷又饿,只剩下一丝微微的气息,太太便让老妇人将她带回府。我们太太没有孩子,也是上辈子的缘份,太太一下子就爱上了这个孩子,老妇便是从那时开始服侍小姐的。"

我点了点头:"你们是从什么时候知道她就是尚书府失踪的九格格?"

黄妈苦笑了一下:"一开始就知道了。小姐贴身穿了一件红兜兜,里面藏了一封血书,详细说明了她的身世。起先大家还将信将疑,后来老爷有朋友从京城里来,说起尚书大人家发生的事,大家才知道这是真的。"

"当年为什么不送她回来?"我提出自己的疑问。

格格不嫁

黄妈叹了口气:"王爷是有儿有女的人,哪里会知道无儿女的痛苦?老爷和太太吃斋念佛,铺桥修路,做了多少善事,才好不容易得了一个女儿,又怎么肯将她送还别人?再说,苏州到京城,千里之遥,也不是说送就能送的。如果不是老爷与太太相继去世,族人想要霸占财产,还有一些恶少不断侵扰,小姐也不会来认祖归宗。"

"九格格是什么时候知道自己的身世的?"

"是太太去世的前几天。事实上,老爷去世以后,府里的日子就不太好过了。一方面族中的那些人说小姐不是顾家女儿,要太太从堂房中过继一个侄子来继承财产,将小姐赶出家门;另一方面,常有一些恶少上门逼亲,太太与小姐苦不堪言。再加上那几年收成也不好,府里进项少了许多,太太不善理财,年年寅吃卯粮,这样下去怎么得了?太太生怕自己走后小姐落入贼人之手,因此临终时留下遗言,让老妇一定要将小姐送还亲生父母,否则她死难瞑目。老妇没有辜负太太的嘱托,可是,谁知小姐她竟会……"黄妈的眼圈红了。

我随即打住了话头,我可不愿意引别人伤心,因为伤心的人说话便会语无伦次,特别是上了年纪的女人。我拿起她放在桌上的绣活:"这做得很漂亮啊,给谁做的?"

"我家小姐。"黄妈低首垂泪,看来今天不让她哭还不行了。有一会儿,我甚至怀疑自己的判断是错的,清华真的不见了,但随即我便在心中否定了自己。

"格格那天身体有些不适吧?"

黄妈道:"是受了一些风寒,小姐本就柔弱,又兼劳累,所以回来就觉得不舒服,早早地躺下了。"

我心里一动:"格格回来后,哪几个见过了格格?"

"碧云和小菊,"黄妈又想了想,"门上的几个小丫头应当也看见了。"

走到门口,我回望了一下黄妈的背影,心里一动,若有所思。

我的下一个盘问目标锁定了碧云。

这个丫头表面上是马太太因怜惜清华少人使唤而特意派来的可用之人,实际一定是马太太安插在清华身边的耳目,大户人家这种事情原不稀奇。

我可以肯定,马太太不喜欢清华,但又不得不装作喜欢她。一般来说,嫡妻是很少会喜欢小妾的孩子的,特别是那些才色俱佳、擅宠专房的妾氏所生的孩子,因为这些孩子由于生母的原因,往往能从父亲那儿得到比其它兄弟姐妹更多的爱,嫡妻不喜欢他们是在为自己所生的儿女抱不平。而清华的生母马佳氏正是这样的小妾,这从马尔汉十几年了还思念不止就能看得出来。

碧云在清华失踪后表现得尤其害怕。我虽然不了解她,但马太太既然能将她

第三章
黄妈可疑

派到清华身边担任相当重要的贴身大侍女一职，她就一定不是个普通的丫头。可这样的丫头居然会害怕成那个样子，就不正常了。

碧云的屋子紧靠着黄妈的。与黄妈一样，也是单独的一间，面积虽不大，但布置得很舒适，看来清华十分优待于她。她屋子里的一些摆饰，是一般的中产之家都不会有的，显然这些都是清华的个人馈赠。清华明白碧云被派到自己身边的目的，既然无法阻止自己这边的信息往太太那边传，她只能讨好传递信息的人，少说一些对她不利的话。

我来到时，碧云正一个人坐在屋里发呆，连我进门都没知觉，直到我重重地咳了一声，她才忽地从凳子上站了起来，手里的帕子掉在地上，一时也顾不得捡，慌慌忙忙地来给我行礼，脸涨得通红。

我笑道："不要紧张。"

然而她却是越来越紧张了。我弯腰捡起帕子还给她，她竟不敢来接，我一笑，将帕子放在桌子上。

"是不是因为格格的事情，受到老爷的责骂了？"我尽量让自己的声音听起来温暖，口气中带有无限的同情。

碧云摇了摇头，但这显然不是事实，因为她的眼圈红了。

我呵呵一笑："傻孩子，委屈总是难免的。九格格不见了，老爷心中着急，他的气肯定要向你们发了。当然，你受的委屈要比其他人多一些，因为你是从太太那边来的，虽然格格很信任你，老爷却不信任你，反而时时怀疑你，认为你别有用心。"

碧云啜泣起来，我说中了她心里的痛。我不好意思告诉她，我也是认为她是别有用心的。但此刻见她梨花带雨，也有一些不忍，让一个不谙世事的小姑娘处于这样一个尴尬的位置确实太不人道了。

我今天简直成了伤心制造者，但若不让她发泄一下，估计要从她这里得到什么信息是很困难的。我心里着急，脸上还得装作一幅无所谓、很同情的样子，实在受罪。不过还好，碧云终究是一个不一般的丫头，也不过一会儿就收住了泪，虽然脸还是阴的。她当然明白，我来是查找九格格，不是来看她流眼泪的。

其实，碧云是我一直怀疑自己结论的根源。清华出门由她陪同，晚上值夜又有她，她是证明清华一直存在的重要人证，而她是这院子中最不可能给清华打掩护的人。我一直认为她的证词的可信程度要远远高于黄妈和小菊。

见她不哭了，我说："如果我没猜错，夫人不大喜欢九格格。"

碧云眼中露出一丝惊讶，可能是没想到我的话会这样直接，但在我的注视下，她还是微微地点了点头。

"在格格到来初期，太太想必对格格进行了无数次的盘查，甚至于要将格格赶走……"我边说边看碧云。

格格不嫁

碧云回答得很爽快："其实太太也没有太为难格格,盘查也是人之常情,但只问过一两次,后来老爷发了脾气,就没有再问了。也曾有过想要打发格格走的念头,但那都是格格刚来的时候,后来也没再提起过。"

"夫人也相信清华真的是九格格了?"

碧云哎了一声,似乎很无奈："太太让舅老爷专门写信请苏州的朋友查了格格的底细,证实她的确是顾家收养的。格格又带来了姨奶奶的血书,最重要的一点,格格多像姨奶奶啊,简直一个模子刻出来的,见过四姨奶奶的人都说她们长得一模一样,不由得人不相信她是姨奶奶的女儿,太太还能说什么呢?"我注意到,碧云说的是"姨奶奶"的女儿,而不是"老爷"的女儿,看来太太从心里还是不愿意认这个女儿的,碧云显然受了太太的影响,下意识地就将话说成了这样。

诚然,清华实在太美了,美得让人不敢相信,她身上找不到马尔汉的一丝影子,她继承的都是母亲的优点。

我故意淡淡地说："九格格失踪的这件事情,一时间只怕难以查明真相。可是马大人却有自己的看法,他似乎认为……"我故意停住了,看了一眼碧云,这才说道,"这件事与太太有莫大的干系,那天值夜的人偏偏又是你。以前太太是有将格格赶出府的念头,而且这个念头相当强烈。试想,不是与格格相识的人,格格会不动声色地跟着走吗?太太是长辈,她的要求九格格是会不打折扣地听的,不是吗?也许真的是太太将格格带走的呢,而那天正好又是你值夜。"

碧云急得双手直摆,眼泪都掉了下来："奴婢真的不知道格格是怎么不见的。事实上,虽然那天是奴婢值夜,可是自从格格睡下以后,奴婢都没能见她一面。老爷是有这样的想法,觉得是太太将人带走了。可是王爷您想,现在的格格不比以前,马上就要做十三福晋了,兆佳氏的兴旺全在格格一人身上,太太早就不为难格格,甚至还有些巴结。另一方面,格格嫁期迫在眉睫,此时新娘不见,就不怕皇家怪罪吗?这样损人不利己的事,太太又怎么会做呢?而且黄妈与小菊就在旁边,她们是小姐带来的心腹,太太做的事怎么可能瞒得了她们?"

我不得不说,碧云是个真正的聪明丫头,几句话说得很到位,而且与马太太之语不谋而合。我其实早就排除了马府中人将清华藏匿起来的想法,之所以会像上面那样说,是为了让碧云配合我的问话,不会再隐瞒实情。人有时是需要有压力的。

"那么你能够肯定格格晚上确实回府了吗?"

"当然,是奴婢亲手扶格格进的轿子。"

我闻言不禁有点失望,但还是说道："你能将那天的事再讲一次吗?越详细越好。"

碧云略想了想,又从早上格格打算去寺庙说起,一直说到黄妈走后,大家吃点心,碧云不自觉地又停顿了一下。

这个停顿勾起了我的好奇,我忍不住问:"吃点心有什么问题吗?"

碧云若有所思:"很奇怪,那天吃了点心之后就觉得很困,居然睡着了。也不知睡了多久才醒,开始还以为是奴婢一个人,后来悄悄问了问,才知道大家也是这样。"

我明白点心有人做了手脚。

"格格呢?"

"格格倒没有睡。奴婢们醒来时,格格已穿好披风站在廊下等大家了。开始奴婢还担心格格生气,但格格只淡淡地说了两个字'走吧!'……"

我压制住心中的喜悦:"点心是哪里来的?格格吃了吗?"

"点心是寺里安排的,格格一向不吃外面的东西,大家都已习以为常了。"

原来如此。我连忙又问:"格格的披风有帽子吗?"

"有的。"碧云看看我,似在奇怪我的问题。我现在可没心情向她解释,只觉得目标越来越近了,已经难以掩饰自己的急切:

"格格她戴了帽子没有?"

"戴了。"碧云予以肯定,"那天风很大,又有零星的小雨。"

我有些兴奋了,雨夜,穿着披风,犯了错、胆战心惊的下人们……这时如果上轿的根本不是清华,大约也不会有人发现吧?这不就很好说明清华是如何不翼而飞的了吗?她晚上根本就没回来,回来的是个冒牌货,所以才需要遣开下人,独自一个人躲在床上。

"会是别人冒充的格格吗?"我终于问出了自己最想问的问题。

然而碧云轻轻几句话就熄灭了我所有的幻想:"肯定是格格。格格说话的声音、行走的姿态奴婢是再熟悉不过的了,不会是别人。而且她上轿之前奴婢还帮着把帽子摘了下来,是看到过她的脸的。"

我难以掩饰自己的失望。这时候我发现,桌上的帕子绣工精美,上面的花朵很眼熟,正是在黄妈那儿看见的荷包上的花色。我虽然不懂刺绣,但还是看得出来这帕子是出于黄妈之手。

见我一直看帕子,碧云的脸红了,一个女孩子当然不太好意思男人看她的这种私密的物品。她有些想过去拿,但最终没有过去。

我冲着她点头笑了笑,说:"如果你再想起什么,记得告诉我!"

从碧云屋里出来,我起了个念头,要派人去寺庙查一下,这点心不会无缘无故地安排,它在清华失踪事件中肯定起了莫大的作用。

下一个要见的当然是小菊。

小菊的住处在碧云对面,陈设与碧云那儿比起来就显得简单多了,不过到底

格格小嫁

是女孩子的住处,又是有头有脸的大丫头,屋里布置得还是相当温馨的。她大约是预先听到了我的脚步声,因此当我到达门前时,她已端端正正地行着礼在迎接我了。

这丫头让座倒茶的袅袅风姿着实是一道风景,看得人赏心悦目。费了半天口舌,我总算能安安心心地坐下喝上一口水了,又有这样的秀色当前,顿时觉得茶又香又甜。原来美女不仅能养眼,还能养心情。

茶烹得十分好,不像一个丫头能享用的。小菊似乎懂得我的心思,含笑道:"这是格格平时喝的茶。刚刚看到王爷来了,想着必会有事来询问奴婢,就预先安排下了。"她的话音带了些南方人特有的软软的腔调,十分好听。

我微笑着点了点头。惠质兰心啊,有婢如此,主子可想而知。我忽然有些遗憾,与九格格竟未交谈过一语,她究竟是个怎样的女子?

"王爷,可曾有我家格格的下落?"我还没有发问,这丫头便开了口,关心之色跃然眉头。

我忽然感到有些内疚,让小菊担心了。

"暂时还没有。"

小丫头神色黯然:"这可有两日了,她会去哪儿了呢?也不知有没有受苦。她一天不喝奴婢烹的茶,便会睡不着觉的。"一边说,一边用帕子抹眼泪。

梨花带雨,我见犹怜。一时间,我心里最温柔的一角被触动了,竟情不自禁地站起来轻拍她的肩,安慰道:"没事的,格格很快就会回来!"

小丫头像是意识到什么,回眸浅笑:"王爷您坐,奴婢失礼了!"这笑姿让我看呆了。小菊却像没有在意,帮我将茶斟上。

我摸摸自己的鼻子:"也算不上失礼。你与格格朝夕相处,情同姐妹,担心是自然的了。"

"奴婢真后悔!"她突然说道,声音虽小,却很清晰,"如果知道格格会失踪,那天奴婢说什么也不会到九姨奶奶那儿去帮忙的……"她拿着帕子的手,渐渐握成了一只拳头,很懊恼地捶在桌上,连茶碗都碰倒了,茶水泼了她一身,也溅了些到我身上。小菊这下子真的懊恼了,又是羞又是怕地上来帮我擦,却顾不得自己身上湿淋淋的。我笑着安慰她:"没事,没事!"然而,我越是这样说,她越是难过,更加局促,眼泪居然流了下来,自怨道:"奴婢真是毛手毛脚,格格常这样说奴婢的。"

我不禁哑然失笑,还以为是怕我责备,原来是又想起了自己的主子,真是主婢情深哪,这倒是个真性情的丫头,看来那天派她去帮九姨娘清华也是迫不得已,只怪九姨娘临时起意,清华无法推托。

"格格为人怎么样啊?"我岔开话题。

"格格的为人是最好的。"说话间,小菊已抹净了桌子,又给我换杯子斟上了新茶。

我向她微笑着点点头，以示感谢，又问："怎么个好法呢？"

小菊夸耀道："格格恭敬对上，宽和对下，阖府没有不爱她的人。她爱独处，是最好侍候的，一张琴、一壶茶、一炉香便足矣。不说其他人，就是太太也爱逾亲生呢。五姑奶奶是太太生的，她说自己在太太心中的位置已靠后了，太太心中现在只有九格格，没了旁人呢！"

我不禁心生疑惑，这话可与我在别处得来的不同，转而一想，又明白了，小菊护主心切，哪会说清华不好。大宅院的女人最会演戏，以小菊的纯真只怕看不透其中的微妙。

"姨奶奶们呢？"

"自然也爱九格格了！"小菊回答得板上定钉。

"格格与谁最好？"

"要说最好，自然是六姑奶奶和七姑奶奶。一来两位姑奶奶主动交好我们格格；二来九格格也有心与她们结交。大家都是好相处的，一来二去自然相知。其他几位姑奶奶因为家不在京中，很少见到。偶尔进京，相处也极融洽。"

"格格敬香那天，你帮九姨奶奶做事，想必也是格格派去的了？"

"是啊，那日早起后，奴婢正给格格梳妆，格格说九姨奶奶要奴婢帮忙，让吃了早饭就过去。奴婢当时还想，奴婢的女红并不出众，为何要派奴婢、不派黄妈妈呢？不过，奴婢很愿意去九姨奶奶那儿，因此还是很高兴地去了。后来格格出门，是听别人说的。"

"往日格格常派人去帮九姨奶奶的忙吗？"

小菊点头："一个月总有几次吧。她们感情好，当年格格初来时，九姨奶奶曾遵老爷之命，将自己最得力的红云姐姐给了格格，因此格格十分感激。格格又十分疼爱全少爷，见九姨奶奶那边活计多，常让大家去帮忙，就是我们格格自己，也常常亲自做的。我们黄妈妈是祖传的刺绣手艺，只怕宫里的绣娘也比不上呢。"

我笑着点头："你与格格感情也最好吧？"

小丫头笑了，随即又有些伤感。

"讲讲那天晚上你从九姨奶奶那里回来之后的事吧。"

小菊叹了口气："那天回来之后，格格的心情似乎很不好，她从来没有发过那么大的脾气，居然将书从床上扔了出来，一个劲儿地赶大家出去。奴婢本想劝两句，可碧云给奴婢使眼色，叫奴婢别再多话。出来后奴婢才听说了大家在做法事时居然一起睡着的事，难怪格格不高兴。那天格格受了风寒，声音都有些哑了。"

我一阵惊喜："什么，格格的声音哑了？"

"是啊。可格格却不肯吃药，她的性子执拗得很，谁劝也不听，除了黄妈妈。"

格格不嫁

"你们就让主子一个人呆着？"

小菊双手一摊，很是无奈："那有什么办法呢？格格平时常常只要黄妈妈一个人在屋里侍候。近期以来，格格尤其不要别人在跟前，总是一个人呆在屋里。以前还常弹琴写字，近几日连这些也不动了，晚上请安回来后，除了黄妈妈以外一个人也不见，无事就唉声叹气。初时奴婢们还劝劝，时间一久也就习以为常了。"

这倒是个奇怪的现象。照理来讲，年青的主子还是与年青的奴婢感情更好，我最讨厌的下人就是这些嬷嬷们，每天板着个脸，处处用规矩压着年青的主子，你想做的她不让，你不想做的偏偏逼着你，害得我有一段时间一看见她们就想摔东西骂人。天底下哪有不一样的教导嬷嬷？对于清华这样豆蔻年华的少女，她的心思当然是向少年玩伴更容易吐露，就算碧云、红云都不够贴心，小菊是她从苏州带来的，有什么不愿向小菊说的呢？可她却如此依赖黄妈。难道是清华被黄妈挟持了？想起黄妈的眼神，我暗自摇头。

我问："这种情况大概有多久了？"

小菊想了一下："总有十来天了吧。"

"难道你们就不奇怪吗？"

小菊笑道："九姨奶奶说，这大概是婚期近了，女儿家又羞又怕又不愿离开父母，难免有不同常日的举动吧。"说完这句小菊猛然意识到不合适，立刻敛笑收口。

我品着这丫头话中之意，觉得另有意味。

"那天回来的真是格格吗？"这话虽问得不恰当，但我真的很想从小菊这里得到一个答案。我几乎可以肯定，从寺庙中回来的清华有问题，可为什么碧云和黄妈都那么信誓旦旦？黄妈可以是同谋，碧云呢？我想不出碧云帮助清华出走的理由，如果换成小菊倒有可能，但清华出门偏偏将小菊支开了。这是为什么？从小菊的诉说和马尔汉对她的态度，小菊应当是心腹。

小菊惊异地看着我："当然是了。"

哎，我大约是急糊涂了，小菊怎么可能给我说真话？

我再一次来到黄妈的屋前，屋门开着，屋里却没有人。一个小丫头看见我，怯生生地过来，用勉强听得见的声音说："黄妈妈被太太叫去了。她说如果王爷有事情要询问的话，请改日再来吧，她也正有一些事情要告诉王爷呢。"

我略点了一下头，心中越觉得这个黄妈不简单。

天开始下起雨来。其实清明时节本就是多雨的天气，连续几天放晴已是莫大的恩惠了。

不过说实话，我不喜欢雨天，它令人惆怅。我有些不快，想喝酒了。偏偏今天我的福晋被四弟府中请去，于是我到侧福晋凤可那儿去要酒喝。

第三章
黄妈可疑

凤可是我几个女人中最漂亮的一个,我也最喜欢她。她很会打扮,我给她的钱几乎都用在了穿戴上,成天花枝招展,不过倒不惹人厌。就是脾气太泼辣了些,这辣味常让我头疼,却又戒不掉,甚至几日不见还有点想得慌。

见我进房,凤可并不起身,仍坐在那儿嗑瓜子儿,只向我瞥了一眼,我感觉她的眼皮都没抬。

"这是哪阵儿风将爷吹进来了?怎么今儿没出门呐?"她边说边将瓜子皮吐在一边。

我一撩袍子,贴着她坐下:"出去了,下雨就回来了。"

凤可从鼻子里哼了一声:"原来是下雨啦!我们可有几天没见着爷了,爷的事情还得从别人那儿知道。"她的京片子说得像唱歌一样,十分好听,原来女人吃醋也是挺可爱的。

我摸摸她的耳坠,正想进一步行动,她却起身走开了,站在门口叫道:"秀儿,倒茶,爷来了,叫人准备酒菜去!"

我一拍大腿:"嘿,知我者,凤可也。"

她却不领情:"爷少在我们这儿掉文,我哪知道老爷想什么啊?要知道,您也不会几天不往我这儿走了。"

我叹了口气,随手拿了几粒瓜子儿扔进嘴里:"什么都好,就是心眼有些小。"

凤可不服气:"切……心眼小,心眼不小那还叫什么女人呐!"

我笑道:"我就能指出一个心眼不小的女人出来,你信不信?"

"信,怎么不信!"她拖长了声音,"丈夫是天,爷说什么就是什么!"

我正色道:"真有一个。你忘记了吗?尚书府的九格格,清华呀。"

凤可也笑了:"爷原来说的是她。我倒想起来了,爷这些日子在外面,可发现了什么没有?这清华妹妹还有找回来的希望吗?"

我摇头。凤可唏嘘起来:"好好一个人,怎么就会不见了呢?要我说,人真不能十全十美,否则总有灾难。她才多大的人,就被劫走两次了。"

"怎么,你认为她是被劫走的?"我很意外。

"当然是了。"

"为什么?"

"小时候她不就被劫走过一回吗?"

我不禁哑然失笑:"如果让你坐堂,你定是个糊涂的官。岂不知,此一时彼一时也。"

凤可不屑:"我才不希罕当什么官呢,没空受那累。我只要服侍好爷就行了,还怕我们母子没吃的、没穿的?"

说起孩子,我倒想起来了,便问:"小阿哥哪儿去了?"

格格不嫁

"玩了一上午,累了,刚刚睡去了。"她向外看了看天,"这会儿怕也要醒了吧!"她走到门口叫道:"杜妈,将小阿哥抱过来!"

我目前一共有三个儿子,两个是三福晋生的,凤可生的最小,才刚三岁,虎头虎脑的,十分可爱,见过的人都说和我小时候一模一样。

我逗孩子玩了一会儿,丫头们陆续进来摆好酒菜。凤可笑道:"让孩子出去玩去吧,爷喝酒。"

我是不惯抱孩子的,虽然喜欢,但抱过来也只一刻的热度,又不好让杜妈抱走,怕凤可生气,既然她这么说,我便乐得丢手了。

凤可接过孩子,整理了一下衣裳,忽然说:"那枚玉佩哪儿去了?"

杜妈笑着回道:"哥儿才睡,奴婢怕硌了他,就取下来了。福晋刚刚叫得急,也没来得及拿。"

"快给他带上,玉是要随人走才活的。"

杜妈答应着去了。我问:"什么玉佩?你给孩子买东西也没向我支银子,难道还有私房钱?"

凤可笑:"我哪儿来的私房钱?一分一毫都是爷给的,哪敢私了?这是人家送的,真正的好玉呢,一会儿拿来给爷瞧瞧!"她乐得眉开眼笑。我暗自叹气,做了几年福晋也算有见识了,什么好东西没见过,还这样见钱眼开。出身真的很重要啊,凤可永远没有三福晋的那种大气。

"谁送的?"

"清华。"

我正在洗手,竟忘记接丫头送上来的手巾:"她怎么会送咱们孩子一块玉佩?"

"我也不知道。那天到五弟府里祝寿,我是带了小阿哥去的。回来时,清华给送了个荷包。我开始以为是普通的见面礼,谁知竟是块玉。这块玉可是她的宝贝,不知怎么舍得送人。我们虽和睦,但无论如何,也没到送如此厚礼的地步啊,因此再三推辞,可她实在情真意切,这才收了。"

"哦?!你怎么知道这是清华的宝贝?"我来了兴趣。

凤可拉我到桌边坐下,斟杯酒给我,这才缓缓地说:"大概是前年端午节吧,我们到宫里陪母妃过节。爷知道,我是没有歇午的习惯的,母妃睡了后,姐姐她们几个也各找地方歇息。我便一个人到御花园里溜达,谁知捡了一块玉佩……"

"就是咱哥儿的这个?"我忍不住插话。

凤可娇嗔道:"别打岔。不过,倒真是这个。我正看时,就见到一个女孩子匆匆走了过来,还在四下寻找……"

"一定是清华了……"我又忍不住说。

凤可白了我一眼,又无可奈何地笑:"倒真是她。那是我第一次见她,并不知

第三章
黄妈可疑

道她是谁,只是奇怪这样的美人我怎么从未见过,爷知道,我的消息向来也是灵通的。而清华却像没有看见我一样,只是在急切地找东西,那样子都快要哭了。我不忍见她着急,便上前将玉佩主动交给了她。爷知道她的反应怎样?"凤可卖了个关子。

我笑道:"自然是道谢。"

凤可点头:"当然会道谢。但爷不会想到她道谢的方式。"她住了口,一双大眼睛直愣愣地看着我,意思要我猜。

我忍不住催她:"怎么谢的,快说。"

她得意道:"我知你再也猜不着的。她给我行了大礼!"

这我确实未曾想到。想清华,是让人一见就觉得是一个云淡风轻、不食人间烟火的女子,这样的谢人方式,真正意外。我赶紧问:"你就没问问原因?"

凤可瞥了我一眼:"你当我傻!虽然我懵了,但还是赶紧将她扶起来,客气了几句,说失物应当归还,大礼却不敢当。"

"她说什么?"

"她什么也没有说,只是笑着听我说话,等我一说完便行了个屈膝礼就走了。我当时还在心里嘀咕,怎么会有这样的人,真没礼貌。好歹我也是个侧王妃,哪个大臣的女儿见了我不想多说两句?她倒好,我说话她还不回答,是个怪人。"

我不禁失望,这问等于没问。大概是看出了我的心思,凤可又不慌不忙地说开了:

"过了些日子,我们又因为娘娘的生日在宫里遇到,这时她已知道我的身份了,特地过来给我行礼。我便问玉佩的来历,她这次倒没有沉默不语,只是很淡然地说这是多年前一位恩人的,似乎不愿再多谈起,我也就没好意思多问。"

我没有心思吃饭了,连忙叫人将玉佩拿过来。依我看,清华失踪前是有意将玉佩送给了小阿哥。她已经知道她的恩人是谁了,交给我,就是让我顺着玉佩寻找她当年的救命恩人,或许这是揭开真相的一把钥匙。

这玉佩我认识,因为我也有一个,其实我们兄弟每人都有一个。皇子一生下来,皇阿玛就会赐予一块这样的玉。只是现在大家都渐渐大了,小时候的东西不再适合佩戴,因而或是收了起来,或是传给了自己的世子。凤可不认识,是因为她从来没有看见过,我的玉佩早就交给三福晋保管了。

我拿着玉佩出神。不会有完全相同的两块玉,玉佩上那一道几乎看不见的裂缝让我知道了它的主人,这是小时候在上书房读书时,因为淘气从树上摔下来造成的。可是这玉佩不是在几年前丢失了吗?他还因此受到了皇阿玛的责罚,怎么又会出现在清华手中?

格格不嫁

雨下了一夜才停,到处阴冷湿润,竟不像春天。一起床我便打了个寒噤,头脑却清醒了许多。

我还没有来得及用早餐,坏消息已经传来,黄妈不见了!

我不禁懊恼,没有抓住最后的机会。昨天我已大致猜出了清华失踪的谜团,本想进一步找点证据,让始作俑者无处可避,倒没有想到对手的行动如此之快。

黄妈的房间依然是昨日的样子,没有丝毫变化,显然没有人在此遭到伤害。而掘地式的寻找也让我们确信,黄妈没有藏匿在马府中的任何一个地方。但是遍问府中,又居然无一人知道黄妈是何时出府的,她就像蒸发了一样,无影无踪,和清华的失踪如出一辙。

马尔汉大发雷霆。这也难怪,府中频频走失人口,算怎么回事?留春小院中顿时花草失色,人人自危。好不容易,在十三弟的劝告下,马尔汉才算罢手。一群人围着我们哥俩直叩头谢恩。小菊今天有些失神,那样子我见犹怜。老马虽骂了半天人,可并没有责备小菊,小菊为何如此失态呢?

我只得再回到清华的房里,画中人笑靥依旧。这是一幅极美的画,但我看着总感到不对劲。十三弟对景忆人更加感伤,几天的工夫让他几乎变了个人,哪里还有以前的一丝英气?

屋里东西一件件搬出来重新点过。马尔汉对这个女儿还真肯下本钱,各色新衣裳做了不下百套,每套都有不同的饰物。一件件摆出来,琳琅满目,美不胜收。而种种新奇的玩艺儿,价值不菲的古琴古书,则是十三弟从各处淘来的。

"咦,这是什么?"红云忽然说。衣箱的底部一个小包袱扎得紧紧的,打开来,里面是一叠叠得整整齐齐的白色帕子,刺绣十分精美。她很奇怪:"这是哪里来的?从来没有见过呢!"

我和十三弟都凑了过来,数一数,共是十三条。我随手拿起一条:

"倒是挺好看的。"

碧云也说:"这是哪儿来的?"神情一样茫然。

我笑道:"你们整天服侍格格,怎么这也不知道吗?"

两人不禁变色,偷眼去看,旁边没有别人,这才摇摇头,低声道:"格格用的帕子之类的贴身物件都由黄妈妈来做,从来不用外面的东西。要有,也是我们两个收着。而且,买什么不买什么,都由太太决定。太太是决不容许用这种素色的帕子,说是姑娘家若太素了,反倒不好,而格格全听太太的。前面的几位格格,都没九格格这样听话。"

我默然无语。这清华,真能如此听话?

红云一副期期艾艾的表情:"帕子是有人故意放进来的。上次格格不见时也曾盘点过衣物,并没有发现。依奴婢看来,此事需问黄妈和小菊,她们两个常被小

第三章
黄妈可疑

姐派出去办事,帕子八成是她们替格格买回来的也未可知。可黄妈这会儿又不见了……"言下之意,只有小菊可问。

我仔仔细细地翻看着。帕子都是一样的规格,素绫,右下角绣着花草,只是每一条上面的花朵不一样。我虽不懂女红,但看得出绣帕子的人绣工不差,每幅都栩栩如生,很有小品画的意境,看来也是个雅人。

小菊很快便被叫来了。面对帕子,她答得很爽快:"格格常去敬香的庙中寄居着一位年老的居士,原是江南绣工,流落在京城。格格与她很有一些他乡遇故知的感觉,常常向她讨教刺绣上的技巧。因为听说格格要出嫁了,居士便拿出看家本领来绣了这些帕子。"

十三弟问:"是哪个居士?"

小菊道:"法源寺的静慧居士。可惜,上个月她已去世了。"

我相信法源寺真的会有静慧居士,也真的在上个月去世了,但我不能相信小菊关于送礼的话,哪有送礼送单数的?而且明知人家大婚,还送得如此素雅。

十三弟也有相同的疑问。小菊却并未被问住:"奴婢也不明白,问格格,格格又不肯说。大概是因为格格要做的是十三福晋吧!"言下之意,要知道真正原因只有问清华。这个回答实在高明,小菊一下子将球踢向了我们无法验证的地方。

"可是上次并未发现啊!"红云轻轻地说,碧云也低声附和。

"一直黄妈收着呢。"小菊皱起眉,咬了一下嘴唇,似有些不高兴,我感觉她与这两个丫头相处得并不融洽。

我想了想,又再次走进了黄妈的屋子。桌子上针线篓里荷包已然不见了,然而有一本书在里面,夹了些花样。我伸手拿起来看了看,《何处落花集》。以我多年的学识,也算得上博览群书,竟从没有听过这本诗集,想必是闺阁诗词,流传不广,看的人也不多,黄妈才会拿来夹花样。我随手翻看了一下,都是些悲花伤月的诗句。书的页眉上还有眉批,字迹娟秀,一看就出自女子之手。这字,有几分眼熟。

忽然最后一首诗引起了我的注意,题目是《伤儿赋》,序中写的竟是老马前几日告诉我的四姨娘咬伤清华之事,诗文中既有对咬伤女儿的不舍,也有作诗人的无奈,更有对离别近在眼前的悲痛。我顿时醒悟,这本书的作者是清华的生母,这倒真的出人意料。可是又怎么会被黄妈拿来?我仔细想了想,实在难以记起昨天是否看见过这本书。见四下无人,我将书塞进衣袖走了出来。

碧云站在门边,不声不响。我不提防,差点撞了她,当然也吓了一跳,可能是做贼心虚的缘故吧,毕竟身为一个王爷,被人看见偷拿东西也够丢人的了。

碧云似乎没有注意到我的表情,只是低声道:"格格是前年三月来的。"我哦了一声,刚想开口,这丫头倒又走开了,搞得我一头雾水。

第四章

赶走四姨娘

回到府中，我的福晋正愁眉苦脸地坐在灯下，见我进来第一句就是："皇上已经知道清华失踪的事了。"

我顿时一惊，这些日子皇阿玛巡查河务，并不在京中，况且他国事繁多，应无暇过问这些儿女小事，是哪个多嘴之人将清华的事泄露出去的？自问我和十三弟保密措施做得不错，不应当这么快就传到皇阿玛那里啊。

福晋继续说："今天五弟妹来了，是五弟让她来的。"

五弟随侍皇阿玛出京，既然着五弟妹前来，定是奉了皇上的手谕。皇阿玛也是怕皇家出丑，才会如此谨慎。我叹了口气："这事瞒是瞒不住的。"

福晋也长叹了一声："听五弟妹说近日江南一带不十分太平，皇阿玛心烦得很，清华偏偏这时出事……也不知是哪个见不得人好的在后面捣乱，将事情捅了出来，老人家很是担心，怕十三弟年青承受不住，又唯恐知道的人多了，有失皇家体统，才让五弟将手谕夹在给五弟妹的家信中寄回来。"她取出一封信，"这是五弟妹送来的。"

我恭恭敬敬地接来过来，展开便看。福晋担心地看着我："皇阿玛说了些什么？"

"也是为了清华的事，他已知道我在查访此事，要我尽快找到清华，弄清事实，免得误传，落人笑柄。"

除了皇阿玛，五弟也写了信来，却详细得多，细谈了清华之事被皇阿玛知道的始末。真真令我大吃一惊，这件事竟是以明奏形式用八百里快递传到行宫的，而奏折上的官印显示是马尔汉，奏折上报的日期是清华失踪的前几天。我当然明白有人换走了马尔汉原来的奏章，但这个换奏章的人是谁呢？奏章发出之时清华还好好的在府里，竟已预言到她会失踪，真是未卜先知啊。

想了一想，我不禁冷笑，这个换奏折之人不是别人，正是清华。我早就听说一些大臣时常让子女帮着处理公务。以马尔汉对清华的宠爱，公事上一定不会避着她，甚至也会让她搭把手，她要换个奏折还真不是难事。

第四章
赶走四姨娘

清华的失踪果真是她自己一手策划的好戏，她不仅把京城里的众人搞得一团糟，还将事情的影响扩大到了千里之外的皇阿玛身边。当然清华有帮手，应该就是黄妈，或者也有小菊？我的眼前顿时浮现出小菊那楚楚可怜的样子，我可真不希望她也卷进这件事里来。清华、黄妈都走了，留下她可就没好日子过了。这三人到底是何来历？

三福晋显然被我的推理吓了一大跳，说话都有些不利落了："不会这样吧？清华她……"

"可是事实如此，不容置疑。"

我的话说得十分冰冷，令她难以接受。我能理解，卿本佳人，奈何是贼，这样的真相实在太过残酷了。

"可是清华这样做究竟是为了什么呢？"福晋气呼呼地问我，仿佛我是罪魁祸首一样。

是啊，我也不明白。放弃好不容易争取到手的荣华富贵，任谁也理解不了。她难道不知道，她这一走对兆佳氏这一族简直是灭门之祸？最可怜的还是十三弟，为情煎熬，还要成人笑柄。世上最可恶的就是恩将仇报之人了。

这时菊香走了进来，她是送书来的。刚才回来时我将《何处落花集》落在了马车上，菊香丫头倒是勤快。福晋接过书去，随手放在桌上，完全没有了往日的兴趣。菊香笑嘻嘻地："福晋不看看吗？里面还夹着个花样子呢，绞得不错。"眼光却落在我的身上。

福晋狐疑地看着她。

我生怕误会，连忙笑道："这书是黄妈放花样的，我顺手带了回来。"心里暗怪菊香乱翻我的东西，这毛病不是一天两天的了，都是福晋惯的她。

菊香是我的福晋的耳目，她以打探我的琐事为乐趣，我一出门是什么事也瞒不过她的。其实，我倒不用监督，年纪一天比一天老了，让我动心的女子也越来越少。世上哪里有什么仙女，娶得越多越烦恼，没有快乐不说，天天还得陪笑脸，我何苦再让自己去受这种罪？可是福晋她们不理解我的这点心思，以为我还跟其它弟兄似的一见美女就想往自己府里带，我也懒得天天解释了。这样也好，一有什么风吹草动的，她们一方面固然防贼一样地防着我，另一方面也像服侍祖宗一样地讨好我了。

菊香的话让福晋暂时忘记了清华，先要来查问花样，还没等她开口，凤可来了，人还没到声音先进了门："什么好花样啊？我们也开开眼，别是哪个汉人女子绞的吧？"

我有些头疼，她可没有福晋的好涵养，定是听到了什么，跑来兴师问罪的。

我没有犯错，又累又烦，却还要打起精神来应付她们，心中不禁叹了口气，可这时不应付好她们，以后有的罪受呢，没办法脸上只得装出笑，柔声道："是黄妈的花样，别误会。"

"哪个黄妈？"凤可伶牙俐齿地反问。菊香拉拉凤可的袖子，耳语了两句，她才恍然大悟，又一脸不相信，"一个老太婆的书？！"她将书拿过来看了看，"哟，密密麻麻的字。写的都是些什么呀？"凤可什么都好，就是不识字，连自己的名字都不大会写，也幸好不识字，否则我更有的罪受呢。

书又回到福晋手中。福晋边看边解释，讲了两首，凤可没兴趣了，笑道："敢情这是哪个女子写的呀。写什么诗啊，不怕酸的。"

福晋笑着纠正她："不是别人，是清华的生母，尚书府的四姨娘。"

凤可不解："姐姐怎么知道？"

福晋指指眉批："这些是清华读诗时记下的，说了是她母亲的诗作。"

我翻看时只看了诗，其他字一带而过，听了福晋的话也不禁过来看。果然读诗人的记述比写诗人更加详细。这诗集清华多次批语，显然十分珍爱，平日定是藏于枕边，时时观看。那放在针线篓中是故意留给我的？我忽然觉得清华有事要告诉我，可什么事呢？我百思不得其解。

三福晋一读下去就爱不释手，一会儿长吁短叹，一会儿黯然垂泪，弄得凤可连连摇头，不可思议。我们夫妻二人一个看书，一个沉思，冷落了凤可，凤可觉得无聊，竟在一边打起瞌睡来。菊香见这样怕她受凉，拉她去床上睡，她又不肯。

福晋终于合上手中的书，长叹了一声："这位马佳氏真是个可怜人呢。"

我笑道："夫人何出此言啊？"

"诗为心声。我感觉她心中有事，终日担心受怕，终于被逼带着女儿远走他乡，还不可怜吗？"

凤可已醒了半天，一直眯着眼听我们说话，这时插嘴道："不过妻妾之争罢了，何至于带女离家出走？这四姨娘也太多心了。依我看，下堂妾是常见的，可是子女却要留下，哪个大户人家肯让孩子流落在外？万一做出什么来岂不辱没门风？何况咱们满人家姑奶奶最是尊贵，兆佳氏也是显赫门庭，女儿入宫的、指婚的不在少数，马太太怎么舍得扔出去这样一个机会？我听着这事都稀奇。"

我心里也不禁一动，马太太当初看着四姨娘抱着清华走时，可没有提出要留下清华啊。

清华身世可疑。

我的第二次造访马太太并不意外，看见我，她倒像是松了口气。

"老身就知道王爷会再来，有些事藏是藏不住的。没错，四姨娘确实是我逼走的，她唯一的条件是带走清华。"

第四章
赶走四姨娘

这样的开门见山，倒有些出乎我的意外。马太太自顾自地呷了口茶，谈起了往事。

我妹妹嫁给了河道总督张伯行。那一年妹夫从江宁回京述职，因妹妹很久未回家，便也跟着一起来了。我们姐妹相见，自然十分亲热。闲谈中我说起了四姨娘的事，妹妹十分同情，但也劝我看开一些，男子爱娶妾这是不争的事实，何况木已成舟，不接受也不行了，为子嗣计，也算件好事。

这时候四姨娘大约听说了我妹妹来的事，过来拜见。不得不说，这位四姨娘在礼节上是没有话说的，至少比其他几位要周到很多，待人接物也很有分寸。如果她不是妾氏，倒是个挺惹人喜欢的女人。

我妹妹一见四姨娘，便吃了一惊，而四姨娘则不止是惊讶。

"玉兰？"妹妹直呼其名。

四姨娘含笑道："没想到会在这里见到太太。太太一向还好吗？奴婢见到太太，真的十分高兴！"一边说一边行了一个十分恭敬的大礼。但我实在看不出她有任何高兴的样子，反而显得比较烦恼。

"几年不见，你都嫁人啦！"我妹妹撇了一下嘴角，似笑非笑，又回头看看我，"还攀上了高枝，现在也是福晋了。"

四姨娘没回答，只是叫身后的奶妈抱着九格格过来给我妹妹请安。说实话，她站在我的跟前我很厌烦，但又很想弄清楚她与我妹妹的关系，便忍着没说话。从称呼上看，四姨娘与我妹妹渊源非浅。

妹妹鼻子里轻轻哼了一声："我真的不明白了，你那样急着离开我，原来是赶到京城来嫁人的，难道江宁就没有好人家了？"

四姨娘垂了首，默然不语。

我的直觉告诉我，我妹妹也不喜欢四姨娘。虽然四姨娘不说话，我妹妹却没闲着，一大串伤人的话脱口而出，我都有些听不下去了，而四姨娘竟还面带微笑，无一丝不敬。我很诧异妹妹这是哪里来的深仇大恨，竟似比我还恨四姨娘。四姨娘偶尔想要辩解几句，我妹妹也根本不容她开口。足足有半刻钟的时间，我妹妹才将话说完。但一说完，便立即挥手让四姨娘出去，那神情就如同轰走一只苍蝇。这有些过分，不管怎样，四姨娘是我家老爷的小妾，打狗还得看主人呢。可四姨娘对我妹妹这个对待下人的手势竟无一丝违拗，一声不响地走了。

她走后，我妹妹心情很不好，只是喝茶，不说话。我心中的疑惑更多了。

忽然，妹妹将茶碗重重一放，恨声道："天下竟有这样蹊跷的事！姐姐，你知她是何人？她便是我家峰儿当年为了她要死要活的那个丫头！"

听了这话，我大吃一惊。

格格不嫁

　　峰儿是我妹妹的长子。大约是五年前,妹妹给我来信,说峰儿看上一个远房亲戚的丫头,想娶为妾,谁知那丫头死活不肯,峰儿一蹶不振,日日醉酒,差点因此丧命,我妹妹悲痛欲绝。好在峰儿还是个有志之人,慢慢也就走出了阴影。现在据我妹妹所说,那个丫头竟是四姨娘了。从年龄上看,四姨娘与峰儿年纪相仿,她正是五年前嫁到我家的,这真奇怪了,她宁可嫁个老头,也不愿意嫁给少年?

　　妹妹恨犹未尽:"这个李玉兰,没想到竟会在这儿出现!"

　　"什么李玉兰?"我惊讶道,"四姨娘是满人,姓马佳。"

　　妹妹气得笑了:"姐姐怎么了,连自家姨奶奶是满是汉都分不清吗?玉兰的确姓李啊!不瞒姐姐,她是当年江宁府尹侯咏芝家三姨娘的亲妹妹,因为贫病无依,与寡母投靠到姐姐家,帮着做些针指。"

　　我更意外,她还有姐姐?但转念一想,既然她的身份本来就是假的,有姐姐也不奇怪了。

　　妹妹叹了口气:"那侯家三姨娘与我家二姨娘是结拜的干姐妹,常带着这丫头来看望我家老二,每次来又必到上房给我请安。也是我前世造的孽,倒与这丫头有缘,因见她灵巧嘴乖,又识文断字,常常叫过府来陪着说话解闷,有时晚了还留宿上房。没想到一来二去被峰儿看见了,才惹出了许多是非。我是不愿峰儿娶这丫头的,一是出身不好,另一个长得也太招人了。但儿子喜欢,有什么办法呢?我就想婚前给他放个姨娘在房里也不是坏事,谁知一说,这丫头还不愿意了,第二天不辞而别,害得我的峰儿……"她叹了口气,恨声道,"再没想到,她会到了姐姐这儿,这也是姐姐的灾星啊。"

　　我十分疑惑:"她为何要隐瞒自己的汉人身份?"

　　妹妹低头想了一想,有些欲言又止。

　　我更着急了,万事莫瞒人,瞒人无好事。四姨娘就算是汉人,老爷是纳妾不是娶妻,她一样可以做得四姨娘的。除非她有什么不可告人的目的,但见她那样娇怯怯的样子,会做出什么样的事情来呢?回想她进府的这几年,也并没有什么出格的举动,撇去个人恩怨不谈,她不失为一个好女人。

　　"妹妹,你说四姨娘到底是什么目的?"我催促道。

　　妹妹沉默了半天才开口,并不回答我的问题,只是问我:"姐姐想不想让她走?"

　　我点点头:"这是自然。"

　　"这就好。"妹妹道,"要她走太容易了,你只需对她说,'侯大人家的三姨娘已离开了,你的底细我全都知道,你也走吧。'我想听了这话,她是定会离开的。"

　　我将信将疑:"真的?"

　　妹妹十分肯定地点了点头。

第四章
赶走四姨娘

"为什么？"

"姐姐你别问，有些事情还是不知道的好，省了许多麻烦。我只告诉你一句话，这李家不是正经人家，谁家沾上了都是祸害，好在还没有出事，一切有挽回的余地。"

这几句话，妹妹是压低了声音说的，表情少见的严肃，倒让我真的不敢再问下去。我嫁给兆佳氏也有些年头了，经历了不少风风雨雨，知道不应知道的还是不知道为好，因此也不再说下去。但我还是有些担心。

"只怕老爷不肯她走呢。"

妹妹淡淡地笑了："如果她自己要走呢？她自己有脚，要走谁能拦得住？"

"不过，我怕老爷怪我，认为是我赶走她的。"虽然我真的十分想赶走她，但也不想让老爷伤心，毕竟多年的夫妻了。话又说回头，就算没有这位四姨娘，也会有另外的姨娘，也不见得就会比四姨娘好。我只是不喜欢她那时常端着的劲，显得处处高人一等似的。又因为她的存在，我常被另外两个闹得头痛。

"那个死丫头会有办法的。"妹妹拍拍我的手，算是安慰我。她站起身，走到窗边推开窗。院子里空无一人，只有风吹着花枝。妹妹低低地，像是自言自语，"听我家老爷说，明天姐夫要随天子出巡了！"

我明白妹妹的意思。但我实在怀疑，四姨娘会就这样走吗？

事实上，事情顺利得出人意料。

第二天我带着贴身人悄悄来到了四姨娘的住处。一进门，我就觉得不同寻常的宁静，院子里空寂寂的，只有一个耳聋的老姬在门前看门，说什么她也不明白。好在她还认识我，并没有拦阻。

我是不属于进妾氏房的，因此自己进了正厅坐下，派人去叫她，等了好半天玉兰才过来，我的心里不禁有气。玉兰像往日一样平静，看不出一丝慌乱，行过礼奉过茶，便站到了一边。我冷冷地看着她，发作道："这半天在做什么，没人传话吗？下人都去哪里了，你出身低，自小没人侍候惯了，可毕竟是嫁到我们家，规矩还是要立的，可不能像你在娘家那样不顾身份。"

"因为收拾行装，手忙脚乱的，不知道太太过来了。"玉兰不卑不亢。

我哼了一声："怎么？你要随老爷出巡？"

玉兰含笑解释："太太误会了。玉兰是准备离开这里，以后再也不回来了。"

这话让我吃了一惊，更加对她的过去起了疑心。但听说她要走，还是有些高兴的。可一想起老爷，我又担心了。早知道她主动要离开，我今天就不该过来。这一下，我一来她就走，老爷势必怀疑是我容不得她赶她走的，到时候夫妻又要生一场闲气。大户人家，嘴上说家规多么严厉，其实是最能传闲话的地方。

玉兰从身边取出一封信,很恭敬地递给我:"请太太查看。"

我不明所以,但还是依言拆开了信,一看抬头是写给老爷的,便又带气扔给她:"你写给老爷,又让我看是什么意思?"

四姨娘将信捡起来,依旧恭敬地递给我:"玉兰只是想请太太看一下,这样措词可还行?若可以便请太太将此信转交老爷。"

我将信将疑接过来。这封信虽然简短,但意思都到了,离开的原因全在四姨娘自己,与我一点也不相干。有了此信,我倒是不用再担心老爷的责怪了。一时间我倒有些不好意思起来,声音也自然而然地温和了:"我并不是要赶你走,你知道昨儿……"

玉兰笑道:"玉兰是自己要走的,与别人并没有相干。昨日已与老爷说过要回家省亲,老爷也答应了。今天这院里的下人们放假的放假,差出去办事的出去办事了,除了我要带走的两个丫头外,并没有一个人知道福晋过来。"

我没想到玉兰为我考虑得这样周道,倒说不出话来了。

玉兰又说,"只是太太不要就将此信交给老爷,过些日子再说。"

"过些日子?"我不明白玉兰的话中含意。

"两个月后老爷大概也要回来了,那时候福晋再将信交给老爷吧。这样老爷便找不到我了。而我也已将写信的日期适当后移,老爷也不会疑心想到别的方面去的,只会怪玉兰绝情。"

我点了点头,玉兰这次是真的去意已决,不给自己留下任何回旋的余地。

玉兰施了个礼,"多谢太太成全。"她目光犹疑,似乎还有话要说,却又像很为难。

"还有什么事情,你提出来,我会尽力帮你办的。"我以为她有什么要求,便这样说。其实此刻我倒是真心想帮她办一些事情。玉兰摇摇头,我恍然大悟,让陈嬷嬷将带来的银票给她,谁知四姨娘看都未看便拒绝了。我劝她:

"你还年轻,你的母亲年纪也大了,以后要花钱的地方多着呢。"

玉兰淡淡地笑道:"我福薄,太多的银钱承受不起,反而有祸。"

虽然我再三相劝,但玉兰始终不愿接受银票。我知道她有事,从玉兰屡次欲言又止的样子,我就明白此事小不了,而且棘手得很,可既然她不受金银,也只能帮她解决一些实际困难以求良心安宁了。

"我可以帮你做些什么吗?"

她犹豫半天:"玉兰还有一事要求太太开恩。"

"什么事?"

"让九格格跟我走吧!"

我吃了一惊:"你要带走和慧?"和慧是兆佳氏的后代,只有妾氏下堂,没有子

第四章
赶走四姨娘

女外流,以玉兰这样的年纪和相貌,一定会再嫁,我们家的女儿难道要别人家养?是好人家倒还罢了,若是没根基的,岂不辱没了女儿?再说传扬出去,知道的是玉兰要带走的,不知道的还要说我肚量小,连个孩子也容不下呢;更有甚者会将这孩子说得非常不堪,到那时百口莫辩,老爷的面子、我的面子都没了。我想都没想,立刻拒绝了。

玉兰却少有的坚决,我们两个一个要带孩子走,一个要将孩子留下,争执了老半天,声音越说越大,我忍不住发了火,而玉兰流下了眼泪。我不禁心软了,母子天性,分开她们是不人道的。可是站在家族的角度上,我又怎么可能答应?且不说别的,老爷回来我就无法交待。

正在僵持之时,玉兰出嫁时带来的那个名叫月如的丫头忽然从外面冲进来哭着磕头:"太太您要留下九格格就是要了我们姑娘的命啊,何况带走九格格也是为了尚书府好,九格格是不适合留在这里的,她不……"

"月如!"玉兰猛地打断了她的话,另一个丫头水如也流着泪进来拉她。这时我才发现两个陪嫁丫头双眼通红,分明哭了很久。

月如的这番话引起了我的疑心,我忽然想到妹妹曾说过李家不是正经人家,四姨娘初嫁老爷一直作为外室没有搬进府来住,生了和慧之后才进来,想想和慧那张小脸,没有一点老爷的影子,也不像她的八个姐姐,难道?我不敢再想下去。抬头又见玉兰那娇怯的样子,真是我见犹怜,不禁更加坚定了我的想法,心里暗想,带就带走吧。

"这事咱们再商量吧。"我说道。玉兰是个明白人,早已心知肚明,而两个蠢丫头却还在伤心欲绝。

玉兰陪笑对陈嬷嬷说:"大娘来了半日休息会儿吧,太太这里我来侍候。"又叫两个哭得昏天黑地的丫头陪陈嬷嬷去看九格格。我狐疑不定,知道四姨娘有不想当着别人面说的话。可又不知道还有什么要求,刚才那个带女儿的事就够让我为难的了。

果然,一听众人的脚步声已远去,玉兰便向前道万福:"福晋,玉兰不知进退了。关于那封信……"

我吃了一惊,难道她后悔了要拿回去,刚才不过是人前的表演?

我的目光在信与玉兰之间游移不定:"信怎么啦?"

"近来我常有不好的预感,"玉兰轻声道,"这信福晋一定要等老爷回来后再交给他,千万不要提前啊!"

这样郑重其事的口气让我感到意外,也很好笑,难怪有人在我跟前说她神神叨叨的,我又不是三两岁的小孩子,这点事还要反反复复地说。但是又不好说什么,只得又答应道:"我知道了,你放心。"

玉兰又一次道谢,又一次欲言又止。

"还有什么事,现在就我们两个,有什么全说出来。"我心下暗道,只要不过分,她的要求我都答应她。一个女人独自带个孩子在外面实在不易,以前的恩怨就一笔勾销吧,何况我们本无什么深仇大恨?

她也似乎下了决心:"如果玉兰有什么不测的话,这信就不要交给老爷了。"

原来又是信的事,我不禁哑然,笑着安慰她:"你放宽心,不会有什么事的。"

玉兰点点头,可是眉睫紧锁。我忽然想到,将她赶走是否使她受了过大的打击,想寻短见,心中不禁不忍,便劝了她几句。谁知她微笑着摇头:"福晋想到哪里去了,为了孩子我也要好好活下去。可是有些事人是做不了主的……"一时间她竟笑得有些悲凉,给人的感觉十分无望。我觉得她心中有事,可又想她早点离开,便不再多问。

第二天,她果然走了。以前恨她,现在我反而牵挂起她来,越想越不放心,就派了人跟着她。没想到过了两天跟踪的人垂头丧气地回来了,说四姨娘已不知去向。据他们说晚上明明投宿在一个客栈,第二天却再也找不到四姨娘母女的踪影,问店里伙计也是毫不知情。

我实在很奇怪这种结果,我派的都是曾经跟着我家老爷出生入死多年的老家人,办事很老道,不应该出现这样的情况。后来又过了半个月就忽然传来消息,说四姨娘被杀了,传信之人言之凿凿。那时老爷还未回府,我闻听消息又惊又怕,连忙派人赶到出事的地点。家人到达时,老爷已在那里。据家人回来说,老爷几乎是一下子就认准了那是四姨娘。"

四姨娘意外的惨死让我十分内疚,如果她不离开马府,也许就不会出事吧?从那以后,我便吃斋念佛,想赎自己的过错。

马太太的话不仅没有解开我之前的疑虑,反而让我多了个解不开的谜团。李玉兰倒底是什么人?看来老马是错的,清华毕竟不是他的女儿,这一点连老马太太都明白,可能也不仅仅是老马太太,蒙在鼓里的只有马尔汉一人而矣。之所以老马太太肯接纳清华,大概除了老马的坚持,更多的是害了玉兰一条性命的愧疚,清华毕竟是玉兰的女儿。这样来看,老马太太倒真的不会对清华不好。

我喝了口茶,凉了。刚才马太太谈事的时候屏退了所有的下人,自然也不会有人来加茶。

我略理了一下思路,提出自己的第一疑问:"四姨娘真的死了吗?"

"老爷亲自确定的,不会错。"马太太说得斩钉截铁。

"怎么这么肯定?我听说脸都砍花了,根本看不清是谁。而马大人那时又在伤心中,会不会先入为主,因为别人那样说,也就下意识地认为是真的了?"我再一

第四章
赶走四姨娘

次提醒。

马太太看着我点了点头："这件事老身也曾经有过疑惑，所以查问过。我家老爷之所以能确认是四姨娘的主要基于两点：一是四姨娘左手腕处有一枝烙上去的梅花，这是四姨娘离开前不久刚络上去的，老爷记忆犹新；二是衣衫是四姨娘的无疑，因为她的每件衣衫上都会在衬里绣上一朵兰花。"

"兰花？难道府中各位太太的衣衫都要绣花区别吗？"我不禁好奇。

马太太予以否定："当然不是，这是四姨娘的癖好，她对自己的东西总喜欢做上记号，让别人一看就知道是她的。"

这癖好有点意思，马太太的话倒提醒了我了，四姨娘是在处处提醒别人，清华的咬痕、她自己的烙印，衣衫衬里上的花，无时不在告诉大家，这肯定是谁，绝不会错的。

我脑中灵光一闪："府上的衣衫是哪里做的？用的绣娘是谁？"

"我家有专门管针指的人，一切都在府中完成。只是那兰花都是玉兰自己绣的。老身也曾听陈嬷嬷说过，四姨娘女红很好，尤其绣工，是祖传的手艺。没有出嫁前，曾在大户人家当过绣娘，一样的花朵，她绣出来特别灵动。只是做了姨娘后，自持身份，不再做了。"

太太的话我似曾相识，好像谁也说过。我又不自觉伸手向茶碗，却没拿稳，水倾了下来。马太太吓了一跳，忙叫人进来收拾。我忽然想了起来，小菊也这样说过黄妈，祖传的手艺，无可挑剔的绣工，这黄妈与四姨娘有渊源。还有那十三条素色的帕子，不会是什么居士送的，清华身边有黄妈这样的绣工，怎么会要别人的东西？何况清华是一个安静之人，不会与寺里一个居士有交往，除非出于特别原因，这帕子一定另有用途，是做什么用的呢，又正好是十三之数？

现在我可以肯定，不管是李玉兰的出现还是清华的出现，都是精心安排的，同样她们的离开也是有预谋的，李玉兰甚至为了女儿十几年后重进尚书府预先作了准备。可是到目前为止，并没有发现这母女二人对老马家造成任何实质性的伤害，相反清华倒为尚书府新增了不少恩宠。是谁安排她们出现的？出现的真实目的是什么？如果说李玉兰是因为自己的身份泄露匆匆离开，那清华离开的原因是什么？难道是为人所迫？

我现在才明白清华为何要传信给皇阿玛了。她是一个聪明的孩子，大概早就想到出走之后，无论她父亲还是十三弟都会竭力隐瞒，以求减少此事的不良影响。而她走后却需要集中最强的力量寻找她的下落，以便化解她所遇到的危机，这只能通过皇阿玛来实现，所以才会暗换奏折。我现在也确实握有了可以调动京中一切力量的手谕。

马太太心里的话说出来，舒服多了，人也变得慈眉善目起来，向我说道："清华这一走，老身真的很担心啊，就怕她又有什么不测，每天都在为她念佛。"她轻捻着手中的佛珠，"那是个好孩子。"

这话在我听来是真诚的，马太太对四姨娘之死真的耿耿于怀，她大概要内疚一辈子了。

可是我怀疑，四姨娘真的在那时死了吗？她既然预料到不测，为何还那样坚决地要带走九格格？而今的清华与当年的和慧真是一个人吗？我听说江湖上有易容术，易容之后根本看不出来。然而现在我还不能向马太太说明此事，只能安慰她吉人自有天相，清华当然会没事。但这安慰对老太太来说太苍白无力了，像没有说一样。

告辞出来，在院门口竟遇到了碧云。原来，马太太又将碧云收回自己身边了。也是，主子都不见了，闲在那里别又生出什么事端，丫头们都是哪里调拨出来的又回哪里去。碧云现在清闲得很，马太太还没有安排什么具体的差事给她。

"因为想着格格哪一天还要回来的。"碧云这样解释，说完自己也笑了。时间一天天过去，清华连个踪影都没有。

我忽然想了起来，问她："小菊怎么样了？"

"还不是和我一样在太太跟前当差。只是，"她四下看一看，才低声说，"有人看着她，生怕她也丢了。"言下之意，小菊没什么自由了。我的心没来由地痛了一下，可怜的小菊。

"这两天十三爷不知怎么样了。"碧云突然冒出一句。

我笑道："肯定是在找你家格格啊，你没见到他吗？"

"他有两天不来府里啦！"

我有些意外："两天没来了？"实在纳闷，这孩子干什么去了？以他对清华的深情，不会几天不来呀，难道发现了什么？

碧云一脸的心思："实在很担心十三爷。格格常说，十三爷遇事不冷静，容易冲动不计后果。每次说到这里，格格就会叹气，有时会低声问：'以后怎么办呢？'愁苦的样子令人心疼。可十三爷呢？脾气一点也没有改过。"

我很意外，想不到清华如此了解十三弟，又如此牵挂十三弟，这门亲事她并不是不愿意吧？我又想起了那块玉佩，这玉佩她是怎么得到的，给我是什么意思，是要我拿给十三弟看吗？她为何不自己告诉他？

说话间我们已走到清华住的小院，真个人去楼空。院子里只留下一个小丫头，正站在太阳底下修剪花枝，地上一片狼藉，见了碧云便笑嘻嘻地叫姐姐。碧云骂道："你这傻丫头，大日头底下做事，也不怕热，也不怕格格见了这一地乱枝心烦……"一语未了，竟又住了口。小丫头挨了骂也不吱声，自找扫帚去了。

第四章
赶走四姨娘

碧云推门进屋,屋子里干干净净、整整齐齐,一如清华在时。我忽然有些恍惚,觉得碧云才是清华的心腹。窗下放着一架古琴,我走过去抚弄了两下,声音清清泠泠,我忍不住赞道:"好琴!"

"当然是好琴,十三爷费了好大的劲才弄来的。"碧云边说边用帕子掸了掸并不存在的灰尘。

我已记不清这是碧云口中第几样十三弟送来的东西,这孩子对清华可真是一片痴心啊。清华对他呢?我怕最后的真相会击垮十三弟。

古琴价值不菲,也不知道十三弟是从哪儿弄来的。我爱音律,碰到好琴忍不住技痒,想弹一首。碧云善解人意,忙前忙后地准备着,又叫来刚才那个小丫头帮忙抬桌拿凳备香炉泡好茶。其实我倒不需要这么麻烦,我一向觉得弹琴是消遣,随性舒心就好,用不着特意准备什么,只是碧云不肯。

"弹琴弹的是心境。"碧云振振有词,两个丫头的动作有条不紊,嘴上说着话,手里做着事,熟练又轻巧,想必清华每次弹琴之时都要这么麻烦的。

"奴婢去洗一下香炉,有日子没用了,别让尘土混了香气。"碧云说着就走了出去,我根本来不及阻止。这也太讲究了吧,我心里想着嘴上却没好意思说出来,怕打击了两个丫头的积极性。

我调理琴弦。这琴清华怕是有日子没碰了,有一根弦显然是匆匆忙忙换上的,都没有拧紧。我叹了口气,可惜了这琴啊。忽然,我的手不经意地碰到了一个机关,啪地一声,弦掉了下来,露出一个小洞,里面居然有东西。我伸手掏出来,小小的一张纸片,只写了两个字:"何处"。

而此刻,碧云也跑了回来,手里也攥着张纸条,她是从香炉中找到的。我接过来一看,依旧两个字:"何处"。我们面面相觑,这是什么意思?我不明白。我们翻遍了整个卧室,再也没有其它发现。

在清华失踪的第五天,这纸条才被发现,实在太疏忽了。我一回头,壁上的画像笑靥依然,那一行字尤其清晰。我揉了揉眼睛,没错,那字和手里的字是一样的,我忽然醒悟了,这诗是清华后题上去的,难怪总有一种墨迹犹新、与画境不符的感觉。

清华到底想干什么?

第五章

原来如此

　　疲惫一天回到家,虽然很想好好歇歇,但思想再三还是决定派人去十三弟府上请他过府来谈谈,结果回说不在家,已出门两天了,府里人也在寻找。我有些不安,这小子到底干什么去了,是发现了什么线索吗? 怎么也不告诉我直接自己去了? 而且一去两天,清华说的没错,他确实不够冷静。

　　回到内室,福晋正在写诗。成亲十几年,每天被俗事所累,她早就没了提笔的情怀。偶尔一家人坐谈,兄弟姐妹们把酒言欢、吟风诵月,何等乐事,她却没有兴趣,不是要求作评判,就是敷衍了事,没想到今天却诗兴大发,我真是见了鬼了。

　　见我回来,她立刻放下笔,满心欢喜地拿了两首作品过来要我指教。女人的诗往往都是无病呻吟、强说忧愁。我家三福晋也是如此,不过看着她那期待的目光,我可不能实话实说,只得违心地乱夸一番,说得福晋真以为自己是京城第一才女、李清照再世,当即提出要出本诗集。我差点笑出声来,回她,两首不成集。

　　福晋胸有成竹,说一日两首,一月就六十首了,用不着半年就厚厚的一集子了。然后又美美地做梦,若诗集真成,她可是妯娌间第一个出书的人,到时候要多印几本好送人。

　　见她几十岁的人了,还这样一副少女情怀,我又是好气又是好笑,不过嘴上连连答应一切遵从夫人的安排,其实心下明白,一月六十首,她能写满十六首就算不错了,家里家外一大堆的事儿,她哪儿那么闲呢! 再说了,就算六十首凑齐,真出本书也没什么,能花多少钱,只要她高兴就成。

　　福晋心花怒放:"我连集名都想好了,就叫《清源听雨集》吧! "

　　我恍然大悟,福晋原来是被那《何处落花集》闹的,笑道:"与《何处落花集》意思都差不多,何必仿它? 另想一个! "

　　福晋见我取笑便有些不高兴:"你忘了我家的清源阁、听雨轩了吗? 我从小就爱在这两处玩,写诗的灵感也大多与这两处有关,我用这名字有何不可? 你说仿它的名也行,她不就是在何处园、落花楼上写的诗嘛。"

　　最后这两句话听得我简直要跳起来:"什么? 你说什么? 何处园、落花楼? 在

第五章
原来如此

哪里？"

　　福晋被我这一惊一乍地搞得一头雾水："爷这是怎么回事？天天地往尚书府跑，竟然不知道这就是马尚书为他的岳母所建的住处吗？"

　　"你是怎么知道的？"

　　福晋得意地一指书："这里面写着呢！"

　　我承认我看书是没有福晋那样认真，我真笨啊，这条清华送到面前的线索差一点就被忽视了。忽然之间，我想起了那画像上的诗，"人面不知何处去，桃花依旧笑春风。"我心中的喜悦无可比拟，上前一把拉住三福晋，"我知道清华藏在哪里了！"所有的疲惫一扫而空，我大声喊着"备马、备马，我要去尚书府！"福晋被我的举动惊得目瞪口呆，我没有时间解释。我必须尽快去将清华找到，所有的线索发现得都太晚了。但愿清华还在那里。

　　马尔汉还没有睡，一听我来了，一边扣着外衣一边就跑了出来。他听了我的推论，一脸的不可思议："可是老臣从没有为小妾出过什么诗集……"

　　这话实在让我失望，但还是问："那么何处园呢？"

　　"有倒是有，可是……"

　　"还有什么可是的，快带我去。"我迫不及待。

　　他竟还是犹豫不决："……那处院子多年前已卖给人家了。"

　　这话无异于一盆凉水，浇得我透心凉。

　　"何时卖的？"

　　"怕有六七年了吧。"

　　"卖给谁了？"

　　"博古轩的老唐。"

　　老唐我认识，在报国寺那边开了片古董店，我们兄弟几个常去淘换东西，土生土长的京城人，听说母亲还是镶红旗的。难道我的推断错了？我无法死心，忍不住又问："令爱知道何处园吗？"

　　马尔汉摸了摸胡子："老臣曾提过，就不知道这丫头记在心上没有。可就算提过，小女也是肯定不认识的。她向来大门不出、二门不迈。"

　　我心头冷笑，虽然不知清华的身份，但她肯定不是什么大家闺秀。看老马的样子，大概还不知清华借他的名义向皇阿玛递明折向皇上告知自己出走的事情，否则他不会这样淡定。这老头现在心中只有女儿，公事什么的都顾不到了。

　　"不管如何，我们还是去何处园看一下吧。"我现在不管这房子是谁的了，只想早点找出清华，向皇阿玛交差。至于十三弟，等他回来我需要好好和他谈一谈，清华是无论如何都不能做十三福晋的，这样的女人留在身边迟早会出事，他可别为一个女人葬送了自己的一生。

马尔汉依旧迟疑:"这个……"

"如果令爱在此处呢?"

"不能吧?"虽然还是将信将疑,但最后这句话显然打动了马尔汉的心,他终于下了决心,毕竟天下没有比他的女儿更重要的事了。

"十三阿哥这两日去哪里了?"走在路上我忽然想起来,便开口问老马。

老马很惊讶:"不是三爷您让十三爷寻找小女的下落去了吗?"

我差点从马上掉下来:"什么?"

老马见我如此,顿时明白了,不禁急道:"那么?可是前天来的报信的那个小厮……"

"什么小厮?"

"一个二十多岁的后生,穿着王爷府中人的服饰,老臣见他很是面生。这小厮倒是机灵,直接说是三爷您的新长随,因他骑的又是十三爷的马,老臣便没再怀疑。"

我心中暗暗叫苦,十三弟一定是被歹人骗去了,一旦有个三长两短,这还得了?十三弟因清华之事早已失去了判断力,只要提到清华二字就会乖乖地跟着去的。可是清华却并不像你心里所想的那样单纯啊,十三弟!我懊悔这些日子与老十三的交流太少,没有把一些已发现的情况告诉他。

马尔汉这老江湖也知道了事情的严重性,以他多年的官场经验自然明白,他丢一个女儿和皇上丢一个儿子的事件孰轻孰重,顿时惊出一身冷汗,骑在马上的身子也打了个哆嗦:"三爷,这……"

我苦笑:"事到如今,只能慢慢去找了。我敢说,此事与令爱之事不无瓜葛。"

马尔汉倒吸了一口气:"掳走小女的和十三爷的是一伙人?"

我暗道,只怕骗走十三弟就是清华,除了她谁也没那本事让我的弟弟黑白不分。可现在我也没有那么多的耐心向这老头大费口舌地说明他的四姨娘和九丫头形迹可疑,只能不置可否。

"那小厮过来时可还说过些什么?"

马尔汉愣了一下才回答:"只说三爷发现了小女可能的藏身之处,让十三爷带人去查看,因带马不方便才送回我府中。又说十三爷去不过两日,最多三日便有小女的好消息带来,叫老臣在家中安心等待。"最后他又补充了一个更令人吃惊的消息,在那小厮送马之前曾另有人给他送来一封信,说要得到女儿必须看好小菊,只可惜来人将信交给门房就走了,他并未见到。

我恍然大悟,怪不得碧云说小菊被限制了自由,原来如此。因为今日我是专程访问马太太去的,特意避开了老马,谁知其中还有如此渊源。可是这信是谁送

第五章
原来如此

来的?

　　不过能够肯定的是送信与送马的必不是同一伙人,否则何必这样大费周折?

　　何处园乌灯瞎火。小厮敲了半天门,才有人骂骂咧咧地出来。但门一开,门丁一见我们外面的这种驾式,立刻闭了嘴,乖乖找主人去了。

　　大约一盏茶工夫,唐胖子出来了,因为匆匆忙忙帽子还戴反了,看来是刚从被窝里爬出来的。我心含愧疚,但虽然不好意思,却没有道歉的习惯。老马以前带过兵、打过仗,半夜闯进人家里是常有的事,此刻脸上竟没有一丝愧色,说话依旧中气十足,理直气壮地拍着唐胖子的肩膀说参观房子来了。唐胖子心里一百个不愿意,可又不敢得罪我和老马,只得满脸陪笑地连连说不敢、不敢,一边弯腰将我们领进门。一路上还回头看了老马几次,虽看不清他脸色,我也明白定是在想老马为什么要深更半夜的带我来参观他以前的老宅子。

　　何处园本身不大,当年老马因为是造给爱妾的母亲住,本意也是不怕花钱的,反而是四姨娘不肯,所以最后只建了五进院子,现在成了唐胖子金屋藏娇的地方。但老唐娶的这个小妾一看就是个青楼货色,因为听到人声鼎沸,竟将头发一挽,趿着鞋看热闹来了,一边看一边还和小丫头窃窃私语,笑笑闹闹,弄得年青的下人们个个侧目,心猿意马。本来我还有些不太好意思将她从床上拉起来以便查看卧房,现在倒省事了。

　　唐胖子搬进来之后,对园子进行了重新整修,处处焕然一新,极尽奢华,但马尔汉说整个园子的布局与结构是完全没有改过的,依然是当初刚建的样子。我屋里屋外看了个遍,什么也没有,更不要说清华的踪影。难道纸条上所指"何处"不是这里?

　　我百思不得其解,心中也认同了马尔汉的想法,清华不会在此处。但清华三番几次地透露线索,必有深意。

　　我抬起头,普通的园子、普通的屋子。我生怕有密室,屋里屋外地用脚量了好几遍,又派了我最得力的长随何柱儿到外面测量,也没有找出什么蹊跷之处,我失望极了。可是,且慢,那画上的美人是坐在桃树下的,而清华题上去的诗另有一句"桃花依旧笑东风",难道与桃树有关?我连忙问马尔汉,马尔汉点头:"是有一株桃树,小妾亲手植的,只是不知道还在不在。"

　　唐胖子在老马和我的注视下,一连回答了几声"在,在"。又忙不迭地带着我们走回第一进院子,原来靠墙而栽的便是那棵桃树,只是刚刚天色暗大家没有注意到。

　　这时候天已渐渐亮了起来,树上桃花凋落,一地花瓣。老唐抱怨:"每年这时候便搞得到处是花瓣,我早说要将这树砍掉的。"老唐的小妾笑嘻嘻地看着他,不气也不恼。老唐说了几声，没人答应，而我和老马又在旁边，就渐渐地住了口。

老马道："就是这棵树。"他老眼迷离，嘴角抖动着，我听了半天才听懂他说的是"第一次，第一次……"

我忽然明白了，这是四姨娘被杀之后他第一次到这里。试想当初卖房之时，正是他以为九格格再也找不回来之日，卖房是为了断了自己怀念四姨娘母女的念头，可谁会想到清华又回来了，而清华只回来了两年又走了，这得而复失的打击才更难以接受呢。

我叹了口气，确切地说，清华只回来了二十五个月，来的时候什么也没带，走的时候却带走了十三弟和老马的心。我心里一凛，想起了那十三条帕子，难道是？我暂时按下了这个念头，准备先将这里的事情处理完毕再说。

桃树是一棵普通的树，没有异样。有什么埋在树下？还是树上有记号？后一条想法我自己也没有信心，毕竟过了这些年，树上纵留下什么痕迹也早就被风雨磨平了。我真恨自己没有将画像带来比对，现在派人回去拿又太远。我围着树转了两圈。树已长得比较大，与墙之间的距离很小，只能够一个人侧身过去，幸而我是瘦的，如果像我的九弟那样是个大胖子，说什么也穿不过去了。饶是这样，我也得吸腹收腰。一个不小心，树枝刮到了我的脸，我往后一躲，手本能地去按墙，这一下力气使得有点大。奇事发生了，砖竟滑向一边，露出一个机关。老马也吓了一跳："这是什么？"老唐更是惊讶得说不出话来，眼珠子都快掉下来了。而那个刚刚还在与丫头说笑的小妾也住了口，不知是不是我看错了，我竟觉得她的眼中闪过一丝懊恼之色，不过很快又恢复了笑嘻嘻的模样。我心中暗叫侥幸，再没想到机关发现得如此容易，换第二个高矮胖瘦与我不同的人或是手上力气用得小一点，按得偏一点，说什么也发现不了。

我的手伸向机关。马尔汉制止我："还是老臣来吧！"短短几个时辰中发生的事情也够这老头受的，先是十三弟失踪，接着又是前岳母所住院中出现机关，而这房子还是他建的，他居然还能如此淡定，真是姜越老越辣，难怪皇阿玛重用于他。我当然相信老马的忠心，但还是拒绝了他的美意。

我一向对机关奇巧之术颇感兴趣，自己也曾有过研究，据我看来，这机关设得如此巧妙，等闲不会有人发现，又是设在一个老太太的住宅中，不过是隐藏间把密室或地道，倒不会有什么暗器发出来。从机关的铜把手上看，黯淡无光，想必自从四姨娘走后就再无人用过了。

我一提气，抓住把手，使劲一拉，把手很轻易地动了，我白白地用了那么大的劲，原本以为是锈住了呢，没想到机关依旧很灵活。我刚把手放下，就听见咯吱咯吱的声音，是绞索在拉动东西。果然，离我大约十步远的墙边有一块地忽地下沉，马尔汉的一个长随正站在上面，吓得惊叫起来，好在旁边人手疾眼快一把拉住了

第五章
原来如此

他，才没有掉下去。我这才明白，刚才那咯吱声为何那样沉重，是机关上面站了人的原因。这二尺见方的地面下沉了大约半尺，便又向左移去，慢慢隐藏在地面之下，不过一会，一个洞口露了出来。

地道，这是地道。我按捺住心里的激动，凑过去看，有整齐的台阶通往地下，台阶上倒着两具白骨，显然已死去多年。

唐胖子急得脸上变了色："马大人，这房子可是您卖给小的的，小的可什么也不知道。"他哆哆嗦嗦地说着，早晨气候这么凉，他的汗却一层又一层地向外冒。

老马双目圆睁："闭嘴，谅你也没这本事。"此刻，老马像一条闻见猎物的狼狗，斗志昂扬。不用我吩咐，这位兵部尚书早就已经开始调兵遣将。他拦住急于一探究竟的我，"还是老臣先下去吧。"这一次，我没有拗过他。

两个下人拿了火把，先行走下去照亮道路，接着是老马，然后是我。老马先检查了两具尸体，没有明显的伤痕，从服饰上看应当是两个年青男子，但显然已死了若干年。老马着人将尸体收拾出去，送到大理寺找人检尸。

我们继续往下走。

地下工程的浩大已超过了我的想象。下了大约五米，地道变成平行，也开阔起来，可以同时两个人并行。两边挖出了几间屋子。有两间屋子里面放着桌椅、床铺，还有油灯。油灯中的油已干了，满是灰尘，但灯芯是曾经燃过的模样，说明有人在这里住过。另一间石屋中堆满了箱子。打开一看，饶是我也差点叫出声来，金锭，满满十五箱，叠放得整整齐齐。另外一个箱子则是衣物，有孩子的也有女人的，我翻看了几下，并没有值钱的东西，老马叹了口气。我拿出一件衣裳，果然衣裳的衬里绣有一朵兰花。因为牵动衣物，有物件从里面滑落出来。我捡起来一看不禁苦笑，又是《何处落花集》。这本书上干干净净的，好似从无人看过。我将它递给老马，老马却一脸茫然。

我道："这是如夫人的诗集。"

老马翻看了一下，又还给我："老臣从未见过。"

老马不会说谎。我将书收好再往前走。通道渐渐变窄，只能容一人行走。大概走了十来米，一道石门挡在面前，马尔汉示意随从用手推了推，无法推开。

"是机关启动的。"我提醒他。

老马点点头。他像老猎犬一样，精明地检查着每一寸地方。忽然他的手往下一滑，门开了，一段向上的台阶露了出来。我们持着火把走上去，大约二十格台阶，到达一处平坦开阔的地方，一堵墙挡在面前，又是机关。这一次，机关设计得十分奇巧，平滑的墙面上看不出一点端倪，老马用手按了半天也没有用，换我上去依然如此。我和老马面面相觑。老马忽地一拍头，只见他步量了一下，走到这面墙的中间，伸手一推，奇了，墙竟然转动起来，而且是整面墙，形成一个通道，我们鱼贯而入,最后一个人刚走进来,墙"啪"地一声复原了。

我们忽然发现自己身在一间书房中,刚才的那面墙从这里面看是一个博古架,没有一点暗格的影子。

这是哪里?

"谁?你们是谁?"

骤然响起的声音吓了我们一跳,但说话之人似乎更受惊吓。

一个三十岁左右的男子站在门口,一只脚门里一只脚门外,显然是刚刚机关转动的声音将他吸引来的,但看见我们这一大群人却又不敢进来,只是转过头大叫:"快来人,快来人!"

马尔汉呵斥:"叫什么!这是哪里?你是何人?"

他眉发倒竖,犹如天神。那男子为他气势所吓,一时竟没有说话。而此刻院子中响起了三三两两的声音,显然是听到呼喊声过来的。男子的胆子似乎大了些,开口道:

"这是我家,你反而问起我来了。你们私闯民宅,我要把你们送官。"

一席话说得马尔汉哈哈大笑。

男子的身后已来了几个人,凌乱的脚步声显示还在有人不断地往这边跑过来,因此胆气更壮了,他大叫:"叫里正,去报官。这还有王法吗?光天化日之下强闯民宅。"

"闭嘴!"马尔汉怒喝一声,大大咧咧地将书桌后的那把太师椅搬过来请我坐下,又像尊金刚一样往我身后一站,"我们就是官府,你还到哪里去报官呀?你先告诉我,这里是哪里?你是干什么的?"说话间老马示意一个手下出去叫人。

我们在地道中折腾的这几个时辰里,老马的人马已经到了,不一会儿就将整个院子围得水泄不通。

此刻男子倒镇定下来了:"我叫刘远,因参加科举进京。谁知前科未中,无颜回乡,便留在京城苦读,指望下科能够及第。原先本是住在客栈,可是费用实在太大,便搬到这里来了。"

马尔汉冷冷地看了他一眼:"是吗?"

这目光使得男子不由自己地躬身垂手:"不敢撒谎。"

"何时租下的?"

"去年六月。"

"租金多少?"

"一年十两。"

马尔汉大怒:"放屁,这院子少说也有四五进,怎会如此便宜?"

男子辩白:"是十两,不敢欺瞒大人。这都是小人的管家刘金一手操办的,小人也曾问过为何如此便宜,他说这是无主的宅子,又私下打点了里正,故而便宜。"他说话之时,一个须发花白的下人不断点头予以证明,显然就是那个刘金。

这时候里正来了,大概是已在外面问明了各人的身份,一进来就跪下磕头,称我"王爷",称老马"大人"。

对于老马的提问,里正的回答与刘远无异。据里正说,这宅子原本属于在城里开"天锦绣"绸缎庄的李老板所有,村里人都称李宅,所建时间与何处园大致相同,也就前后一两个月的事情,所用的工匠还是同一班人马,领头的是前面刘庄的老刘头。我回头问老马是不是有印象,老马摇头,虽然钱是他出的,房子从设计到请人都是四姨娘一手操办,他都没来现场看过,一是他确实忙,二是四姨娘想给他个惊喜,不让他插手。他见四姨娘对造房之事兴致勃勃,忘记了之前的不幸,便也乐得让她开心,自己做个甩手掌柜。

李老板家人口简单,只有李老板和一个儿子,并无女眷,除了主人之外,还有六七个下人。李老板平时专心做生意,虽是外来人,与邻里关系却不错,对村里的事也热心,铺桥修路从不吝惜银钱,别人有什么困难也肯鼎力相帮,是众人口中难得的好人。谁知好人没有好报,房子住了没多久,一夜之间父子二人身首异处,下人中也有几个被杀死,其它仆人见主子一死,也作鸟兽散,当然临走时还不忘卷走了一些细软之物。

"那案子破了没有?"老马问。

"破了。"

"何人做的?"

"是下人李贵。"

老马奇怪:"他与主人有这么大的仇恨?"

"说起来可就话长了。"里正讲了一个令人惊恐的故事。

李家有一个叫阿秋的丫头,虽是下人,却也有几分姿色。李老板的儿子年轻,一来二去就与阿秋勾搭上了。而李贵原本与阿秋是一对,阿秋有了少爷便不要李贵,李贵不禁心生不满。那天李贵喝了酒,一时气愤去找阿秋,想要奸宿,阿秋不允,李贵便杀了阿秋,偏偏此时李少爷也来找阿秋,李贵将李少爷也杀了。一连伤了二命,李贵杀得兴起,乘着酒劲干脆把老主人也给解决了,而那几个仆人,因为看见李贵行凶,也都枉送了命。

我倒吸了一口气:"那李贵对所犯罪行是否供认不讳?"

里正笑笑:"他还如何供认?抓到他时,他已无法说话了。"

我讶异:"无法说话?为什么?"

"他的舌头只剩下半截了。"里正"啧啧"咂着嘴,似是很惋惜。

"噢？是何人割去的？"

"哪是人割去的？乃是他要奸宿阿秋之时，被阿秋咬下的。如不是这半截舌头，还抓不到这凶手呢！"

老马问："他既无法供述，那这案情又是如何审清的呢？"

里正笑道："这案情还不是一目了然。阿秋与李少爷有染是不争的事实，那几个跑掉的下人后来又都被找回来了，其中至少有一半说看见阿秋三更半夜到少爷的书房去，而且还不止看见一次。阿秋的房间里有李贵的衣裳，李贵房间里也有阿秋的，这还不说明两人也有一腿？阿秋口中又确含着李贵的舌头，种种迹象还不表明这是一场情杀吗？至于李老爷，房间里放的金银财宝丢了不少，分明是李贵逃走时拿的，死的那两个下人又是在书房去至上房的路上，肯定是李贵杀人灭口。因证据确凿，案发后不过半天时间，李贵便被抓住了，随即判为绞刑，秋后问斩。不过李贵没有坚持到秋后，不过十几天后，便因伤势和惊吓死在狱中了。"

老马冷笑一声，令人不寒而栗："你一个小小的里正，倒将如此复杂的案情了解得一清二楚。"

里正陪着笑："上任里正是小的父亲，而小的舅舅又正好在顺天府衙门里当捕快，那李贵就是小的舅舅抓到的，故而这案子常听他们二人在家里谈起。"

"这案子是何时发生的？"这是我最想知道的。

里正想了想："大概也有十四五年了，可是确切日子小的记不清了，应当也就二三月的时候。"

我点了点头，看来还是有必要去查一下卷宗。如果我没有记错，四姨娘离开马府的日子也正好是十四年前的四月初三。

老马问："你舅舅叫什么名字？现任何职？"

里正吓了一跳，期期艾艾地半天没说话，最后在老马凌厉目光的压迫下，才说道："他，他叫冯有道。只是，现在年纪太大，已不在衙门做了。老、老爷问他怎的？"

老马哼了一声："你怕什么，十几年前的事了，我也懒得追究他什么泄密罪责。只是想问一下关于这案子的详情。他在哪里？"

里正松了口气："大人，这真是巧了。昨天是小的娘过七十大寿，舅舅多喝了几杯，没回去，这会儿正在小的家。"

半支香的工夫，冯有道来了。到底是在天子脚下的衙门混过，见过世面，进来又比那里正的礼节规范得多了。他还认识老马，老马自然是不记得他，不过这冯有道也没觉得难过或难堪。

不出所料，冯有道提供的案情信息与里正说的差不多一样，只是他又提供了一个细节，所有人均是一刀毙命，凶手下手既狠又准，能逃出去的下人不是命大，而是凶手没想杀他们。

第五章
原来如此

"你在查案中就没发现什么疑点吗？"我问。

冯有道愣了一下，犹犹豫豫的："这个……咳……"

我笑道："你别多心，我不过好奇，已结了的案子谁还有时间去翻它？何况凶手都死了。我看你也是个老道之人，当差多年，疑难案子没少破，这案子我不相信你一点疑心都没有。"

冯有道打了个千："王爷英明。若说一点疑心没有那不是事实，可爷知道，小的只是当差，一切事情还得上头作主。"

我会意地点了点头，这真是个老狐狸，既要在我跟前卖好，又不想担责任。

冯有道见我笑了，便又说："照现场的惨烈来看，凶手不说丧心病狂，也残暴得可以。可是李贵却正好相反，胆小如鼠，抓到他时似乎受了很大的惊吓，目光游离，入狱后一直狂呼不止，可惜谁也听不懂他的话，不久又死了。而且从伤口来看，虽然都是刀伤，手法又有区别，应当是两人所为。因为案子发生在天子脚下，影响太大，大家都想早点结案，便也就不了了之。今日小的斗胆说一声，这案子实在是还没查透便结了案。"

我听到这里，心里有了想法，便夸奖了他几句，打发他走了。

老马派人将李宅彻底翻查了一遍，没有发现其他地道。可以肯定的是，书房中地道的出口只能入不能再回去，因为书房这边根本没有可以打开出口的机关。对刘远和他的那个管家也再三仔细盘问，甚至于来看热闹的几个乡民也没有放过，但是真的没有任何线索。我们只能暂时封了两所宅子，派专人看管，然后运走金锭，打道回府。

但唐胖子外室的那个眼神却叫我一时不能释怀。这女人却油滑得很，句句话说得滴水不漏，我又没有其他证据，只得暂时作罢，派人盯着她的行踪。如果这女人真有问题的话，一定急于将今天发生的事向她的主子报告。

一夜未睡，当时还不觉得，等吃了些点心之后才觉得这困劲上来了，和老马打了声招呼，我便打道回府。路过十三弟的府第，我不由自主地下了马。门上的看见我，立刻上来打千行礼。这时我才发现，旁边的拴马桩上有几匹马。

我喜道："老十三回来了？"

门上的回话："没有，是四爷来了。"

一听老四在这儿，我把缰绳一扔，大踏步走了进去。还没到厅上，就听见老四在骂人：

"荒唐，堂堂大清国的皇子丢了几天竟没有人寻找，你们都是干什么吃的！十三爷要找不回来，爷非把你们一个个剐了！"

厅上黑压压地跪了一地人，看来除了大门上的成了漏网之鱼，其余的都被抓到这儿来了。兄弟几十年,我从没见他发过这么大的火。老四这些日子负责京畿卫戍不在家,想必是今天刚刚得到十三弟失踪的消息才赶过来的。

其实这也不能完全怪底下的人,十三弟刚分府不久,又没个女人管他,常与几个同样没人管的兄弟一起喝酒玩乐,夜不归宿的事常有发生,甚至三两日不回来,下人们早已习以为常。如不是这家伙一连几天都没一点信息,下人们大约还想不到寻找。当然下人也有推托不了的责任,至少应当派几个人跟着,怎么能任由主子一个人出去呢?

我的到来让老四稍稍平息了一些怒火。我也有大半个月没见到他了,今天这一回来,他自然已知道清华不见了。

老四口称"三哥"给我打了个千,我拍拍他的肩膀:"四弟,消消气,你来得正好,咱们商量商量。"

老四忧心忡忡:"三哥,这可怎么办?清华也就罢了,老十三这……,德妃娘娘还不得急死啊,都不知道怎么和她老人家说!"

我暗自叹口气,难怪十三弟不去找他帮忙,听这口气,清华还不如一只小猫小狗呢,丢猫丢狗还得找一找,对清华他竟没丝毫寻找的意思。不过话又说回头,如果当时十三弟听一下老四的话,不就没有现今的这番烦恼了吗?

我建议:"德妃娘娘那里暂时就不要说了,知道了也是担心。"自从老十三在十四岁时生母敏妃娘娘去世,就被德妃娘娘领在身边,仅用"视同己出"四个字根本无法表达德妃对这个儿子的宠爱,所以以德妃娘娘的性格,为儿子急疯了还真不是一句夸张的话。

"纸哪里包得住火!"老四低声道,"再说,皇阿玛那边……"

"皇阿玛已经知道了……"

老四吓了一跳:"什么,皇上已经知道十三弟……"

"十三弟这事还不知道,只知道清华不见了。"我也不知道自己怎么也会染上菊香的表达不清的毛病,不禁摸了摸下巴。

老四松了口气,甚至还有些高兴:"红颜祸水,我早劝过十三弟娶妻娶德,什么美女才女都没用。清华不见就不见了吧!"

当然他是有高兴的理由的,到了现在这种地步,不管清华是谁,这门亲事已然谈不成了。可事情怎会如此简单?我提醒了他一句,我们那位痴情弟弟可放不下清华,不然也不会不见踪影了。老四只能苦笑。

我用脚踢了一下跪得离我最近的家伙:"起来,去泡点茶、弄点点心,我和四爷有要事谈。"

我让老四和我一起去书房。走了两步,一回头,厅上黑压压跪着的那一片还没离开,看来老四那顿火真够吓人的。老十三自己孩子心性,府里下人也没大没

第五章
原来如此

小惯了,何时这样守过规矩?我又好气又好笑,叫道:"该干嘛都干嘛去,还跪着干啥?现在知道主子不见了害怕了,早干嘛去啦?"厅上这才作鸟兽散。

十三弟的书房老四是常客,我却很少来。今天进来一看,与以前有很大的变化。老十三从小就爱书法,书房中原本到处是各色宝帖,现在却变成了绘画材料,墙上挂着的那一幅黄济的《砺剑图》也换成了一幅仕女画,从新旧程度看,作者应当就是十三弟,这画与清华房中的那幅异曲同工,都是一位女子坐在桃树下沉思,只是这幅上的女子穿的是旗装。

我很奇怪:"十三弟爱上丹青啦?"

老四哼了一声:"玩物丧志。"有些恨铁不成钢。

我顿时明白了,这画上的女子是清华,老十三之所以画画的热情忽然空前高涨,八成就是为了把自己的情人画出来,难怪老四不高兴。我见老四那眼中都快喷出火来的样子,连忙将他从画前拉开,可别让这画遭了殃,好歹这也是十三弟的一片心血呢。老四人是坐下了,心里的火却没下去。

其实我忍不住想说,十三弟之所以会这样,德妃娘娘和老四娘儿两个有推卸不掉的责任,若不是这些年他们对他百依百顺,不管对错什么事儿都答应,养成他要风得风、要雨得雨的脾气,十三弟会这样一条道走到黑吗?

也是今天我才第一次知道了老十三与清华相识的过程。若不是老四憋得时间长了,又遇到十三弟失踪的事件,以他的性格,还不会如此八卦,那我也就无从知道此事的来因去果了。

第六章

横空出世的佳人

    三年一度的选秀是满人的大事,也是各家女儿飞上枝头变凤凰的最好机会。可秀女实在太多,留牌的概率又太小,因而基本上各家各户都要八仙过海,各显神通。理论上讲,马尔汉身居要职,之前的八个女儿又都因种种原因未能留牌,清华留牌的可能性是很大的,无需像别人家那样费尽心机。

    可是马家却未能将清华真正养在深闺。

    我早就说过了,马尔汉有九个女儿。其实他的女儿远不止现在的九个,真实的数字是十五个,只是其他的都不幸夭折而已,大概这位老爷子也有些不好意思将这个数字传给别人听,如果不是有一次他喝多了酒不小心透露出来,估计谁也不知道。女儿一多,半子也就多了,而我大清王室人丁兴旺,因此马尔汉的女婿们谁都能磕磕绊绊地与皇子皇孙拉上一点关系,在礼部为官的六女婿李明修便是如此。

    李明修擅长手谈,与我的兄弟中酷爱棋道的那几个关系十分好,其中包括太子、十三弟。由于明修的名士性格,家虽不大,却清雅幽静,是手谈的好去处,因此隔三差五总会有我的兄弟去李家。

    去年一个晴好的春日午后。太子与十三弟几乎同时来到了李家,虽是同时来的却也有不同,太子是应约而来,十三弟却是不请自到,李明修自然是打着哈哈将两人领进门,不论是请来的还是自来的都一样热情。

    这一次下棋的地方设在李大人家的"杏语阁"。顾名思义,这是一处绝好的赏花之所,整个楼阁不用一砖一瓦,全以镂空的木门窗镶接而成,人无需出屋,就能欣赏到春花的娇美芳姿,房屋的四周种满了桃杏梨树,花信一到,万花争艳,人坐在轩中赏花,别是一番妙趣,而此刻也恰逢桃李争艳的时节。

    可惜事不凑巧,一盘棋还没下完,皇阿玛就有事找太子。李明修难掩失望,只得送别而去。这"失望"两字老四加重了语气,听到后面我才明白他的用意。

    老十三与李明修重新坐下,撤了残局再开战场。一局未完,忽然就听到花海中有了女子的笑语声,十三不禁好奇地向外一瞧。这一瞧,视线就再也收不回来了。

晴空下,花红草绿、蝶飞燕舞。一株桃树旁的石凳上,不知何时坐着个粉红衣衫的少女,三两个丫头在她左右叽叽喳喳地笑闹。少女手中拿着绣绷,似乎正在绣花,她一会儿看看桃枝,一会儿看看绣绷,又轻声和丫头们说两句,丫头们笑得更欢了,微笑也情不自禁地在少女唇边绽放,万朵桃花顿时黯然失色。微风徐来,花瓣似雨,纷纷落在她的头上、身上,真是美若天仙。一会儿来了一个少妇模样的人,俯身到少女的身后,亲热地与少女交谈,少女笑靥如花,随手将绣绷递给她,少妇便坐下开始刺绣。

李明修此刻似乎才注意到窗外有人,窘笑着解释:"臣只想着在这儿能静心下棋,没想到她们姐妹也贪图这儿的美景出来了,倒让爷笑话。"十三赶紧说没什么。李明修自然是立刻打发人叫走了女眷,但少女却烙在老十三的心上再也赶不走了。

接下来十三的举动与其他初坠情网的少年无异,打听少女的来历,到母妃跟前提出指婚要求。毋庸置疑,这女子自然就是清华。老四刚知道此事时还是相当高兴的。一样高兴的还有德妃,儿子终于开窍了,不再愣头青一样地嚷嚷着要先立业再成家,而四福晋也兴兴头头地跟着忙了半天,打听清华的身世、性格、喜好。

这一打听,除了老十三,德妃母子没法淡定了。原来清华就是老马家刚找回没到一年的女儿呀,且不说她只是一个庶出的丫头,就是这来历也不适合做嫡福晋。而老马作为兵部尚书,女儿却绝没有给人家做小的道理,因此这婚事也就谈不成了。于是当娘的劝,做哥嫂的劝,老十三此刻倒还没有中毒太深,毕竟只是匆匆一面,虽不甘心,却也放下了,忧伤了两天,第三天又没事人一样了。

这时候不得不提到另外一个人。她就是老马家的七格格沐华。沐华之所以会在这件事情中隆重登场,是因为她所嫁的是京中有名的青年才俊、老十三少年时代的好朋友马齐。常言道无巧不成书,马齐娶尚书七格格的时间大概是老十三初识清华并下决心要淡忘这次偶遇之时。

马齐婚后老十三第一次上门,沐华隆重地予以接待,不仅留饭并且亲自下厨露了一手,这令老十三震撼无比。饭吃了一半,沐华出来敬酒。以马齐与老十三情同手足的关系出妻现子不为过,以满人的习俗女主人亲自过来敬酒也不为过,因此沐华的出现不能说故意安排。

沐华的谈吐气质一下子折服了十三弟,他不自然地又想起了清华,有姐如此,妹妹可想而知。而沐华此刻又有意无意地透露九妹正在府中,桌上筵席中有她的手艺,却又不说明是哪一道,弄得十三弟心猿意马。当然清华在那天并没有出现。我私下揣测,老十三是有痴心妄想见一见梦中情人的打算的。清华不出现自然有种种原因,不过在老四口中这变成了欲擒故纵的手段。

格格不嫁

此事之后，老十三也还没有敢贸然向父母兄嫂提出重新考虑这门婚事的打算。老十三很孝敬母妃，尊重兄嫂，不会做让大家不高兴的事，老四这样说。我听他言下之意，是清华让老十三第一次违背了家人的意愿。我不能不说，老四的偏见不是一星半点。

老十三结交的大多是马齐之类的世家子弟。这帮人自诩青年才俊、未来栋梁，从小饱读经书，自认为虽不敢说学富五车，却也是满腹经纶，因此胸怀大志，好高骛远。嘴上成天挂着的是如何安邦定国，理论谈起来一套一套的，又奉信"是真名士自风流"的道理，安邦定国之余弄了个诗社，闲来无事便要搞个聚会，合刊的诗集都不知出了多少本，在京城搞得风声水起，沽名钓誉之徒趋之若鹜。

马齐最热衷于这类聚会，他常将夫妻二人唱和的诗词认真誊写出来，到诗社炫耀，自然赞叹声一片。渐渐流出来的诗作就不仅是沐华的，中间还掺杂有清华的作品。

老十三作为诗社成员，当然是近水楼台，先睹为快，又因为有某人之作，夸奖中不吝溢美之词，言下之意，直可与李清照、朱淑真之流比肩。诗社中的其他人见老十三如此，对这诗词竟除了"好"再也说不出其他的来了。那十三听别人也和自己一样说好，就更觉得清华好了。只可惜诗后未写作者姓名，十三便要猜测哪几首是清华所写，想着她那娇俏喜人的样儿，又有沐华的珠玉在前，更加认为她一定也才情过人。捧着诗，不由得颠倒不已。

一时间兆佳氏双姝才名大噪。沐华嫁了人的还罢了，清华是待字闺阁的少女，尤其令人向往。老十三便是这狂热人群里的一名中坚力量。

这时候如果有人早点发现老十三的动态予以劝阻，老十三也不至于后来越陷越深。但事情就是如此不巧，老四出京公干去了，德妃娘娘又远在深宫，自然无法掌控老十三的行踪。等老四从外面回来，已是三个月之后，老十三对清华的感情已如滔滔洪水，无人能够控制。

老十三正好这些日子闲在京中，没有什么要事，因此三天两头往马齐家跑。他的借口反正很多，除了诗社，还有下棋、书法，偏偏又有沐华从各处寻来的奇花异草，因此赏花便也成了老十三绝好的借口。

在这几个月中老十三见了两次清华，一次是马齐全家去求佛，清华陪同，而老十三就是那么巧也去敬香；一次是碰巧同时到达马齐家，在中门口一个下轿，一个去往书房。虽然两次均未交谈一语，但距离近得已足够看清容貌了。

这亲事，德妃为儿子的今后考虑自然还是不允，老十三这时已明确表态非清华不娶，母子两人第一次有了冲突，四福晋两边调和没有结果，夹在中间左右为难。还好，老四回来了，三人都像抓住了救命稻草。

第六章
横空出世的佳人

老四多年的历练还有什么不明白的？京城里选秀的准备工作正在紧锣密鼓地进行着，他因为有两个已成年正等着娶嫡福晋的弟弟以及他自己宗室弟子的身份，公干一路走来，已有无数人家递条子、拉关系，观赏美女大展才艺的酒都不知喝了多少顿了。所以，当老十三一说自己这段日子的经历，老四就知道老马家的九丫头如此适时出现的真正目的了。也正因此，当老十三要求四哥像以往那样支持自己的时候，老四拒绝了，同时说了"红颜祸水"四个字。更让老十三难过的是，原本还在观望中的四福晋此刻已完全站到了德妃和老四那边，老十三立刻成了没有帮手的光杆。

现在皇阿玛的态度成了关键。以往日的宠爱，老十三想当然地认为皇阿玛肯定支持。但他忽视了一点，在婚姻大事上，做父亲的往往都会听做母亲的决定。有意思的是，此时太子也含含糊糊地向皇阿玛表示有意娶清华，另外还有几位阿哥也纷纷委托母妃到皇阿玛面前探口风。就连十四弟也禁不住清华才女加美女组合的诱惑，兴冲冲地去找德妃，德妃正被十三搞得头疼，一听"清华"两个字就气不打一处来，老十四当然被德妃呛了一鼻子灰出来，十四弟这才知道差点与十三哥做了同情兄，无可奈何打消了念头。

选秀尚未开始，清华就如此炙手可热，真是前无古人，后无来者。皇阿玛向来认为娶妻娶德，嫡福晋尤其如此，所以我们兄弟们的正房都是中人之姿。清华抢手又美艳，反而让皇阿玛觉得不合适，加上德妃的态度对他有了直接的影响，因此皇阿玛未答应婚事。他给老十三的话是，世上不止一个清华，父母安排的绝不会比他自己选的差。

老十三从皇阿玛那里得到这样的话受到的打击不小，没两天就倒在床上起不来了。老四说，以老十三的体质，绝不致如此不济，以老十三的意志，也不可能软弱至此。老四的话外音是，老十三在装病。可这病不管是装的还是真的，反正让老十三弟如愿以偿了。

老四叹了口气，如果德妃娘娘此时坚持一下，也许就过去了。可惜，母亲什么时候能斗得过儿子？

十三弟倒下第一天，德妃没有吃下饭，永和宫的崔公公宫里宫外跑了无数趟；第二天，十三弟的寝室移到了永和宫，德妃、老四、老四媳妇轮番上阵苦劝，动之以情，晓之以理，又辅以美食诱惑，未见成效；第三天，德妃坐在床边抹了一天泪，又是哄又是骂，这脾气加柔情的招数曾多次降伏皇阿玛，可惜未能对十三弟奏效；第四天，德妃身子虚脱得坐不住了，母子两人一边躺一个，大眼瞪小眼，谁也不说话，永和宫上上下下一天没开伙；第五天下午，德妃缴械投降，明确表态只要老十三吃饭答应全部要求，老十三还不肯见好就收，逼着德妃立保证书；第六天，德妃按照与老十三的约定在永和宫召见清华，亲自考察，由四福晋担任参谋，

格格不嫁

考察结果不言而喻,也不会有第二种结果;第七天,德妃与老十三结成统一战线,责成四福晋回家做老四的工作,务必与她们母子保持一致,不许唱反调,否则……德妃后面还有一大段话,老四没好意思完整重复,大意是老十三出了事,娘娘也不独活了,死也没好下场,她没那脸见敏妃,这都是老四不孝的后果。德妃刚柔相济的手段老四自是难以招架,只得答应。第八天,德妃亲自找皇阿玛谈指婚的事,其实此时正白旗的秀女离选秀还得好几个月呢,德妃也染上了老十三急躁的毛病,生怕别人捷足先登,抢了先机。

皇阿玛开始不松口,可架不住德妃在他面前喊,你想要我儿子的命是怎么的? 我不是亲额娘,你可是亲阿玛,老十三要有三长两短,我也不活着了。

德妃娘娘入宫几十年,因贤良淑德、温婉可亲才被封为德妃,虽然曾有刚柔相济逼迫皇帝的先例,但那都是年轻的时候,地点也在她自己的寝宫,像这样跑到上书房来又哭又喊还是第一次,令所有见到的人都始料未及,那些年纪大一些的宫人还罢了,入宫不久的年轻宫女太监惊讶得眼珠子都要掉出来了。原来皇帝的老婆也有如此强悍的一面,皇帝也惧内呀。

于是皆大欢喜。十三弟立刻起床,病也没了,痛也没了,饭也吃得下,酒也喝得下。儿子没事,德妃也精神了,母子俩亲亲热热,说说笑笑,一扫永和宫前几日的阴霾。

这时候,德妃说出了一番让老四气到肝疼的话,意思是如不是另外几个妃子凑热闹,到皇上那里替她们的儿子要清华,清华也不会在皇上那里留下个不好的印象,造成皇上不同意老十三婚事的严重后果,差点让她失去儿子。她甚至怀疑有人因妒嫉她儿子优秀,故意在四阿哥、四福晋面前说了清华的坏话,传递了错误的信息,害得他们一家做出了错误判断,因为她所见到的清华是多么美丽,多么懂礼,多么令人喜欢啊,而她之前的不幸经历又多么令人同情,难怪她那两个世上最优秀的小儿子都对她情有独钟。当然这事唯一不圆满之处是清华只有一个,儿子却有两个,只能委屈弟弟,成全哥哥。

女人啊,不管是母仪天下,还是贫民贱妇,溺爱儿子的时候全都黑白颠倒。面对母妃,老四彻底无语,陪着喝了两杯酒,就找借口出来了。可怜四福晋没他那种好运,不敢扔下婆婆、小叔子,整整地陪了一天笑,晚上回家腮帮子都酸了。

后来的事情就是大家都知道的了,清华选秀、留牌、指婚,顺利至极。人人都感叹清华真是好福气,两年之中找到了生父,又找到了好丈夫,令无数有女儿的人家既羡又妒,可又没脾气,谁让自己的女儿没人家美呢?

老十三自然意气风发,心情一好,什么事都顺,皇阿玛交给他的公务办得既快又好,与臣僚之间的关系也比以前更加融洽,朝庭上下一片赞扬声。皇阿玛也高兴了,有一次甚至对德妃感叹,十三皇子总算长大了,能办事、会办事、会处事、

第六章
横空出世的佳人

有潜力，以后前途无量啊！动情之处，一激动还赏赐了一件如意给德妃娘娘。

事情发展到此时，从上到下人人都已顺理成章地赋予了清华一个新的身份——十三福晋，至于之前她的来历、到底是不是马尔汉的亲闺女已无人在乎了。

只除了老四。

老四觉得老马家推出清华的手段实在太高明了，这个"美人计"比起那些用钱打点、把女儿带进宫给皇妃阿哥们相看高了不是一个级别。以他对马尔汉整个家族的了解，似乎无人能定下这样的计策，除了清华。因此老四一直在查清华的来历，只可惜，查来查去，也没查到什么眉目。

到底为什么不喜欢清华呢？我问老四。

老四苦笑，直觉。

可你并没有发现什么端倪。

没有端倪才更可疑，一切都太天衣无缝了。

老四给我讲述了寻访清华来历的经过。一件事情，不会所有人的了解程度完全相同，因此对一件事的看法也不会完全一样。可是老四走遍了清华养母家所在的整个庄子，无论男女老幼对清华的事都众口一词，说法、看法完全一样。这还不奇怪吗？当然，老四没有查到其他证明清华说谎的证据，也没有发现清华在京中的可疑行径，否则亲事早黄了。但没有可疑行径并不代表就不可疑。

我在心里对老四竖了一下大拇指，老四你做人做事都让人服了，清华真的有问题，而且问题不小！

我和老四一边浅斟慢饮，一边慢慢将我自清华失踪这些日子的所见所闻详详细细地讲了一遍。这是我第一次作完整陈述。对十三弟我不是不想讲，可他失魂落魄，已失去了思考的能力，讲了也没用；没对老马讲，不是不信任老马，是担心老马这直肠子泄露消息。老马府中有眼线，这眼线既有清华布下的，也有清华的对头布下的，而我到现在还没能分清谁是敌谁是友。我家里的那些女人是一天到晚缠着我讲，可我累死累活，没有心情再多费口舌，更怕说多了引火烧身，谁让清华是个大美人呢？准她们天天谈着，不准我一时惦记着。

听完我的话老四沉默不语，低头把玩着手里的杯子，好一会儿才抬头："清华是自己出走的，敬香那天她没有回府。"

我一拍桌子："英雄所见略同！来来来，喝一杯。"

清华的失踪看起来奇怪，想通了也平常。她有两个帮手，一个是黄妈，一个是碧云。

计划实施第一步是遣开最容易发现调包的小菊，这才有小菊被派到九姨娘那儿做事。后面的事情完全按照计划实施，首先是让黄妈从台前转到幕后，表面上她是为小少爷买东西去了，实际她只是在寺中找了个地方躲了起来，并伺机在点心中加料，寺中厨房里的那几个和尚是不会介意尚书格格的奶妈进厨房查看食物的。而我对寺庙伙工和尚的调查也证实了我的推断。

然后清华故意拖延时间，迟迟不回府。在大家都饿了的时候，体贴地让寺里端上已被黄妈加了料的点心，当然碧云为了减轻自己的嫌疑也一起吃了。众人昏睡之时，黄妈再次登场，清华换上早就准备的衣裳悄悄离开，而黄妈则穿上清华的衣服。众人醒后，因为无端睡觉犯了错谁也不敢上前，碧云主动服侍无可厚非，从众人的心里来说也巴不得这样，所以谁也不会发现斗篷下的是黄妈不是清华。当然黄妈不可能一句话不说，但她的声音与清华本身相似度就很高，低声说话时更难分辩，菊香不就说过她在五弟家就没分清这两人吗？清华平时深居简出，小丫头们对她不会太熟悉，唯一可能发现调包的是小菊和红云这两个大丫头。所以敬香回来后，黄妈就躺在床上，用发脾气的方式赶走了众人。因为清华已有一段时间晚饭后除了黄妈谁也不见，所以小菊除了觉得脾气过大外也不会有太多疑问，而碧云则适时说出了寺庙中众人睡着、害清华无人服侍的事来打消掉小菊的最后一点疑虑。

黄妈等众人出去后，随即起床，将床上伪装成睡了人的样子，她又换上自己的衣裳，站在门口喊大家早点休息。为了进一步证明清华已回府，计划中又特意安排了半夜问时间、要水喝等情节，误导众人认为清华一夜都在房中。天一亮，清华不翼而飞。

这件事安排的绝妙之处就在于，清华的同谋中有一个众人心里想当然的敌人——碧云，而碧云每一次的回答都言之凿凿，说清华回来了，她亲手扶上轿，回来后还说了话等。这段证词不知误导了多少人，而这也正是我当初想不通的地方。

小菊是清华带来的两个人之一，人人都认为她是清华的心腹，马尔汉也不例外，可清华并不信任她，甚至防备她；碧云是众人口中安插在清华身边的眼线，但碧云才是清华信任的人。这些是我从十三弟对两个丫头的喜恶看出来的，十三弟受的是清华的影响，陷入情网的人会不知不觉地以对方的喜好为自己的喜好。

黄妈的失踪就太简单了。主子出门前呼后拥，门上自然会注意。一个老妈子进进出出谁会注意？老马家上上下下几百口人，只怕下人之间还互相认不全。黄妈只要稍微注意一点，自然可以避开熟人神不知鬼不觉地出去。当然黄妈也得到了碧云的帮助，否则那书、那帕子不会顺利地出现在我面前。

我与马太太长谈过两次，她对四姨娘的死心存愧疚，以她的性格对四姨娘的女儿不仅不会为难，反而会处处照顾，所以派碧云不是监视，是真的来照顾清华，只是府中所有人都误会了，马太太是不屑为这些误会作任何解释的。

但碧云帮清华做这些事是经过马太太允许，还是自作主张？难道她与清华还

第六章
横空出世的佳人

有不可告人的关系？那可太复杂了。不过并不是没有可能，从这几天的发现来看，不论是四姨娘还是清华，她们的来历非但是可疑，简直是可怕。

老四建议："把那个碧云叫来问问？"

我摇头："她还会在尚书府吗？地道暴露，碧云同谋身份也就大白于天下了，哪会等我们去抓她？至于小菊，一直被清华等排除在外，情况就算知道也有限得很。"我心中懊恼没有早早看穿碧云的身份，不是偶然想起十三条帕子，我还不会怀疑她。

但我又有一种很奇怪的感觉，似乎碧云并不是敌人。

关于十三条帕子，老四同意我传消息之说，他认为此帕子应当请懂得刺绣的人看一看，我们两个大老爷们看不懂这些东西。这话很对，我立刻派人取帕子去，顺便打探一下碧云的情况。当然心里还有些担心，这帕子不会被人销毁了吧？还好，不过一顿饭的工夫，帕子取来了。我打开看了看，与第一次看到的没有两样。问派去的人，说是从红云手上拿到的。我轻嘘了口气，幸亏有红云。而碧云果真如我所料，已离开了尚书府，至于去向则未能打听清楚。

我和老四重点谈的还是清华三番五次提供信息，要我去查何处园，结果发现地道、尸体、黄金、灭门惨案、十三弟被人以我的名义骗走了的事情。

老四越听脸色越阴沉，直到我说完了，一直都没有开口。事情很是棘手，清华到底是谁？骗走十三弟的又是谁？到了此时，老四也不得不承认，要找到老十三，必须先找清华。

我们商量了一下，分了下工，老四去大理寺查档案，看看灭门案与清华生母被杀案是否有关连，同时针对那几具无名尸体查一下死因，再看看当时有无失踪人口报案。老四查案是把好手，比我强，我就怕和死人打交道，摸一下尸骨几天吃不下饭。我则负责调查绸缎庄的来龙去脉，看看有无蹊跷，顺便找人看看那几条帕子的奥秘。至于造房子的老马头，我已让马尔汉去查了，不过大概不会有什么结果。

我忽然想起一件事，从身边取出那块玉佩放在桌上。

老四一眼就认出了它，很是诧异："这是哪儿来的？"

我回他："我还想问这玉佩是怎么丢的呢！"

老四叹了口气，久久不语。

酒喝了两个时辰，兄弟俩都有了醉意。老四属于那种酒喝得越多脸越青的，只有眼珠发红。我却不同，喝酒容易上脸，酒量也不能与老四比，这时如从外面来个人，定以为酒是我一个人喝了的。

老四从桌上拾起玉佩，抚着那条不大看得清楚的裂缝："是十三弟的。"他疑惑地看着我，"怎么会在三哥手中？"

我笑笑："你先告诉我这玉佩是怎么丢的，我就告诉你它是怎么到我手里的。"

老四叹口气："还记得四十一年的天子南巡吗？玉佩就是那时丢的。"

我当然记得。

那次南巡九月才从京城出发，随行人员不多，皇子也只有三个，我自然不在随行之列。当时我沉溺于历法不能自拔，无心公事，不为皇阿玛所喜，他不带我很正常。其他几个兄弟就没我能看得开了，微词颇多，当然这微词不敢直指皇阿玛，也不敢指向皇太子，但对当时跟去的四弟、十三弟就没那么多顾忌了。

然而这次南巡注定是短命的。出发不到一个月刚刚走到德州就回銮了，官方给出的消息是皇太子病了，皇阿玛心疼儿子，决定先行回京，留下太子在德州养病。但官方说法，顾名思义，只是冠冕堂皇的说法，最不可信。随行人员又都三缄其口，这次南巡也因此更显神秘，于是谣言四起，后来皇阿玛明旨禁令，处理了好几个虾兵蟹将，议论才暂时平息，但却阻止不了众人心中对谜底的猜测。老四是随行人员之一，当然洞悉一切。人都是有好奇心的，我也不例外。此刻，我殷切地看着四弟，他却只管埋头喝酒。

"十三弟的玉佩到底怎么丢的？"见他总不开口，我实在忍不住了。

老四抬头看了我一眼，又低头一连喝了两杯酒。若不是我按住他的手，他还要继续倒酒。他苦笑一下，摇摇头。

我恍然大悟，皇阿玛的禁言令依然有效，尽管我手握皇阿玛的手谕，老四也不敢将事实真相告诉我。这更说明当年发生了非同寻常的变故，就连身为皇子的老四也不敢妄言。

我依稀记得，当年十三弟回到京时身上有伤，而且伤得不轻，他自己说是骑马摔的，但骑过马的人都知道骑马不会摔成那样，而且奇怪的是既然太子能在德州养病，为什么十三弟就不能留下养伤呢？另外一点值得注意的是，那次南巡之后皇阿玛对太子就渐渐疏远了，对十三弟的感情却与日俱增，明眼人都看得出来十三弟有取代太子的可能，皇上之所以迟迟未动，是时机尚未成熟。

老四喝完最后一滴酒，摇摇晃晃地站起来。我扶住他，他笑笑："三哥，老十三太可怜了。"他的声音有些哽咽，眼角竟滑下一滴泪。我愣了。他往门口走了两步，又说："这件事还是交给我吧，三哥，你别卷进来。"他扬了扬手中的玉佩，头也不回地走了。

我一时有些糊涂，他说的是玉佩的事，还是清华的事？

第七章

她怎么来了

我回到家刚一下马,小厮何利儿就鬼鬼祟祟地溜出来,一把抓住我的衣袖拽到一边:

"我的爷,您可回来了,出事了,出事了。"

我打了个激灵:"又出了什么事?"

"上午有一个姑娘来找爷,四儿正好在门口买针线,看见了就给带到侧福晋屋里去了,小的是紧拦慢拦也没能拦得住啊,急得什么似的,四处也找不见爷。"他用袖子抹了一把脑门上的汗。

我下意识地问:"姑娘?什么姑娘?"

"奴才不认识啊,"何利儿看着我挠头,小眼珠子骨碌碌地转,"不过,长得倒是挺好看的。"

我踢了他一脚:"别胡说。"心里却有些不安,谁会来找我?四儿是凤可的丫头,这下可麻烦了。

我与什么姑娘并无不可告人之事,只是这会儿人困马乏,哪儿有精神解释?可若不哄好凤可,以后还要费更多的口舌,到时她要再联合上福晋和我的其他几个女人,我真是要吃不了兜着走了。哎,惹不起那就躲吧,我刚想转身,就听到一个脆生生的声音:

"王爷,就要开饭了,您这是要去哪儿?"

不用回头我就知道是菊香,心中不禁苦笑。我这府里也够没规矩的,丫头竟能随随便便跑到大门口来监视男主人的一行一动。

我将手里的马鞭扔给何利儿:"去,派人告诉四爷一声,我酒够了,要喝酒明儿再说吧。"说着掸了掸衣衫上的土,迈步往上房走。菊香面无表情地跟着。她这样表明有事。我装作不在意,问她:"菊香,昨儿福晋歇得好啊?"

"好。"她简短地答了一句就没下文了。

这可不是她往日的性格,我暗自叹口气,是祸躲不过,看这架式,八成凤可已与福晋结成联盟,所以丫头也同仇敌忾给我甩脸子。找上门的姑娘是谁,竟让她们如临大敌？

我略带些讨好："这些日子忙里忙外地累了吧？过两日闲了，带你出门逛逛。"

要是往常我说这番话，菊香早就连蹦带跳地拍手叫好了，今天却兴趣不大："奴婢哪有这福气？爷还是挑那些长得俊的、会说话的陪着出门吧，也体面啊，爷还能赏心悦目不是？"

这语气酸溜溜的，来的姑娘还让菊香吃味了？想想自己真够惨的，堂堂王爷遭丫头抢白，全天下可能也就我这独一份。算了，看在福晋的面上不与她计较。

一进门，一个熟悉的身影映入眼帘。小菊？我心头一阵欣喜，但一看旁边笑语吟吟的几位女主人，我的笑还没来得及绽放便又收回去了。众人上来行礼，小菊也躲在人后，我看也没敢多看她一眼，只是挥挥手让众人平身。

福晋见我懒得开口，体贴地问："累了吧？"

凤可则躲得远远地，挥着帕子抱怨："爷身上是什么味呀？"我故意往她跟前走了两步，凤可敏捷地让开了，娇嗔着唤丫头，"快给爷换衣裳去，还让不让人吃饭了！"

我哈哈大笑。什么味？封了十几年地道里的尘土味、上午喝的酒味，还有马身上的汗味、尿味，熏死你，看你们还怀疑我外面找女人去了。不过福晋的体贴和凤可的娇嗔让我悬着的心放了下来。福晋是通情达理的，凤可也肯听福晋的话，她们大概也认为小菊作为清华的丫头，此刻到我这里应该是打听清华事件的进展，倒不会与我有什么私情。何况从女人多事好奇的角度出发，小菊的到来无疑为她们的茶余饭后增添了许多有趣的谈资。

换了衣裳出来，饭菜已摆好了。虽然我没胃口，但从省力省心的角度出发，也只得打起精神陪着几位夫人吃了几口。福晋在我更衣之时已让人备下醒酒汤，还端上了一罐热气腾腾的野鸡汤，那香味熏得人胃口都开了，一碗喝下去全身上下每个毛孔无一不舒坦，就着汤，我竟吃了有半碗饭。

整个吃饭的过程，小菊默默无言地站在福晋身后，拿东递西，动作熟练自然。看来虽然只来半日，已搏得了福晋的欢心，凤可对她似乎也不反感，还主动要她为自己盛汤。菊香和秀儿等几个大丫头脸上就不太好看了，凤可一时竟动了调皮之心，更加大声地叫小菊要这要那，将别人都晾在一边。菊香这个直肠子，根本不知是凤可逗她，脸上神气很不好看。

我心里叹口气，难怪菊香刚才冷冷地回我了，敢情不是生我的气，是生女主人的气，可又不敢对女主人说，只得我代为受过了。

吃饭的间隙，我偷偷打量了一下小菊，几天不见，清减了一些，但似乎更漂亮了，立在王府的几个丫头之间，她身上南方女孩特有的气质十分抢眼，同样一条黑油油的大辫子，却不像其他丫头那样杀气腾腾，更衬得面如满月，腰如柳枝。我

第七章
她怎么来了

暗自叹了一声,可惜是个丫头,好好打扮一下,也能倾国倾城啊。

茶足饭饱,我不顾福晋频频递过来的眼色,打着呵欠说要去歇息,对小菊我表现得一点也不感兴趣。凤可抱怨:"困困困,哪来的那许多觉?晚点去就不成么?人家小姑娘好不容易从主人家逃出来投奔咱们,你好歹也有些同情心,听听人家的苦处嘛。"我笑着对凤可再三作揖,说自己一夜未睡累着了,然后无视福晋要说话的表示,自顾自走出上房。就听身后福晋低声让凤可跟过来服侍我,被凤可气呼呼地拒绝了。福晋只得让两个丫头扶我去休息。

我心中暗笑,女人啊,我如果这时对小菊表示一点兴趣,她们绝不会夸我有同情心,反而会说我图谋不轨,成为以后攻击我的另一把柄。更何况小菊之事她们感兴趣着呢,要不了几个时辰,就会有人拉我过去一起倾听小菊的心声,我倒不如先养足精神再去考虑这件事。

一觉醒来,已日落西山,猛然想起与四弟的分工,连忙安排人调查"天锦绣"绸缎庄。事情才安排下去,老马那儿倒有了消息传来,李宅灭门惨案的案卷中有当年仵作画的伤口图片,确实如冯有道所说此案应是两个人做的,李贵不过是替死鬼。这件案子还另有端倪,"天锦绣"绸缎庄也无须再调查了,雍亲王已经找到证据,具体情况明天到雍亲王府细谈。至于何处园地道中的两具尸体,均是被人以极细的银针刺中哑门穴而死,手段毒辣之极,只是事隔多年,一时半会难以查清死者的身份。不过这两人右手骨骼较左手粗大,是习武之人,所用武器老马认为是刀剑之类,所以他觉得这两人是李宅案件的制造者,杀人后又被他人灭口,灭他们的人虽暂时还不能确定,但四姨娘脱不了干系。四姨娘的死也与惨案不无关系,可能就是这一次的灭口行动才招来的杀身之祸。

我知道老马作出这样一种推断需要多大勇气,他既然接受了四姨娘参与杀人的事实,肯定也明白女儿不会很清白,这两个女人都是他一生的最爱,亲人忽成罪人,还有比这更残忍的事吗?想起老马花白的须发,我有些心酸,老马为皇阿玛鞍前马后辛苦劳碌了一辈子,却未必能得到好结果啊!

我这里事情还没能放下,菊香又来了,与往日不同的是,今天她端端正正地行礼问安,没有一丝嬉笑。我纳闷,这又是唱的哪一出?

菊香的京片子说得又溜又简洁:"福晋请王爷到上房,有位姑娘要见爷。"

得,她不说小菊倒说有位姑娘,开涮起主子来了,看来今天这气不小,我那福晋就没安抚她?

我陪着笑:"至于嘛菊香?小菊来了也不会抢走你在福晋心中的位置啊,瞧你那脸拉得,快赶上长白山了。"

菊香撇嘴:"什么小菊!找爷的是碧云。"

格格不嫁

我愣了一下,碧云?!她来了?她来干嘛?她怎么敢来?

菊香哼了一声:"爷查找九格格的下落没有进展,倒把九格格的丫头全招来了。"这口气神态活脱脱像一个人,只怕这话就是她说的,菊香不过重复一下而矣。

我听出了她的幸灾乐祸。碧云也被我的女人们直接带走了,这意思是叫我去领人?

我纳闷,今天是什么日子,为什么两个丫头都跑到我家?且慢,老马刚才派来的人提也没提小菊,这不太正常吧?看来小菊到我这儿老马并不知情,她是偷跑出来的,还是老马太太放她出来的呢?碧云又是因何来到我家?是代表马太太还是纯属个人行为?

我起身,揉揉有些发酸的肩膀,菊香这丫头居然站在一边干看,要搁在平日早就上来帮我揉了,大概今天真生气了。不过凭良心讲,菊香比起那两丫头确实是有差距的,我不是指容貌,是指心机。

菊香嘟着嘴:"王爷到底去不去呀?"

我忍不住哈哈大笑,菊香以为我取笑她,气得眉头拧成了结,打起帘子,也不让我,自顾自地走了。哎,她怎么知道我的心思呢?两个丫头不约而同来到,只怕好戏就要上演了。菊香这傻丫头不知其中奥妙,只好一个人生闷气去了。

我一步三摇,正走着,冷不丁儿旁边跳出个人:

"够厉害的,案子没查出来,倒招来两个水灵灵的大姑娘,这本事只怕全京城也就您这独一份儿吧。"

那醋味能把人酸死,可也只有我的凤可美人能把吃醋的话说得如此动听。

我嘿嘿地笑:"怎么样,你丈夫厉害吧!"凤可秋波横扫,从牙齿缝里挤出一声不屑。

我清了清嗓子,尽量让自己的声音显得真诚一些:"你觉得哪个好?"

凤可也一本正经:"都好,依妾身看都留下吧,省得厚此薄彼的,再说人多也热闹不是?以后打牌斗花的也不怕人少玩不成了。"

"遵命,夫人!"我作了个揖。

凤可一抬手,我以为她要扶我,谁知人家扶了一扶头上的首饰。我暗自叹气,陪你玩了半天,倒又把我晾下了。

凤可四下看看,把我拉到一边:"这两个丫头来意不明。我和福晋都问了小菊一下午了,也没问出实话来。傍晚碧云也来了,看那意思是追着小菊来的。"

我在心里给她竖了一下大拇指,我家少有的明白人。

"碧云自己怎么说?"

"她说她本来就是自由身,因为家里没钱,才暂时投靠到尚书府做丫环,现在

第七章
她怎么来了

主子不见了,在府里不受待见,想想还是离开吧。可又因为主婢情深,故而来打探一下案情的进展,三两日就要离开京城的。"

我摸了摸下巴,编得够圆的呀,可来了就别想走,清华、老十三的下落我还指着她呢。

"小菊呢?"我淡淡地问。

凤可突然笑了:"那丫头,说得可让人同情。自从清华出事她就没了自由,挨打挨骂不说,精神折磨更难承受,实在受不了才逃出来的。还一个劲儿地说就怕尚书府找到她,回去可就没命了。我看她呀,是找靠山来了。"最后几个字,她故意拖长了声,眼睛直溜溜地盯着我。

我啼笑皆非:"逃到这里?不怕送她回去?"朝中谁不知道我与老马关系非同一般地好,往我这儿逃,不是死路一条?我故意说,"咱们与尚书府关系可不错,别为一个丫头坏了两府的交情。你和福晋这一下午的就没派人往尚书府报个信儿?"

凤可打量了我一眼,很是不屑:"爷这是什么人性啊?尚书府那边能有爷与小菊的交情深吗?就冲您一回来那一本正经的样儿,人就知道您们什么交情了。人家小姑娘投奔爷来了,爷倒又怕事了,不肯负责任了,那别做呀……"她越说声音越高,我忙捂她的嘴,别人听见,不知道是我们夫妻开玩笑,还以为我真对人家小姑娘做了什么呢。凤可在我手下已笑得喘不过气来了。

我放开她,悻悻地说:"你也是做娘的人,还像个疯丫头,我可真怕了你了。咱们说正经的吧。"

"哪一句不正经啦?"凤可止了笑,换了幅正经面孔,"小菊人品不错。"

我咂一下嘴:"又来了,没正形。"

凤可冲我瞪眼:"小菊人品是不错啊,自己已然处境艰难了,还记挂着主子的安危,竟置自己于不顾,要在这里帮爷查清案子,人品还不好呀?"

"是够情深意重的。"我摸了摸自己的下巴。主婢情真不是没有,可为清华这样一个不喜欢她的主子?清华处处防着她,小菊不知道,还是以为我不知道?

"谁说不是!那眼泪流得,"凤可夸张地惊叹,"福晋整整陪着流了一下午的泪,真个梨花带雨,我见犹怜啊。爷是没看到,否则……"她飘过一个暧昧的眼神,又捂着嘴吃吃地笑。

我问:"你说的是福晋,还是小菊?"

凤可白了我一眼:"爷说呢?"

我忍不住在心里笑,福晋确实算不上梨花了,没她这样大个的,不像梨花像鸭梨,若是凤可那倒还有三分像,只是近来也有发福的倾向,似要结果的意思。亲王府的伙食养人啊。

格格不嫁

凤可摇着我的手臂:"爷说她俩为啥来的?"

我摇头。

凤可凑近我:"爷也不知道?"

我又摇头。

凤可杏眼一瞪:"什么意思?"

我看看她,向前走两步:"不想告诉你,自己去猜吧。"

凤可娇嗔道:"我辛苦打听了一下午,爷居然敢这样对我?爷等着,我找福晋去。"

我停下了脚步,笑呵呵的:"一起去。"

凤可双手叉腰,气恨恨地看着我。我回头非得将这幅样子画下来,留给儿子看,他妈真够泼辣的,以后可不能娶这样的老婆。

凤可猜对了,两个丫头不是平白无故来的,她们有目的,可这目的是什么?夜猫子登门准没好事,只是不知她俩谁是夜猫子。直觉告诉我不是碧云,可是小菊……一想起她,心里又恨不得不是她。

一时半会儿我还难以了解尚书府那边的情况,只能走一步看一步。我在脑海中捋了一遍这几日的经历,是什么把她们引来?

上房灯火通明,不时传出笑语,看来大家相谈甚欢。我冲慢腾腾跟在身后的凤可打了个招呼:"你先进去看看什么情况。"凤可扭着身子闪开我想拉她的手,嘴里嘟囔着走了。我自嘲地笑笑,迎着夜风清醒一下脑子。

"王爷为何不进屋?"黑暗中冒出个人声,是碧云。

我淡淡的:"你不也在外面吗?"

碧云直截了当:"奴婢是专门在这里等王爷的。"

这搞得我相当意外:"等我?"

她上前一步,声音低到我刚能听见:"爷要当心小菊,她来意不善。"

她是同谋,居然提醒我要防备别人,我被她逗笑了:"那你呢?你又是何来意?"

"奴婢的来意就是提醒爷。"黑暗里我看不见她的表情,但声音中似乎也不乏真诚,然而到现在我还能相信她吗?

我拱了拱手:"多谢多谢。"丢下她直接进屋。

老实讲,碧云如此开门见山是我所料未及的。这个女孩子屡次在我跟前装神弄鬼,引我误入岐途,才令我没有在第一时间找到清华,又让黄妈趁机溜走,贻误了多少时机。若非如此,十三弟也不会失踪了。想起初见时她那倍受惊吓的苍白小脸和盈盈泪珠,我真以为她是太太的眼线,是清华失踪事件的无辜者,因此对

第七章
她怎么来了

她的叙述给予了百分之百的信任。这演技好到出奇,不是心机深沉者如何能瞒过尚书府上百双眼睛?我肯定她引导我去何处园不是仅仅找到地道这么简单,后面还有更大的阴谋,只是这阴谋是什么?

三福晋果真如凤可所说下午流了不少的泪,眼睛到此刻还是红的。听了一下午的故事,她急欲向人重述,我的到来正好提供了这个机会。

小菊出生于苏州,父亲在城里做买卖,生意还不错,如果就这样顺风顺水的过下去,小菊虽成不了大家闺秀,也算得上小家碧玉。可叹命运多舛,不幸在她五岁时降临了。那一年她母亲因难产去世,一同带走的还有刚出生的弟弟,本来是添丁进口的大喜事,转眼成了丧事,父亲接受不了这样的变故,一蹶不振,日日只知道买醉,根本不管生意,没多久买卖就关门了。

初时小菊还有一个老妈子照顾,虽没父爱,但也没受冻挨饿。后来老妈子见东家势头不好,又拿不着工钱,便丢下小菊奔自己的温饱去了,小菊只得靠着左邻右舍的照应,饥一顿饱一顿地应付着长大。她开始还幻想父亲有一天能振作起来,可她父亲到死也没有清醒。

小菊对付着长到七岁,生活刚刚能够自理,不幸又再一次降临。有一天她父亲出去喝酒后失足落河,送他自己命的同时,还让小菊彻底成了孤儿。

左邻右舍帮着办了丧事。众人都骂这个酒鬼没人性,不管女儿的死活,又说他太可怜,死得这么惨,临死连件遮身蔽体的衣裳都没有。小菊默默地听着,一句话也不说。后来开杂货店的钱大娘说:"大家不要再骂顾大郎了,昨天是他娘子和儿子的忌日。"小菊清楚地记得,当时屋里突然安静了,她却放声大哭,她的三个亲人在地下汇合了,留下她一个人孤零零的怎么办?

乡下的叔叔闻讯赶来时,父亲丧事已经办完,家里除了几间空房子一无所有。叔叔变卖了父亲的产业,将她带回顾家庄。

婶婶初时待她还好。可小菊来了没一年叔叔就生了病,看了无数郎中,病不但没治好,反而越治越重,竟至后来瘫在床上无法自理。家里坐吃山空,婶婶的脸色就不好看了,常常骂她扫帚星、妨人精。小菊仰息叔婶而活,只能拼命多干活,小小年纪几乎承担了所有家务,从烧饭到洗衣、打扫一力承担,婶婶家与她同龄的表妹却什么事都不需要做,还把她当佣人使唤。就这样,婶婶还常骂她懒。

小菊十岁时,顾家庄首富顾垂仁老爷给自己的女儿清华找丫头,包吃包住,每月有二钱银子的工钱,一年做三身四季衣裳,年节底下还有赏钱。婶婶一听就动了心,要小菊去。小菊不肯,她知道自己不在家,叔叔连饭也吃不上。叔叔却要她去,说你在这里天天受苦,到了顾老爷家日子只怕还好过些。小菊就去了,但工钱和赏钱并没像叔叔教的那样自己留起来,而是一文不少地全交给了婶婶,就是四季做的新衣裳也都省下来带给表妹穿。小菊说婶婶骨子里不是恶人,是被穷逼成这样的,婶婶也曾对她好过。幸亏有了小菊这些银子帮衬,叔叔一家才没有睡到路上。四年后叔叔去世了,家里已卖无可卖。婶婶在办完丧事后带着表妹改嫁而去,小菊又成了孤孤单单的一个人。

顾太太去世,清华北上寻亲,其他下人都走了,只剩下黄妈和小菊。黄妈是受老主人所托欲善其事,小菊则是完全出于个人感情,她与清华一起长大,名为主仆,情同姐妹,她不能在清华危急之时撇她而去。清华很感激小菊肯与她共患难,曾经相约主仆要生死相伴,富贵与共。

小菊说清华失踪后就是这句话才支撑着她挨到现在,因为她相信清华的人品,不会丢下她一个人,之所以会出现这样的情况,一定有难以言诉的苦衷。福晋说到这里,又抹了一把同情泪。

随着清华迎来荣华富贵,小菊曾经很天真地认为自己的苦日子到头了。可谁知清华与黄妈突然失踪,而小菊作为苏州三人中的一份子,府中上上下下都开始用怪异的目光瞅她,原本信任她的老马也开始不信任了,她从清华失踪的第二天就失去了自由。小菊觉得自己很无辜,也很不理解。她不知道清华去了哪里,她现在除了担心就是担心,在她心里清华已是她在这个世上唯一的亲人。

在福晋叙述的当间,我的另外几位女人也没闲着,不时插上一两句,以增加感人效果,事件当事人小菊反而一句话也没说,不是不想说,实在是插不进嘴。福晋说到伤心处再掬一把同情泪,其他人自然不会让福晋一人唱独角戏,纷纷以手巾拭泪,就连凤可也不例外。这场面相当感人,我的心也酸酸的。

我清了下嗓子,非如此不能正常开口说话。

"下一步小菊打算怎么办?"我问。三福晋没回答我,而是转头看小菊,那意思要小菊自己说。我的其他几位女人唯福晋马首是瞻,故也没人抢答。

小菊总算有了说话的机会:"奴婢知道给王爷和福晋添了麻烦,可尚书府奴婢实在待不下去了。常言道目光能杀人,奴婢日日如坐针毡,今日来此,是求王爷和福晋收留……"她边说边跪下去,福晋赶紧让人将她扶起来。

凤可笑道:"福晋不是早就答应你留下了吗?又何必如此,安心住着就是了,我们王爷心慈着呢,你又是个弱女子,他哪会不收留?"这话怎么听怎么不顺耳,我不禁看了她一眼,她却将头转开了。

小菊双泪长流:"奴婢只求早日寻得格格的下落,还奴婢一个清白。但愿苍天佑人,让主婢再见一面,奴婢就是死也无撼了。"

这番话说得我痛彻心头,虽说男儿有泪不轻弹,可如此伤心之时我又怎能忍得住?眼看泪水就要滑下,凤可偏这时走过我身边,手中挥舞的帕子狠狠地划过我的眼角,这疼痛让我暂时忘却了其他。凤可竟没事人一样,已到小菊身边好言

第七章
她怎么来了

抚慰了：

"别说这死呀活呀不吉利的话，心放宽些，一切都会好起来，迟早真相大白，你说是不是？"边说边拭了下眼角的泪，这才叫人啼笑皆非，只许她同情，不许人同悲。真是州官可以点火，百姓不许放灯啊。

我不知碧云是何时进的屋。从我注意她开始，她就一直紧挨小菊站着，福晋叙说当中，她还曾两次帮小菊拭泪，而她在听故事的过程中整场情绪的变化与他人无异，该哭就哭，该劝就劝，小菊下跪，第一个去扶的就是她，还将小菊揽在怀里安慰了一下，不知道的定会将她当成小菊的闺中蜜友，而且是关系最铁的那种。

我在心中感叹，碧云，神人也！忽地想到清华。碧云才从幕后走出，已令人如此震撼。清华这三年一直是众人瞩目的焦点，竟能让天下众生无论男女老少都为她倾倒，比起碧云有过之而无不及。这到底是何方神圣，功力如此深厚？

吃完晚饭，我又陪几位夫人闲聊一会儿，便告辞去书房。我以为今天我与众位女人的交流应该就算结束了，接下来的时间属于我自己，终于可以把从昨晚到今天发生过的事好好思考一下了。

谁知清静还不到半个时辰，又有人上门来了。

我很诧异，小菊第一次来我府，怎么就能那么顺利地找到书房。亲王府虽说不大，但也有几进院子、一个园子，不熟悉的人就是白天也会走错，何况现在是晚上？

"只要有心，就能找到。"小菊这样回答，顺便给了我一个微笑，这笑在灯下显得尤其迷人。

我发现她重新打扮过。也许是意识到我的注视，她露出一丝女儿的羞涩。这羞态让我心底涌现出一种异样的东西，心里不禁叹了口气，小菊确实太有心了。我的口气不知不觉温柔了：

"这一天你也够累的，应该早点歇着，怎么又跑到这里来？"

她幽幽叹口气："奴婢怎能睡得着？一日寻不到格格，奴婢一日不能心安。"她又露出凄苦的表情，仿佛珠泪马上就要落下，我赶紧转移话题："既来了，就坐会儿吧。"并违心地加了句，"爷一个人正闷，你来了真是太好了。"

她闻言很高兴："真的？奴婢刚刚还在犹豫要不要来，就怕打扰王爷。"

"来得好。"我连忙回答，"其实我今天一直想和你谈谈，可你看也没机会，正想着明儿找个时间，你这一来我倒不用麻烦了。来，先喝些水。"边说我边倒杯茶给她，小菊连忙双手接过，就势行了个半蹲礼，将茶一饮而净，把杯子放在桌上。

我开玩笑："这么渴？"作势又要倒水，小菊拦住我："奴婢不喝了。"因为太急，

格格不嫁

她的手指竟碰到了我的，只觉得软软的一股异香直沁心脾，这感觉在我心里保持了一刻。她已脸涨得通红，站也不是，坐也不是。窘迫如此，憨态十足，叫人又怜又爱。

我故意用轻松的语气说："坐下聊会儿吧。"

小菊点头，坐到了我手指的地方，随即又问："聊什么？"

"随便什么都行，只是，咱们不聊九格格了。"我故意说。

"可是……"

我拦住她："九格格不是一时半会儿能找到的。我一天到晚都在想这件事，也得容许我歇一歇、偷个懒不是？有关她的事咱们下次再说吧，反正来日方长对不对？"

小菊笑道："对啊，是奴婢不知进退了。"

可一时间大家又都找不到话题，两个人大眼瞪小眼，竟至冷场片刻。小菊忽然"噗哧"一笑："不谈九格格都不知道说什么了。"我也哑然，我俩之间确实没聊过九格格之外的话题，看来还是得谈她，但谈什么好呢？我可不愿意再让小菊流泪，心眼一转，有了主意。

"你们土生土长的南方人，到了京城过得惯吗？"

根据我的经验，这个问题只要稍微能讲的都能谈上小半天，因为地域相隔太远，生活习惯、风土人情都相差很大，再说陌生环境里本身就容易发生很多趣事。果然话题就此展开，小菊讲得兴致勃勃，我也听得津津有味。

"原来南北方真的差距这么大呀，我们觉得好的，北方人觉得很可笑，北方人觉得对的，我们又觉得很滑稽，所以刚来的时候大家没有少取笑我们，我们背地里也没有少取笑他们。"小菊做完总结，天真地笑了，眸子里闪烁着快乐。我高兴地看着她，至少在这一刻她对自己毫无掩饰，所吐露的都是心声。

"好不容易才与大家融成一片，可格格又……"小菊叹了口气。我心里也叹了口气，就知道清华失踪的话题我们是怎样也躲不过去的。

小菊不好意思地笑了："王爷，奴婢不是故意提的。"

"算了，提就提吧。"我明白小菊今晚来的真实目的，打听不到情况她是不会走的，我又不善于向女人下逐客令，何况是这么美丽的女人。与其无休止地聊下去，不如给她点信息，早点打发走她。

"想问什么尽管问吧，只要我知道的都告诉你。"

小菊的大眼睛注视着我，感激之情溢于言表。大约太过高兴，她一时竟口吃起来："这，这……这让奴婢如何……奴婢真的不知进退了。"眼看着她又要掉眼泪，我急忙制止："你可不能哭啊。这大晚上的，要来个人看见，还以为我欺负了你呢，你不会想毁人清誉吧？"小菊破涕为笑。

第七章
她怎么来了

"九格格的事……"她低下头，又忽地抬起头，"奴婢其实很矛盾，既想知道，又怕听到不好的消息。"她真的很关心清华，这是我心底的感觉。有点替她惋惜，清华值得她这样吗？我情不自禁地拍了拍她的手。

我的举动像是给了她勇气，她咬了一下嘴唇，问："格格的下落有眉目了吗？"

我摸摸自己的下巴："这真让我惭愧，说实话，到目前为止我还真不知道九格格藏身哪里。但可以肯定的是，她没有性命之虞。"

小菊像是松了口气："这也罢了，格格吉人天相，奴婢知道她一定会平平安安地归来。"

我微笑着点头，心里却想清华顶好还是不要回来，她在，老十三非毁了不可。只是现在还得将她找回来，否则老十三怕也不会出现了。

"今儿下午在福晋屋里，奴婢听说十三爷也失踪了，是真的吗？"小菊忽然转了话题。

我仔细观察了她说这句话的神态，没有发现一丝一毫的不自然，她透露出来的关心是那样发自肺腑，我差一点就要相信了。

可是，十三弟失踪之事我是昨晚才知道的，回府并没有跟谁说过，她从三福晋那儿顶多听到十三弟几日未回家的消息。而以我妻子的性格，她如果已将十三弟之事上升到失踪高度，我一回来就会追问这事并敦促我寻找的。可今天关于十三弟的话她一句也没说。我叹了口气，心凉到了冰点。

"是的，真令人担心啊。"我敷衍道。

小菊没有发现我的心理变化，依旧天真地问："十三爷之事与格格失踪有关系吗？"这天真的样子真好看。

"自然是有关系的。"我温和地答。

她若有所悟："十三爷对格格一往情深，一定是为了救格格才会把自己陷进去的。"

我心想，这还真让她说对了。如果十三弟稍稍有点脑子，不那么感情用事，就不会出现这样把自己栽进去的狗血事件，我们又何至于如此被动？

我猛然醒悟，骗走十三弟是清华必须走的一步棋，不然她们如何拿到我从地道里找到的东西？那十几箱的金子够买下一座城池了，什么十三福晋、尚书小姐，与金子相比都是浮云。难怪碧云有恃无恐地到我府中来，她早料定我投鼠忌器，不敢拿她怎样。可小菊呢？很明显，她不是碧云一伙的，她来有她的目的，但这目的是什么？

"王爷、王爷。"小菊唤醒沉思中的我。

我笑："你继续说。"

小菊娇嗔地看了我一眼："人家说什么爷都没有听！"

"不是没有听，是你说的话提醒我了，你可真是我的福星啊。"这句话说得我自己都有点心酸，但脸上还是微笑的表情。

小菊眉开眼笑："真的？王爷想到了什么？"

我摸摸下巴："你说得对，十三爷是被掳走格格的人骗走了。我想他和你家格格现在一定在一起。"

小菊钦佩地看我："肯定是，王爷您真厉害。"我回了个微笑，心里暗自叹息，这个小美人背后不知要骂我多少回笨蛋了。

"听说王爷带人搜查何处园，可曾有什么发现吗？"小菊提出一个新问题。

我暗道，终于来了。什么九格格的下落，十三爷是否真失踪，都只是障眼法，一切都是为了这个问题作的铺垫。满足她吧，谁叫我对女人就是有耐心呢！

"若说格格的下落，那没有发现。可是……"我故意停了下来吊她的胃口。

她果然上当，更加期待地看着我。

我凑近她压低了声音："有很多惊人的发现。"

"比如……"

"地道、财宝，还有……反正好多东西。其实和你说说无所谓，可你一个小姑娘，知道得太多就危险了，我又不能时时刻刻地保护你，"我坐直了上身，与她重新保持正常距离，"你懂的。"我给了她一个无比信任的目光。既然大家都在演，那就看看谁演得更好吧。

小菊这一次应该用感激涕零来形容，略带伤感地看着我："为什么发现的是财宝而不是九格格呢？"她很失望。

她们想得到的不仅仅是财宝？那还有什么？不会是四姨娘的那一大箱旧衣裳吧？

晴天总能让人心情不错。我有预感，今天会有重大发现。

廊下站着一个人，是碧云，见我出来，淡淡一笑，上前行了一个漂亮的屈膝礼："王爷吉祥。"这不是无意的遇见，她是在等我。正好我也有事想问她，既然昨天她已开门见山，也就没必要再跟她捉迷藏了。

"碧云你不地道。"我笑道。

她故作糊涂："奴婢不明白王爷的意思。"

我打量了她一遍："我到底认不认识你呢？"

"这话奴婢就更不明白了。"她索性糊涂到底。

我岂能让她糊涂下去，既然昨日冰山已露一角，我就不能让这一角从眼前消失："我应该说认识你，因为你是碧云。可现在我又觉得不认识你。"我自觉射向她的目光犹如一道利剑，足以让人心惊，可她平静地与我对视，嘴角还带了一丝笑

第七章
她怎么来了

意。我在此刻竟想起了黄妈,这两人有些像。

我找个地方舒适地坐下,这场谈话不会很快结束,我可不想累着自己。人在疲惫的时候脑子容易短路,这丫头聪明得紧,我堂堂王爷可不想输给一个小姑娘。

"你到王府来做什么?"我问得直截了当。

她答得转弯抹角:"爷怎么不问小菊?她干嘛来了,奴婢也干嘛来了。"

我心道你还真是健忘,昨天福晋细诉小菊苦难史时你不也在场吗?情绪互动得那么积极,所有人之中就数你的演技最好了。

"昨天她不都说了吗?"我把问题又踢还给她。

碧云答得很快:"哦,那奴婢也是避难来了。"

我被气得笑了:"人家毕竟是被软禁,说自己逃出来避难。你是太太的红人,尚书府很吃得开,跑出来避什么难?就不会找个好点的借口吗?"

碧云蹙起眉:"爷怎么这么说,太太的红人怎么比得上老爷的红人呢?"她秋波一转,忽然一笑,"爷昨儿晚上也过得不错吧?"

"说什么呢?"我不明白她为何笑得如此诡异。

碧云像是自言自语:"昨儿月亮多好啊。恰巧侧福晋睡不着,恰巧奴婢也睡不着,恰巧我们都不约而同想来书房这边赏赏花在月下的娇姿。"她含笑看我,"真的很巧,是不是?"

我有些恼怒,这丫头到底想说什么?心里忽然一惊,难道凤可昨晚来了?那岂不是看到小菊和我在一起?半夜三更孤男寡女,没事也会有事,我该如何解释?这倒是个麻烦。

"不过,"碧云又慢悠悠地开了口,"奴婢先来了一步,忽然觉得赏花看月会扰了王爷的清净,所以虽没看够,也只停留了一会儿就走了。至于侧福晋,她觉得奴婢说得有理,虽说才走到半路没看到花有些可惜,但在奴婢的劝说下也打消了赏花的主意,随奴婢回去了。"

我心中的一块石头落了地,这碧云真够机灵的,但她这样帮我是什么意思?

碧云笑道:"良宵花解语,只是不知道王爷昨儿一个人月下赏花,花都解出些了什么,可否说给奴婢听听,也解解昨日未能尽兴之憾。"

要挟我,想以昨晚的事作交换?碧云丫头你真小看我了。我回了她一个笑:"甭管花解出了什么,你想知道什么?直接说,别跟爷兜圈子。"

她答得很干脆:"花儿知道的奴婢想知道,花儿不知道的奴婢也想知道。"

"你可真贪心啊。"我嘲笑道。

她一脸无所谓:"世人哪有不贪的,只看贪的是什么。"

"可惜我昨天说得太多,今儿不想说了。"我笑嘻嘻地看着她。她显然没想到

格格不嫁

我会如此回答,愣了一下。我以为她还要拿昨晚的事要挟我,没想到她竟似无所谓:"既然王爷不想说,奴婢也就不问了。"我顿时有一拳打空的感觉,她这是什么意思?

她笑得更甜:"时候不早,奴婢要去收拾东西,告辞了。"她边说边行礼,站起来转身便走,没有丝毫犹豫。

我还没从她那里得到我想要的东西,岂能容她开溜。我坐正身子:"等会儿。"

她停步转身,笑语吟吟:"王爷不是不想说了吗?又叫奴婢做什么?"我猛然醒悟上了当。她狡黠地笑道,"既然王爷留奴婢,那奴婢就陪王爷再聊会儿?"言外之意既然我留她,那她想知道的必须告诉她,不能再拿不想聊做借口。可她忘了我们的身份是不对等的,我岂能听她摆布。

我轻咳了一下掩饰自己的窘态:"本王不想说话,并不代表就不想听你说话。你说,我听着。"

"奴婢不习惯一个人自言自语。"碧云断然回绝。

"你家格格要听你说话,你也这样回她?"

"我家格格没这么无聊。"

这话说得有点难听了,意思是我无聊?我看她,她也看我。她还真没把我这王爷放在眼里,我倒束手无策了,对她打也不是骂也不是,想了半天还得用好话去哄她:"好好好,一起聊。"她嫣然一笑。这次交锋毫无疑问又是我输了。

我拍拍身边:"来,坐下聊。"这时她倒又很懂礼了,连连摆手:"王爷在这儿,奴婢哪儿敢坐?"我心道谦虚什么呀,不能坐倒能呛我。我笑道:"坐坐坐,咱们好好谈谈。"闻听此言,她才在离我较远的地方斜签着身子坐下。坐是坐下了,一直不开言,只是瞪着两眼看我。

没办法,我只得又先起话题:"其实昨儿我也没和小菊谈什么,她就是想知道你家格格的下落,可格格的下落我也不知道,是不是?要知道也就不着急了。"她微微点头,我趁机说,"虽然我不知道格格的下落,但我知道有一个人能找到她。"

"谁?"她几乎立即反问。

我用手一指:"你。"

她摇头。

我站起来凑近她,她本能地也站了起来,想离我远点,可身后无路可退,她被我一把抓住,紧紧地挤在廊柱上。我耳语道:"没有你的帮助,格格能走得了?"

她反而不慌乱了,看看我,随即挣脱我站远了两步:"奴婢知道,王爷早就洞悉始末。"承认得这么快倒让我意外,但听到她对我的夸奖还是很高兴的。

我趁热打铁:"那你还不快告诉我格格在哪里?"

"王爷先告诉奴婢昨儿何处园检查的情况。"果不其然,她是有交换条件的,

第七章
她怎么来了

因为无法从我这里得到免费的午餐,所以决定甩出一点东西来与我交换。但她既然亲口承认,已有把柄落在我手,我还会听她的吗?

我冷笑:"你没资格与我讲条件。格格丢了你有莫大的责任,好好将事实说出来,将功补过,我还能帮你说两句话,少在牢里待几年。否则……"我故意不说下去,给她自己想象。这不说比说更恐怖。

她根本不吃我这一套:"奴婢待在哪里都无所谓,可是十三爷……"她也故意不说下去。

这是以其人之道还治其人之身呐!我大怒,居然敢威胁我。可这危胁有效。我抓的不过是她的马脚,她抓的却是我的七寸。

无奈之下,我只能将检查的情况原原本本地讲了一遍。她越听神色越凝重,初时还插一两句话,渐渐的一个字也没有了,直到听到我封锁消息、不让两所屋子里的人外出时,表情终于稍稍放松了一点。

"那小菊是为什么来的呢?"她双眉紧锁,下意识地说出这句。

我很意外:"你也不知道?"

她反问:"我为什么知道?"可能发现自己语气不对,随即又笑道,"奴婢是到了这里才发现小菊在这儿的。"

"那你昨晚又说专程来提醒我。"我带了几分怨气。

碧云笑笑:"她来总不是好事,奴婢当然要提醒一下王爷。"她似乎不想多谈,低头沉思,忽地猛扯了一下手中的帕子,力道之大竟至将帕子撕裂了,看来她十分懊恼。

"真笨,她哪还会有第二个来意。"她自怨自艾。

我被搞得一头雾水,想问她,又想她肯定不会作答,索性就不问了。但碧云又再一次出我意料:"王爷一定不要将何处园的事告诉小菊,特别是地道里的东西。"她很严肃。

我心道果然猜得没错,但小菊想知道的是什么?这一次碧云是真的什么也不说了,我也就懒得问,小菊既然在这儿,迟早我会明白她要的东西。现在还是先打听到清华的下落为重,否则十三弟也找不到。

没想到碧云叹了口气:"奴婢也不知道。"看神色不像是假的。

我有些生气:"你不知道?那你刚才还……"

碧云反问:"奴婢说过知道格格在哪儿了吗?"

她确实没说过。我有些无奈,被一个年纪比自己小许多的女人玩弄于股掌,这滋味不好受。

"那十三爷在哪儿你也不知道啰?"这句话其实白问,我知道。

果然碧云点头。我叹了口气,真把柄没斗过假七寸,我想要的东西没得到,倒让她探听了不少东西去了,此时除了无奈就是无奈。

我懒懒地问她:"如果猜得不错,引导我找到了何处园的地道你就完成了任务,为何不像黄妈一样消失?反而跑到我这里,难道你就不怕……"

"奴婢怕什么?"碧云反问,"奴婢不走当然有不走的道理。现在最重要的是要找到十三爷。"

我狐疑:"你也在找十三爷?"

她反问:"爷忘了是谁先提起十三爷可能不见了的吗?"

我忽然想了起来,没错,是她。不是她提醒,我可能到现在还没考虑到这事。她干嘛提醒我?

碧云幽幽地说:"本来奴婢是要走的,可出了十三爷这件事,奴婢想走也走不成了。"

"为什么?"

"九格格不见了。"

"九格格?"我一时没明白她的意思,顿了一下才懂得她说的是什么。难道?我恍然大悟,"所以你才说你也不知道九格格在哪儿了?"

碧云点头。

这是怎么回事?我原本的猜想都是错的,难道清华去救老十三了?我忍不住又向她确认:"你的意思是九格格为了救十三爷,才会与你失去联络的?"

碧云看了我一眼:"除此以外,爷以为是什么呢?"

我觉得不可思议。

碧云又一次看穿了我的心思,叹道:"奴婢知道,大家对九格格有误会,这些事难以解释,现在也不是解释的时候。但奴婢可以用性命担保,九格格绝不会伤害十三爷。她不仅自己不会伤害,也绝不会允许别人伤害。大家都说十三爷对格格用情至深,却不知……不过,现在说这些也没什么用了。"她郑重地面向我,"王爷,保住地道里的东西,就能保住十三爷的命,请一定要相信奴婢!"

看着碧云的背影,我陷入沉思。我猜得没错,地道里有什么碧云全知道,而小菊似乎也不是完全不知道。我现在明白,碧云想知道的是我检查何处园的过程,小菊想知道的是地道中除了财宝还有什么,她们目的不同。听碧云的口气,骗走十三弟的是小菊这一方,清华是无辜的。那清华闹出这些事来是为什么?何处园有地道老马都不知道,清华怎么会知道的?谁告诉她的呢?清华如此费力才引导我们找出地道,不为拿地道里的东西又为了什么?

想起昨晚小菊失望的眼神,她当然不是因为没有清华而失望,那她失望的是什么?我想起了唯一装其他东西的箱子,除了衣裳就只有我带回来的那本书。我几乎是跑回了书房。

第七章
她怎么来了

书好好地躺在我的旧书中间。昨儿小菊站在旁边聊了半天看也没看一眼,看来她是真不知道秘密藏在哪儿。这书因为福晋那儿有一本,我们谁也没将它放在心上,现在我倒要好好看一看了。

诗句是一样的,版式也相同。但这书肯定有蹊跷,不然福晋的那一本,清华放在身边常看,瞒不过小菊的眼睛,小菊该知道的秘密早就知道了,何必跑到我这里来?

我走到门口叫人,却没人应我。独处的好处是可以一个人安静地想事,可没人跑腿也怪麻烦的。我出了院子气不打一处来,何利儿一大早就在门口打盹,哈喇子都快流到下巴了。我用脚一踢他,他蹦了起来,嘴里还叫:

"别闹,别闹,吃饭呢。"

我接了一句:"吃的是什么?"

他眼睛睁开吓了一跳,随即又嘻嘻地笑:"吃乳猪呢!"

我懒得生气,向他交待了事情。这小子腿脚还算麻利,我给他掐着西洋表,时针还没走两格,他就回来了,喘得上气不接下气的。我拿过书,挥手让他退出去。

两本书一对比,差别出来了。插图不同,但看得出来图是一种风格,一人所绘。看书时人都注重字,谁想到看图?而且图的差别不算很大,匆匆一览,不会发现其中的奥妙。

这图是做什么用的?我相信碧云知道,可这丫头能轻易告诉我吗?

第八章

老马来了

马尔汉亲自上门。今天约好到老四那里商量事情，但他不是来接我的，因为我们本不顺路。他来是专门告诉我小菊跑了。我黯然无语，老马家说起来规矩多、家教严，一个手无寸铁的姑娘竟能轻易跑出来，老马也该回家整整家规了。

随从后来悄悄告诉我，昨晚回去老马与太太吵了一整宿，鸡飞狗跳，全府上下都没能安宁，如不是老太太先偃旗息鼓，只怕现在还吵着呢。

我知道，小菊的出逃只不过是导火线，昨天发现的四姨娘和清华的真相太让老马憋屈，又无人可诉，正好抓到小菊这事，让他将无名火发了出来，太太只能无辜地当他的出气筒了。

我拍拍老马的肩："放心，小菊在我这里。"这老头个子太高，我这样拍他还真不顺手。

这事儿有些尴尬。老马解释："三爷，昨天主要老臣不在家，这丫头也不知怎么跑出来的。她居然……"

我用眼色制止他别再说下去，身边都是人，我可不想这么快就揭穿小菊的真相，我与她还没玩够呢。

抬头看看天色，时间尚早，老四公务上一向勤恳，不似我等吊儿郎当，这会子只怕他还没到家。我便约老马到厅里喝杯茶。

老马这些天心里不好受，今天尤其如此，我感觉老头子苍老了不少，精神不如以前好了。

我劝他："老马想开些。"老马点头无语。

其实我明白劝也白劝，出了这么大的事能想得开才怪。皇阿玛会如何处置这个对他忠心耿耿的老臣？我朝建国以来，法治严厉，这一次事涉十三弟，老马就算能保住脑袋，官是肯定做不成了。不仅是他，他的小儿子也会受到牵连。我有些心酸，我一向和这老头关系不错，只是凭我一己之力又无法保住他。若十三弟在还好，他在皇上面前原本比我能说上话，可十三弟这会儿还不知在哪里，就算回来了，清华是始作俑者，十三弟还会为他这个过去的岳父求情吗？再说，就算十三弟

第八章
老马来了

肯求情,皇阿玛肯听吗?

老马默默地喝茶、抽烟。我忽然想起,老马来了怎么只说一个丫头而不提另外一个? 真让人好奇。

我避开老马喷吐出的烟雾,踱到他身侧:"碧云在府里吗?"

"碧云?"老马看看我,似乎奇怪我这样问。

我解释:"想找她来问些事。"想想又加了句,"关于令爱的。"

老马释然:"哦。她昨天走了,这会儿只怕已从天津卫上船了。"

走了? 我更好奇,她是什么身份,能够说走就走?

我道:"这时候怎能让她走呢? 她是令爱的丫头,情况比一般人清楚得多,令爱现在还没找到, 就是十三阿哥也不知所踪,她这一走,断的只怕不止一条线索。"我故意地带了些埋怨的口气。

老马的火气又上来了:"谁说不是? 可老臣家里那个老婆子偏偏就让走了,老臣说她还不认错。三爷您给评评这个理,家里走个人,老臣作为一家之主,问一问都不行吗? 何况是这非常时期? 九丫头不见了,她们哪个操过心? 能劝老臣不要担心都算好的! 老臣早看透了,她们巴不得九丫头不回来才好呢。"老马越说越气,狠抽了几口烟,怨气从马太太扩大到他的整个娘子兵团。

老马一袋烟抽完,我看他平静些了,便又问:"碧云怎么想起昨天请求太太放她走?"

"倒也不是碧云自己想走。"老马把烟锅子往桌上一放。

这里面有故事,我来了兴趣。老马是个直肠子,不用我问,就竹筒倒豆子,全说了。

"碧云原本是老臣连襟张伯行大人家的丫头。三年前,张夫人省亲带来的,见内人喜欢便将她留了下来。这个丫头很伶俐,做事也用心。小女回来,内人便又将她给了小女,其实也是不放心小女。"——哎,没想到现在老马还认为碧云是马太太的眼线,我真无语了——"昨日内人收到张夫人的信,说她近来身体不太好,身边没有妥当的人,想让碧云回去帮忙。内人居然就答应了,也不派人跟老臣言语一声,自作主张就安排人送碧云去了扬州。"老头子说说又来了气。

我暗道,碧云还真有意思,编了两套说词,也不怕我对质出来揭穿她。转念一想,她早明白我有疑心了,还怕什么对质。这另一套说词,本就不是为我准备的,是为了三福晋等人。既然张夫人需要她,她还在这里逗留,像话吗? 三福晋是绝对不肯收留主子生病急需她回去却还在外面逍遥自在的丫头的,而福晋能发现她说谎的机会实在太小了,因为她料定自己身上所承担的秘密足以让我帮她说谎。我由衷感叹,碧云真聪明啊!

茶喝过两滚,茶色已淡,时间不早,老马心情也平和了许多,我们准备向老四家出发。

小菊站在厅外,见我们出来便向前施礼。老马看看她没有说话,脸色也平静得很。也是,这是在我家,老马是老人儿了,他不会尊卑不分当着我的面处置这个丫头的。

我见小菊蹲了老半天也没人叫她平身,怪可怜的,便说:"起来吧。马大人在这里,小菊你是跟着大人回去呢,还是留在王府,自己拿主张。你放心,就算你回去马大人也不会为难你。"

老马依旧没吭气儿。

小菊期期艾艾:"奴婢,……奴婢情愿在这里服侍王爷。"

我扭头看老马,意思他是什么想法。

老马道:"王爷定吧。"脸上淡淡的。

我暗道真是个老狐狸。我这儿还有小菊惦记着的东西,晚上能睡安生觉吗?不过我也想看看小菊留在这里会有什么举动,那本书里到底藏着什么秘密。于是笑道:"成啊。那小菊……"我想了想,"你不是说曾伴读过九格格吗?就在这里管管书房吧。工钱呢,就跟福晋房里的大丫头一样,回头我让人去和福晋说一声。不过话又说回来,你可不许像在尚书府那样不告而别了,你瞧瞧马大人急得,一早出来就是为了寻你。"

小菊磕头谢我:"不会不会。只是,奴婢只些许认识几个字,就怕把王爷的书弄乱了。"

我挥挥手:"你肯定管得好,再说就算乱了爷也不生气。"心道,小菊还真谦虚。如果她真的曾经伴读过清华,才学在女子中也算可以了。——后来我才知道,人家小菊姑娘说这话可不完全是谦虚,而是另有深意。

虽然我急于知道书中所藏的秘密,但也不让这丫头觉得得到太容易了。于是我笑道:"走,陪爷出趟门吧。"

老马狐疑地看着我。小菊却很高兴:"奴婢遵命。"

四弟已在家中等我。

大家寒暄落坐,话未入正题就有人来报三福晋和凤可来了。我很意外,这两个女人来做什么?四弟听说便要整衣出门迎接,我拦住他:"你三嫂又不是第一次来,不必多礼。这一去,又得等你老半天。这样吧,"我一招手让小菊过来,"你去看看福晋,要有什么事,就来告诉我们。"小菊点头而去。

我向四弟笑笑:"咱们谈事吧,到底什么重大发现,从昨晚我都好奇到今天了。"

老四神色凝重,拿出一个卷宗:"三哥您看看吧。"

第八章
老马来了

卷宗很旧,画着秘押。我一看编号,竟是天字开头的,这卷宗一般人调不出来,我疑惑地看着老四和老马。

老马缓缓开了口:"昨日老臣与三爷分别后,便按三爷吩咐去调看李宅案的卷宗,谁知在大理寺的档房中找遍了也没有。管档房的小子说,既然这儿没有那可能是放到"天"字号的库房中单独保管了。老臣正想回来请三爷的示下,谁知出门便碰到四爷,听老臣一说,便直接带着老臣去天字号的库房中查找。这卷宗是和李宅案放在一起的,老臣觉得有问题便一起借出来了。谁知这一看,竟看出一桩天大的祸事来。事关社稷安危,不能不慎啊。"一番话说得我胆颤心惊。

事实证明老马绝非危言耸听。

二十年前,"天锦绣"在京城算是一家比较叫得响的绸缎庄,当时若想买丝绸,人们的首选就是"天锦绣"。老板李晋是苏州人,生意越做越大的同时,他也成了京城许多达官贵人的坐上宾。有人私下传闻,李晋只是名义上的老板,"天锦绣"其实有几位贵到极点的幕后东家。这传闻让"天锦绣"越来越红火,在它成立的第四年已成为京城绸缎庄的老大,并大有一统京城丝绸界的趋势。

可惜,盛极必败。

"天锦绣"有一位姓姚的掌柜,做事倒还可以,就是爱赌爱嫖,一见了女人和骰子就走不动道。为了这个毛病,姚掌柜没少挨李晋的骂。姚掌柜这个人也有意思,李晋骂得再难听他都是笑呵呵的,还一个劲儿认错,但要他改不可能。李晋后来看他也没耽误工作,便也懒得说他了。

康熙三十年正月的一天,姚掌柜像往常一样安排伙计打烊之后,一步三摇地去找朋友喝酒赌钱。那天赢得不少,姚掌柜一激动跑到青楼找老相好犒劳自己,完事后呼呼大睡,一觉醒来天已大亮,姚掌柜酒也醒了,知道自己回去少不了又得挨顿骂,因此急得连声叫人找衣服,要结账。可一摸自己的口袋,傻了,口袋中的宝贝没了。

这宝贝可不是一般的东西,姚掌柜的身份也不是一个普通掌柜那么简单。他其实是谪仙帮北京分舵第三香堂的一个小头目。

谪仙帮以女人为主,入帮人员大都为前明官宦后裔。昨天是姚掌柜与另一香主接头的日子,可他喝多了酒,又忙着赌钱,竟把这事儿给忘了,后来想也没什么大不了的急事,不过是每月向上报信的常规,与下个月的一起给也就是了,所以没当回事儿,还是照样喝酒、赌钱。估计这家伙将东西带在身上在外面鬼混也不是一次两次了。

但这一次偏偏出了事。大概是晚上喝了酒,兴致过高,脱衣裳时用力过大,那颗装着信息的药丸子从口袋里了滚出来,姚掌柜丝毫不知道。婊子看到,以为是什么好东西,也不告诉他。等姓姚的睡了,婊子偷偷掰开丸子,见里面是张纸条。婊子不识字,但知道这样密封起来肯定有情况,便拿下去给老鸨子看,老鸨子把妓院中管账的二先生现从床上拉起来给娘儿两个解惑。二先生原本还打着呵欠,一看这字条乐得直蹦,满口乱叫:"发财了,发财了。"老鸨子和婊子看得莫名其妙,二先生解释:"这姚老板是反对朝廷的,字条就是铁证。前两日城门口还张贴告示,说捉拿叛党余孽,拿到一个赏银一百两,拿到大头目赏银五百两。看姚老板这架式,再不济也是个头目,何况他身后……"二先生乐得眼睛眯成了一条缝。老鸨子明白了,一叠声叫"报官,报官。"婊子内心多少还有些舍不得,但一想到银子,也毫不犹豫地将老姚抛弃了。三人怕人多了分银子的也多,所以也不声张,悄悄让二先生跑了一趟,娘儿两个在家等信息。

可怜姚掌柜当时睡得死猪一样,什么也不知道。他在屋里床上床下找药丸子,找了半天屁都没有,吓得两腿直打颤,想走,一拉门哪里打得开,老相好早将房门锁了。姚掌柜心下明白秘密暴露了,自己离死期也不远了。

他推开窗,向下一看,离地至少有五六米高。他当然明白自己当务之急是要跳下去,然后赶紧通知"天锦绣"的人员撤退,可这些年吃得肚肥腰圆,身体笨拙不堪,两条腿直打颤,根本不听使唤。站在窗口迟疑半天,就是跳不下去,直到看见远处官府的兵丁排着队伍往这边跑,这决心也没下得了。

当时负责此事的是后来做了顺天府尹的常翼圣,办事很有头脑,捉到人以后怕惊动了姓姚的同党,没有带回衙门,就地在青楼找个房间审训。

姚掌柜一身肥肉,骨头却很软,常翼圣还没问两句,他就交了个底朝天。照理至此,常翼圣已把谪仙帮北京分舵的第三香堂全部抓在了手上,这功劳也不算小啦。但这位常大人当时年轻气盛,想要一下子立个奇功,以便名垂清史,所以想将整个北京分舵连锅端掉,最好还能顺着京城的线索将其他分舵也揪出来。

无奈姚掌柜虽也想立功,但地位实在太低,除了本香堂的事,其他一概不知,想胡乱编造几个都编不顺溜。常大人见老姚派不上用场,也就不指望了。他在"天锦绣"附近布下眼线,打算顺藤摸瓜,姚掌柜的身份也从叛党变成了官方密探。常翼圣事先有言,只要老姚能助他成此功业,以后金钱、女人、地位都不成问题。其实这时候老姚对这些都没什么感觉了,一心只想保住自己的命。谪仙帮对叛徒的处罚极严,老姚只能投靠官府。

眼线布下去二三十天,一点动静也没发现。常大人正在怀疑是不是老姚让人发现了马脚,突然传来李老板一家被杀的消息,姚掌柜当然也在被杀之列。

常大人知道坏了,连忙派人查封李宅和"天锦绣"。两处进去一查才发现,什么也没有了,不要说帮会的东西,就是"天锦绣"积下的那些财富也都不翼而飞。常大人上书请罪。皇上念他也是为国家着想,只降了两级官职小小责罚了一下。

第八章
老马来了

"天锦绣"和李宅的房产都充作公产,没多久"天锦绣"因地处繁华闹市,转手卖给人家开酒楼了。至于李宅,发生的血案如此可怕,哪有人敢碰它?顺天府开始还管着,后来嫌位置偏僻,管理不方便,而且名声在外,拿它也发不了财,便交由村里保管了。公差下乡,有时在里面歇歇脚,但谁也不敢在那儿过夜。后来公差有了更好的歇脚地,也不用李宅了,所以里正才敢大着胆子将它租了出去。

"天锦绣"的秘密固然令人吃惊,但"天锦绣"失踪的财宝更令人向往。由于没有人知道"天锦绣"失踪的到底有多少财产,只能凭猜测,于是大家以讹传讹,财宝数量越传越多,觊觎这笔财宝的人也越来越多,从官方到民间形形色色的人都有。直到今天,每年还有人在不断地向这批宝物发起冲击。

听老马说到这里,我忍不住插嘴:"老马,你看何处园地道里的那些金子会不会就是'天锦绣'失去的那笔财物?"

老马沉吟不语。我明白他也早已想到这一点,只是不肯承认而已。

老四倒是很感兴趣:"真有这种可能。李宅与何处园有地道相连,搬运财物不会有人知道,这也解开了为什么谪仙帮的有关信息会消失得干干净净的谜团。"

老马怔怔地看着我们两个。

谪仙帮?这名字听着有点耳熟。老四问我,"三哥,难道你忘记了三十八年南巡之事了吗?"这句话点醒了我。

三十八年是我第一次随皇阿玛南巡,也是唯一的一次,可就这一次已叫我终身难忘。

意外是在回銮时发生的。

当时我们路过江宁,驻跸在时任江南织造的曹寅家中。曹家与皇家渊源非浅,曹大人的高堂乃是当今天子的保母,皇帝称曹寅为异姓兄弟,这次驻跸曹家也是为了一遂皇上看望老人共叙天伦之乐的心愿。曹府接驾,盛况空前,轰动了整个金陵,此等荣耀前无古人、后无来者。

当天晚上,曹老夫人设下家宴款待天子。为了融洽气氛,曹老夫人特地安排了秦淮歌舞妓为大家助兴。

这事如是别人所提,皇上根本不可能答应,他向来不喜欢歌舞妓之类的东西,而且又在南巡途中,还有儿子相随,是绝不允许搞什么歌舞助兴的;退一万步讲,就算皇上勉强同意,随行大臣也会对歌舞妓的身份进行彻查,没有绝对把握不会让她们觐见。就算通过审查,这些人在觐见时除了必须携带的物品外其他一概不许带入,可以带入的随身物品也要经过重重严格检查才能入内。

但安排之人既然是曹老夫人,一切就又另当别论了。

隐患就此埋下，差点酿成大祸。

曹老夫人安排的是家宴。席间气氛很欢乐，表演确实也为这次宴增色不少。就在大家推杯换盏、笑语不断的时候，变故发生了。

有人行刺皇上。

事出突然，根本来不及防备。幸亏当时曹寅的儿子曹顒已起身出席准备向皇上敬酒，见势不妙，当即杯子一扔，飞身扑挡在天子面前，用自己的身体为皇上挡了一刀，才免去一劫。他这一挡，不仅救了皇帝的命，也救了他一家上上下下几百口的性命，同时还救了一大批江苏的官员，全城百姓们也免去了一场灾难。曹家在这次事件中不仅没有获罪，还受到了皇上的嘉奖。

行刺的人是歌伎扶柳，凶器是一把匕首，扶柳将它藏匿在自己所弹的琵琶中，很轻易地带了进来。扶柳知道上天不会赐给她第二次刺杀天子的机会，只能一击成功，所以几乎是拼尽了全身力气抛出的这一下。

逃是肯定逃不掉的。扶柳的第一反应是要自尽，但这个算盘一样没能如意，因为几乎是曹顒倒下的同时，我已上前制住了她，至于十三弟他们几个小的也已站到了皇阿玛身前准备随时保护。扶柳一愣神之间，厅外守护的人已闻声将大厅围得水泄不通。

皇上在安抚完曹家人后，马不停蹄，立刻对扶柳进行审讯。

扶柳，人如其名，柔弱无比，仿佛轻轻一用力就能将她的腰枝折断。可就是这样一个女子，用尽大刑也没交待一个字，令我们所有参与此事的人觉得既敬佩又可怕。

此案是皇上亲自审理的，扶柳的下落后来不知所踪，我印象中她没有被处死，但从江宁回来后也没有再见过她。

扶柳不肯招供，审理无法进行，群臣无计，皇上也束手无策。就在大家一筹莫展的时候，有人从扶柳房中搜出的一本柳永的《乐章集》上发现了端倪。若非如此，我也不会知道谪仙帮的名号了。发现线索的是佟应琦，他当时是两江总督噶礼的师爷。噶礼虽未能列席曹老夫人的家宴，但作为地方首脑他参与了整个案子的审理、调查过程。扶柳行刺，扶柳所在的妓院媚香楼当然要查封，一干人等都要入官，等查明没有瓜葛后再行释放。

自然妓院中不会发现什么情况，扶柳来到媚香楼不过两个多月。妓院不问出身，只要长得不错、是个女人就能留下。扶柳人美歌甜，舞也跳得不错，主动上门投靠，老鸨子求之不得。当即挂了头牌，不过几天，扶柳的艳名传遍整个金陵，红火得不得了，被曹老夫人派来的人一眼就看中了。

扶柳这样的经历，显然有备而来，房间里不会抄出什么有价值的东西。眼看

第八章
老马来了

就要空手而归,噶礼带去的师爷,就是那个佟应琦看到《乐章集》的首页上有几个字,写着"柳妹惠存。宛如赠"。也是姓佟的福至心灵,跑到楼下问了一遍圈押在一起的妓女,这宛如是谁,一个娘姨说扶柳认识一位大官家的姨太太,扶柳总叫如姐,但不知这是不是这位宛如。

佟应琦立即将此情况告诉了噶礼,噶礼不敢隐瞒,立即上报皇上。为了不走漏风声,噶礼接受了佟师爷的意见,以公事为名将江宁五品以上的官员全部集结到一起,责令各人当堂将姨娘的姓名报上来。噶礼收到名单没放官员回去,悄悄派人将名字中凡是带"如"的姨太太不管老少全都找了过来,又把媚香楼的娘姨叫过来一一辨识。娘姨还真有本事,在百来号人中发现了宛如。

宛如是江宁布政使高如的五夫人。扶柳不肯招供,大家拿她没有办法。宛如初时也嘴硬如铁,但她不像扶柳那样叫人没抓着,她有软胁。她的软胁就是她的儿子。于是一切真相大白,我也是在这时第一次听到了谪仙帮的名号。宛如还陆陆续续招供了几个人,也都分别是江苏行政要员的姨太太,但由于噶礼上次动静太大,惊动了她们,等拿着宛如的口供去找时,全都早已不知去向,更为惊人的是,这些姨太太在出逃前都不约而同杀死了自己的亲生骨肉,无一例外。

但我感到奇怪的是,那次南巡老四并未参与,情况倒似比我还清楚,他是如何知道的呢?

"三哥,这谪仙帮神通广大,制造事端也不是一次两次了,小弟这两年负责京城卫戍,想不知道她们都不行啊。"老四叹了口气。

老马问:"谪仙帮老臣也有所耳闻,只是到底她们是什么来历?"

"这真是个特别的组织。"老四不知不觉透露出一丝赞赏。

根据老四的调查,谪仙帮原本是南明政权一个专门搜集情报的机构,南明灭亡后,这个机构脱离出来,成立帮派。当时机构的头目据说是福王的女儿,但到底是真是假也无人知晓,手下人都以"安邦郡主"称之。安邦见朱明大势已去,便带领众人逃到山中,韬光养晦,谪仙帮就是在此时成立的。

谪仙帮成立之后,处事非常低调。她们以打探情报为主,然后再卖给需要情报的买主。因为不直接从事谋反活动,帮会中又单线联系,所以成立后很长时间都没人知道她们的存在。

名义上帮中女子都是前明官宦后裔,其实还是贫苦百姓的女儿居多,甚至有一些是偷来的。这些女孩子从小养在帮中,接受各种训练,长大后多数被派到全国各级政要家中刺探情报,也有一部分装成青楼女子在市面上打探消息。由于她们消息来源渠道特殊,往往能取得其他人得不到的信息,所以在黑道中,谪仙帮还是很叫得响的。

谪仙帮最强盛的时代应是在四十年前,当时帮中人才辈出,最出名的是"七仙女",分任各处分舵舵主,可惜谁也没有见过她们的真容。只是她们之中几乎都不长寿,由于心力使用太过,大多三四十岁便故去了。七仙女之后便鲜有人才,该帮沉寂了一段时间,直到二十年前出了一位观音。但这位观音更为神秘,除了帮主之外,谁也不知她的真实身份。

谪仙帮很少直接从事反清勾当,但每做一次都是直奔我大清的根本。由于她们提供的信息,南方多年不得安宁,因此这个帮派可算危害极大,皇帝一直欲除之而后快。这些年被清剿了不少分舵,大伤了她们的元气,近两年几乎都没活动。可是如果不斩草除根,只怕以后还是会卷土重来的。现在看起来,她们确实又卷土重来了。

老四说完最后一句,看了一眼老马。

我明白老四那一眼的意思,就冲清华知道何处园的地道,也必是谪仙帮的人无疑。可我还是不明白,清华的母亲离开尚书府没几天就被杀了,那时清华不过四岁,她是如何入的帮?

老四对我的这个疑问认为不值一提:"三哥,难道你还相信四姨娘被杀了吗?"

"四爷这是什么意思?"老马虽然强行压制,但愤怒还是从声音中透露了出来。

老四没有直接回答,而是反问:"为何如夫人的脸会被砍得面目全非?"

"有人恨她。"老马答得很快。

"那得多大的仇恨呢?"老四又问了一句。

老马的胡须颤抖起来。我恍然大悟,其实这也是我曾经有过的想法,只是后来因为不自信否定了,今天被老四一说,我的想法又活了:

"老四,你的意思……是为了隐匿真相?"

老四看着我:"难道不是吗,三哥?"

我若有所思。老马却连声反驳:"不,不会。玉兰没有什么需要隐瞒的,她不会还活着。"

我心酸不已,作为老马,何曾不希望心爱的人还活着?

老四没有我俩的这种激动,相反越来越平静了,他踱到老马身旁,用力按了按老头子的肩膀:"马大人,我也不希望是这种结果,可事实毕竟是事实。"他的目光扫向我,我不自然地点了点头,见取得了我的认同,老四便又继续说了下去,"劫道之人为的是求财,一般不会伤人性命,就算逼不得以伤个把人,也都匆匆忙忙,哪有时间将脸砍花?所以这案子不会是劫道之人做的,那凶手只有同帮之人。再看李门血案和地道中的尸体,所有人都是一刀毙命,说明这帮中之人皆都心狠手辣,杀个把人根本就不在乎,不会去遮掩被杀者的身份。四姨娘一共中了十几刀,可除了毙命的那一下，其余全都砍在脸上，这还不能说明问题吗？"

老马颓然不已，嘴上犹自辩道："这？她如此大费周章，故布迷阵，到底是为了什么？"

老四慢慢地说了出四个字：混淆视听。

他分析，这样做四姨娘至少达到了两个目的：一逃避组织的追踪，二阻止老马的寻找。

老四的说法我深以为然。从谪仙帮其他人的出逃方式看，这个组织是不允许带着孩子出逃的，既不方便也容易暴露目标。因此四姨娘带走清华，已触犯了组织规定，定会受到重罚，所以帮中有人追杀她是毋庸置疑的。为了逃避追杀，四姨娘必须想好后手，装死无疑是最好的办法，而这个办法又恰好能够阻止老马的寻找，简直一箭双雕。

"只可惜，智者千虑，必有一失，四姨娘做事的唯一破绽是没有为九格格也找一具尸体。"我叹了口气。

老马道："既然这样，那清华就不应该是谪仙帮的人了。"他似是松了口气。而这个口气还未能松到底，老四便已摇头否定：

"清华正是谪仙帮中人。三哥，那不是破绽，是四姨娘的高明之处。四姨娘违反组织规定受到追杀，但不表明就脱离了组织，这个组织是不可能脱离得了的，除非真的不要命。可四姨娘逃出来就是不想死，要保住她和女儿的性命，只能最终让女儿也加入组织。"

"那她何必要逃？"老马低低地说道。

老四冷笑："是我说得不准确了，她确实不是逃，只是要回总舵，她不想在回总舵的路上总被人烦扰。"

这几句话几乎打破了老马所有的希望。

我忽然感到四姨娘实在可怕。现在我明白了，九格格十二年后重回尚书府，是当年她的母亲早就为她设下的命运，她手上的牙痕不仅是取信马尔汉的证据，也是取信组织的证据。四姨娘想保住女儿命，就必须让组织相信，清华可以为组织创造别人不能创造的利益，她的价值无人能及。四姨娘用一个饵吊住了组织，这个饵就是未来的太子妃。

我现在才明白为何清华起初的目标是太子而不是十三弟，看来清华直到现在还不明白，只有嫁给十三弟才能实现她最终的目标。但就算做个亲王妃也是这个组织中嫁得最好的了，难道清华不懂得退而求其次？

不，我立即否定了自己的想法，以清华的聪明和谪仙帮的能力，一定早已洞悉一切，当然明白十三弟以后的地位，指婚如此顺利，固然是因为十三弟的坚持，谪仙帮背后也没少推波助澜。虽有清华不愿此婚事的传言，但清华本人向十三弟所表达的意思定是愿意这门婚事,否则以十三弟的性格,就算他再爱清华,也不会强迫清华做不愿意的事。

那清华为何忽然离开?她又为何要我们查找地道?不管是她父亲还是十三弟,只要她开了口,两人总不会回绝的,何况只是收回一处园子这样的小事?难道背后还有更大的阴谋?

我忍不住向老四提出了自己的疑问,这也正是我怀疑清华不是帮中之人的根结所在。

老四觉得这个疑问不值一提:"三哥,你怎么糊涂了,这事还不够明显吗?"

我讶然地看着他,难道又有什么新发现?老马也竖起了耳朵。

老四娓娓道来:"清华来京城的目标是快要实现了,只是现在情景与两年前她刚来时又有不同。这两年谪仙帮元气大伤,如果我猜得不错,已到了最困难的时刻,急需地道中的财宝。清华一定曾向老马提过要收回何处园……"老四的目光看向老马,老马没有表情,既不说是,也不说不是,老四也不理会,依旧接着说了下去,"但唐胖子一家住得好好的,这园子不是三两天就能收得回来,组织已无法再等,无奈之下,指示清华出此下策,用她自己出走的方式,逼迫我们查抄何处园,取出地道中的东西。"

"好,就算是这样。东西现在已到了我们手里,她又如何取回去?不是比放在地道中更麻烦吗?"我再次提出了疑问,老马闻言频频点头,眼睛却盯着老四。

老四急道:"三哥,你怎么还不明白?"

"四爷您的意思,难道……"老马似是忽地吃了一惊,醒悟了过来。

老四点头:"不错,清华当然早就计划好了,你们道是谁骗走的十三弟?"

我笑道:"你的意思是清华?"

"当然是她!"老四回答得斩钉截铁,"她就是要拿十三弟作为要挟我们的筹码,以求取回地道中的东西。"马尔汉的身体晃了两晃,张了张口,却没有说话。

如果昨天老四这样说,我举双手赞成,可今天我却有了不同的想法。

"事实不会如此简单。"我将碧云告诉我的话说了一遍。

老四倒吸了一口冷气:"碧云也找不到清华?"他若有所思,忽的一拍桌子,"难怪啊!为何到现在还没人来找我们交换,原来是这么回事。一定是觊觎这批财宝的另一伙贼人捷足先登,控制了清华和十三弟,所以碧云才会说找不到清华,至于说清华去救老十三,我不能相信,那只是碧云为取信三哥的权宜之计。"

老马悲声道:"四爷,小女对十三爷并非无情,老臣实在无法相信小女会害十三爷。"然而,老四固执地摇了摇头。

我也觉得这是四弟的偏见在起作用。哎,看来他是怀疑清华到底了,不知为何,我很相信碧云的话,但我知道,现在和老四说如同对牛弹琴,他不可能听得进

第八章
老马来了

去。不过也确实奇怪，为何到现在还没人来找我们谈十三弟的事？

老马深受打击，结结巴巴地说："就算清华的生母是谪仙帮的，可小妾一介女流，在帮中地位低下，如何取信帮会？又如何引清华入会？"

面对老马，我不忍回答。何处园中地道出口的单向性说明，李宅中的人只能被动接受指示，他们可能根本不知道另一出口在哪里。马尔汉的四姨娘在组织中的地位要高于李老板，李门血案可能就是四姨娘一手炮制的，用灭口的方式来斩断线索本来就是这些帮派组织中惯用的伎俩，死在地道中的那两个人肯定也有莫大的关系。李老板是香堂堂主，那四姨娘的身份至少是北京分舵的副舵主之一。

我实在不忍心再将这点说出来，怕老头子受不了打击。

其实老头子已经受不了，在我们兄弟说话的间隙，坐在椅子上的老马忽然向地下滑去，我和老四吓了一跳，两人不约而同地跳起来，冲过去扶他。老马摇摇头："没事，没事。"他挣扎了几下也没能起来。我劝道，"老马，你就别动了。快找个御医来瞧瞧。"这后一句是向老四说的。

老四安排人将老马抬下去休息，我不放心，一直跟着。

老马躺在床上，看着我苦笑："年纪大了。"我点头："是啊，操劳了一世，也该歇歇啦。"老马闭上眼睛，我心酸难忍，将脸转过一边。

御医来得还算快，看了看，安慰老马说，没事，是这几日过于操劳了，略歇两天，吃两剂药就好了。然而一背转身，便悄悄与我兄弟二人说道情况不容乐观，必须早些通知家人，以作准备。这话，让我心痛欲裂。

第九章

醉酒误事

晚饭有预期的丰盛,但却没有预期的热闹。饭桌上少了一个人,没了老马洪亮的笑声,酒喝下去又苦又辣,不过两杯,我便有些醉意了。老四正好与我相反,酒是一杯接着一杯地喝,却没有一丝酒意,转眼间酒就下去了一大壶,桌上的菜却几乎未动。我知道他的心情和我一样,也不好。四弟妹几次过来,见我俩这样,想劝,但最终没开口,只是让人将凉了的菜拿下去加热。我有些过意不去,辜负了四弟妹的一番盛意。

"四弟,少喝一点,酒多伤身。"我拦住老四又想抓酒壶的手。

老四苦笑:"三哥,没事。"他举起手中的杯子看看,"我倒是越喝越清醒了。"终究又拿起壶来斟满一杯往口中一倒。我拉住他还想倒酒的手:"老四,别喝了。"他颓然地放下酒壶,"怎么会这样?三哥,你看老马……哎!"他兔死狐悲。

老马不是太子党,与老四关系一般,由于老四强烈反对十三弟婚事的缘故,甚至有一段时间两人很不对付,但看在十三弟的面子上都没撕破脸。今天老四想留老马在王府养病就够让我意外的了,这会儿居然又为老马感慨,老四这是怎么了?照理讲我们现在分析出了清华的真面目,老四只会与老马更疏远,而不会关心他呀!

"养不教,父之过,老马终是难辞其咎的。"我叹口气故意说。

"话是这样说,可有些事他人是作不了主的,就算父亲又怎样?"老四的笑很无奈。他这句有感而发的话引起了我的共鸣,情不自禁地与老四碰了一杯。虽然酒意上涌,但我还是感觉到了老四今日的不同寻常。

"皇阿玛不日就要回銮了,十三福晋没找到,十三阿哥倒又丢了!"他嘿嘿笑了几声,可听着比哭还难受,"三哥,咱们这几个当哥哥的如何交待?"他伸手一指自己的胸口,"小弟我,是负责京城卫戍的,眼皮子底下丢了亲弟弟,又该如何担责?"他越说越凄凉,"宫里的德妃娘娘正满心欢喜地等着迎接新媳妇,昨日还将你四弟妹叫到宫中商量大婚的事儿,小弟又如何将事实的真相告诉她老人家?"

我拍拍他的手:"四弟,还有回旋余地,你也不要太悲观了。"

第九章
醉酒误事

他黯然点头。但余地在哪里？我们都很茫然。

老四向来冷静，为何今日如此失态？想起送老马回来后，老四曾单独离开了一会儿去处理公务，前后虽只有不到一炷香的时间，但老四出来之后脸沉得都快滴下水来了。加上他刚刚的言语，难道处理的公务竟是皇阿玛送来的密信？信里说了些什么，让老四这样冷静的人都沉不住气了？肯定与十三弟之事有关，但老四必然不肯告诉我，否则他早说了。我问也无益。

四福晋派人送来醒酒汤，我亲自端给老四让他喝一点。老四笑道："小弟现在太清醒了，哪里用得着醒酒汤？"话虽如此，他还是接过去一饮而尽，我趁机让人收走了酒壶和酒杯。

整装待发，我忽然在人群中发现了碧云的身影，不禁苦笑，她还真是小菊到哪里她也到哪里啊。意外的是老四似乎也注意到了她，竟情不自禁地多看了几眼。诚然，碧云那高挑的个子夹在一群女子当中显得鹤立鸡群，想不招人都不容易。

"那个丫头是……"四弟耳语。

"清华的丫头，碧云。"我以同样低的声音告诉他。

他居然重复了一遍名字："碧云……"我暗中观察，他并没有其他表现。但我肯定，老四认识碧云。这不是一件寻常的事，因为老四不知道碧云是清华的丫头，他们的相识应该另有渊缘，只是这渊缘是什么？

兄弟俩默默地站着，看着女人们寒暄告别，这热闹与冷清相隔不过数米，却截然两个世界，我感到孤独无比。老四呢？我不知道他的感受。我们是亲兄弟，眼下紧要关头需要相互扶持，可我们之间却总像隔着什么，老四有事瞒着我，而且不止一件。身为帝王后裔，反而不能如平头百姓家那样兄弟同心，实在可悲呀！老四，难道你就不能相信三哥我是在真心寻找十三弟么？往日我虽不掺和你们兄弟之间的争斗，可并不代表我就不关心你们，你们都是我的亲弟弟，谁我都不希望他出事。

忽然有人拉我，我吓了一跳，定睛一看，凤可的脸近在眼前，正嗔怨地看着我。

"何事？"我下意识地问，抬手揉了揉脑门。

凤可斜了我一眼，转身向四福晋等人笑道："瞧瞧，倒问我何事。"她伸出一只手让我扶着下台阶，嘴里埋怨道："回家啦，爷！叫您半天了，隔着三里的人都听见了，您居然没听见。爷这是怎么啦？"

我摇头："喝多了，有些头晕。"

"干嘛不少喝点呢？非得让自己受罪！"她这责怪的声音今日听起来竟如此温暖，我不由得捏了捏她的手，她半笑着回头看了我一眼："看来真的是喝醉了。"

小菊已站在车边挑起了车帘,秀儿帮着凤可将我扶上车。

登车的一瞬间,我的余光忽然扫到碧云与四弟在一起,似乎正在交谈。然而我酒意上涌,天大的事也顾不得了。

一睁眼,天已大亮,我的位置也从车里转移到了福晋的床上。宿醉醒来,头痛欲裂,我忍不住翻了一个身,期望舒服一些。

"爷醒啦!"几乎是同时,菊香卷起半边床帐,伸进一张关心的脸:"很难受吗?"床前的春凳上摆放着针线,想必她是一直守护在床前的。

我摇头,她扶着我坐起来。

"几时了?"我下意识地问。

"未时初刻了吧!"

我吓了一跳,怎么这么晚了?昨日还和老四商量今天一起再到李宅和何处园中看看。哎,误事了。我立刻找鞋下床,口中不住埋怨:"怎么不早点叫我!"

菊香一脸委屈:"也要能叫得醒爷呀!"

这倒是事实。众所周知,我只要喝醉了,就是打雷也叫不醒的。见菊香一脸倦容,分明一夜未睡,我不禁心生歉疚:"原是我太急了,皆因今日与雍亲王约定有事,你不叫我,我爽约了。"

菊香闻言倒释然了:"爷不用急,四爷今儿没有空。"

这是什么意思?我狐疑地看着她。老四向来最守信用,只要约好了,就是下刀子他也不会爽约。

菊香道:"四爷没空出来呢,这会儿还在宫里,德妃娘娘病了。"

我一惊:"娘娘病了?"

菊香点头,从小丫头手里接过我的衣衫,一边帮我穿,一边说起了事情的始末。

不知是哪个多嘴的将十三弟失踪之事告诉了德妃娘娘,娘娘一听当场就吐了好几口血,宫女们吓坏了,一边急召御医,一边派人给四弟送信。昨天我们刚走,宫里就来人了,老四夫妻俩连夜入宫,整整服侍了一夜。娘娘一直晕睡,直到早晨才清醒了一些,老四哪敢离开半步?因怕我等着,特地派人前来报信。我的福晋听了,立即带着凤可进宫问候去了。

我这才注意到确实没看到三福晋和凤可的身影,但既然三福晋进宫,怎么舍得留下菊香?据我所知,福晋可是一步也离不了她的。而菊香又怎么肯不跟着前去侍候?

听了我的问话,菊香嘟起了嘴:"奴婢走了,谁来服侍王爷呀!"我被说得啼笑皆非,府中虽没多少下人,但我也不至于她一走就没人侍候了吧,肯定另有隐情。

第九章
醉酒误事

菊香服侍着我梳洗，一边埋怨我昨日醉得离谱，绘声绘色地讲述了昨日我的状态，所有一切言语都是为了说明三福晋为我操了多少心，而她在此事中对我有多重要。"爷闻闻这屋里的酒气，奴婢都冲洗过几回屋子了，还有呢。"

她说完最后一句，我也梳洗完毕了，菊香叫人端上刚刚煮好的粥与小菜。米香扑鼻，十分诱人，而我却没什么胃口。耽误的这一天，叫我心情十分沉重，十三弟又不知在外要受多少罪了！想了想，我起身准备出去。

菊香拦住我："爷去哪里？"

"到老马家看看。"

"别去啦，福晋派人去过了。爷快吃点东西。"菊香摆放着碗碟。

"老马的病怎么说？"

"爷先吃点东西再说。"她难得地卖起了关子。

"这会儿哪里吃得下。"我又想向外走。

菊香双手齐下拉住我的袖子："爷吃了奴婢就告诉你！"见我不理她，菊香露出一副手执尚方宝剑的神气，"福晋吩咐的！"她不由分说地拉着我坐下，给我盛了一大碗，又双手执筷递给我，不由得我不接过来。见我开始吃饭，菊香露出了一个浅浅的笑："让爷吃点东西可真够难的，难怪碧云姐姐说，她没法子令爷吃饭。"

我闻言诧异，这关碧云什么事？

菊香是个好为人解惑的丫头，无需我费事，她便将缘由说了出来。

三福晋的本意，我喝醉了不知何时才醒，又不放心让小厮进上房服侍，因此便想请碧云代为照应，谁知碧云坚决不肯，说她在尚书府一向只侍候过小姐、夫人，不会服侍一位喝醉了的爷。拒绝的同时，又提出一个建议，说她倒是情愿陪着福晋和侧福晋进宫，不如请菊香留下，照应门户和我，正好一举两得。三福晋拗不过，就接受了她的建议。

菊香如此一说，我心下便明白了。这是福晋与凤可在试探碧云是否与我有私，堂堂的王爷府，哪里就到了福晋进宫还要外人帮忙的地步？碧云轻轻松松地通过了测试。而菊香居然也听话地留下了，我就算用脚趾想也知道，碧云没少给菊香灌迷魂汤。

吃饱了，胃果然舒服了一些，菊香一脸得瑟，话里话外都是我听她的准没错。不过，看着她明亮的笑容倒也是件乐事。喝着刚刚沏好的茶，赏着院里的风景，菊香与我拉起了家常，自然不全是为我解闷，她还肩负着打探清华案件的使命。

闲谈中，我也多多少少透露了一些内情给她。虽然再三叮嘱，但我知道，只需我一转身，我所说的这些都会原原本本地传到福晋和凤可耳朵里，自然还有碧云。

其实有些话我就是想通过菊香传给碧云的,她可不要以为我什么也不知道,之所以不戳穿她,只是因为我还想与她合作,以便早日找回十三弟和清华。

至于小菊,我刚刚已听菊香说了,正在书房大扫除。碧云居然毫不担心地甩手而去,想必已有阻止其发现秘密的法子,我就不必操心了。常言道:鹬蚌相争,渔翁得利。既然能坐享其成,我又何乐而不为呢?

然而再次派去打探老马病情的人依旧带回了不容乐观的消息,老马的病与昨日相比,不仅没有丝毫起色,反而欲加深沉了。他这一倒,我又少了个可以商量的人,心里第一次对清华十分不满,不管是何原因,总不应该一走了之。如真是敌,倒也罢了,但如果并无恶意,什么事不能当面言讲,却要如此故弄玄虚?

对于清华到底是不是谪仙帮的人,我倒没有老马那样在意,也不似老四那么计较。在不在帮,与她是不是敌人没有本质联系。只要她不伤害十三弟,什么都是可以原谅的。

菊香喂着廊下笼子里的鸟。小鸟欢跃异常,叫声响亮。这晚春晴日的午后,令人有些慵懒。

"菊香,你觉得九格格会对十三爷不利吗?"我问,有些女人的第六感非常准,而菊香恰好是这种女人。

菊香愣了一下,笑道:"王爷是问奴婢?"她似乎受宠若惊。

我被搞得啼笑皆非:"这里除了你还有别人么?"这是怎么了,以前我不是经常这样要她给意见的吗?用不用这样意外?其实她一直是个比较机灵的姑娘,只是近日被碧云和小菊一比,才显得有些脑子不够用,她自己可能也意识到了这一点,有些不自信了。

她思考了一下。我发现只要是与清华有关的事,这丫头总会一改以前不用脑子想事的毛病,倒让她学会思考了。

"奴婢什么都可以说吗?"她问。这又让我意外,何时菊香变得如此出言谨慎?

"当然。"我鼓励道,心有预感,这丫头又有新情况要透露。

"奴婢觉得九格格不会伤害十三爷。"她十分郑重地下了一个结论。

"你怎么知道?"

菊香并不直接回答,而是问道:"王爷还记得今年正月赛马的事么?"

"当然记得。"

不知从哪年起,赛马是每年正月必有的助兴节目。初时我们兄弟并不参与,只是看着别人赛马我们出彩头,后来太子说没意思,提议我们兄弟也参加,彩头由他来出。他是未来的国君,建议既然提出来就不会有人反对。十三弟跟着四弟与太子走得非常近,对太子提议的事向来都非常积极,所以连续几年他都拔得了头筹,然而今年居然没有参加,着实叫人意外,听说太子为此事还有些不高兴,而

第九章
醉酒误事

十三弟最终也没能说明那天他到底干什么去了,老四也是三缄其口,弄得众人臆测不断。

菊香得意道:"爷知道十三爷为何没有参加?"

我恍然大悟,难道与清华有关?不禁啼笑皆非,原来这么简单,与大家所猜测的真是大相径庭呢!虽然心里猜到,我嘴上却没说出来,免得扫了菊香的兴,没了向我叙说的劲头。果然,菊香见我一脸茫然,更加得意,"奴婢就知道王爷再也猜不着的。此事与九格格有关。"这丫头居然洞悉内幕,这倒是我再也想不到的。

"到底怎么回事?"我这一次是真的兴趣浓厚。

"十三阿哥陪九格格上街玩去了。"菊香透露重大秘密似的说道,眼睛还不时地扫着庭院,防着闲杂人等的出现。

然而这真的是一个大秘密。

我吃了一惊,两人单独上街?真够大胆的,虽说夫妻名份已定,但礼制所限,两人连单独见面都不允许,何况这样撇开众人偷偷游玩?老十三倒还罢了,怎么清华也如此不顾礼仪?她可是众人眼中非礼勿做的典范,不止得到一位娘娘的赞赏。

菊香撇嘴:"何止是单独溜出来这样简单。"

她便开始叙说此事的始末,却又不直接说那两人的事,而是从那天她自己起床开始说起,许许多多的铺垫听得我头疼。我暗自叹了口气,这丫头还真唠叨,却也只能耐着性子听下去。因为就怕万一让她不高兴,在说那一对时给我偷工减料,而这种情况在她身上已不是发生一次两次了。还好再等了没多久,菊香已切入正题。

"奴婢在长安街背后的乌衣巷看到了两位主子。当时两人站在路边的一株腊梅旁,都穿着大红的鹤氅,带着风毛帽子,衬着路边的白雪,好看极了。奴婢本想上前问安,却看到十三爷摘了一枝花给格格,格格自己闻了一下,又让十三爷闻,十三爷便从花枝上摘下一朵来亲自给格格戴,格格躲也没躲,就任由十三爷戴上了,十三爷低声说着话,格格虽没开口,但脸上笑意盎然。后来,十三爷居然还拉起了格格的手一起走了……"

看来我家老十三真够有本事的,居然真掳获了这位冷美人的心。从菊香的叙说来分析,两人肯定不止一次这样见面,难怪老十三这段日子总是喜欢避开兄弟单独行动,而且今年没有跟皇阿玛巡视河防,原因想必还在这里。老十三因私废公,皇阿玛居然没有一点反对,也够叫我意外的了。我辈只能望而兴叹,看来谁也比不上老十三啊。

"这件事怎么从未听你说过?"

菊香道:"这种事,奴婢敢随便乱说吗?除了福晋,奴婢谁也没敢告诉呢。"她的眼光没有离开过院门,看来她虽大大咧咧惯了,但也不是完全没有分寸。我心里明白,这事之所以未传开,与三福晋的叮嘱密不可分。

我笑道:"这就对了,菊香,以后这事对谁也别再说了。"她坚定地点点头。

"不过,就这一点也不能说明格格不会害十三阿哥啊!"我叹了口气。

虽然很愿意相信清华对老十三的感情真如菊香看到的那样,但一想起碧云和小菊,我就无法说服自己。由婢推主,清华的城府不是一般的深。

"怎么不能说明?"菊香不服气地反驳,"他们那么甜蜜!"她露出了一个甜美的笑,似又见到了当时的情景。

"你一个小丫头懂什么。"

菊香对我的不屑很是不满,立即为自己的结论提供佐证:"格格心地很善良,她不是坏人。"

"你又知道。"我略带些嘲笑的口气,灵机一动又加了一句,"是碧云给你说的吧?"

没想到菊香笑道:"碧云姐姐是这样说过,可并不是她一个人这样说呀!"

"当然当然,小菊也会这样说的。"

"不是小菊,奴婢都懒得与她讲话!"菊香皱起双眉。

我笑了,这么久了,还在为第一天的事儿生着气呐?

"那会是谁?"

"廉亲王(八福晋)家的紫烟姐姐。"

这又是怎么回事?

这是菊香今天第二次引起我深厚的兴趣了。菊香的故事虽然没有刚刚那个叫我吃惊,但也够叫人意外的了。

"九格格初次到八王府造访,上茶时,王妃让紫烟奉上以示尊重,没想到紫烟被格格容貌吸引,光顾看了,没注意脚下,打了个滑,水洒杯碎不说,收拾时因为心太慌还划破了手指。这样丢脸的事,王妃自然大怒,紫烟也吓得不轻,不由自主就跪下了。如果不是九格格说情,紫烟一顿打是少不了的。九格格亲自帮紫烟包扎止血,她做的一切那么自然,王妃倒不好说什么了,也转怒为笑,还安慰了紫烟几句。那天八王妃与格格一见如故,王妃留了饭,主宾会见最终在愉快中结束了。后来紫烟和奴婢说,格格用来止血的竟是她自己的帕子,刺绣之精美出人想象,可是格格当时眼睛眨也没眨一下,拿起来就用。王爷您说,格格还不算心地善良么?如此心善之人又怎会害人?何况那个人还是十三爷!"

我点了点头。但愿清华真如碧云所言,是救老十三去了。

然而菊香的话总像有先入为主的感觉。我明白,碧云对她产生了深远的影响,潜移默化之中,菊香已完全站到了碧云一方。

第九章
醉酒误事

诚然，菊香丫头是容易掌控的，她性格直率，但也不是个笨丫头。而碧云征服她用了不过短短两日，这功力不简单啊。不得不承认，碧云仅从长相上就具有一种亲和力，特别是对女人。小菊就不行了，谁让她有一副让女人妒忌的面孔呢？我很奇怪的是，为何我自己在与小菊的接触中也在不断给这丫头减分呢？

想到小菊，我决定到书房瞧个究竟。菊香是福晋专门留下服侍我的，自然亦步亦趋，但显然到书房她不太高兴。

菊香这点最好，喜怒一目了然，虽显得没心没肺，但也不失可爱。

"真不明白王爷为何要留小菊在书房，一个女孩子留在二门以外侍候，弄不好会有闲话的。"菊香似在自言自语，但话却一个字也不少地传到了我的耳朵里，因为心情不好，一路上树枝花草没少受她祸害。

我淡淡一笑，只当没有听见，菊香便追上几步又说了两遍，见我还没反应，索性将声量再放大了一些。既然这样，我倒不好意思再装聋作哑，毕竟下面还有事求她。

"会有什么闲话。"我故意说。

菊香郑重其事："当然有闲话，出了二门就是男人的天下，王爷看看哪个人家不分内外的？书房中人来人往，用个丫头使唤多不雅观，何况这个丫头还不是咱们府里的人！"

我忽的明白，这话一定是我那几位夫人要菊香传给我听的。真见鬼了，我这府里还有内外吗？真有内外，小菊和碧云这两个丫头也不至于一来就被秀儿带到上房去，就是菊香自己也常常到二门外找我的几个小厮聊闲篇儿的。

我沉下脸："菊香，不是爷说你，有时你就喜欢瞎操心。这些内内外外的事让福晋去管就好了，你的责任就是服侍好福晋，其他的少管。"

可是菊香根本不买账："奴婢生是福晋的人，死是福晋的鬼，当然可以帮福晋操心的。"

这一本正经表忠心的样子差点让我笑出声来。

"你这多事的丫头！"我回身给她吃了个爆栗，"天天就是闲的，昨日也是你撺掇福晋去雍亲王府的吧？"

菊香一扬眉："爷可别什么事儿都往奴婢身上安。"

"居然不是你？"我难以置信，"你还谦虚什么？"

菊香嘴角一挑："奴婢干吗谦虚。奴婢在后面服侍福晋，不知道此事，如若知道……"那意思也会让福晋去。

她说得十分理直气壮，叫人哭笑不得。

不是菊香，那是谁多的事？好在菊香心里藏不住事儿，马上为我解了谜底，

格格不嫁

"是碧云呀，王爷怎么想不到呢？"

我吃了一惊："关碧云什么事？"

菊香这个心中藏不了话的包打听，一说闲事便来了精神，也不用我费事，就一五一十的将事件的始末说了出来，自然中间还是改不了她那东拉西扯的老毛病。

原来，昨天我们刚出门，碧云就跑去找凤可了。凤可初时不以为然，认为小菊跟着我出门很正常，因为我是为了清华的事才去的雍亲王府，而小菊来的目的也是为了打听案件的进展。可架不住碧云再三地说小菊不可靠，只怕其来意不是为了避祸和追查清华的下落，而是另有目的，却又不肯明说小菊为了什么目的。凤可就狐疑起来了，碧云又说我已留小菊在书房执事，凤可这下坐不住了，仿佛知道了碧云是什么意思。她本来对小菊哄三福晋的做法就相当看不惯，又加上这丫头长得好看一些，心里着实没啥好感，碧云的话无异推波助澜，当机立断要到四爷府里走一趟，没事最好，要有事还来得及补救。

但凤可这一次也动了一下脑筋，觉得自己不能单枪匹马地出发，必须要拉上三福晋，毕竟三福晋才是王府中的第一号女主人，让三福晋看清小菊的真实面貌实在是很重要。三福晋哪经得起凤可的花言巧语，三下五除二凤可就搞定了她，但凤可没说小菊也和我在一起，打算到了四弟府里先探探虚实后再说。她们刚来，我就让小菊过去了，凤可放了心，也不找麻烦了，定心定意地和四福晋等打了一下午牌。自然福晋也打听了小菊跟我在一起的原因，也正如此，才有了菊香上面反反复复的那番话。没想到昨日我倒是误打误撞地一举两得，既遣开了小菊，也让她们放了心。

菊香作为三福晋的随行人员，来去与碧云均是一辆车，以她爱打听事儿的性格，从上了路就没有住过口，整整和碧云谈了几个时辰，涉猎范围从清华穿衣是先伸左手还是右手到马尔汉的胡子几天刮一次。亏得碧云不嫌她烦，一一予以解答，不仅如此，还透露了许多内幕消息，包括清华对老十三的感情。晚上回王府时，碧云与菊香俨然成了闺中密友，无话不谈了。同时菊香还透露，凤可已有了将碧云收为己用的打算，这两天碧云一直留宿在凤可院里的客房中。

我现在才明白菊香是如何被碧云收服的，收服菊香相当于收服了三福晋，而凤可唯三福晋马首是瞻，更何况碧云对凤可自是又下了另一番功夫，虽然我还不知道这是一番什么功夫。

我应当感激碧云，是她调来凤可和三福晋将小菊从我身边支开了，否则昨天下午谈的事肯定瞒不过小菊。

如果清华是谪仙帮的，那黄妈和碧云的身份也毋庸置疑。小菊呢，她是做什么的？清华为何会与她同来京城？是受到了威胁吗？我倒有些担心了。但从老四

第九章
醉酒误事

的叙说,谪仙帮必是敌非友,那小菊应该是来帮我们的?但为何我心里的感觉却正好相反呢?

我不得不说,派出小菊的这人是走眼了,在女人中小菊无法讨巧,而小菊偏又碰到了碧云这样的强劲对手。

碧云处处防着小菊,小菊又何尝不是如此?昨天在去往老四家的路上,小菊就曾建议我应当将碧云在我这里的事告诉老马,意思要老马将她带回府去严加看管。她说这话的感觉令我很不舒服。

我当然不会听她的建议。小菊很聪明,见我语气不对,也就立即不提了,反而说碧云也有自己的难处,但还是暗示我碧云不可靠,最后是我说留下碧云更有利于找到清华,她才闭口了。这两个丫头是敌是友我一时真是难辨啊。

书房被彻底翻查过了,这是我进门的第一感觉,看来这一天小菊都没闲着,她的袖子卷到肘弯,露出白藕般的手臂,正满头大汗地忙着,见我进门,嫣然一笑:"爷起来啦?"

她麻利地跳下凳子,抹布一甩屈膝行礼,这模样颇为滑稽可爱,我不禁露出一丝笑意,菊香看见了不屑地撇了撇嘴。我当没看见,依然笑着向小菊道:

"你这是……"

"打扫啊,今儿十五嘛!"

我啼笑皆非:"十五是打扫日吗?"

"尚书府都这样啊!"小菊一副理所当然的神气。我懒得追究,她既然能这样大刀阔斧地干,自然早已想好了应对之策,任凭我说什么她都会有话回的。小菊歉然地笑笑:

"奴婢手脚太慢了,爷先到别处逛逛,再给半支香的工夫,这里也就整理好了。"嘴里说着话,手下又利索地干开了。

我心道,不算慢啦。我这书房说大不大,也是三间屋子打通了的,藏书何止千册,又做了几个暗层用于收藏贵重的书画。小菊不仅将书全部整理了一遍,所有的家俱也都擦洗过了,亮晶晶地能倒映出人影来。我心痒难耐,恨不得现在就看一下那本书到底还在不在。

菊香站在我身后,半天没说话。我给了她一个眼色,她却眼看屋顶。我咳了一声:"菊香,你看小菊一个人够忙的,搭把手,两人干活快些。"

菊香慢慢道:"好的。可是,奴婢不认字,要不然,福晋怎会从不让奴婢来帮王爷打扫书房呢?"

我心里纳闷,菊香虽是包衣出身,可也上过两天私熟,加上福晋这两年的调教,连记账这样的事儿都能做得来,怎么又成不识字了?忽然心里却又明白了。

格格不嫁

"抹桌扫柜与识不识字不相干。"我说道,菊香乖乖干活去了。

我心满意足地看着两个忙得热火朝天的姑娘,站了一会儿,又踱出门去了。

我独自一个人坐在花园的凉亭中,正在无聊之际,奶妈抱着小阿哥也进园子玩。小阿哥一见我,挣了几下跳下地,直向我跑来。

"慢些。"我迎了上去一把将他举起来,他乐得哈哈直笑。笑过之后,我还没将他放下来,便开始告状了。可惜这小子口齿不清,我听了半天也没弄明白他的意思,好在凤可不在跟前,否则又要怪我对孩子不上心了。

奶妈笑着解释:"回爷的话,哥儿没事儿,就是淘气。"

"怎么是景儿淘气?"小阿哥不服气地反驳。

奶妈便顺着他的口气笑:"好好好,都是小菊姐姐不对,哥儿别生气了。"

小阿哥说:"本来就是嘛。"他又向我述说事件始末,这次奶妈做了个同声翻译,我总算将事情的大概听明白了。

原来刚刚杜妈抱着小阿哥路过书房,小阿哥便要进屋找我,结果看到小菊在里面打扫。小阿哥根本不懂什么叫打扫屋子,见小菊翻我的东西便很不高兴。他又想起前不久有一把玩坏了的小弓箭放在我案头,这会儿就要拿,可这个宝贝已被小菊当垃圾扔了。小阿哥不依不饶,扯着小菊的袖子要她赔。要是一副新的弓箭倒还罢了,偏是又旧又残的,这样的宝贝天下无双,可怜小菊哪里赔得出来?只能又哄又骗,好话说尽,小阿哥还是不肯放手,急得小菊都快哭了,还是杜妈觉得不落忍,又是给吃的又是给玩的将小阿哥哄带了出来。小阿哥虽得了好处,心中还有气,这不,刚一见我就告状了。

我心道,小菊也真可怜,连小孩子都得罪了。凤可最偏孩子了,得罪了小阿哥便是得罪了凤可,这让凤可还怎么喜欢她?

我好言安慰了一下小阿哥,无非还是许吃许玩,许带他出门骑马、看猴子,小阿哥终于心满意足地追蝴蝶去了。

太阳渐渐西沉,风也凉了起来。我正等得不耐烦,菊香总算出现了。

"书呢?"我迫不及待地问。

菊香嘟着嘴,双手一摊:"没有。"

我吓得出了身冷汗:"什么?"难道小菊已发现了秘密,将书藏匿起来了?

我不该依赖碧云,没有及时派人盯着小菊,也许碧云也有与我一样的依赖思想,以为我在,她不需要采取预防措施。这可怎么办?我重重地捶了一下石桌,巨大的声响让菊香吓了一跳,她赶紧上来察看我的手,见没有事这才松了口气。

"王爷您别急呀!"菊香柔声道,"奴婢虽然没发现,可是奴婢看小菊也不像找

第九章
醉酒误事

到的样子。"这个丫头说话总是这样大喘气,害我心都跳出来了。可是这口气还没下去,我又担心了起来。

"或许她今日根本没找呢?"

不能排除小菊为了博取我的信任,故意不查找秘密的可能性。

"不可能。"菊香予以否定。

我连忙问:"怎么,你发现了什么?"

菊香得意地一扬头:"奴婢敢辜负王爷的嘱咐吗?做事当然要尽心尽力了。虽然当着奴婢的面,小菊是在认真打扫着,并没有刻意查找东西。每本书认认真真的抹过后,便归于原位。可是每次她都要扫一下书名。照理来讲,如她这般打扫,书应该是本本都在原地的。"菊香说到这儿,停顿了一下,看了我一眼,见我认同,便又接着说下去,"可是奴婢发现,她先前打扫过的书柜,书的位置变了。"

"哦,你怎么知道?"我来了兴趣。

"说来也巧,前些日子,奴婢刚陪福晋来找过书,福晋便让奴婢看《镜花缘记》,学学当中的才女。因为好几册,奴婢都是一册一册地拿的,所以记得那套书是放在左边第一个柜子的第三格,可今天却到了第四格中。这还不算,奴婢还发现那些暗格都有动过的痕迹,福晋做的暗号都没了。所以小菊肯定找过那本书,但与奴婢一样没找着。"

这丫头还真粗中有细,我用她还真用对了。

既然书未被小菊发现,那被谁拿走了呢?我心慌不已,想起了碧云曾经说过的话,书在,十三弟在。现在书没了,十三弟会有危险吗?

我急切地盼望着碧云早点回来,事到如今,我实在想不出现在除了她,我还能与谁商量。然而往往这样,你越着急,等的人越不会出现。

直到太阳下山,三福晋一行才回来,看来累得不轻。好在,德妃娘娘的病情总算稳定了。

"可怜天下父母心啊!"三福晋动情地说。她穿着家常衣裳,端庄又不失和气,颇有几分德妃的气质,这是我的其他几个女人怎么也学不来的。

相对于福晋,凤可就没那么平和了:"哪个天杀的,掳走了清华和十三爷,还算是人么?逼得人家骨肉分离,害得娘娘也只剩半条命了。可别让我捉到……"

我哂笑:"你捉到了又能怎样?"

凤可粉拳一捏:"叫他试试姑奶奶的厉害!"

三福晋看了她一眼:"又口没遮拦了。"她向小阿哥进门的方向示意了一下,低声道,"孩子在这里呢,没个当娘的样!"凤可一笑了之。

小阿哥进门,并不要自己的母亲,反而伸手扑向三福晋,口里一个劲儿地叫

111·

着:"额娘,额娘。"小孩子是最精明的,知道谁最疼他。凤可向来贪玩,有人帮她带孩子求之不得,所以三天里倒有两天将孩子扔给福晋。现在孩子不要她,她也并不难过,因为早已习以为常,依旧笑嘻嘻地向杜妈询问小阿哥今日的表现。

三福晋已换上了慈爱的笑容,从杜妈手中接过了孩子。小阿哥扑上来,又开始告状,说的还是小菊的事,看来那副弓箭再也不能让他释怀。

三福晋对他的话语十分熟悉,不用翻译,便能听懂,小阿哥说的当儿,她还有回语,小阿哥见额娘支持,更来加劲儿了,整个叙说过程竟比我整整多一倍。

凤可悄悄笑了:"常言道恶人也怕小鬼,何况小菊?"还有意无意地瞟了我一眼。

三福晋顺手拍了她一巴掌,嗔道:"这是什么比喻。"菊香却站在福晋后面向凤可挑大拇指。三福晋回头安慰小阿哥,无非是许好吃的许好玩的,她可不是我说说而矣,一转身便让人真正拿出了好吃的东西,这是回来的路上特地给孩子们买的正明斋的点心和信远斋的酸梅汤。小阿哥拿了吃的,高高兴兴地找哥哥姐姐玩去了。三福晋忘不了嘱咐:

"杜妈,让哥儿少吃点,就快开饭了。"

杜妈答应了一声,追小阿哥去了。

凤可笑道:"姐姐嘱咐也是白嘱咐,随他们兄弟几个去吧,倒省得来烦咱们了,今儿一天可真够累的。"边说边用手捶着肩膀,秀儿笑嘻嘻地上来帮她捏着。

"要我说,小菊这丫头可真够勤劳的。"凤可说,还看了我一眼。

我还没开口,福晋便搭了腔:"人家小姑娘,初来乍到的,当然想要好好表现一下。再说干干净净的不好吗?那何利儿也不知几天打扫一次,上次我去书房找东西,柜子上积了一层灰,还不知哪年哪月的呢。书房里早该派个丫头在那儿打理打理,可爷又怕人弄乱了他的东西,小菊这一来倒好了。"三福晋似未听出话外之音,但我更倾向是听懂了,但不想理凤可这生事的茬。这里站了一堆人,只怕我们还没离屋子,说过的闲话就已传出去了。三福晋身为女主人,自然事事要从安定团结的角度出发了。

"已经弄乱啦!"菊香低声道。凤可假意用帕子按了按鼻头的汗,其实是在掩饰嘴角的笑。福晋显然看到了这个笑,回头看了菊香一眼,分明有责怪的意思,嫌她挑事。菊香吐了吐舌头,捂住了自己的嘴。

凤可向我笑笑没说话。我明白她的意思,是嘲笑福晋太忠厚老实,看不透人心。但忠厚老实不好吗?如果三福晋也像八福晋那样,她还能像这样坐在这里吗?八成连这家门都进不了。凤可啊就欠个厉害的人敲打她。

到此刻还未见碧云,我不禁心急难耐,可话到嘴边又没敢问出来,只得给菊香使了个眼色。

第九章
醉酒误事

菊香上前给我换上一杯刚沏好的新茶,低声道:"快到了。"这丫头,我也没见她问啊,情况居然已摸清楚了?

福晋向我笑道:"对了,四弟还让我帮他带句话给爷呢!"

这句话转移了我的注意力,我连忙问道:"什么话?"凤可也被吸引了过来。

福晋手按着头,想了想,"四爷说,昨日爷所言极是,是他多虑了。"

我一愣:"这是什么意思?"

凤可大失所望:"怎么,王爷也不知道么?"她与三福晋对视了一眼,显然这个哑谜已抓挠她们的心很久了,回来是想让我解谜,谁知我也懵懂不知。

门外玩着的小阿哥忽然大声又叫又笑,动静之大让人想不注意他都不行。

凤可笑道:"碧云回来了。"此言让我心头一震,再看她和菊香也都是一脸兴奋之色,其殷切的程度一点也不亚于我。这倒让我有些疑惑了。

碧云大包小包地拿了一堆东西,居然还能抱起小阿哥,我真是服了她。菊香等不得她到跟前,已迎了上去,接过了手中的东西,跑了回来。凤可急切地问:"买着了吗?"就差上前抢过东西打开来看了。

菊香点头,凤可高兴得站了起来。菊香有些迫不及待,立即想要打开包袱,凤可笑:"急什么,傻丫头,回房再看呀。"她暗示了一下左右,意思人多眼杂。菊香总算按捺住了自己的心绪。可凤可自己也有些把持不住,端起包袱闻了又闻。

三福晋笑道:"这是捣的什么鬼呀?"

菊香有些得意地拍拍包袱:"好东西呀,福晋。这里也有一份是福晋的呢,侧福晋早就想到您啦!"又俯身在福晋耳边说了几句,福晋顿时眉开眼笑,低声问:"真的吗?"

菊香一副不容置疑的神情。几个人起身就想走,根本就忘记了我。我有些纳闷:"这是怎么回事?"

凤可笑道:"女人的事儿您就别打听啦!"她一手拉起福晋,一手拉着碧云,口中叫着菊香走了。菊香十分勤快地拿起包袱,颠颠地跟着去了。

第十章

虚惊一场

我坐在厅中一个人生闷气。女人啊,什么时候也别指望她们对你真关心,难道她们不知道我心情不好,正需要安慰吗?凤可也就罢了,怎么福晋也这样不体贴人?我挥手屏退了几个还在厅角等着侍候的下人,闷闷地一个人喝茶。

今天可没有往日的闲情逸致,各种纷至沓来的烦心事令我不快,而昨日的宿醉还在让我的身子不舒服,只觉得四肢发麻,懒得动。

"王爷!"有人叫了一声。不用抬头,我就知道是菊香,除了她再也没人这样慌慌张张的。

我冷冷地问:"何事?"

"福晋请爷去商量事儿。"小丫头今天心情好,话也说得特别甜。

可惜我心情不好,她说得再甜也没用。

"不去。"

小丫头一脸神秘:"是有关十三爷的事哟!"她压低了声音,东张西望的一副生怕人偷听去的神气。我倒被她这神气差点逗笑了,这又是唱的哪出?我狐疑地看着她。她笑着过来拉我:"去吧,去吧,福晋还等着呢。"

我半推半就地站起来,小丫头早已心领意会,先走两步在前面带路,可这路又带得不对,不是往上房去的方向。我提醒她,她还有了理:"奴婢没说是福晋啊,说的是侧福晋啊。"我都懒得与她生气了,她一向就是表达不清的。

"侧福晋到底有何事?"我问道。

小丫头十分谨慎:"爷去了就知道了。"一边说一边还四下张望。这也谨慎得有些过头了吧,除了风和花草树木,这儿鬼都没一个,何况人?

进屋时,凤可正与碧云在看香粉、胭脂之类的东西,那包袱皮儿,分明是碧云从外面带回来的那只。

原来如此,我有些哭笑不得,不过是一些女人用的香粉,却被她们搞得如此神秘,害我狐疑了半天。忽地我又醒悟了,许多事原本就是我们自己想得太复杂,如果简单一点呢?也许反而能够迎刃而解了吧。

第十章
虚惊一场

凤可笑道:"王爷来啦?"她重新修饰了一番,显得明艳动人,分明是迫不及待地试用了刚买回来的脂粉,这妆容不用问是碧云的杰作。女人打扮一下果然不同凡响,虽说我家凤美人底子不错,但今日却美到风华绝代的程度了。

"何事?"对刚才抛下我的事,我一时还有些不能释怀。

凤可一指碧云:"是这丫头有事要找爷呢!"回头依旧去摆弄那放了一桌的东西。

我狐疑地看看碧云。

碧云取出一件东西递给我:"这是四爷要奴婢交给爷的。"她礼仪周道,态度平和,恍惚中我又似看到了黄妈的影子。

我接在手里捏了一下,像是本书。看着她似笑非笑的样子,我明白了,一定是《何处落花集》。这倒奇怪了,书明明在我的书房里,怎么会跑到老四那儿,还让碧云给带回来?

碧云似是明白我的心思,笑道:"奴婢今儿在宫里遇见四爷,四爷记得奴婢是九格格的贴身侍女,现今住在侧王妃这里,因此让奴婢带点东西回来给王爷。"

这话叫我没法相信,老四不让他的三嫂带东西,倒让一个丫头带给我,可能吗?何况东西如此重要?这丫头委实太过狡猾,十句话中有半句是真的就不错了。

忽然之间我就明白了,怪不得碧云能如此安心地出门,一定是她偷走了这本书。本想悄悄还到书房,可天不与其方便,几乎所有人都在等她回来,一进府就被盯上了。也亏她想得出来,竟用这种方法将书交还给我,我是揭穿她,还是就此罢休?思虑再三,决定让她欠我一个人情。

果然凤可也疑惑:"这是什么时候的事儿啊,我怎么不知道?"

碧云走到她身边,亲热地拉着她的臂膀:"带东西这样的小事,四爷自然交给下人了。何况那时福晋正在服侍娘娘,心无旁骛,四爷也无法开口啊。"

我暗自叹气,她口中的小事,却让我担心了一下午。不过凤可倒也没再问下去,她的心都被那摊了一桌子的胭粉、头油勾去了。

我翻了一下书页,与昨日上午看到的相同,碧云倒没有做什么手脚。一抬头,碧云一双乌溜溜的大眼睛正盯着我,似乎已看穿了我的心思。

"四爷还说什么了吗?"我板着声音问,尽量保持着平和的心态。

面对我的提问,碧云回答得很快:"四爷没说什么,只是说今儿晚了,明儿再来找三爷,共商大事。"感觉到我目光中的不信任,她再次报以一个微笑:"明儿巳时初刻,四爷会来找王爷一叙。"

我忽然明白,老四的意思,是说碧云的话可信。他也开始倾向于清华对老十三无害这种说法了?这碧云与老四到底是何渊源?老四很信任她,这让我实在想不通!

格格小嫁

书房里窗明几净，桌上能倒映出人影，看得人心里舒坦。不过到底时间太过仓促，小菊无法将我的东西完全归回原位，我一眼就看出，好些书的位置都大挪移了，不用问，那些暗格也无一例外被小菊检查到了。菊香的观察果真没错。

见我找不到棋谱，小菊急得满脸通红，一个劲儿地给我赔不是，说自己太疏忽了。

"其实奴婢实在认不了几个字的。"小菊这样给自己解释，她虽是清华的伴读，但进府时已近十岁，这时清华早过了启蒙阶段，因此小菊名为伴读，做得更多的是端茶倒水的杂事。"而且，王爷的藏书实在太多了一点，奴婢这辈子也没见过这么多的书。"她弱弱地抱怨。

这倒是事实，我这里的书不管质量还是数量，在京城里是数一数二的。我忽然心生怜惜，小菊忙活一天什么没得到不说，还要低声下气地陪不是，哪比得上碧云，逍遥自在了一天。既然我没有损失，那就安慰安慰她吧，男人本就该怜香惜玉呀。于是我柔声道：

"不要紧，书乱就乱吧，过段时间熟悉了就好了，何况爷找不到不还有小菊丫头吗？这干干净净就是好啊，看得人心里头明镜似的，敞亮。"

"真的？"她不放心地追问。

我随即予以肯定："那当然！"

小菊嫣然一笑，转身出去端上一杯刚刚烹好的茶。

我尝了一口，赞不绝口。

小菊笑道："奴婢做错了事，就用这茶来道歉吧！"

我向她举杯做了一个干杯的动作，意思同意她的这个提议。茶味淡然幽远，苦中带甜，颇值得回味。细品了几口，我忍不住问："这茶叶？"

"是在书房中找到的。"

"我家的茶？"我有些不可思议，记忆中府里没有如此出色的茶叶啊。小菊面露得意之色，取来烹茶的小壶给我看，果然是猴魁。但我还是想不明白，一样的茶，为何喝起来有截然不同的感觉？

小菊笑道："烹茶也是有技巧的，水温、时刻都有讲究，一分一秒都不能差呢！"她开始给我讲述茶经。毋庸置疑，这是她精通的技艺，也是她炫耀的本钱，所以讲述中难免有几分小女子的骄傲和得意。其实茶经我也了解一些，书上讲过了，但小菊讲的又别是一套理论，不能不承认，这丫头算得上识茶的伯乐，她的理论中揉入了相当多的实践经验，我由衷地夸奖了一番。

小菊害羞道："王爷太过奖了。"眼中却闪烁着沾沾自喜的光。

"你也不要谦虚啦，实非谬奖。"我笑着答道。

第十章
虚惊一场

但是以小菊这样的年纪，得出如此深刻的感悟未免令人起疑。我也算爱茶之人，倾巨资浸淫茶道数十载，尚无如此收获。小菊不过一个丫头，如何深研这要钱又要闲的东西？何况她是如何踏遍各地，尝遍天下出名之水，识遍天下著名之茶的呢？一定有高人指点过她，这幕后高人是谁？

我端起小菊刚刚斟满的茶，品了一口，笑道："小菊你不会是在茶馆中长大的吧？"我抚摸着自己的下巴。

这似是无意的话却令她一愣，不由自主地看了我一眼，笑道："爷怎么会这么想？"她的脸色虽平静如昔，手指却不自觉地揉搓着帕子。我不得不微微移转目光，尽量不去看她。

我哈哈一笑："开个玩笑。不过，以你对茶道的领悟，不开茶馆倒真可惜了。你若有此意，爷倒可以投笔钱给你，你的才华不该浪费啊！"

她笑靥如花："奴婢可没有这种打算，只想留在王爷身边，端茶倒水，于愿足矣。"

我笑呵呵地向她举杯，然后一饮而尽。红袖添香，只怕我没有此福气呢。

"其实茶道一事，倒没有王爷想得如此难，奴婢身边识茶之人比比皆是。"小菊说道。言多必失，人得意时尤其如此。她今天急于在我面前示好，才卖弄自己的技艺，以致真情流露，现在显然已经意识到了这一点，要想办法补救。

我倒想听听她会给出怎样一个解释。

她抬手一拢鬓发，露出了葱样的手指，这容颜如玉，秀发如丝，衬着手中的红绢和藕样的臂膀，真个风华绝代，令人心动。我示意她坐下慢慢说，她嫣然一笑，依旧站着，并没有依我所言。

"顾夫人就是一位深谙茶道之人。"——有一会儿我没明白她的意思，后来才知道她说的是清华名义上的养母。

老实讲，发现谪仙帮后，我早已将顾家当成了浮云，只没想到小菊竟会拿出来打掩护，难道世上是有这位夫人的，还是小菊将别人的事移花接木？要不就是小菊太笨，或是她将我当成了笨蛋？转念一想却又释然，小菊还不知道我已发现了谪仙帮的秘密，情急之中，搬出意念中的女主人也属正常。

小菊不知道我心中所思，依旧编着自己的故事："顾夫人娘家是做茶叶生意的，从小就对茶道颇有研究。在夫人的熏陶下，格格自然也很讲究茶品，奴婢服侍格格，耳染目睹，也学到些皮毛，却承王爷谬奖，实在惭愧！"

我意味深长地说："哦，九格格也懂茶道？"世上没有全才，清华也不例外。一个谎言需要若干个谎言来圆，小菊的额角似有细汗冒出。我实在不忍心让她的破绽越来越多，主动准备放弃这个话题。

"还有许多是王爷想不到的呢！"小菊也在转移重点，她索性给我讲起了清华，这是我感兴趣的话题，从未有人如此详细地给我讲过这个略带神秘的女孩子。且不管小菊所言是否为实，但总会透露几分实情，我就当故事来听吧！

原来清华小时候不仅不安静，反而有些闹。由于母亲太过宠爱，养成她一副天不怕地不怕的脾气，请来授业的私塾老师没有一个不怕她的，皆因这个学生实在太古灵精怪，课堂上净问些稀奇古怪的问题。可怜这些老先生都是兢兢业业的只读八股文、一心想从科举出人头地的老秀才，如何能够解答她的问题？只被问得张嘴结舌窘态百出，害得两三个塾师教不下去而辞了馆，顾老爷还怨人家没有学问，白耽误了时间，又费了银钱，在外面很是将这几个老师诋毁了一番。

小菊的叙说让我频频露出笑意，其实我的十三弟也是这样淘气的，这两人倒真是天生一对，难怪十三弟对她一见钟情。

我确信，小菊是清华一同长大的玩伴，童年趣事可以编出来，但如果不亲身经历，说不出这样的趣味。

但人的脾气秉性可以有这样大的变化吗？虽说女大十八变，可与小时的清华相比，现在的清华是不是变化太大了一些呢？

"真想不到，九格格原来也这么顽皮。"我说道。

小菊笑着接话："她一直非常顽皮的……"她忽地住了声，愣了一下才说，"只是……"

这句无意透露的情况勾起了我的好奇。小菊本不应该如此失言的，大概是刚刚的回忆让她过为高兴，一时间竟又走水了。这一次她该如何补救？我拭目以待。

我几乎不留任何喘息的机会，立即追问道："只是什么？"

小菊已想到了借口："只是，老爷太太忽然去世，族人又抢夺财产。格格家破人亡，逼不得已只得进京投亲，忽然换了生活环境，有些不适应罢了。"

我敢说这不是小菊原本想说的话。常言道言多必失，她差一点儿就说漏了嘴，却又聪明地咽回去了。时机稍纵即逝，这会儿她已醒悟过来，势必不会再与我说实话了。

如我猜得不错，清华沉默寡言为的是藏拙，不让别人发现她的特点，以便实现自己的计划。那么，出走的计划有可能是从她初进尚书府时就已定下了，而她的本意也只是逗留很短的时间。这样的话四弟的推论就不成立，清华指点我们找到地道另有深意。是什么让她迟迟不走呢？数年如一日的隐藏自己的天性，该忍受多大的痛苦。难道，确如碧云所言？

小菊一定也是谪仙帮的人，不然不会与清华一起长大。帮中有派系原也正常，没什么可奇怪的。这样一来，有些事我倒又有些明白了，难怪清华会与小菊携手同来，原来是逼不得已，这也解释了清华为何时时与小菊保持距离。

小菊大约也没想到，在她们到达之前，清华那一派也早早妥当地作了安排，

第十章
虚惊一场

而且派出了碧云这样的高手,小菊以一挡三,自是不敌。虽暂时落后,但小菊一方却又在十三弟身上打开了缺口,这一手实在高超,令清华猝不及防,才造成了今天这样被动的局面。

清华的决心迟迟难下,幕后之人忍耐不住,一定常常催促。我忽然想起菊香说过的话,清华、黄妈在五弟府中的落泪,那是催促的信号,黄妈一接到信息就马上来了,清华箭在弦上不得不发,以致痛而出声。只是这信息是如何传来的,又怎样瞒过了小菊的眼睛?

两杯茶下肚,我感觉有些发热。见鬼,才不过四月,不该这么热啊。我下意识地扯了一下衣领。小菊笑吟吟地问:"王爷热吗? 将外衣脱了吧。"

我摇摇手。今天的小菊特别美,难怪人家都说灯下看美人,她近在咫尺的香气令我有种难以名状的冲动,我忍不住握住了她的手,她害羞地一笑,低下了头。

"王爷!"骤然响起的声音吓了我一大跳,也本能地扔开了小菊站了起来。看着凤可那气得有些变形的脸,我轻咳了一声掩饰自己的窘态,"你怎么来了? "

这句不合时宜的话才一出口,我就知道坏事了。果然,凤可冷笑:"我是不该来,可又不得不来。"她的脚狠狠地落在地上,每一步都走得咚咚作响,路过小菊身边,还不忘瞪了她一眼,小菊柔弱的身子似乎打了一个哆嗦。

凤可昂然走到桌边,捡起桌上的小刀冲着我一扬:"景儿把这个落下了,没它不肯睡,我来拿一下。"

"这么晚了,孩子怎么还不睡? "我关心道。

"是啊,早该睡了。"凤可话中有话,一双凤眼滴溜溜地在我和小菊之间转来转去。

我笑道:"你误会了。"上前欲揽住她的香肩,她却敏捷地让开了,眼中掩饰不住的厌恶,既是对我,也是对小菊。

"是吗? 我虽眼神不大好,心却还明白。"凤可冷冷地说道,言毕转身欲走。

我明白坏了事。凤可的表现犹如暴风雨来临前的寂静,现在不爆发,以后的杀伤力是现在的数倍,无论如何我也不能让她带着怨气离开。正在想着办法,却听见小菊说道:

"奴婢送侧福晋。"声音十分甜美,与凤可的尖利正好形成鲜明的对比。

这个丫头到底是真傻还是装傻? 怎会说出如此火上浇油的话,我真正百口莫辩了。

凤可止住了出门的脚步,缓缓转身,双眼犹似两道利剑:"我用得着你送吗? 就你也配! "她狠狠地啐了一口。

这太过份了, 小菊虽说言辞不当, 但说到底也不过是做了件奴婢应当做的事,凤可有必要这样咄咄逼人吗?

"凤可,有话好好说。"我劝道,尽量让自己的声音柔和一点。

凤可挑衅地看着我:"可以呀,但要分跟谁。她,不过是个下人。"她咬牙切齿地说出了最后几个字。

我深吸了口气,再次压住了自己的火气,温言道:"凤儿,你的性子实在太急了一些,需得改改才好。小菊终究不是咱家的包衣,她是马大人家的人,你是不是对人家客气一些?清华回来了,你对她的丫头不好,怎么见人家?亏你还常说你们姐儿俩关系不错,她临别还送了一份大礼给你。"

凤可不耐烦地一挥帕子:"不是看在清华的面子上,我能这么客气吗?我是骂她了,还是打她了?"

"这不是骂与打的问题,你的态度……"

"我态度怎么了?"凤可一副将话逼问到人脸上的神气,"我跟一个下人还得客气呀!"她的手又不自觉地叉到了腰上,活脱脱一个泼妇。

我气得语塞,难怪夫子说,唯女子与小人难养也,凤可这两样都占全了。小菊委屈地站在一边,什么也不敢讲,这样楚楚可怜,更显得凤可霸道不讲理。

凤可索性不走了,啪地将刀往桌上一拍,找个椅子坐下。我懒得理她,这两年把她脾气惯得不知道自己是谁了,如此蹬鼻子上脸,当着丫头与我大吵大闹,还有规矩吗?

小菊迟疑了一下,过来斟茶。凤可怒道:"哪个要喝这茶。"手一扫,茶杯落了地,好在小菊躲得快,没被烫到,可碎裂的声音在这黑夜中显得分外响亮。我心头的火真的起来了,想要发作,想想又忍了下来:

"凤儿,你快回去吧,孩子见不到你又要哭闹,这都什么时候了!"

凤可冷笑:"爷也来催驾啦?你们就这么盼着我走吗?"

我气极:"这是什么话?我是为了孩子!"

"平日怎么不见爷关心孩子,今儿我挡了爷的好事,爷倒拿孩子做借口了!"凤可拍着桌子站起来。

这真是反了,她居然敢跟我拍桌子!大约是我铁青的脸色太过吓人,小菊连忙上前劝慰:"王爷,您别生气,都是小菊不对。"她边说边就要跪下,我一把拽住她:"你有什么不对?"

凤可冷笑:"她没有不对,那是我不对。"

"当然你不对。"我想也没想就将此话说出了口,心却一沉,坏了!

凤可已跳了起来:"好好好,看着小狐狸精勾人,我作为你明媒正娶回来的妻子还不能说话了。那好,我现在就请福晋过来,是我不该到书房来,我错了,我给你们赔礼,让福晋给做见证。"她一边说,一边就想往外走。

第十章
虚惊一场

我已气得不知说什么好了。我做了什么，不过是拉了一拉丫头的手，这也算有错吗？我好歹是个王爷。这个泼妇，哪有一点王妃的样子，深更半夜这样大闹，传出去也不怕人笑话。我颓然地坐了下来，摇了摇手："你爱干嘛干嘛去，爷不怕！"

小菊上前劝道："福晋，是奴婢错了，你打骂奴婢都可以，就是不要再生气了。这大晚上的何必再去惊动福晋？"

凤可一甩袖子，回手两记耳光，这清脆的声音打得我们都愣住了。五道指印在小菊白嫩的脸上显得尤其清楚，令人心痛。

我一拍桌子："凤可，你到底想干什么？"

凤可冷冷地："我要赶走这死丫头。"

"你没这资格！"我亦冷冷地。

"我怎么没资格，我是这家里的主人，要赶个把下人不行吗？"

"不行！"我气哼哼地坐下了。凤可手指着我，嘴唇哆嗦着，"你……"她忽地哭道，"你哪里还像个王爷，心都被小狐狸精勾去了！"

这话难听至极，我忍不住道："小菊她是清华的丫头，你别骂人家！"

"我就骂了，不仅骂，我还要打呢！"凤可干脆不管不顾起来，大有不给她个说法誓不罢休的阵势。

"你敢！"我站了起来，顺势将小菊拉到我的身后。

凤可冷笑一声，回手举起博古架上的一个宋代哥窑的粉青赏瓶向小菊扔了出去。小菊没碰到，赏瓶却摔了个粉碎。我心痛得直咧嘴，这是我最心爱的东西之一，费了好大的劲儿才淘换得来的。我气得一下子跌坐在椅子里。

太大的吵闹声终于将三福晋引来了，碧云也夹在人群中。已有多嘴的下人将事情的来龙去脉告诉了她，所以三福晋一进来就劝凤可冷静。

凤可道："姐姐能冷静，妹妹我可不能！"她边抹泪边将事情加油添醋地说了一遍，理儿自然全站到了她的那一边，我除非是一句一句与她理论，才能将理再掰回来，可我堂堂一个王爷，能与一个女人计较吗？我气得顺手一把抓住博古架上的花瓶扔在地上。

福晋失声叫道："王爷！"凤可也止住了抱怨声。

我这才发现摔掉的竟是那对赏瓶中的另一个，我心疼得直倒吸冷气，情不自禁地拉住了三福晋的手："女人还是要温婉一些好啊！"这是我心底的声音。

凤可已从震惊中醒悟过来，怒道："温婉的女人全是狐狸精！"

三福晋回身朝她一瞪眼："这是怎么说话呢？"语音虽轻，倒真止住了凤可的泼辣。凤可默默地往边上站了站。三福晋继续回身安慰我：

"王爷，别人不知道你还不知道吗？妹妹的脾气呀，一向见了风就是雨的，又不肯认小服软,你怎么还会与她计较?要说今儿这事儿,是妹妹不对,可是你也该理解理解她的心不是,到底是大晚上的了,谁见了都会误会。"

这不明明是拉偏架吗?三福晋也这样不分清红皂白了。我站了起来,一抖袍子:

"我累了,要歇息了。你们都走吧!"

凤可拉住三福晋,手指着我,眼睛却看着小菊,大有要用眼中之火烧死人家的意思:"姐姐你看,爷今儿要住在书房,这还说没事儿。"三福晋拍拍她的手,"你少说两句吧,你这脾气也该改一改了。爷今儿爱住哪儿住哪儿,咱们别管了。"

凤可气道:"不行,今儿非得把事儿说清楚不可。我早就觉得小菊留在书房没那么简单,现在狐狸尾巴露出来了吧!"

这狐狸两个字真的刺痛了我,她还没完了,我不禁气急反笑:"怎么?不简单就不简单吧,我还就告诉你们,以后爷的事儿少管!我平时容忍你,不代表容忍你一辈子。等手上的事儿完了,我就抬举小菊做格格。"

这句话把女人们都震到了,一时间众人都没了声音。小菊怯生生地站在一边,我笑着向她道:"以后没人敢欺负你,你生是爷的人,死是爷的鬼。不是有人看你不顺眼吗,从明儿起,爷还就跟你形影不离了,走到哪儿都带着你,防止有些泼妇趁我不在欺负你。"

此话说完,我看也没看凤可,拉着小菊出去了。

刚起床就接到五弟八百里快递传回来的急信。信中无非提醒我皇上就要回銮,询问清华之事可有眉目。我看了直苦笑,十三福晋没找到,十三阿哥又丢了,这让我如何回复?来人还在等我的回信,犹豫良久,决定还是先不提十三弟的事,免得事态扩大到无法控制的地步,又何必让皇阿玛跟着操心难过?我随意写了几行字,将来人打发走了。

正打算到尚书府看看老马,老四来了。他看上去疲惫之极,两眼通红,八成又是一夜没睡。我见他累得实在不像样子,让他先歇会儿再谈事情。

老四摇头:"再累也得挺着,不赶紧将老十三找出来,只怕老十三还没咋的,娘娘先要不测了。"

"四弟,你也不要过于悲观。有那两个丫头在,咱们迟早能查出有利的线索的。"我拍了拍他的肩膀。

我正劝慰着老四,忽然一想不好,既然有人给娘娘透露风声,哪个敢保证就没人到皇阿玛那边搬弄是非,十三弟的事还能瞒得住吗?可是这会儿要追信已来不及了,谁能跑得过八百里快递?我只能摇头苦笑。

老四见我脸色怪怪的,问我怎么了,我一笑了之,顾左右而言他,何必再说出

第十章
虚惊一场

来让他担心,这欺君之罪就由我一人来承担吧。可如今去哪里找十三弟? 如不赶在皇阿玛到京之前找回他,我真不敢想象自己会受到怎样的处罚。

兄弟俩默然相对,一筹莫展。十三弟到底去哪里了,为何迄今没有一点音讯? 小菊成日足不出户,与外界似无一点联系。可碧云呢,她一天到晚往外跑,为何也未见蛛丝马迹?

老十四竟在此刻登门而来。我正疑惑,老四解释道:"是小弟让他来的。常言道,打虎亲兄弟,上阵父子兵,是大家同心协力追出真相、找回老十三的时候了。"我郑重地点了点头,心中前所未有的敞亮。

老十四也很累,不用说,这两日一直陪在娘娘身边。他一来就向老四说:"一切都安排好了!"

老四欣慰地笑了一下,他站了起来:"三哥,咱们找个清静的地方。"

我一笑,伸手打开了墙上的暗门。

吃过午饭,美美地睡了一觉,身体轻松了许多,心情也好了。

我伸了个懒腰,决定带小菊出门转一转。至于借口我早就想好了,暂用那十三条帕子做个掩护吧,一直想从帕子中得些东西,可惜没空理它,今日便去查查它到底存何秘密。

《何处落花集》安安稳稳地躺在书案上,与我睡前无异。我悄悄下床翻看了一下,小菊也够细心的了,书中放的那根短发一点都没变,只是她没想到我还有第二手,在头发下的一页还放了一根眉毛,现在眉毛已不见了踪迹。

我现在可以肯定,小菊只知道秘密已被我从地道中带出来了,却不知这秘密是什么,否则她早拿上书走了。她是在等我解惑吗? 可惜我也与她一样什么也不知道,而那位知情人碧云却总拿老十三与清华的安危做借口不肯明说。

小菊进了屋,手托茶盘。不能不承认,这几日我的胃也娇气起来,一日不喝小菊泡的茶就像少了什么,这丫头也确有吊人的手段呢,第一次发现喝茶也会上瘾。

"爷起来了。"她的声音一如既往地好听。我点了点头。

"这书真是面熟,奴婢记得格格也有一本。"她似是无意地往我手里看了一眼。

竟会主动提起这事,看来她的时间真的不多了,急于从我这里打探消息,我该如她的愿么?

我喝了一口茶,细品了半天才喝下去,然后答道:"是啊,这书是我从何处园的地道中带回来的,与从黄妈那儿得到的一模一样。怎么,你说清华也有一本?"

"可不是吗?"小菊拿起了书本,大大方方地翻了起来,"这里面的诗奴婢还曾经读过呢,"她随意诵读了一首,笑道,"听格格说都是她的母亲写的。难怪会生出格格这样的才女。可是黄妈怎会有一本?奴婢从未见过。"

我心下明白,两人说的是同一件事,却故意不解释,让她费些力气想去吧。

她叹了口气:"格格不见了,书也不知去哪里了,人道物是人非,谁知我们这里竟是不能够的。"言毕,她抹了一下眼泪。

我拍了拍她的香肩:"咱们早些将格格找回来就行了!"

她抬起一双泪眼:"格格会在哪里呢?都这么久了!"

我讶异地看着她:"你不会没有信心吧!"

她摇了摇头,十分伤感。我的心不知不觉地软了,梨花带雨,哪会有人不动心呢?

我指了指包中的十三条帕子:"咱们就从这帕子入手吧!"

"帕子?"她很惊奇,"这有什么好查的?"

"当然要查!"我不容置疑地说道,拉起她一只手,"你陪我一起去!"

路过前厅,福晋正和凤可在谈事,碧云也站在一边。见我和小菊并肩出来,凤可不由自主地站了起来,想了想又坐下了。

福晋笑道:"王爷今儿要出去?"暗自给凤可使了个眼色。凤可负气地背转过脸去,三福晋只得无奈的一笑。

我点点头:"有些公事要办!"

"哼,公事!"凤可低声道,"鬼才信。"

我看着她:"是公事!"指了一下小菊手中的帕子,凤可不理我。

三福晋歇事宁人般地笑着:"去吧,去吧!早点回来,等爷吃晚饭呢,今儿妹妹生日。"

我不禁心生愧疚,这一忙竟将凤可的生日给忘了,搁在往年新衣首饰早准备好送到她屋里了。今儿实在不宜出门,可十三弟的事不能拖,何况我又与小菊说好了,无法更改。我略带歉意地走到凤可身边,柔声道:"我会早点回来的。"凤可显然还在为昨晚的事生气,瞧也没瞧我。

碧云冷眼看着这一切,一语未发。我很诧异,难道她竟真的袖手旁观吗?我这里都快急死了,她还能笑得出来。

跑了大半天,走了七八家绣纺,没有一点收获。绣纺中的人除了夸奖这帕子绣得精美,就没说过其他话。有两家甚至还想请刺绣者来任职,令人啼笑皆非。

小菊自始至终兢兢业业地做着事,没有一句怨言。小菊如不是谪仙帮的该多好,她不失为一个好女人,温柔、美丽,虽然急功近利,但还算聪明。

第十章
虚惊一场

转了一天，很累地回到家。府里灯火通明，侧王妃过生，虽不是整寿也够隆重的。酒席早就摆好了，都在等着我这男主人回家。凤可略微换了几件新艳的衣裳，见了我，脸上淡淡的。

看见我，翘首以待了半天的三福晋率先站了起来。菊香笑着向凤可道："王爷回来了！"凤可别过脸，菊香不管她，上来接过我手里的外衣，秀儿拉我坐到凤可身边。看来这一切都是三福晋早就安排好了。

我端起早已斟满的酒，向凤可笑道："祝王妃年年有今日，岁岁有今朝！"凤可迟疑着不端酒。三福晋笑道："妹妹，王爷说得对呀，喝一杯，消消气，今儿呀咱们得好好罚他。"

我笑道："对对对，罚我罚我！我先罚自己干一杯了啊！"一仰脖，灌下一杯，伸手又要倒酒，凤可娇嗔地拦住我："爷可又别喝醉了，前日刚把姐姐房里吐得一塌糊涂，我做的那件新衣裳只穿了一天，就被糟蹋了。爷闻闻去，姐姐屋里到现在还有酒味呢！"

我悄悄捅了她一下："今儿喝醉了，我往你房里去！"

她娇嗔地看了我一眼，回头与福晋喝酒去了。最难消受美人恩，凤可不生气，我的心也立刻舒坦了许多。

酒宴进入高潮，大家纷纷给凤可敬酒，她越喝越高兴，先是小杯，然后大杯，竟没停的时候。虽说她能喝一两斤，但今儿醉是毋庸置疑的了！

我一直冷眼看碧云，她笑语吟吟，左右逢源，每说一句话都逗得凤可欢乐开怀，就是三福晋也少有的与人划起了拳。

想起小菊一个人孤零零地呆在书房，一时竟有些不忍。

"侧福晋醉了！"不知是谁说了一声。秀儿上来扶凤可，凤可笑着摆手："我没醉，我没醉。"秀儿笑道："回去补补妆，再来喝吧。"三福晋也上前相劝，凤可不再挣扎。

三福晋笑着向我道："天不早了，爷也该歇着去了。"她一努嘴，指了指凤可远去的方向。

我心下会意，却又不忍心丢下她。三福晋笑着看我："你也该哄哄她去，昨晚爷将她气坏了呢！"我在心里给三福晋竖了一下大拇指，家有贤妻夫少祸，难怪皇阿玛说娶妻娶德，没有三福晋的调停，我这府中上上下下能如此和睦吗？

我点点头。三福晋四下看了一下，似在寻找送我的合适人选。碧云笑着请缨："奴婢送王爷去吧？顺便也能给秀儿姐姐搭把手，服侍好侧福晋。"福晋自然应允，而我更是求之不得。

第十一章

我又输了

"今天事情大有进展！"第一句话我便给碧云抛出一个诱饵。

谁知这丫头根本不上当，敷衍地问："是帕子有了新进展？"她甚至连个雀跃的表情都懒得做，口气平淡得我都不想往下说了。可是一句话就将我打回头，也未免太失体面，我摸了摸自己的下巴，用十分肯定的语气说：

"当然，要不你以为是什么？"但怎么听怎么是强挣的味道。

"奴婢当然也以为是帕子，爷今儿不是为了查帕子才出去的吗？"她反问。

"今儿出去值了。"我笑道。

她哦了一声，就没下文了。

我又一次加重了语气："真的很有进展。"可底气未免不足。

碧云笑道："那真是太好了。"这句话越发像是在敷衍我了。

"难道你不想知道有何进展吗？"我略有些气恼地问。

她叹了口气："奴婢真的非常感兴趣，可是王爷肯指点一二吗？奴婢还是不要开口问了，免得碰一鼻子灰，讨个没趣。"居然又将原因归于我身上。

我大度地一笑："现如今咱们不是同仇敌忾吗？我怎么可能有信息不告诉你？"我提醒着她，天下没有免费的午餐。

碧云笑着点头："王爷言之有理。可这不是奴婢的午餐，奴婢暂时不想付费。"她竟能听到我心里想的话？

我摸摸下巴："你不信我？"

"怎么会不信呢？"碧云反问，她举了一下手中的灯，让我看她的双眼中的真诚，"只是……"她住口不言。

"只是什么？"

"奴婢实在想不明白，今日短短的几个时辰，你们能有多大的收获。也许不过是跑了三两家出名的绣坊，得了些刺绣精美、针法独特的评语。这只能算无功而返吧，哪里就有大的进展了呢？"说到最后，她竟是在竭力忍住自己的笑意，但我还是听了出来。我心头不爽，她这是幸灾乐祸，从出门之时起，她就是在家等着看

第十一章
我又输了

我的笑话,而这笑话最终还是让她看去了。

我不高兴了:"你不信就算啦,终有一天你会知道我今儿下午收获有多大。"反正今儿我是别想从她这里得到什么消息了,只能说些死撑的话长长面子。女人太过聪明了真不是好事。

碧云点头:"那奴婢就洗耳以待了!"她走了几步,忽又回头向我,"只是奴婢非常疑惑,不过十三条帕子,有必要查这么久吗?"她叹了口气,"看着小菊奶奶累得东倒西歪,奴婢实在有些不忍心呢,爷也累了吧,早点回去歇着,明儿还有事儿呢。"这一次她干脆笑出了声。

她这整瑕以待的样子,叫我实在无奈。不知为何,一遇见这丫头,我总觉得脑子不够用,仿佛一下变得迟钝了,只能掩饰地笑道:"碧云,你好像现在对格格与十三爷的下落已经不着急了。"

碧云扭头看了我一眼:"怎么会不急呢?"

"那你今儿还有闲心在府中陪福晋?也不说出去找找线索,我看你呀,是乐不思蜀了!"我用略带责备地口吻说。说到底我是主子,她不过是个奴婢。

"王府再好,亦非碧云之家,奴婢哪一日不是归心似箭?"这几句话她说得有些黯然。我终于触到她的痛处了,我不禁沾沾自喜。她忽地抬头,换去了悲伤的语气,"可是操之过急,只怕适得其反。奴婢先前竟是错了,太急功近利。仔细想来,咱们倒没有什么好急的,想必那边也不敢对两位主子有所伤害,精神上受些折磨罢了。常言道,祸福相倚,说不定十三爷倒会有意外收获!"

这话和今日与四弟和老十四在密室中的意见不谋而合,是碧云自己想出来的,还是事先已与老四有了勾通,又或者老四的主意是碧云出的?

我明白碧云心中的秘密,远比我想象的多得多,可是她不肯告诉我,我也只能望洋兴叹。

"为何现在不怕事情让小菊知道了?"我问。

碧云反问:"她能知道什么?"语气十分不屑,我很讶异她会这样直截了当。大概是觉察到了我的意外,又笑着补充,"有王爷在身边把关,小菊还不会得到什么去,虽然她也不会透露有价值的东西给王爷。"

我不知道这话是捧我还是损我,听着心里头怪别扭的。我只得讪讪地:"你又全知道了。"

碧云笑:"奴婢知道什么?"

"昨晚的事。"

碧云恍然大悟:"哦,这不是全府人都知道了吗?小菊就要做格格啦,反客为主,大家今儿议论了一天了。可惜爷不在家,没听着。侧福晋为这事今儿没少发脾气,秀儿和菊香她们也吃了不少挂误官司呢。爷要是再晚回来一会儿,只怕桌子都掀翻了,晚饭都吃不成呢。爷一会儿好好安慰一下凤福晋吧。"这明明是劝我的话,为何听在耳里却感到她有些唯恐天下不乱的意思?

"不至于吧?福晋不是在家吗?"我言下之意她太过夸张。

黑暗中看不清她的表情,但似乎听见了她的一声笑,我都能想得出她那洞悉分毫的调皮样。

"王爷做大事的人,怎么懂得女人的细小心思?常言道,爱之深,恨之切。王爷不忠在前,凤福晋生气在后,还管什么福晋不福晋,一桌菜而矣。如果一桌菜就能平息了凤福晋的怒火,值了!"她分明话中有话。

我问:"你对这件事有什么想法?"

"凤福晋掀桌子?"她反问,有着恶作剧的兴奋。

我正色道:"抬举小菊的事。"

她先长长地"哦"了一声,然后一本正经地说:"很好啊。"

"很好?"

"很好!"

我不禁叹了口气。

她打趣道:"喜事呀,爷为何叹息呢?小菊妹妹虽未能美到沉鱼落雁的地步,但也算少有的美人了。奴婢还没有恭喜爷呢!"她竟真的端端正正给我行了一礼。

我忍不住腹诽,你当我真听不出你的话中之意吗?

"碧云,你不够意思。"

"奴婢倒不懂王爷的话。"她笑道。

"你总不跟我说实话,昨儿的事你明明都知道了,还在这里装傻。"

碧云忽地笑了起来:"奴婢难道告诉众人,昨晚不过是做戏,小菊不会做格格,大家无需将她当回事么?"

果然她已经知道了,可是自问我和凤可演得不错,怎么会让这个小丫头看出破绽?

"别胡说,碧云,演什么戏!"我四下里看了一下,还好,除了风和远处的灯光,什么也没有。

她看着我笑:"奴婢差一点就要当真了呢。可是,"她压低了声音,"凤福晋的演技不过关。"

我脱口问:"哪里不过关?"问后却又后悔,这不是承认了碧云的说法了么?

碧云叹口气:"可惜了那两只赏瓶,价值一定不菲吧?凤福晋懊恼着呢,今儿难过一天了。"

我知道凤可很心疼这两样东西。说实话,若不是怕小菊疑心,我也恨不得将这两个赏瓶换成赝品,现在是有钱无处买了。凤可的小气是出了名的,关键时候

第十一章
我又输了

还是给我出了岔子,出身真的很重要,这位奶奶何时才能大气一点,若露了馅儿,我那两只价值连城的赏瓶不是白摔了吗?

"爷道小菊为何要陪爷去绣纺?"碧云问。

我笑了:"我是她的主子,叫她,她当然要去。"言毕却又恍然大悟,昨日刚与凤可争吵过,如以小菊的聪明,为了避嫌,定然不会去。而小菊今天在府中并无二话,很爽快地跟我走了,只能说明她也在怀疑秘密的所在之处,想从我这里得到更多东西。

帕子是传递信息的证物,小菊一定已知道了这个用途。可是今日在车上,她却反反复复一直在翻看着这些帕子,每到一处,也再三打听几条帕子的差异。难道帕子中还有她未知的秘密?

我忽然想起了菊香说过的话:"一个道,'你可看仔细了,真的没有?'另一个道,'真没有。'"现在我明白,前一个是清华,后一个是黄妈。

帕子是要清华动手的信号,小菊因猝不及防,才会错失先机。现在醒悟过来,知道最后一条帕子中带有她不知道的信息,自然要竭力查找了,而这信息必然与解开书中之谜有关。碧云胸有成竹,显然这信息传递得十分隐蔽,所以才有如此的自信。难怪她不相信我刚才的话。

我叹气道:"可怜我们在外面跑断腿,知情人却什么也不说。"

碧云慢慢悠悠地道:"王爷不问,叫别人怎么说呢!"她斜侧着身子看我。这是鼓励,我再料不到她会说出这样的话,难道她肯将秘密白白地告诉我?

见我狐疑,她"扑哧"一笑:"爷怎么了?不想知道么?"

我摸摸下巴:"我是不敢相信自己的耳朵。"她用手一指,意思我摸错了地方。我不禁哑然,又忍不住说:"碧云,你真舍得告诉我一些秘密吗?"

碧云笑道:"爷不是说了吗,咱们现在应当同仇敌忾,爷是要找兄弟,奴婢是要找姐妹,难道不应当齐心协力吗?"

我很诧异她的说法。碧云看看前面亮着灯火的院门,低声道:"明儿上午到花园的凉亭上见个面吧。"

初升的阳光静静地晒到亭子里,暖暖的,却不灼人。很佩服碧云选的这个地方,视野开阔,别说是人,就是一只鸟也躲不过我们的眼睛,在这里我们确实可以敞开心扉,大大方方地深谈一场了。

以为我来得早,谁知碧云比我还早,已坐在亭子中发呆,听见我的脚步声,她仓促地站了起来,意欲行礼,我摇摇手阻止了她。这些虚文缛节不要也罢,如果碧云能助我尽快找到老十三,我倒宁愿给她行个大礼。

碧云没有坚持,颓然坐下,似乎很累。

"怎么了？"我在她对面找了个舒适的地方。

她一笑："奴婢很好。"

然而这不是实话。她脸色苍白,眉头紧锁,与昨日自信满满的状态简直判若两人。这是怎么了?我暗自了打量了她一下,她的发梢有水迹,不知是汗水还是露珠,鞋底上有污泥,衣衫也不似往日平整。难道一大早碧云已经出去过了?

"见过黄妈了？"我问道。她坦然地点点头。

"有什么消息吗?"我有些期待。

她摇头："没有。"双手支颐,颇为黯然,看来她是真的累了。

"我想见黄妈。"我提出要求。

她立即拒绝了："没有办法呢!"

我表示怀疑："怎么会?"

她看着我："奴婢还有必要欺骗王爷吗?"随后递给我一张叠得小小的纸条,上面是曲里拐弯的字迹,说是字,却又不尽然,因为我一个也不认识。我不解地看着她。

她解释道："这是黄妈妈传给奴婢的。"我更加不解了："你不是说无法约见她吗?"

"是暂时无法约见。"

我恍然大悟,她们是定期约好在哪里见面。既然今日已见过了,那只好等下一个见面日了。

"下一次约在什么时候?"

碧云摇头："奴婢只被动地接受指示,并无固定时间和地点。"

这丫头又在骗我,事情总有变数,我不相信她没有临时紧急联系黄妈的方法。

面对我的质问,她苦笑："奴婢就知道王爷是明察秋毫的,什么也瞒不过你。"——这话说得我心里十分舒坦,终于我也让她佩服了一回。然而接下来她却语气一转,"不过……"我的心不由得"咯噔"了一下。

"这可能是黄妈妈与奴婢的最后一次见面了。"她说得有些伤感。

我更奇怪了："怎么回事儿?"

"黄妈妈找格格去了。"她轻轻地说道,眼睛看着前方,有些出神。

"你怎么知道的?"

她一指我手中的纸："这上面说的!"

我将纸上上下下、反反复复地看了一遍,实在不明白这是什么意思,忍不住问:"这上面写的是什么?"

"是字。"

第十一章
我又输了

我不耐烦地打断了她:"我知道是字,但这是什么字?"

"我们传信用的。这暂且不谈了吧,这些字原本也不重要。"

她从我手中取过纸片,三两下就撕了个粉碎,一扬手扔出亭外,纸片犹如蝴蝶,飞得到处都是。我根本来不及阻止,这四处散落的小纸片就是神仙也无法复原了。一时我不禁心头火起,这丫头现在越来越放肆了,想开口责备,但一看她那没了神采的面孔又不禁有些不忍。算了,大度一些吧,我堂堂王爷与一个丫头计较什么。

"黄妈已知道清华在哪里了?"我换了个话题。

她无奈地苦笑:"哪里会知道。"

"那你说她去找格格……"

"有人找到黄妈妈的住处,将她带走的。"

我很讶异。事实上我们也一直在寻找黄妈的下落,多次派人跟着碧云外出,都没能发现端倪,是谁有这样大的本事,竟能轻而易举地摸到她们的住处?

"是谁?"

碧云反问:"王爷想会是别人吗?"

谪仙帮,小菊那一派的人,她们的工作就是收集情报,作为专业人士,找个把人应不算难事,何况若依我们先前的推断,黄妈本身就是帮中之人,行事风格大家都很了解,找她应当更加容易吧?我有些得意地说出自己的见解。

碧云没好气:"谁告诉王爷是她们自己找到的?只怕这样的人到现今还没出生呢!"

又是不屑,碧云对小菊这一派从未放在眼里过啊,谁给她这样大的牛气?

"那你的意思是?"

"格格失踪,有人不过嘴上说说而已,有人却是真的日夜悬心呢!既然我们无法找到格格的线索,只能现身引人来找我们了。"她露出了小儿女的娇嗔。

我却很高兴,事情总算有了进展:"那黄妈一定给你留下了线索?"

"留了。"她爽快地回答。

我不由自主地站了起来:"那你还不带我去找?"

碧云却没有我的激动,坐在原处动也没动:"才出城门,所留的暗示就被别人改过了,奴婢追了半天,却是竹篮打水。这一着真是输得不轻,原本想深入虎穴,反被她们将计就计了。她们的手中又多了一份筹码。"她抬头看看我,言下之意,以后会更为艰难。看来黄妈此行她并不赞成,此时的疲惫中似也有一些怨气。

这话让我犹淋冷水,冰了个彻底。从碧云今日的状态来看,黄妈是碧云与清华的主心骨,她这一走,碧云还能支持得住吗?

碧云道:"不过,我们还没到认输的时候。"她深吸了口气。

格格不嫁

　　我有些负气地想，都到这时候，还在安慰自己。碧云一向自视甚高，可到底还是失了手。若早些与我们商议，何至如此被动？心中不高兴，语气也冲了起来："我不明白，你口中的他们、我们到底是什么意思。碧云，你和小菊到底是什么人，格格失踪为的是什么？"我干脆直截了当问出了心里的话，我就不信，她碧云如今成了孤家寡人，还有心思与我兜圈子。若真不想借我之力，也不会如此爽快地将黄妈的信给我看了，虽然我没能看懂。

　　"我们，他们？王爷为何说不明白？碧云不相信。"

　　"好，就算我明白，那你总该告诉我你真实的身份。"我实在想要证实一下自己的想法，并没有逼她的意思。

　　没想到她居然笑了："身份有那么重要吗？"似乎不愿多谈。

　　"当然重要！"我紧追不放，"不知道你的身份，怎么区分是敌是友？"

　　"原来如此。"她一副"我才明白"的样子，但显然十分不以为意，"王爷居然也有俗人一般的想法。"表情十分失望，言下之意颇有看错了我的意思。承她高看，我是否应当受宠若惊呢？

　　我笑道："小王本来就是个俗人啊！"

　　"难道王爷没有听说过'身在曹营心在汉'吗？"碧云反诘，"是敌是友，有时的界限真的没有那么清楚，王爷何必耿耿于怀？"

　　我驳道："是敌是友，自然要分清楚，否则怎么决定下一步的行动！"

　　她笑了："难道王爷到现在连敌友都未能分清吗？"她的眼中闪过一丝狡黠的光，"如未分清，奴婢就不能明白王爷的所作所为了。"这丫头什么时候说话都是滴水不漏。

　　"我只想知道你的真实身份。"一不留神，我说出了心里的实话。

　　她坦然地看着我："其实身份这种东西是最不确定的了，它会常常变幻，有时奴婢都不知道自己究竟是谁。王爷暂且按自己心里想的来看碧云吧。"

　　"好，"我点头答应，"我暂且认为你为我友，那咱们的敌人想要的到底是什么？"

　　她诧异地看着我："王爷还不知道吗？"

　　"我当然知道是地道中的东西。"

　　碧云点头："是地道中的东西，但不完全是。"

　　"你的意思是那只是一部分？"

　　"谁会笨到将秘密放在一处？"碧云嘲笑道。我不得不承认她说的有理，若非如此，小菊早拿上书跑了，哪还会乖乖地在这里等着？

　　"既然咱们是一条线上的蚂蚱，那你是不是应当告诉我，这秘密到底是什么？"

第十一章
我又输了

"当然可以。"

"好,请讲。"

"但不是现在。"

这句话让我失望不已,我冷笑:"碧云也会出尔反尔吗?"

碧云微笑着安慰我:"王爷不要急呀,事情总得讲究火候,火候不到,冒然露出秘密,反会适得其反。"

我沮丧道:"言之有理。只是,我守着秘密却不知道,只怕会让秘密失去呢!"

"为何不让福晋帮爷看着?"碧云提议。

"怎么看?"我将难题扔给了她。所谓秘密,应是对别人而言,自己就应明了一切,现在这秘密对我也是个谜,我还守个什么劲儿!

"奴婢不相信,一本书福晋会想不到守护的办法。"她又不动声色地将球踢给了我。

"小菊拿上东西,也是要回去的。咱们何不顺藤摸瓜,何必在这里死等?"这个建议其实是我们兄弟几个商量出来的,既然出了门一抹黑,难以寻找十三弟的去向,那何不干脆不管门外之事,一切精力都放在小菊身上。

她揶谕道:"谪仙帮的人会这么笨吗?谁敢保证小菊去的地方就是藏匿十三爷和格格的地方。若真如此,这倒好办了。"

"那我们再顺着线往下追不就是了吗?"

她笑着点头:"这真是个好主意呢!"言语中取笑之意十分明显。

我有些气馁:"难道没有人与小菊接头?秘密总要有人送到目的地,咱们总能抓住一个有用的线索。"

"当然当然,王爷说得有理。"她一手支头,看着我慢慢地说:"如果小菊进了一个院子,她将东西在院子中交给别人,爷该追谁?"

"总会有人出门送信的。"

她似是恍然大悟,随即问道:"爷从何处园去到李宅时,出过门吗?"

这一语点醒了梦中人,我对她已佩服到无语的地步了。

"那咱们该怎么办呢?"我虚心请教。

碧云似笑非笑:"奴婢不过一个小丫头,王爷怎么来问奴婢。"这丫头真过分,还拿起架子来了。可如今无策,我不得不挤出笑来:"商量商量嘛,你碧云不是普通的丫头,人都说诸葛孔明聪明,见了你只怕也得甘拜下风呢。"这真将她吹到天上去了,我自己都感到有些言不由衷。

碧云不受我的捧,只是摇头:"奴婢真的没办法呢,若有办法,也不会在此发呆了。"看她样子,并没有谦虚的意思,倒像说的实话。但我不能相信,这丫头最会演戏了,八成又做了套子让我往下跳,让我再给她吐点实话。

"你没有办法,我提的办法又行不通,那格格和十三爷是救不回来了。"我故意负气地说。

碧云看了我一眼:"救格格和十三爷倒不是一点点办法都没有,就看王爷是不是舍得了。"

"当然舍得。"我一拍胸脯。

"什么都舍得吗?"

我警觉起来,这丫头果然是有目的的。我戒备地看着她:"当然,不过有害社稷的事我不做。"

碧云忍不住笑了:"奴婢还没那么大的本事,奴婢只是想借一些东西。"

"什么东西?"我担心地想,不会是想要拿回那本书吧?此刻秘密还未得到,她却要拿走,我可不能上她的当。转念一想,却又觉得不会是书,她要拿书真是太容易了,何必告诉我?何况秘密既已知道,她拿与不拿都无所谓了。

碧云见我说话不爽气,有些不高兴:"还说什么同仇敌忾,一点东西就小气起来了。"

我笑道:"我哪有小气,只是在想还有什么值得你碧云挂心的。"

"当然有啊!"

"比如……"

她接口道:"比如,那十三条帕子。"

这实在出乎我的意料,怎么她也打起帕子的主意了?

十三条帕子的重要性已经远远超过了我的想象,昨日还只是小菊重视,为何今日碧云也关心起来了?回想当初,在第一次检查清华衣物时并未发现这些帕子,想必是由黄妈亲自保管。第二次检查时,碧云那么紧张地站在衣箱边,我开始还以为她是在帮忙,现在想来是在保护帕子的安全,确保它能到达我的手中。可恨我竟没有意识到这一点,直过了几日才想起来,将帕子取回来,所幸没有出事,碧云一定为保护它们想了不少法子。

可叹我常常自诩聪明,却在重要的环节上屡屡犯了低级错误,画是,书是,帕子也是。

但昨日碧云似乎还不很重视帕子,任由它们丢在我身边让小菊随意去看,为何今日却又要收回自己手中呢?今日与昨日有何不同?

我猛然醒悟了,黄妈,一定是黄妈。因为碧云现在没有了黄妈的支持,她担心帕子再出意外,才想从我这里拿去。可是,我怎么能让她拿得如此容易?难得她有事求我,我必须充分利用好这次机会。

我轻松地一笑:"原来是这个,本来就是你家格格之物,还你原也无妨。"说到

第十一章
我又输了

此时,我停顿了一下,她默默地看着我没有接话,一副在等下文的表情。我也不客气,继续说道,"但你必须要告诉我一些与帕子相关的事情。"

她撇了一下嘴,似乎对我这种趁火打劫的行为很反感。

默认就是同意,这是我的想法,便也就不客气地提出自己的疑问了。而碧云竟也好像同意了我的自作主张,在我说话的时候没有打断我。

自从昨日回府,我就一直在想清华为何会突然行动,这信息是怎样瞒过小菊传过来的。思来想去,根源还是在帕子上,能为我解惑的也只有碧云了。

碧云听完我的话,嘲讽道:"王爷不是有了大发现了吗,干嘛还要问奴婢。"这模样既可爱又可恨。

我被她说得有些脸红:"昨日不是还没想到咱们能这么快就成为友军不是?"

她笑着摇头:"原来是今日才结盟的。爷不是早就猜到绣帕是传信的了吗?而且很早就将绣帕拿来了,奴婢还以为无需解释了呢!"她这意思竟像是一直在等着为我解惑,而我自己不够上心没有开口问她,直至有此耽搁。我就知道错总是在我的。

我懒得与她辩这些歪理,解密的高兴掩盖了其他一切,看这样子,至少帕子的秘密已成为历史了。

"没有碧云的解释,都是一知半解。"我捧了她一句,这次她似乎很是受用。

"那爷已知道的是哪些呢?"她问。这丫头,她竟不肯爽气地将一切先说出来,还要探听我的虚实,什么时候她才能改得了这不肯吃亏的毛病?但既然她不肯先说,我也只得如实相告,只有抛砖才能引玉啊,我在心里这样安慰自己。

绣帕这件事在昨晚回来时我考虑了许多,深信虽不如碧云知道得多,但作为局外人能考虑得这样充分也算很有智慧了,所以也有跃跃欲试的心情,很想从她这儿得到一两句赞赏。

首先绣帕传信是肯定的,而最后一次的信息是在五福晋过寿那天传到的。这信传到时,小菊也在场,却丝毫没有引起她的注意,可见传信这件事小菊是知道的,所以才习以为常。然而信息中有小菊未知的内容,碧云昨天的态度已表明了她们笃定小菊不会发现这个秘密。信息非常紧急,黄妈才会等不及清华回府就送了过去。

那这信息是怎样传过来的,又是怎样的信息才会让清华出走?这是我最想解开的两个疑问。

碧云调侃道:"这种事王爷不去问内人,倒问奴婢这外人。"她意味深长地看着我笑。

我一时竟没有听明白她的意思。碧云向书房的方向示意了一下,我恍然大悟,这丫头,又来打趣我。歇了半日,她的精神倒又好了,竟有心思和我开玩笑。我道："你动不动就爱扯上她。没听人说过吗？宁与明白人说一日话，不与糊涂人聊半句天。"

碧云歪着头，似笑非笑："小菊奶奶是揣着明白装糊涂的明白人。"

我被她说得讪讪的："她知道的没你全。"

现在我一听"小菊奶奶"这四个字就头大，不知是谁带头的，这四字竟成了府中人对小菊的共同称呼，不过像这样敢当着我面叫的，除了碧云没有旁人。

碧云叹道："帕子本身就是信啊。"

我一时没有明白她的意思。碧云咂了一下嘴，意思嫌我笨，提醒道："比如，信物。"

我恍然大悟。正如我们所想，帕子是一个特定的人绣的，只是这人是谁？

碧云看着我："王爷难道没有听说过，儿行千里母担忧吗？"

我询问地看着她，她向我肯定地点了点头。原来老四猜得一点没错，清华的生母真的没有死，这十三条帕子就是证据。

"可现在她是真的去世了。"碧云泪水不由自主地掉下来。这个坚强的丫头也有如此软弱的时候，她与清华的母亲一定有非同寻常的关系。

我问："这是怎么回事？"

碧云叹口气："王爷还没有猜到吗？格格是因为生母为人所挟，才迫不得已为那些人做事。"

我脱口道："那些人是谪仙帮的？"

"王爷果然明察秋毫！"她这波澜不惊的样子令我肯定，我们在老四府中的那些推测她早已洞悉始末了，什么也瞒不了她。这本是意料中的事，而我现在也没有心情追问这些，因为有一个问题实在如鲠在喉，令我不吐不快：

"那你们就不是谪仙帮的人了？"

她毫不迟疑地点头："奴婢当然不是谪仙帮的人！"

我的心高兴得要飞出来了："这真是太好了。"她看了我一眼，想必是我太过喜形于色，令她诧异了。我连忙解释："我是为了十三弟高兴。"她咬了一下嘴唇，没说话。我催促道，"你快往下说呀！"

碧云皱眉："从哪里说起呢？这实在是一个令人心痛的故事呀。"

清华为了保住母亲的命，不得不听人摆布，前往尚书府，身边除了忠心的黄妈，还有谪仙帮的眼线小菊，一切行动都没有自由。为了让清华安心做事，谪仙帮同意这对母女每隔一段时日就互相寄信报平安，平安信就是帕子。

"信是如何报的？"我问道。

碧云看了我一眼，显然觉得这个问题十分愚蠢，她笑道："当然是谪仙帮的人带过来。母女连心，认得对方的手艺。"我这才真正明白碧云刚才的话。

第十一章
我又输了

"那最后一次为何清华会失声痛哭,难道……"

碧云点头:"没错,最后是报的凶讯。"

我想起了清华和黄妈的对话,暗自点头。"最后一条帕子是别人冒充的,并不是母亲的手笔对吧?"

"不,是母亲的手笔。"碧云予以否定。

我狐疑地看着她:"那为什么格格会出走?"

碧云道:"帕子传了不好的信息。"

这是怎么回事,刚刚她自己说这是报平安的呀。碧云道:"王爷忘了刚才奴婢给的字条了吗?"

我如梦初醒:"帕子中有字?"

碧云点头:"这是一种很隐秘的文字,只在闺阁中使用,而使用之人也只限于本族女子,外人一概不晓。有聪明之人将其笔画分解,融入刺绣针法中,信息传递就更隐蔽了。"

"帕中隐信难道是……"

我话犹未完,碧云便点头叹道:"天下有不愿为女儿牺牲的母亲吗?兰姨生怕女儿为了自己走到无法收拾的地步,竟自绝了。"她难过得说不下去,低头平息了一下自己的情绪。

真想不到四姨娘竟是以这样的方式死去,看来清华真不是谪仙帮的人,老四终究猜错了。四姨娘离开尚书府就告别了过去,大概准备带着女儿隐姓埋名度过一生,却不幸还是被发现了,身陷囹圄。若不是清华品貌出众,母女俩早就死了。清华为了母亲只能听从安排,可内心却是不愿的,所以一直郁郁寡欢。而四姨娘为了女儿能早日脱离苦海,不惜牺牲了自己。人性到底是善的。这样想来清华真的不会对十三弟不利,谪仙帮是她的杀母仇人,她不会助纣为虐。清华交出地道中的东西,不过是为了将功抵过,弥补自己先前的过失,并没有拿走财宝的意思。至于玉佩,则是要我还给十三弟,也许内心她觉得自己配不上十三弟,倒不是真的无情。碧云先前说过的清华去救十三弟实在所言非虚。

只是我的这番推断对吗?为何总有一些情况对不上?碧云的叙说中没有她自己,她是一个重要人物,为何所有场景都没有她的出现?玉佩如何到达清华手中也是疑点,老四拿到玉佩为何那样无奈与伤感?小菊分明有与清华共同成长的经历,这又是怎么回事儿?

"碧云,我想知道清华的身世。"我道。

碧云淡淡地:"格格的身世不是大家都知道吗?"

我将这话当成了委婉的拒绝,但还是说:"我想知道真实的。"

碧云道:"这个奴婢也不清楚呢,只有黄妈妈知道。"

我更奇怪了，这是怎么回事？可碧云的样子不像撒谎。

碧云道："奴婢就知道王爷不相信，但今日所言并无一句虚言。"她笑着摇了摇头，似乎对我的不信任很无奈。

"我可没说不相信你呀，是你自己多心了。"我笑着辩解道。然而这解释连我自己都不相信。她皱了一下眉头，似要开口，但最终没说话，大概是觉得多说无益，乐得省点口舌。

我笑道："咱们是不是应该商量一下该怎么办，虽说现在没有头绪，但也不能这样束手待毙。别人不上心，咱们可不能不上心，失踪的是我的兄弟、你的姐妹，我就怕多一日多一分危险。"

我故意在"姐妹"两个字上加重了语气，提醒着她，这里面她有破绽，但我却并不想深究，可见我有多大度，而她居然还能口口声声说自己未出虚言。凭良心讲，我真恨不得立刻要她解释一下，为何忽然称清华为姐妹，她与清华到底是何关系。但想想也就算了，来日方长，这并不是影响全局的大事，总有一天会水落石出的。现在还是不要过于逼迫她，以免适得其反。其实我还真没有让她将一切都毫无保留地告诉我的能力。

她默然无语，对我话中的暗示没有任何反应。碧云不是一般人，我不信她会听不懂我的话中含意。

"别老点头，开口说话。"我再一次提醒着她，她的要求我已答应，她是不是应该拿出办法来了。

她微微地笑着："奴婢不是说了吗，这要王爷舍得呀。"

怎么又是这一句，我实在怀疑又上了这丫头的当，她不会空手套白狼，从我这里捡个大便宜走吧？但这样说好像又不大恰当，毕竟人家碧云也帮我解开了帕子之谜，以秘密交换十三条帕子，虽说不太相称，但我也并没有吃多大的亏。

"我不是已经舍得了吗？"我反问。

碧云歪着头看我："王爷，奴婢并没有说要王爷舍得的是帕子呀。"

"那你刚才又说……"

"奴婢只是打个比方。"

我简直为之气结，然而她接下来的话更加令我难过。

"可是既然王爷主动要将帕子送给奴婢，奴婢却之不恭，也只能勉强接受了。"

这意思竟是我将东西硬要强塞给她了？真是得了便宜还卖乖，我到哪里说理去。

"碧云，既然如此，你也不用勉强自己的，帕子还是由我保管吧……"

第十一章
我又输了

话犹未了,她便抢过了话头:"王爷不会出尔反尔吧?爷在奴婢心中可是一言九鼎的君子,不会送丫头一点东西还要收回去吧?"这话将我逼到了死胡同,我若是再与她理论两句,她还不知会将我贬至何样人等呢!

我只得在心里暗自叹气,果然又一次上了她的当,屡次在一个女人面前折戟,这算怎么回事?难道这丫头真是我的克星?

"那你想要的是什么?"我无可奈何,"说出来吧,只要不过分,什么都好商量。"我不是有心示弱,实在是没有办法的办法。

碧云道:"难道在王爷的心中奴婢是那样贪得无厌的人吗?"听她之意,反而是我小气了?

我不禁气急反笑:"那你是什么意思?"

她咂了一下嘴:"这让奴婢实在不好说呢!"

"有什么不好说!"我大声道。这丫头又不知要打什么鬼主意了,转念一想,我赶紧补充了几句,"不过,你要真真切切地出个办法才行。"

她哂笑:"奴婢就是在说办法,可王爷总是东拉西扯的!"我真是服了她了,这又变成了我的不是。她碧云什么时候才能认识到她自己也有过失和不足呢?可我的语言能力与这丫头相差甚远,只怕十个我加起来也不是她的对手。与其理论之后败下阵来,不如就此不与她理论,既省些精力,也少得点她的贬语。我笑道:"好好好,我错了。那你倒说说什么办法。"

碧云冲我一笑,意思是本来就如此啊,我气得转过脸,都不想理她了。她一点也不在意,依旧笑道:"王爷要真的舍得才行啊!"

我不耐烦地催她:"快说!"这丫头是不是与菊香待多了,啰嗦起来也够可以的了。

碧云坐正了身子,一脸郑重地问:"王爷可曾想过,王爷前脚查抄何处园,小菊下午就来到府中,这其中难道就没必然联系?"

我想起了老唐小妾的眼神,但她已被我派人看住,迄今未出何处园。然而小菊的来意那么明显,这信息显然是泄露出去了,我实在想不通,小菊是如何迅速地得到消息的。

碧云哂笑:"王爷果真是文人,事情哪会如此简单。听说当时王爷与马大人兴师动众,十里八村都知道了。地道、地道中的东西不过是公开的秘密。"

我想起了当时围观的群众,不得不承认碧云的判断是正确的。

"何况,"她看了我一眼,"狡兔三窟,眼线安排也大致如此。王爷总不会将所有看热闹的都抓起来吧?也没有禁足所有村民吧?小菊到来之意,王爷其实也是从一开始就了然于心了,偏偏还要与奴婢兜圈子。"她有点撒娇的意思,我听着舒坦,倒不好意思说是到晚上才想明白的,只得含糊点头。

"可是,这消息别人知道也就罢了,小菊被困在尚书府……"我提出自己的疑问。

碧云笑:"尚书府也食人间烟火啊。"

"你的意思是尚书府里还有眼线?"

她肯定地点点头。

"那是谁呢?"我追问。

她叹口气:"奴婢也不知道呢!"

"怎么会呢?"我十分诧异,还有谁能瞒得过碧云的眼睛,这人也是一等一的厉害了。

"这其实倒没有什么奇怪的。"碧云说,她有种看惯了见怪不怪的淡定。想想我也释然了,碧云自己不就是一个出人意料的潜伏者吗?若不是这一次清华出走,只怕再过几个两年,也无人能识破她的真面目呢。

说到底,谪仙帮与碧云这一方都在互相防着对方,除了明着派出的人员,还都留了暗招,防着意外发生。相对于碧云的公开亮相,对方还没有开始行动而已。只是这人是谁?不挖出来,是个大隐患啊。

我情不自禁地问:"接下来咱们该怎么办?"

"王爷早就有办法了,反而来问奴婢!"

我摸了摸自己的下巴:"我哪有办法,不然还能这样为难?"她看着我,只是笑而不语,我被逼无奈,只得又说,"就算有办法,咱们商量商量,不是更好吗?"

她微微一笑:"奴婢倒真的不好说不好了。"她以手托腮,"剔目去耳,一了百了。"

我不大明白她的意思。她笑道:"王爷是舍不得了吗?"看着她调皮的样子,我心下有些明白了,低声问:"你的意思是对小菊?"她肯定地点点头。

我吓了一跳,失声道:"你……你不会这么狠吧!"

碧云显然没想到我会有如此失措的举动,反而被吓了一跳,嗔道:"王爷怎么了,奴婢说了什么就这样激动。"

"你一个女儿家怎么想得出如此狠毒的法子。"我不满地反驳。一向觉得女人应该是风花雪月诗一般的美好,不要谈杀人,就是一滴血腥都要吓得花容失色的。而碧云,花一样的姑娘,怎么轻易说得出这样狠毒的话,这样做可比直接杀人还要令人无法接受。

碧云恍然大悟:"怎么,王爷舍不得了?奴婢早就说了王爷会舍不得的呀。"她脸上一副早已料到的神气。

我讪讪地:"什么舍不得。不过好歹小菊也是女孩子。"

"错啦,王爷。"她打断我。

第十一章
我又输了

我看着她:"哪儿错了?"

"是如花似玉的女孩子!"

我被她弄得哭笑不得:"总之是个人对不对?你要剔目去耳,是不是太过残忍了?"说实话,我是真不愿意小菊这娇滴滴的小美人受此酷刑。

碧云嗔怒:"王爷将奴婢想成了什么人了,奴婢连只蚂蚁都不忍弄死,何况小菊?"

我不解了:"那你的意思是?"

"除掉来帮小菊的耳目,逼迫小菊亲自送信。"

这倒是个好办法。我正想喝彩,可转念一想,又忍不住问:"咱们连耳目在哪里都不知道,如何去除?"

碧云缓缓道:"打草惊蛇!"

我听完了她的计划,忍不住叫绝,真亏她能够想得出来。这计谋虽与我们弟兄商量的不谋而合,却又比我们高明一百倍。可惜了碧云是个丫头,要生而为男人,封相拜侯都不为过。其实,她若真能帮我们找回十三弟,只怕想要什么赏赐皇阿玛都会答应的。

她看看天色,起身道:"时候不早,奴婢要走了。"

"等一下。"我急忙拦住她,我这里还有疑问未解,岂能容她一走了之。

她拒绝道:"也许王爷想问的还有许多,但奴婢真的很累了,需要歇一歇。"

她起身行礼告退。直到她迈步我才发现,她似是扭到了脚,竟至疼到皱眉,这是怎样严重啊!我扶住她:"你怎么啦?"

她笑笑:"没事。"

没想到她的笑竟然如此美。

第十二章

又失算了

饭刚刚上桌,还没来得及动筷,菊香便走到我身边低声道:"爷,何顺儿回来了。"

我不由自主地站了起来,凤可不满道:"吃个饭都不安宁。"我陪笑道:"一会儿就来。"福晋出来打圆场,"让爷去吧,是正事。"她边说便将一筷子菜放在凤可碗中,又给我使了一个眼色,我笑着拍拍俩人的香肩:"去去就来。"

何顺儿站在院子里,看见我,匆匆忙忙冲过来打了个千。我问:"事如何了?"

"坏事了!"

轻轻的三个字让我打了个激灵:"怎么回事?"

他看了一下院里四处来往的下人们没说话。是我太过着急了,这里实在不是说话之所。

我暗示了一下老四家的方向:"那边送信了吗?"

"回爷的话,奴才回来时就派人送信过去了,只怕就快到了。"我点点头。

"怎么回事?"我又一次问,这次的地点是在前院厢房。正是饭点,大家都解决肚子问题去了,这里反而清静下来。我实在佩服老四找的这个地儿。相对于老四的冷静,老十四有点按捺不住,一个劲儿催促着何顺儿将事情的来龙去脉讲一遍。

何顺儿一脸做错了事等着挨骂的表情:"奴才也没想到会出现这样的事。这,这也太出人意料了。"他低声道。

这算是给我的解释吗?还是在为自己辩解?我实在没有责怪他的心情,只是焦急地等着下文。然而听完他的故事,我倒真觉得此事怪不得他了。

唐胖子的小妾是大大方方地坐着马车出门的。何顺儿就怕被她发现,一路上每过几个岔口便换几个人,其他的都远远跟在后面。一路上还算顺利,大家一直从何处园跟进了北京城。这时候正是街坊最热闹的时候,小妾在此时忽然弃车不用,带了两个丫头招摇过市地逛起街来。她本来长得就不错,出门之前又精心打扮过,再加上她那快活的说笑声,想不引人注目都不可能。何顺儿等人还在暗自

第十二章
又失算了

庆幸,觉得跟了个笨女人,很快就要大功告成,回来领赏了。万不料变故就在此刻发生。

一群玩杂耍的不知何时出现在众人面前,四周都是看热闹的人,整条街都站满了。小妾很感兴趣地站在人堆里看着。何顺儿知道要坏事,可又不敢上前,就怕惊动了小妾,打草惊蛇,急忙派人去找人过来疏通街道。然而何顺儿要找的人还没到,紧盯小妾的人却已被挤出人群。等衙门里巡街的捕快赶到,驱散看热闹的人群,小妾早已不知所踪。玩杂耍的见没了观众,便也收拾起家伙事儿散了。

我心烦地闭上了眼睛,怎么事事都不顺呢?何顺儿这样办事精明的老道之人,竟也失了手。还说小妾蠢,殊不知他自己才是个大傻瓜,着了别人的道还不自知。若不是小妾那招摇过市的做派,他能如此掉以轻心?

这里面大有文章。老四手按着头想了一想,忽然问:"那杂耍班是哪里的?"

何顺儿垂手道:"奴才也曾问过,是前两日才到的什么'祈家班',唐山那边过来的,已耍了两天,活儿不错,所以今天才有这么多看热闹的人。"

我在心中叹了口气,原来如此,难怪小妾不慌不忙的。这杂耍班有名堂,虽不能肯定是否与小妾就是一伙,但肯定是谪仙帮为了接应小妾才安排下的。

我向何顺儿一努嘴:"查查这杂耍班去,将班主带回来,班里的人也给爷看住了!"

然而这一次何顺儿依旧空手而回。杂耍班收摊后根本没回住处,据店里的伙计说,行李还在,定钱也给得多多的,还够用十来日的呢。

"从来没见过耍杂耍的也能这样财大气粗。这些人干一天,吃一天,往往住店也就给预支个三五日的嚼裹就不错了,这好家伙,一次竟付了半个月的。"这是何顺儿带回的伙计的原话。

现在我能肯定,杂耍班就是谪仙帮的人假扮的,他们是肯定不会回店了。我们兄弟几个对视了一眼,显然他俩也有与我一样的想法。

老四冷笑了一下:"这一次谪仙帮可真是聪明反被聪明误了!"

十四弟不明就里:"四哥何出此言?杂耍班不是已经溜了吗?"

"这是一群人,不是一个人,他们是上得了天,还是入得了地?"老四笑道,端起茶碗喝了一口,细细品了一下才咽下去。

我一拍桌子,到底是老四,心思缜密,我怎么就没想到呢?

这一次谪仙帮的安排有破绽。他们可以扔下店里的行李,却不可能不管刚刚使用过的道具,否则一定会引起别人的注意,造成不必要的麻烦。为了做得逼真,他们至少要拿着道具走一程,我们是否可以从这一点上去寻找一些蛛丝马迹?

老四微笑不语,很赞同我的这个观点。

事不宜迟,大家立刻分散四处寻访。

格格不嫁

然而没有料到的是，杂耍班似乎真的能上天入地，他们的踪影居然就这样消失得无影无踪。他们甚至没有扔掉累赘的家伙事儿，带着这些棍儿、锣鼓、小旗子一起跑了。杂耍队伍进了城东的一条叫佛座巷的小巷子后就再也没有出来。

目击者是一位老太太，家就住在附近。据她说佛座巷很清静，因为是死胡同，除了小孩子在里面玩，几乎没人往那儿去。当时她看到还觉得很奇怪，不明白玩杂耍的去那儿做什么，可当时她急着回家给孙子弄吃的，也就没有深究。直到下午闲下来，才与邻居谈论起来，恰好被我们派出去寻访的人听到了。

何顺儿在巷子里鼓捣了半天，也没明白就里，想不通杂耍班消失的始末，只得回来交差。

我们三兄弟面面相觑，几乎是异口同声地说："难道是暗道？"

大家不再废话，出门上马直奔佛座巷。这一次我们是一寸一寸地寻找，但依旧没有收获，连老四都没了主意。看看西沉的太阳，我们无可奈何地打道回府。

碧云正在等我。她站在暗地里，猝不及防地出声，吓了我一大跳。我屏退了比我更吃惊的下人，将她拉到一边。

"这是怎么回事？"她低声埋怨道，语气中有难以掩饰的焦虑。

我做了个无奈的表情，又一想这么暗她看不到，只得出声道："这都是老四安排的。"

她冷笑："王爷不也知道吗？"言下之意，我对她隐瞒了。

这确实是我的错，没有告诉她这个。说实话我也有些懊恼，如果早点与碧云商量，也许事情就不会如此被动了吧。事到如今，后悔也没有用了。我简单地将事情的始末告诉了她。她半晌没有说话。我等了一会儿，实在忍不住："你看此事如何？"

碧云道："现在这样，王爷都束手无策，奴婢还能有什么办法呢！"这是嗔怨的语气，不像是没办法，更像是与我赌气。我心中一喜："其实你是有办法的，对不对？"

她并不否认，但也没有开口说话。我感觉她有些犹豫不决。

我催促道："时间不等人啊，小妾回去了，玩杂耍的也回去了，会不会对咱们当初订下的计策有什么影响？"

"这倒不会。"她几乎脱口而出，实在让人意外。

我低声道："她们一定将城里的一些信息带回去了，会不会对九格格和十三弟不利？还有黄妈。"

她低着的头抬了起来："奴婢想看看爷从地道中带回来的那本书。"

我恍然大悟，原来碧云是怕我知道书中的秘密。可现在事情紧急如此，不得

第十二章
又失算了

不发,她也就不得不退一步了。

"王爷将书带到侧福晋那里好不好? "碧云虽是商量的语气,却没有半步退让的余地,只是因为我是王爷,她才说得如此委婉。

这倒给我出了个难题,我取书不惊动小菊大概是不可能的。

碧云根本不管我的难处,低声道:"奴婢先回去准备一下,王爷取了东西再来。"她说完转身就走,我都没有捞上说话的机会。

我站在原地,想了半天,没有遣开小菊的良策,真的有些伤脑筋呢。

上房灯火通明,三福晋和凤可已吃完了晚饭,正在谈天说地。我拦住想进门报信的小丫头,让她不要惊动主子,悄悄将菊香叫出来。

菊香一见我就低声笑:"王爷吩咐的事儿,奴婢已做好了。"她的眼睛向书房的方向瞟了一下。我点点头,压低了声音:"她反应如何? "

菊香笑道:"和一般人没两样。"

"除了她,这事你还告诉过谁? "

"没有啊! "菊香摇头。

没有?这倒奇怪了,碧云是如何得知小妾逃走的事的呢?面对我的疑问,菊香再次给了一个肯定的眼神。

那碧云还有另外的消息渠道? 我陷入了沉思。

菊香拉拉我的袖子:"爷要没事儿,奴婢就回去了,福晋还等着呢。"

我拦住她:"等会儿,爷还有事求你帮忙。"

"还有事儿? "她笑了,一副很愿意效力的样子。

"你到书房帮爷将小菊支开,爷要取点东西。"

她不明就里地看着我,但还是点了点头。

小菊和菊香一起走了。

看着她们渐渐远去的背影,我伸手推开了书房紧闭的门。明明这里是我自己的家,却得偷偷摸摸地进来,我不禁苦笑。

我打开了最隐蔽的那个暗格。

书好好地躺在里面,似乎无人动过。我举起灯来照了一下,果然不出所料,小菊已来过了,我放在书底做记号的那根细发被挤到了一边,而书的扉页上的那几根却几乎原封未动。

真的不能不佩服小菊这个丫头,她也算难得的角色了。要知道我在暗格机关这一方面,向来颇有心得,这个暗格恰恰是我最引以为自豪的作品之一,到目前为止,除了我的三福晋,就连凤可都不知道。想当初我告诉三福晋时,手把手地教她找了好几遍,她才记住了方法。可是从我藏书到小菊发现,前后不过用了不到半天的时间,真的不容小觑啊。常言道天外有天,人外有人,我以前是不是自视太高了?

关上暗格之前,我想了一想,从怀里掏出另一本书放了进去。这本书是我这两天特意抽空去做的,除了封面相同外,里面什么内容也没有。

碧云正翘首以待。毋庸置疑,她已遣开了院中的闲杂人等。一看见我,便略有些不满地说:"王爷怎么这么久? 侧福晋一会儿就要回来了。"

这丫头,我费了这么大的事,她居然还抱怨。我忍不住道:"你是站着说话不腰疼,我做了多少关目才将小菊骗出去。你放心,一时半会儿你的凤福晋不会来的。"听菊香说,这两天碧云与凤可已好到形影不离的地步,她也真有本事,竟然这么晚了还能让凤可去三福晋那里聊天。

碧云眉头一挑:"怎么,王爷将小菊派到福晋那里去了?"她不禁笑了,难得赞赏地看了我一眼,似是自语道,"这下可有得她受了!"我不知道她口中的"她"是谁,却知道这丫头又在打鬼主意。事情已危急到这种地步,她居然还有打趣人的闲情,我可真是服了她。

我从袖子中拿出书来, 往她面前一扔:"现在小菊已充分认识到此书的重要性了,咱们是不是应该给它换个地方? "

"暂时还不要紧。"碧云不以为然。

"要是小菊拿走了它,咱们可就再也见不到这本书了。要知道,她本就是为此秘密而来的。"我提醒她不要过于托大,这两天的失败可不能算少了,先是黄妈失手,然后何顺儿,都与当事人过于自大不无关系。

碧云闻言沉吟了一下,又展颜笑道:"王爷也说是秘密,可秘密是对知情人而言的,没有解锁的钥匙,这本书拿去了也不过废纸一堆,小菊才不会傻到去做这种笨事。不过,换个地方倒也不是坏事,免得小菊奶奶以为秘密来得太容易,不放在心上。"她促狭地笑了,什么时候她都忘不了打趣我,叫我笑也不是,恼也不是,只得转移话题。

"那钥匙在哪里? "

"别急呀,既然请王爷过来,就是要告诉王爷的!"她轻声说道,在我听来却如同纶音。

我难以掩饰自己的激动,竟有一点感激逃走的小妾和杂耍班,若非如此,我还不知何时才能解开这些秘密呢。

碧云伸手拿出了一个包袱,不用打开我就知道,是那十三条帕子。难道这就是她口中的秘钥?面对我的疑问,碧云笑道:"可叹王爷拿了宝贝却不知道利用。"

第十二章
又失算了

这话听着真刺耳。可我真想不通,她碧云自己一直不也不够重视这些帕子吗?亏得她上午信誓旦旦地说自己没有虚言,居然还是跟我藏了一手。我忍不住埋怨了几句。

碧云专注地挑选着帕子,根本不理我的抱怨。她从帕子中挑选出绣有莲花的那一条,拿过纸笔,画出一些符号,写下了一组数字:十九、一百二十八、十八、二十,又在十八左边、下面打了个点,最后一个2的左边打了个小点。然后向我一伸手:"拿来。"

我被说得一愣:"什么?"

她娇嗔道:"书啊,王爷!"

我不禁叹了口气,心道早放到你鼻子底下,就差送到你手上了。我掀开她放在书上的帕子,将书拿起来放到她伸出来的手上。她接过去,谢也没谢一声,低头找了起来。

书被翻到第十九页。这是一页画,两个汉装女子站在巷子里赏着从墙内伸出来的花枝,女子身后是两扇开着的门,隐约可以看到门内的山石花草。凭良心讲,这画实在一般,构图人物都乏善可陈。

她低声问:"王爷可认识这个地方?"

我摇头:"我哪里能认识?"看看她那满是笑意的脸,忽地心有所感,"碧云认识这个地方?"

碧云撇嘴:"奴婢是足不出户的女子,怎么会认识呢?"可我见她的样子,分明一种了然于心的轻松,与先前的焦急截然不同。

她见我依然疑惑不解,笑道:"这是一条巷子啊,王爷今儿不是才去过吗?"

我恍然大悟:"难道?"

她笑叹着点头:"王爷试着去掉门、花和人物再看看!"

我依言想象,果然这是佛座巷。忽然我明白了碧云会挑出莲花的原因,莲花蕊的别名是佛座须,没想到帕子中竟还藏匿着这个秘密。寄帕之人心思何其缜密,这秘密任谁也想不到的。

碧云指着巷子对我说道:"向里走第一百二十八步,左墙从下面数第十八块砖,按左边两下。"我点了点头,明白她说的是机关。

碧云叹道:"只是现在不知道是不是太晚了,小妾和那些人可能已经逃离那里了吧?"她出神地看着窗外。

"这帕子还有如此用途,你怎么肯将它丢给我呢?"

碧云略有些无奈:"如果不是十三爷和格格失踪,奴婢也早就走了,这帕子本来就是要交给王爷的。"

原来之前的每一步她们都已计划好了。按碧云所言,她在指点我找到何处园地道后,剩下的唯一工作就是将破解帕中秘密的方法写下来传给我,然后远走高飞。而我拿到这个方法,就可以从书中找到所有地道,摧毁谪仙帮,立下奇功一件了。

可是事情出了意外。碧云忽然发现十三弟不见了,而我们居然没有一个人引起警觉,碧云冷眼看了两天终于决定提醒我,可是为时已晚。碧云依着原先的安排与黄妈和清华汇合,临走之前,她忍不住多了一句嘴,说起了十三弟之事,实际上也是因为心里没底,才想说出来与大家商量商量。清华当时平淡如昔,并没有表现出什么异常,甚至在黄妈妈说皇家会有办法找到十三爷、她们三个不用担心时,她还赞成地点了头。

午饭后,碧云和黄妈收拾好行李准备上车时才发现,清华不见了。

"她给我们留了字条,说是去找十三爷了,让奴婢与黄妈妈走自己的,不用管她。可是王爷您想奴婢们可能扔下她吗?"碧云幽然地叹道,"她就这样自说自话地走了,也不知和我们商量一下,事情才一步一步变得被动了。还说什么十三爷做事不顾后果,奴婢看她也够可以的了!"

我笑道:"你妹妹有时也挺任性的。"

她没有一点意外,大大方方地承认:"王爷猜得没错,奴婢与清华格格正是表姐妹。"

"那黄妈她是……"我征询地看着她。

她一笑:"黄妈妈是奴婢的娘,四姨娘的亲姐姐。"

这实在令我大吃一惊。难怪黄妈身上总有一种不同常人的气度,原来她就是江宁府尹侯咏芝家的三姨娘,当年想必也是风华绝代的美人。这样看来,碧云从张伯行家讨出身真不是个难事,想必张家二姨娘帮了不少忙。黄妈与玉兰不愧为亲姐妹,不约而同保住了自己女儿的命,不惜犯了帮规。碧云是何其幸运,她是如何逃过帮中黑手的呢?

"这说来就话长啦……"碧云说道,我有些头疼,她八成又不肯好好地告诉我,果然她接下来说道,"这事儿以后再说吧,毕竟眼下的事比较急。"

"既是给我,为何你现在又要收回去呢?"我提出了另一个疑问。

她的答案果然不出我所料:"奴婢的母亲找妹妹去了,暂时奴婢是联系不上了。可是这帕子上的暗语只有她记在心中了,奴婢与妹妹虽知道方法,却没有记过。不是我们不愿意,而是母亲怕我们出了意外,经受不住会将秘密说出来。"她神色黯然。可怜的孩子,亲人失踪,孤掌难鸣,她的处境比我艰难多了,竟还能保持乐观的心态,我真得好好向她学习学习。

我笑道:"那你将另外几条帕子中的地道一起写出来不好吗?她们左不过是在这些地方,咱们一举击破也就是了。"

第十二章
又失算了

碧云摇头:"谪仙帮如果知道这些地道,还有必要来找这些秘密吗?"

此言点醒了我,可是佛座巷又是怎么回事?

碧云解释道:"事到如今,奴婢也不瞒王爷了。除了最后一条帕子是报信之外,每条帕子都暗示了一条地道,共十二条,现在已经有两条是王爷知道的了。这些地道中,奴婢也不知道谪仙帮一共知道几条,但肯定不会仅仅是佛座巷的这一条。兰姨——奴婢的意思是清华的母亲,毕竟已离开京城这么多年了,许多变化她不知道。谪仙帮既然无法将以前的资源全部利用起来,那么一定会开辟新的藏身之所,现在王爷还觉得能轻而易举地发现谪仙帮的首脑所在之地吗?"

一席话说得我频频点头,却也失望无比。听她此言,我们要想很快找到十三弟是非常困难的了。

碧云叹道:"如今咱们除非一击中的,否则不能找到首领。小菊这边一定不能识破她,否则只怕她们会与咱们拼个鱼死网破,到那时十三阿哥、清华妹妹和奴婢母亲之命都顾不得了。"

碧云开始收拾东西。

"那你也该将所有地道告诉我啊!"我要求道。

"不行。"她断然拒绝。

我不满道:"为什么?你一定要对我有所保留吗?还是觉得有秘密瞒着我才能吊住我的胃口?"

"王爷何出此言?"她讶异道,"这些东西本来就是要交给王爷的,只是现在还不到时候。"

我冷冷地看了她一眼:"说到底你还是不愿意告诉我。"

"王爷,"她柔声道,"奴婢要防的只是爷身边的人!"她示意了一下书房的方向。

我恍然大悟,却又不服气:"难道你觉得我会告诉她吗?"

碧云淡淡笑道:"王爷当然是不会主动告诉她的。"

"你这是什么意思?"

她指了指桌上的茶盅:"一切都在这里!"

我大吃一惊:"你的意思是?"

"王爷如今越来越爱喝她的茶了吧?"

我不期然地点了点头,却又很诧异:"你怎么知道?"

碧云笑道:"格格也爱喝她的茶呢!"

"这里……有不按君臣之物吗?"我想起了那天晚上莫名的躁热。

碧云肯定地点了点头,又笑着安慰我:"不过王爷无需担心,倒也不会伤及性命,只是一点点迷魂药罢了,让你会做一些不由自主的事情。格格当年差点着了道,幸亏奴婢的娘发现得早,才没有出事。王爷如果实在不放心的话,奴婢这里有一点香,点上就好了。"她从荷包中取出一片香来。

"这是?"我狐疑地放在鼻下闻了闻,是檀香的味道,但不会仅仅是檀香,里面一定还加了料,否则香味不会如此独特。

碧云笑道:"这香安气宁神,格格的香炉中就是这一种。"我现在才明白为何清华每日都要那样费事地弹琴,原来竟有此意。

我准备去找老四兄弟二人,打算趁着月黑风高再到佛座巷查找一番,免得大白天的再惊动许多人。临出门,我又回头叮嘱:"碧云,帕子你一定要收好,别让小菊看见了。我有一个暗格,平时都不用的,告诉你,你去将帕子收起来吧!"

"王爷,这难道不是此地无银三百两吗?"碧云歪着头笑。

我咳了一下掩饰自己的窘态:"我不也是为了帕子的安全?"

"小菊一时不会想到这一点的。"碧云笑道,想了想,又宽慰我似的说,"其实这里面的暗语,只有我家的女儿才懂,王爷放心!不过,也是时候引着她往这上面想了,时日不多了呢!"

我很期望这一次的搜索能够有一些收获。可是确如碧云所言,我们去得太晚了。佛座巷的暗道依旧在那里,但人早已了无踪影。入口处堆放得乱七八糟的杂耍器械表明,杂耍班就是从这里逃走的。这些器械让我们很费了一番事,几个收拾东西的小兵将杂耍班所有人的女性亲戚都问候了个遍,老十四听得直皱眉头。

往里走以后我们就明白了,不是杂耍班想将东西堆在这里,实在是里面通道太过狭窄,根本拿不进去。

这只是一条砌在墙中的夹道,狭窄处仅够一人行走,稍胖点就需侧身慢慢通过。平行没几步,就渐渐向下,又是地道,没有想到天子脚下也暗藏机关。地道走了几十米,通向地上,出口是一座堆放在后园中的假山。这假山并不大,确切地说只是由几块奇石堆成的,而就是这几块奇石巧妙地掩藏了地道出口。站在山石外,我由衷地赞叹设计者的奇思妙想。

不用看,这里的住户已经离开了。由于撤离得太过匆忙,屋里东西撒得乱七八糟,到处是来不及收拾的痕迹,但却没有留下任何有用的线索。这个机关看来是被彻底放弃了,我暗暗叹气。

叫来里正打听,说这家人姓李,虽是外来户,但住在这里已快二十年,也算是老住户了。听说老家原本在南方,偶然的机会跟着乡邻出来做买卖,便留在京中再也没回去。家中人口十分简单,老夫妻带着小夫妻俩,还有三两个孙辈,与左邻右舍关系十分融洽,上上下下都是本份之人,并无不轨之处。现如今开了一家小小的胭脂铺,虽然生意很好,却并没有请伙计,掌柜加跑堂都由自己家人一力承担。

老十四一直在懊恼，连说了几遍来晚了，"昨日为何不直接到前面查查这些住户？"他气呼呼地说，也不知是怨他自己还是在怨我们。其实哪是我们没查，只是查了没有结果而已。而这出口处的这一户，已远在背后的一条街上，从外面看起来与佛座巷可谓风马牛不相及，谁会想到去查他？

老四阴沉着脸不说话。本是一条顺藤摸瓜的计策，生生演成了打草惊蛇，还有比这更叫人郁闷的吗？我摸了摸自己的下巴，真想将碧云的计谋告诉他，以便解开他的一些心结。可一见四周黑压压的人群，又咽下了已到嘴边的话。其实此时我心里也实在没底，这些人应该算是碧云想要惊动的那些么？

但不管怎样，以后行事需得更加谨慎了。

我疲惫地回到家中，一夜折腾实在累人。大概家里人都没想到我会在这个点儿回来，上房中空无一人，问了问门口的小丫头，三福晋与凤可偶然拾得半日闲，一大早到园子中透气儿去了，碧云、菊香等人也跟在后面凑热闹。到底是女人，就是悠闲自在，我羡慕地叹了口气。知道此刻找凤可也是闭门羹，想了想还是转身回到书房。

小菊殷勤地奉上热茶。我喝了一口，热乎乎地烫到心里，十分舒服。小菊笑道："王爷今儿是真累了。"她贴心地拿来刚做好的点心，这香味引得人垂涎欲滴。

"哪儿来的？"我问道，随手拿起了一块。

小菊笑道："王爷先尝尝。"

她话犹未完，我已迫不及待地咬了一口，松软香甜，从来没吃过这样的美味，等不及这口咽下，我已顺势将手里剩下的半块也塞进嘴里。这点心不是我咽下去的，竟像是喉咙深处伸出一只小手将它拽了进去。大概是我狼吞虎咽的样子太过奇特，小菊在一边掩着口直笑，柔声道："爷慢点！"可是我哪里慢得下来，一块点心将馋虫彻底勾了上来，我反而更加饿了，便索性甩开膀子，大吃特吃起来。

"看来是饿坏了。"小菊轻轻地说道，如同自言自语，过来帮我添水加茶。

这还真让她说对了，昨儿奔忙了一夜，就是铁打的人这会儿也饿得前胸贴着后背了，何况昨儿一天我的饭本来就吃得没有规律。小菊倒是有心，这热茶、这点心，安排得竟无一处不合我意，女人体贴起来真是叫人受用啊，尤其是美人的体贴，且不管这体贴是出自真心还是假意。

不知不觉一盘点心就下去了一大半，这时我才想起来，这点心从未吃过，不似府中之物。"这是哪儿来的？"我努力咽下口中的食物，以便将话说得更清楚一些。

小菊笑道："府里的呀。"哎，这丫头答非所问。

格格不嫁

"谁做的？"我喝了口茶，将口中的食物全部咽下，总算将话说清楚了。

她纤手一指自己的鼻子："奴婢呀。"一脸的期待，似在等着我的夸奖。

我一愣，拿起点心的手顿时停住了，这丫头不会在点心中给我放点什么不君不臣的东西吧？我的迟疑没能瞒得过她的眼睛，小菊笑问："爷怎么了？"她的眼底我竟似看到了一丝失望。

我含糊道："没什么。"虽不想再吃，可又觉得不好意思将吃了一半的东西放下，到底还没与她撕破脸，也该留着几分情面。情急之时，我只得掩饰地拿起茶碗喝了口水。转念一想，倒又释然了，半盘都下去了，还在乎这一两口吗？是福不是祸，是祸躲不过，大丈夫何惧生死，何况现在小菊还没拿到她想要的东西，势必不会置我于死地的。想到这里，我将手中的半块点心往口中一扔，嚼了几下，就着茶咽下去，腾出嘴巴来说："味道真是不错，想不到小菊丫头还有这手艺。"我努力挤出赞赏的表情。

小菊快活地笑着："真的吗，王爷？奴婢就怕王爷不爱吃呢，南方点心未免稍稍偏甜了些，只怕王爷吃不惯吧？"她抚弄着甩在胸前的辫子，妩媚无比。这如丝的媚眼，勾得我的心骚动不安。

我按捺着自己的心情，笑道："还好。"私下却在想着如何尽快点起碧云给我的香片。

"奴婢特意少放了些糖呢。"她表功似的说。

我双手往脑后一枕："吃饱喝足了，有些困了。"怕她不信，还特地伸了个懒腰。

小菊笑问："王爷要休息一会儿吗？"她的声音温柔无比，"奴婢叫人送爷回上房去？"这笑越发美若桃花了。

我摇头："算了，就在这里吧，我只是想闭上眼休息一会儿，并不是真想睡。"她低头嫣然一笑，勾人魂魄。我伸手从荷包中掏出那片香，"点上吧，安气宁神的，爷真是累啦。"

她讶异地看着我："这香？"

"这是老四刚刚给的独醒香。这几天我不知怎么了，总睡不好，你四爷听说，便给了我这个，你给我点上试试，真想好好地睡一觉。"。

小菊没有再说话，拿来香炉将香点上。淡淡的清香飘出来，沁人心脾，脑子立刻清醒了许多。我打了个长长的呵欠，叹道："真困啊！"眼睛却炯炯有神地看着她，以致她的脸红了起来："奴婢去收拾铺盖。"

书房中本就有我以前歇午的卧具，这时候小菊早已安排停当，我舒舒服服地躺了下来，微闭着双眼。小菊安排好我，并没有离开，而是体贴地坐到我的身边帮我揉捏着双腿。

第十二章
又失算了

我眯着眼睛看她。她低垂着双目,专注地做着手里的事儿,似并未注意到我在看她,嘴角却带着浅浅的笑意。

"小菊,你会唱曲儿吗?"

她被问得一愣,抬眼看了我一下,转而笑道:"会一点点。"

"你的声音这么好听,小曲儿一定也唱得不错的。"

她红着脸摇了摇头:"奴婢真的不太会唱呢!"水汪汪的眼睛中似有无限的娇羞。

"唱一个你家乡的小曲儿吧,爷累了,就想听听你的声音。"我温柔得声音都快滴下水来了。

说完这句,我闭上了眼睛。半天小菊也没有声响,正当我等得不耐烦之际,她小声地唱了起来:

"点滴芭蕉心欲碎,声声催忆当初。欲眠还展旧时书,鸳鸯小字,犹记手生疏。倦眼乍低缃帙乱,重看一半模糊。幽窗冷雨一灯孤,料应情尽,还道有情无?"

小丫头嗓子不错,虽算不上天籁之音,可也清脆悦耳,十分动人。只是这词竟不像无意唱出,她意似颇为动情。难道这是她的心声?否则怎么会这样打动人呢?

正在我陶醉于声色时,一个声音打破了这片美好和宁静:"哟,看来今儿我们来得又不是时候。"

不用睁眼,我也知道是凤可来了。心中不禁叹了口气,你来得还真不是时候。

我掀开身上的薄被,站了起来。这才发现来的不仅是凤可,还有三福晋,后面更是跟了菊香、秀儿等一群丫头。这些丫头个个屏气凝神,苦大仇深,眸子里却掩不住有热闹看的兴奋。看起来今天福晋也生气了,竟没了往日的宽和。心下不禁后悔,不该要听曲儿的,没有这歌声,只怕还招不来这一群人呢。

事后我才知道,并不关歌声的事,是菊香丫头多的嘴。

花园赏花回来,凤可折了几枝早开的牡丹,让秀儿送来书房插瓶。菊香一时殷勤,自告奋勇与秀儿结伴同来,结果却看到我在书房中,隐隐还听到小菊的欢声笑语。作为福晋的贴心人,菊香向来是唯福晋利益是图的,因此二话不说,悄悄拉上秀儿走了,转眼便搬来了这一大帮子的人,打了我一个措手不及。如若菊香要知道她一时小小的冲动,竟造成那样大的后果,还会这样做吗?

三福晋终于不忍心了,抬手让小菊平了身。凤可撇了一下嘴,没有说话,却忘不了恨恨地瞪了我一眼,还捎上了小菊。小菊怯生生地站在一边,无助地看着我,越发楚楚可怜。我只得无奈地苦笑,看凤可那架势,一场狂风暴雨就要来临了,我犹似泥菩萨过江自身难保,如何能够帮她讲话?

凤可看了一眼桌上尚未来得及收拾的杯盘,又看看我的卧榻:"姐姐,您瞧瞧,书房里什么都有,我说饿不着爷吧,您偏不信,还要厨房去预备吃的。以后呀爷不用再去你我那儿讨吃要喝了,姐姐倒可以省些心了呢!"话是向三福晋说的,眼睛却紧盯着我。

我赔着笑:"你们误会啦!"话还未完,她的眼睛已瞟上了天,剩下的话我只能对着三福晋一个人说完,"你们都不在屋,我才回的书房。"凤可冷哼了一声。三福晋拍了拍她的手:"好了,妹妹,爷都解释过了,是无奈才来的这儿。他累了一夜,连点热汤热水也没有,原是咱们考虑得不周,害得爷没着落,你倒又生起气来。"到底是我的福晋,将我还没来得及说的话都说了出来,她讲却又要比我讲好得多。

然而福晋今日的劝告却未能收到往日的效果,凤可小声驳道:"这还不是大事儿,难道真要等出了事儿才是大事儿吗?"

福晋看了我一眼,又柔声劝她:"妹妹真是多虑了呢,能出什么大事儿!"

凤可急得一把抓住了她的手:"姐姐怎么糊涂啦,"她伸手一指小菊和我,"他们……"

福晋摆手:"好啦……"分明息事宁人,不想再多讲,家和万事兴的古训在她心中原是根深蒂固的,这也是皇阿玛对儿媳妇的要求。

凤可不解地看着她,转而却又冷笑:"姐姐肚量大,什么都能想得开,妹妹我的眼中却容不得半粒沙子。"最后一句她说得咬牙切齿。

三福晋一愣,又笑道:"什么肚量大不大的,咱们也该体谅一下爷,他累啦!"她俯身在凤可耳边说了两句,凤可一扭身,大声道:"姐姐怎么还帮着他们说话!"

府里一向是没人敢对三福晋大声吼叫的,凤可这一声竟让三福晋愣了一下,笑也僵在脸上,好一会儿才说:"爷这些日子事儿多,够累的啦。你还要闹得怎样呢?"

而我的心火也在凤可的这一声吼中腾了起来,刚想说话,凤可已然开了口:

"累了?累了还搞这许多花样!"凤可恨恨地瞪了我一眼,"吃饭倒也罢了,这大白天,唱什么曲儿呀?一个躺着,一个唱着,什么样子!"

她伶牙俐齿,话风又密又快,我一句话也插不上,只能求助地看了三福晋一眼。而这话显然是拨动了三福晋的心,我感觉她对着我从鼻子中哼出一股冷气,大有恨铁不成钢的味道。好在她平日宽和惯了,回转身依旧含笑柔声劝慰:"妹妹,今儿这事就算啦,爷忙了一夜,让他歇歇。再说他就在家听自己的丫头唱了两句小曲儿,也不是大的过错。"

凤可气道:"这还没错,那姐姐心里的错竟是怎样的?"

"好好好,爷有错。"三福晋息事宁人地笑道,"可就算有错,你说了半天,他一句话都没说,什么错也抵过啦。"凤可张了张口,想要说话,福晋摆手制止了她,低声道,"姐姐能不明白妹妹心里的想法吗,什么时候姐姐不是站在你这一边的? 可你瞧爷这样子,得饶人处且饶人嘛。"

凤可哼了一声,似是不服气,但语气也缓和了下来:"姐姐说的自然是有理的,只是妹妹就是不服这一口气。凭什么爷回来了不告诉咱们,倒让这小狐狸精来服侍。爷要抬举她,我不敢反对,可毕竟此时还没抬举不是? 再说眼下多事之时,爷还有心思纳小,皇帝回来该怎么看待咱们的爷,姐姐可曾想过? "

这几句话说得我大出意料,什么时候我那直着肠子的凤可也学会了转弯抹角,一件提不上嘴的小事,竟让她上升到如此高度,还抬出了皇阿玛,背后必有高人指点。

福晋看了我一眼,似笑非笑:"妹妹说的都是理儿,姐姐早知道你不是胡搅蛮缠之人,这一切还不都是为了咱们的爷着想。爷心里明白着呢! "

这算什么,福晋每次都是在拉偏架。我张了张口,终究咽下了嘴边的话。事情既然平息,我也就不往高处挑了。凤可却没有能饶人的气度,虽然已换上了笑脸,依旧没肯将事也翻过去:"姐姐既然这样说,妹妹我也不能不听了。只是有一样,小菊丫头不能再留在书房。"

我脱口问道:"你又要将她赶走? "

"看爷紧张的。"凤可冷笑,"我哪有这胆子,爷心坎上的人儿哪个敢赶走她? 只是这样待在书房里,没名没份的,虽说爷能依礼把持,外面人却不知道呢。众口烁金,传出去好说不好听。"

"没人会有你想得那样肮脏。"我没好气地回了一声。她竟又将我的容忍看成无能,蹬着鼻子上脸了。

凤可眼睛一瞪。眼看我们便要吵起来,三福晋连忙出来打圆场:"妹妹少说一句吧! "她死死地拉住了凤可的手,凤可终是咽下了嘴边的话。三福晋又转过脸来看我,"爷,妹妹可没坏心,夫妻一场,什么事儿她都是站在爷的角度上讲的。虽说妹妹的话不好听,可说的倒也在理儿。我这里倒有个两全齐美的法子。"

"什么法子? "我问道。凤可也点了点头,意思可以听一听再说。

福晋笑道:"书房里小菊待着不合适,可让她到别处去爷又不免不放心了。倒不如让这丫头跟着我,妹妹与爷都放心,我也多了一个人服侍,岂不皆大欢喜? "

凤可狐疑道:"姐姐说的是真的? "

"难道妹妹觉得姐姐会说谎吗? "福晋笑着反问。

凤可摇头:"妹妹当然是相信姐姐的,只是……"她瞟了我一眼,"姐姐向来耳根子软,经不得爷的几句好话的。这小菊是暂时过去服侍姐姐一两天,还是以后就在姐姐的上房了呢? "

格格不嫁

"自然不是服侍一两天了。"福晋笑着看我,我点了点头,她又继续说道,"小菊原本就是客人,等到九格格回来还是要回九格格那里去的。"

"还回去?"凤可古怪地看着三福晋,又看看我,像是听到什么好笑的事却又不能笑出来,只能忍着。

"当然要回九格格那里。"福晋回答得斩钉截铁。

"可是咱们爷不是说……"

福晋微微笑道:"大丈夫一言九鼎,话既说出去自然是要兑现的了。可是,小菊毕竟是九格格的丫头,丫头的终身大事,自然还得主子作主,不是吗?"这最后一句话竟像是对我说的,我的心中打了个激灵,看来我上次随口而说的话,福晋竟是已然放在心中,虽不像凤可那么反应强烈,但其实也是不快于心的。

而这话却无疑打消了凤可最后的疑虑。我明白,上次虽是假戏真做,可凤可未免有些借题发挥,那甩向小菊的两巴掌可是货真价实的。虽然我一再向她说明过了,我对小菊无意,不过时势逼人,可她总是放不下心来,而福晋恰恰给了凤可一粒定心丸。

"爷累啦,让他歇会儿吧。"三福晋拉起凤可的手,颇有去意。

我看看外面的天色,已是日近中午,不由得叹了口气:"我还歇个什么劲儿!"抬腿向外走去。三福晋在背后道:"爷吃了饭再出去!"

我身也没转,只是摇摇手:"和老四约好了,我去他那儿吃得了。"

第十三章

后院起火

然而事情并未就此平息。

晚上我从老四那里回来,刚刚下马,就听说三福晋与凤可吵架了。

"里面的姐姐们说,侧福晋将福晋房中的桌子都掀翻了,吵了足有一个时辰,福晋气病了。"何顺儿挠着头低声说,一幅鬼鬼祟祟的神情。也难怪他,两个女主人他都不想得罪,可有事又不敢不向我汇报。因此犹如站在风口浪尖,害得他胆战心惊。

我闻言吓了一大跳。进门十来年,三福晋从未与人红过脸。凤可竟掀桌子,还是在福晋房中,难怪福晋这样出了名的好脾气之人都忍不住发了火。我心挂两处,脚都不知先往哪边走,站在门口想了又想,决定还是先到上房,安抚好我的福晋再说。

上房今日鸦雀无声,门口的小丫头们个个屏气凝神,见了我,只是垂手行礼,什么话也不敢讲。我知道问她们也白问,就不多费口舌了。进了屋,原以为桌翻椅倒、狼藉不堪,谁知整整齐齐,并没有翻天覆地的痕迹,心中不禁暗怪何顺儿说话太过夸张,害我白担了半天心。

然而一看屋里的几个大丫头,却叫我刚放下的心又提了起来。她们如丧考妣,我问句话,不是三缄其口,就是吞吞吐吐,看来想知道实情只有问菊香了,可菊香偏偏不见了踪影。这就奇怪了,出了这么大的事,她不服侍福晋,跑到哪里去了?

里屋只有小菊在侍候着,也不过立在床前,与福晋说着闲话。

福晋躺在床上,有气无力,看见我来,一转身翻向了里面,分明是不愿与我说话。我就知道,她们两个斗气,板子都要打在我身上的。我向小菊做了个手势,让她先出去,免得一会儿我向福晋赔罪时,让她看见了丢脸。

"身体不舒服吗?"我凑近她俯下身,打叠起万般柔情问道。福晋向里面动了动,似要离我远一点,却没说话。我吸了口气,再次柔声问,"还没吃饭吧,我这就让人准备去?你想吃点什么?"

她这次纹丝不动，依旧没有开口。我倒有些僵住了，停了一会，又三次开口：

"怎么回事儿啊？你也说句话，你这样，叫我担心呢！"我叹了口气，原来再贤良的女人也有发起脾气的时候，而这脾气要么不发，发起来真够人受的。

"爷别问我。"三福晋总算开了口，冷冰冰的语气与往日的温柔大不相同，若是凤可倒还罢了，放在三福晋身上我着实有些不习惯。

我温言道："我知道你心里委屈，你说出来，憋在心里岂不堵得慌？何况你身子原不好，一会儿又该头晕了。"三福晋虽然生得富态，其实都是虚胖。生下第二个孩子后，动不动就头晕目眩，受不得一点儿累，更别谈受委屈，这也是我平日不肯给她气受的原因，就怕她犯病，皆因她犯起病来太过吓人，一躺就是十来天下不了床。

三福晋闻言不语，我索性坐到床边，扳着她的肩膀凑过去："有什么火气，你都往我身上发。说出来，心里就舒坦了。"

"可不得向爷发嘛，这都是爷平时惯的，宠得她快搬梯子上天了，哪还将我这个福晋放在眼里，我是该给她挪地方了。"福晋气呼呼地说，一边从枕边抽出帕子抹眼泪，这口中的她不是别人，正是凤可。虽然是发脾气，到底肯开口说话了，我的心放下了一半。根据我的经验，女人肯说出来的事，总有解决的办法，不管她是骂你还是损你，最后总是不了了之。就怕她一直不理你，与你冷战，那就等着受罪吧。

我从她手中拿过帕子，帮她将两行泪水轻轻拭干，一边笑道："这是什么话，挪什么地方，就凭她也配。你知道她那个人，原本说话就口无遮拦，又不用脑子。你平日还常劝我不要与她一般见识，今天倒多起心来了。"

三福晋冷笑："罢了吧，我的爷。"她翻过身，将脸朝着我抱怨道，"这么多年的夫妻，我还不了解爷吗？见了她就像老鼠见了猫似的，这硬气的话也就在我这里说说，宽宽我的心罢了，你哪一天少得了她？"

我笑道："这府里我谁都少得了，就是唯独少不得你。我平日对她那么好，也是你要求的，说什么家和万事兴。既然你不愿意，那以后我便不再对她好就是了。"

福晋叹气："爷这是说的什么话，将我当成了什么人？难道我是要爷不理她吗？只是说爷平日里太宠她了。我也是从小读过书的，还知道什么是三从四德。我原知自己相貌平常，也就这妇德上还算是优点，要不然也不能进你家的门了。"言下之意，她是皇上和娘娘亲自挑选出来的贤良淑德之人。

我频频点头："是是是。只是我的福晋你也太过谦了，你实在是品貌兼优的呀，又能生儿子，这才是人人羡慕的呢。我是何德何能，竟能娶上你，这上上下下里里外外，安排打点得妥妥贴贴，没一处要我操心，我都被你宠成富贵闲人了。兄弟们哪个不羡慕我？"

福晋虽还绷着脸，但笑意却忍不住从嘴角溢了出来："一大把年纪了，还是会这样花言巧语。"

我握着她的手笑："我说的可都是大实话。你这一躺下，家里全乱套了。明知我离不开你，还来给我出难题。"

福晋哼了一声："谁知爷说的是真的还是假的。"但语气分明缓和了下来。女人都是要哄的，我趁热打铁："真不真的，你还不知道？"我笑着拉她，"且起来吃两口饭，要不待会儿又得头晕。"

三福晋低声道："气都气饱了，还吃什么饭！"可身子却软和下来，不似刚才那般较着劲儿。我拉她起来，她挣了两下，便也就坐起来了。

"到底怎么回事？竟能将你气成这样。"我帮她理了一下有些凌乱的鬓发。

她叹口气："别提了。"低头捻着被上的花朵，一副不想再讲的样子。

"你倒又护起她来。"我故意抱怨道，"她和谁闹我都能忍得，就是唯独不能对你。你既不说，我便问她去，顺便说说她，这还得了，反了天了！"我作势起身要走。

她一把拉住我："算啦，别去了，不过小事，爷又何必说她，说出来也是让爷操心。我知道爷这些日子事儿够多的了，这些小事，我能处理得了。"

我拉住她的手拍了两下："处理得了，还气得躺在床上。"顺手刮了她一个鼻子，羞羞她。她往后一躲，竟带了几分少女般的羞涩，

"别这样，老夫老妻的了，别人看了像什么样子！"

我笑道："咱们哪老了，明儿还能再生两个大胖小子哪！"

"我多大了，还生！"话是这样说，她却高兴地笑了起来。

我笑道："你不气就好了，我也放了心了。"

"哪个人家妻妾不吵的，只是咱家没有罢了。"她撇了下嘴，意思都是她的功劳。

我自是得顺着她的竿儿向上爬："这还不是因为我家有贤妻吗？"

我扶着她下床，坐到桌边，一边说："要我说，你平日待人太过宽和，让她们一个个的都无法无天了。"

她似笑非笑地看着我："我要不宽和，这府里还不早就翻了天。事事为爷着想，倒成了我软弱无能。"

我笑着拱拱手："在下可没敢这么说啊。"

她"扑哧"笑了："哎，算啦！"

小菊送上茶来，我端起来喝了一口，忽然发现三福晋用的也是茶碗，而不是平时的绿玉斗，不禁问："你的绿玉斗呢？"小菊在一旁暗暗摇头，而我直到这句话问出来，才看到她的眼色，猛然醒悟却已为时过晚。

格格不嫁

这话问到了三福晋的伤心之处。"爷还提它做什么,早成玉屑啦。"她心痛到直撇嘴。这绿玉斗是刚成亲之时我送给她的,虽没有多名贵,却重在我的一片心,所以她当成了宝贝,只肯在内室使用,就怕拿出去弄坏了。今日凤可却没有轻重,一下子摔了它,难怪她生气了。我笑道:"下次我再送你个更好的。"

她叹了口气:"爷还是别送了,天下哪还有第二个绿玉斗?纵有,也不是我原来的那个。"

她向来念旧情,对物是,对人也是。我正想找话安慰她,帘子一挑,菊香来了。

三福晋又恢复了往日温婉的神情:"怎么样啦,丫头?"

菊香笑道:"福晋放心,侧福晋没事了。就是不知道福晋……"她上来帮福晋按揉脑门,"奴婢心里一直挂着福晋呢,可越急越回不来。"她的气息因走得太急,到此时还有些不匀称。

福晋拍拍她的手:"我好啦,这会子已经不晕了。"菊香笑着看看我,一副"原来如此"的神气。

我这才知道,原来菊香是被福晋派去安抚凤可去了。我暗地里福晋竖了一下大拇指,女人做到这个份上,也算少有了。其实不用听我也知道,今天的事一定是凤可无理,福晋受了委屈不算,反过来还让人去安慰她,这两人的差距何止一星半点。女人真的不能仅仅只看容貌,品德才能真正吸引人。

菊香难得清闲,一大早坐在廊下看笼子里的翠鸟斗嘴。

"怎么不去服侍福晋?"

也许是我的声音太过突兀,她吓了一跳,回头笑道:"王爷吉祥。"起身行礼,依旧慌慌张张地不到位,当初训练礼仪的嬷嬷也不知怎样让她蒙混过的关。

我摇摇手:"坐吧坐吧。"在她对面也随意找了个地方坐下。

菊香看了看我身上刚换的秋香色的夹袍,阻止道:"王爷……"但我既已坐下,便也就咽下了下面的话,她是在替我的袍子可惜。

"一大早的,你怎么这么闲?"我笑问。

"奴婢插不上手呢,便乐得清闲了。"口中叹着气,脸上却是笑咪咪的,一股捡到便宜的喜气。不用问我也明白,是小菊在替她做事,这才是得了便宜还卖乖呢。

"昨日是怎么回事?"这件事挠了我一夜的心,现在总算找着了机会。

菊香低声抱怨:"爷还问是怎么回事,不都是爷的交待么?"言下之意,我才是罪魁祸首。

这让我到哪里讲理去?我承认,是我让福晋、凤可和菊香做戏,想法晚上留下小菊单独在福晋屋里侍候,以便她早日发现两本《何处落花集》有何不同之处,但也没让她们做出这么大的动静,将福晋最心爱的绿玉斗摔了呀。昨日晚上,为了

第十三章
后院起火

这绿玉斗我已不知费了多少口舌去安慰三福晋了，今儿早上一起床还在跟我提呢，我都分不清她是在做戏还是当真了。

"箭在弦上，不得不发嘛！"菊香回道，一脸的不在意，好似摔的不过是个小茶盅一样。

哎，她倒说得轻巧。不过事已至此，多说无益，何况我说了她们根本不会放在心上？

"说说吧，昨日到底怎么回事儿？"

菊香正闲得发慌，一听我的问话立时来了精神："这要说起来可就话长了。"看来这丫头又想短话长说，我得赶紧打消她的念头，否则一上午都未必够她讲故事的。

"小姑奶奶，你还是拣紧要的说吧，我哪有时间听你长篇大论？你四爷那儿还在等着我的回信呢。"

"好好好，那就长话短说。"菊香难得好说话。她警觉地瞅了一眼四周，长长的回廊中除了我就是她，连个鬼影都没有。我不禁叹气，常言道近朱者赤，这丫头跟着碧云没两天就学会谨慎了，可谨慎归谨慎，也不必草木皆兵啊。今日她挑的这个地方与上次碧云所选的亭子有异曲同工之妙，四周视野开阔，没有人可藏身之处，哪还需要如此小心？

昨日一天，可用"风起云涌"四个字来形容。

小菊来到上房做事，菊香第一件事就是向她示好。其实上次菊香到书房来叫小菊去上房的路上，菊香就已经向小菊递出了友好交往的信号了。

小菊知道菊香在王府有着非同一般的地位，当然不会拒绝这番美意。大概她也早听说了菊香大大咧咧、藏不住事儿的性格，所以难免会有从这里探听些信息的想法。

只可惜小菊的这个如意算盘打错了。若是菊香还未被碧云拉拢过去，那还有可能。可现如今，除了三福晋，菊香就听碧云的话，这小菊是她们同仇敌忾的敌人，菊香哪里还会帮助她？

我只能说，小菊与碧云相比总是棋差一着。

菊香果然不负小菊所望，不到一个时辰，便说出了福晋的书与我的书有不同之处，但至于哪里不同，菊香以自己看不懂做借口，给小菊留下了一个陷阱。

菊香既然抛出诱饵，小菊自然心痒难耐了，居然一天之内就故伎重演，到厨下做了一大盘点心，说是孝敬福晋、结交众姐妹用的。福晋和众人都很高兴，连连夸她手巧艺高，这点心色香味俱全，不要说吃，就是看一看也是有眼福的。众人的夸奖，让小菊很高兴，但她更高兴的是，这盘点心就要进众人的肚子，她可以定心定意地查找两本书的差异了。

然而这点心却注定是吃不成的。

凤可自从小菊来到上房，便也形影不离地跟了过来。自然，大家对凤可的举动也没有感到奇怪，因为她每天都要在福晋这里消磨上好几个时辰的。

菊香端来了点心，福晋拿到手里还没来得及吃，便让凤可抢去了，抢也罢了，居然还扔在地上踩了个粉碎。福晋被这举动吓了一大跳，"你干什么"四个字还没有说出口，那一盘点心也扔到了地上，并被踩踏得不成样子。幸而凤可是天然的大足，如是汉人女子，还没本事做到这一点呢。

"你这是做什么？"福晋问道。按照当初设计的情节，福晋此刻应当怒火中烧，怎奈她一向温和惯了，又是面对凤可，竟提不起这一口气来。反而不如菊香的戏好，她那又急、又恨、又担心的心态，据菊香自己说不能说十分到位，八九分意思也有了。

凤可的伶牙俐齿非一般人能够阻挡，何况福晋？要是谈诗论文福晋还能说上几句，可是吵架向非所长，没两下，就让凤可说得闭了嘴，急得菊香恨不能代替福晋上场与凤可理论两句。据菊香说，这吵架的前半场，其实就是凤可的独角戏，她连摔带说，气震全场，根本就没有别人说话的余地，福晋是说不出来，菊香等人是没资格讲话。

戏演到一半，凤可演不下去了。福晋还是温吞水一样，反反复复就那两句话："你的性子也太急了，需得改一改。""干嘛要摔东西呢？什么话不能好好地说呀！"凤可吵架是要有来言她才有去语的，现在福晋词穷，凤可也想不出话来。眼看就要冷场，凤可情急之下，掀了桌子摔了绿玉斗。

这绿玉斗将福晋的火真正点了起来，既心疼绿玉斗，也有些对凤可不满，假戏真做，与凤可吵了足有半个时辰。后来不是不想吵，而是福晋头晕了，气喘吁吁地跌坐在凳子上，已没有能力再吵下去，只是低声让凤可回娘家反省去。

小菊此时不失时机地跪下来为凤可求情。当然福晋是不会轻易答应的，直到满屋子的丫头都跪下了。小菊再三磕头，说都是她的错，要赶就赶她走吧。福晋情不自禁地拉着小菊的手：

"小菊，只有你才理解我啊。"

这发自肺腑的声音令凤可掩面而去，临走撂下几句狠话，说她不想活了，堂堂一个侧王妃混得还不如一个丫头，有何面目活在世上。三福晋急忙让菊香去追，让她不安抚好凤可就别回来。

"后面的事情，奴婢就不知道了。"菊香笑道，"只知道奴婢这一走，正好留下福晋与小菊交心。等奴婢回到房中时，王爷已经来了，而小菊也已成了福晋的贴心人，晚上只留了小菊一人在房中侍候，这是从来没有的呢，不是吗？"她促狭地看着我,"王爷昨儿晚上有没有看到好戏啊?"

这丫头,又来吊我的胃口。

昨日福晋身体不好,我留宿上房。也不知怎的,我好像特别困,头刚一挨枕头就睡着了,醒来时天已大亮,再好的戏也已收场了。而福晋也与我一样。

菊香得意洋洋:"就知道王爷会困的,谁让爷昨晚喝那么多的茶?"

这才奇怪呢,众所周知,茶是提神的,我的本意是养足点精神,不要那么早睡去,听她这意思竟是适得其反了,还是她知道些什么内幕?

菊香咂着嘴:"奴婢也就是眼神好了一点,不小心看到小菊从青儿手中接过茶壶去,往里面放了一点东西,至于是什么东西奴婢就不知道了。"

我有些恼火:"你既看到了怎么不告诉我们?"

"奴婢也不知道这是让人睡觉的东西呀。就是知道了,奴婢也不会说的。"菊香用帕子捂着嘴笑。

"为什么?"

"主子日间劳累了,晚上好好睡一觉多好。"

我瞪了一下眼,可惜这丫头不怕我。菊香收了笑容正色道:"如果王爷不喝这个茶,晚上的好戏怎么上演呢?碧云姐姐早就猜到有这一着,特地关照奴婢在后面瞧着,防止有人戳穿小菊。小菊放好了东西,却又要青儿送茶给主子,奴婢就知道计策成了。"她叹了口气,委屈道,"昨晚爷一夜好睡,奴婢就可怜啦,半夜三更躲在门外,眼睛眨都不敢眨一下。"

"你看到了什么?快说快说!"我催促道。

菊香悠闲地扯了一片叶子,慢慢说道:"其实也没看到什么啦。就是快二更的时候,小菊下床剔了一下快要熄灭的灯火,又侧着耳朵听了听王爷和福晋的动静,然后坐下来,翻看了一下福晋的那本书。"

我脱口问道:"哪一本?是不是《何处落花集》?"

她瞪大了眼睛看着我,意思是除了那本还会是哪本。

"那你看她可看出了什么?"

菊香连连点头。

我兴奋得一下子站了起来,在原地直打转。碧云料事如神啊,一切居然都在按照她的安排进行着。那一下步也该进行了吧?我停住脚步,向菊香道:

"你去侧福晋那里帮我将碧云叫来!"

菊香摇头:"碧云姐姐出去了呢!"

"出去了?"这倒是让我意外,"干嘛去了?"

菊香摇头:"这奴婢哪儿知道啊?"

"什么时候出去的?"

格格不嫁

"昨晚奴婢从凤福晋那儿回来的时候，她说去去就来，可是这一夜都没回来。"

我心下一紧，这丫头不会也失踪吧？

"有没有让人到门口去看看她何时回来？"我急急地说道

菊香嘟起嘴："怎么没有，秀儿都去了快一个时辰了。不过，凤福晋说不要紧，碧云很快就会回来的。"她半歪着头向着我笑。

可是直到我晚上回家时，碧云依旧没有回来。

这让我坐立不安，碧云会去哪里了呢？一个女孩子彻夜不归，叫人怎能不担心，何况我现在还有多少事情要与她商量？窗外伸手不见五指般黑，如同我的心一样沉重。

原本答应了凤可教孩子下棋的，我已完全没了心思。孩子本就不想学，我又心不在焉，整个屋里就听到孩子哭、我的叫，凤可气得嘟起了嘴，但一见我脸黑得像个包公的样子，也没敢多废话，让奶妈哄孩子出去玩了。

夫妻俩相对无语，干脆草草收拾了一下睡了。可是我从未像今天这样烦躁不安过，心中总有不祥的预感。刚刚听得外面敲五更，我便翻身下了床。

凤可勉强睁开蒙眬的睡眼："爷这是要去做什么？天还早着呢。"

"出去透透气。"我一边含糊地应着，一边借着外面的微弱亮光拿起自己的衣裳穿了起来。秀儿已闻声点灯进来，见我要出去，也是一脸的疑惑，我做了个阻止她说话的手势，低声道，"你服侍福晋再睡一会儿。"不等她开口，我便迈步出了门。

只听见凤可在身后抱怨："随他去吧，咱睡咱的。"分明赌着气。

秀儿软语安慰："爷这两日事多，福晋别放在心上。"

站在门外，看见屋里的灯灭了，我深吸了一口早晨的空气，清爽宜人，原本闹哄哄的脑子也安静了下来。整个院子里只听见草虫的叫声，一滴露水从树叶上滑落，滴在我的额角，凉凉的。我轻手轻脚地走到碧云的屋前，随手一推，门开了。

我在屋子中央站了一会，然而屋外的光线实在太弱了，一切都只有模模糊糊的影子。我摸索着拿起桌上的火石，点燃了灯。

屋子里的一切都摆放得整整齐齐，似乎没有动过的痕迹。可是我仔细地找遍了整个屋子，却始终不见帕子的踪影。这是怎么回事？碧云外出，为何要带上如此重要的东西？我的胸口像有什么堵着似的，出不了气儿。

我急匆匆地出门，奔向书房，打开暗格，顿时目瞪口呆，书也不见了。我浑身的力气像被抽干了一样，跌坐在椅子中，张口想要叫人，可却发不出来一丁点儿的声音，急得我直用拳头捶自己。

第十三章
后院起火

"王爷,王爷。"身旁有人在大声地叫我,猛然间屋子也亮堂了,窸窸窣窣的脚步声越来越近。我睁开眼睛,一张熟悉的脸近在眼前,是凤可,正焦急地看着我,一边用手安抚着我的心口:"爷做噩梦了吗?"这声音是如此温暖,我猛地抓住了她的手。

"幸好是梦!"我长吁了口气,感到一阵前所未有的轻松。

凤可伸手摸了摸我的身上:"出了一身的汗,中衣全湿了呢。"秀儿早带着几个丫头进来侍候,闻言便去取干净的衣裳。

"什么时候啦?"我一边换着衣裳一边问。

凤可答道:"刚敲过五鼓了呢。"

这时我才注意到窗外已经发白,果然天要亮了。我叹了口气:"不睡啦。"伸手向秀儿要外衣,秀儿迟疑了一下,拿给我。

"心中有事?"凤可笑问,见我不回答,又道,"船到桥头自然直,急也急不来的。"她难得这样体贴,一时间我竟有些恍惚。

"但船何时才能到桥头呢?再有两天皇阿玛就到京城了,可是十三弟……"我越发郁闷起来,凤可也默不作声。

见我不睡,凤可也没了睡的心思,让丫头取过衣裳穿起来。梳洗完毕,我笑着邀请:"出去透透气儿?"

"这么早?"

"不早啦,皇阿玛回来了有早朝,你不是得起得比今天还要早许多么?"

"咳,"她笑了一下,"早是早,可爷走了我一般都要再睡个回笼觉的。再说这会子天还没大亮,出去透气儿合适吗?"

"那闷在屋里干什么呢?"我笑着回道,又加上一句,"心里头堵得慌。"

凤可不再二话,从秀儿手中接过帕子走了出去,倒将我扔在后头了。路过碧云的门口,凤可停了一下:"这丫头昨晚回来了吗?"

秀儿含笑上前:"没有呢。"她指了指紧闭着的门,"院门还未开,她就回来了也进不来。"

一句话点醒了我,王府晚上各处关门落锁,除非提前关照,否则就是我也进不来的。这是我的疏忽了,忘记吩咐门上,因此碧云昨晚就是想回来,也进不来的,心下一急,连忙说道:"快让人去吩咐门上,碧云一回来就让她进来。"秀儿答应着去了。

凤可诧异地看着我。

我知道她又要多心,赶紧解释:"这丫头掌握的情况比我们知道得要多得多,现在可不能让她出点事,否则找十三弟的事可就悬了。"

这解释不说还好,一说越描越黑。凤可扯了一下嘴角,似笑非笑:"我没有说什么呀,当然知道这丫头对爷的重要性了。"这话说得我心里一跳,难道她竟看出了什么?抬眼望去,正看到她的一双凤眼也盯着我,不禁心虚地转过头。

"那是碧云的住处。"凤可轻声道,迈步上前。她的花盆底的鞋子敲在青砖铺成的小路上,在安静的清晨中显得分外响亮。这一下下,竟似打在我的心上。

屋子里的一切与我梦境中的完全一样,只除了桌上多出来的一个包袱。其实自从碧云住进来,我也只那天晚上应邀来过一次,却没想到记忆如此深刻。

包袱中是一套儿童的穿戴,衣帽鞋袜一应俱全,看大小应是给景儿做的。凤可赞道:"这丫头的手脚倒是快,才几天的功夫,竟就做成了。式样还算不错,"她用手比划了一下,"大小正合适呢。"她将包袱依旧扎好,忽然说道:"既是做好了,怎么不拿给我呢?"

我心中忽地一凛,"难道?"下面的话没敢说出来,碧云这是与我们告别了?

凤可捅了我一下:"爷这是怎么了?"

"没什么。"我急忙摇头。可是凤可根本不信,但她并未再追问下去。

我想了想,索性问:"你看碧云会不会一声不响地走了?"

"不会吧。"凤可脱口答道,停了一下又说,"毕竟清华还没找到,她怎么会就此离去呢?"

"当初她来时不是说,只耽搁一两天的工夫就要走的吗?这都多少天了。"

"当初是当初,现在是现在。难道当初的话王爷还当真了吗?"

我诧异道:"你怎么会这么想?"

凤可嘿地一笑:"王爷真以为我们坐在家里,就什么也不懂了吗?当初我就与爷说过,这两个丫头的醉翁之意还不在酒。碧云什么都跟我讲了。"

"她是怎么讲的?"我倒想听听碧云这一次会对凤可找什么借口。

"实话实说呗。"凤可笑呵呵地答道。

难得碧云这次没有编其他的借口,除了秘密,除了她与黄妈的关系外,竟什么都对凤可讲了。难怪凤可会如此帮她,凤可这个人只要别人对她掏了心窝子,她是可以两肋插刀的。碧云利用了凤可的心态,把握住了时机。现在,我的凤可美人已将救出清华为己任,心甘情愿地成为碧云的一名马前卒了。

"可是,碧云已出去了一天两夜,不会出什么事吧?"我不安地说。虽然知道这句话可能会引起凤可的误会,我还是问了出来。

"应当不会吧?"凤可答道,可显然被我的话说得起了疑心,眼睛情不自禁地向门口看了看。门口空无一人。

"她走的时候,是怎么说的?"我摸了摸自己的下巴。

凤可想了一想:"只是说她有事要出门一趟,快的话一天就回来了,最晚不超过两天。"

"你就没问问她是什么事？"

"爷当我傻呀！"凤可凤眼一斜，"我当然是问了的，可这丫头不说。又想她左不过是出门寻找清华的踪迹，以前也有过很多次了，所以也没有再追问下去。不过，这一次出去的时间的确长了一些，真叫人担心啊。"

我想起了梦境，立即四处寻找起帕子来。凤可对我的举动十分不解，上前阻止我："爷这样随便翻人家的东西总是不好吧。"

我心道，难道我不知道么，只是事情紧急，不得不如此，可是又觉得没办法对凤可解释，只能敷衍她："看看而已。"

凤可不满道："爷还是不要翻了，碧云回来看见那多不好。"也不知她是出于维护碧云的隐私，还是不愿意我看到碧云的隐私。

我站直了身子，一时束手无策。凤可以为我听进了她的话，长吁了口气。我自言自语："哪儿去了呢？"

"什么哪儿去了？"凤可不明就里。

我叹了口气："说了你也不明白。"

凤可不满："爷怎么知道？"

我决定再到书房去探个究竟。凤可亦步亦趋地跟着我："爷要干嘛去？"我摇了摇手，脚下越走越快，最后竟是小跑起来。

打开藏书的暗格，我的心稍稍安定了下来，书平平安安地躺在那儿。我翻看了一下，没错，正是我前日放进去的那本。看来是我多虑了，碧云丫头不会做出令我失望的事的。

正在沉思之时，凤可也气喘吁吁地赶到了，真难为了她，那么高的鞋子还能跑得如此之快。她倚着桌子，用手帕给自己扇风，口中埋怨："爷干吗走得这么急！"此时，她看到了打开的暗格和我手中的书，惊讶地问："这是？"

"这书是从地道中带回来的，你不是早看过了么？"我将书递给她。

她没有伸手接："我说的不是这个，"她伸手一指，"是这暗格。"又叹气道，"想不到我嫁到这府里六七年了，竟还有不知道的秘密。"她意味深长地看了我一眼。

"现在不是知道了吗？"我笑道。

她笑叹着点头："是知道了。"有些落寞的意思，我不禁不忍，柔声安慰，"这原本也就我一个人知道，福晋也不晓得呢，现在就还加上一个你。"我竭力地将话说得贴心一点，表示现在这是我与她之间共有的秘密了，女人是要哄的，她们就吃这一套。

她的眼中闪过一丝光彩，随即又黯淡了："我也是机缘巧合罢了。"意思要不是这样，她也不会知道，我这共同拥有秘密的话不过是敷衍。

这可怜劲儿,弄得我心中怪难过的。如果她知道我刚才说了谎,又不知该作何想了。

关上暗格,我携着她的手一起往上房走去。自从绿玉斗摔了后,凤可还没去看过三福晋。真的也好,假的也罢,这赔礼道歉的戏还得在小菊面前演一下,既然演戏就得是全套的。

直到午后,碧云依旧没有回来,现在凤可也意识到碧云的这次外出非同寻常,开始担心起来了,先是派人到门口看了足有五六趟,后来索性让一个小丫头在门口盯着,一有消息马上回来报告。

我将帕子的事告诉了凤可。凤可很惊讶,据她说,碧云将这些帕子用一个包袱包着,随随便便地放在枕边,所有进出房间的人都看到过,所有人也都没把它当回事。凤可提醒道:

"爷说这帕子不见了,会不会是有人看它绣得精美,一时贪心拿走了呢?"

我摇头:"你觉得你这院中有这样不开眼的人吗?"

"我这院里是没有,或许是别的院子里的人……"

我打断了她:"咱们府中就没这样的人。"凤可说话总是不留神,被旁人听去又得生是非了。"更何况,我不相信有人能从碧云手里偷得去东西。"我补充了一句。

凤可手托脑袋瓜子想了半天:"这样说的话,碧云内心实则是非常重视这些帕子的,她会不会因为这次出门时间长,将帕子藏起来了?"

"可刚才我没找到。"

"哎,你们男人哪知道女人藏东西的习惯!"凤可不屑地说,她将了将袖子,一副要大干一场的架势。

"碧云回来看到了怎么办?"我反而有些担心了。

凤可一脸的不在乎:"看就看到吧,这本来就是我的客房,虽说现在是她住着,可我作为主人到里面找点东西还不行吗?"这番话说得振振有词,我也有些心动了。

这一次的寻找可不是我刚才的蜻蜓点水式的了,我们索性在碧云的屋里翻了个底朝天。结果依然一样,虽然她的衣物还在,可是帕子实实在在地不见了。

不祥的预感越发强烈,我急忙出门去找老四商量,老四倒不像我这样着急,默默地听完了,想了半天,只说了一个字:等。

确实,现如今除了等我们也没有其他办法了。可是如果碧云一去不返,那我们该怎么办呢?总不能一直就这样等下去吧?

我头痛欲裂,回到府中,闭上眼睛在书房中小憩了一会儿,考虑一下下一步该怎么办。

第十三章
后院起火

"马大人来了。"何顺儿毕恭毕敬地站在门口垂手回道。

我下意识地问:"哪个马大人?"依旧闭目养着神。

"兵部尚书马尔汉马大人。"何顺儿答道。

我翻身坐了起来。是我听错了吗?昨日派人去尚书府探病时,还说老马虽然恢复了一些,但仍然无法下床,需得再静养一段日子。我正在四处打听为他治病的偏方,又将上次高丽使者送我的那根千年人参找了出来,打算趁下午没事,亲自给他送去。没想到今天他就跑到我这里来了。我急急忙忙地戴上帽子,准备出去迎接,刚一出门,正与老马碰了个迎面。

一见我,他便要颤巍巍地给我行礼,我一把扶住了他:"老马,何必多礼!"几日不见,他越发老态龙钟了,人也瘦弱了许多,再没了以前雄纠纠的气势。我暗自叹了口气,"你有什么事派人来知会一声,我会立即过去的,你病还未好,正要静养,又何必这样跑出来?"

"臣是老啦。"他略有些无奈地看着自己手中的拐棍,"离了它,竟难以出行了。可是,眼下的事情让老臣还如何能够躺得住?这、这事情实在……老臣都无法启齿了!"

我拍了拍他的手:"不管什么事,咱们都先进屋坐下再说,不用急的。"我亲自将他扶进书房坐下,"老马,一切都会好起来的,你放心。"

他点了点头。我又笑道:"等你病好了,咱们好好喝上几天,你可不能像以前那样将我灌醉,让小王昏睡上几天不醒啦。"

他笑着摇头:"这日子还不知有没有呢。"这笑是如此苦涩与无奈,听得我心酸无比。

"有,当然有。"话是这样说,我心里却也没有底。病倒还好说,关键是精气神儿。然而老马恰恰是一点精气神儿都没有了,整个人蔫了一样,纵然病好了,他还能活出以前的精彩和乐趣吗?

我知道,老马比谁都焦急地等着这次事件的结果,可是结果出来后会是怎样的后果?我难以想象。虽然碧云说她们都不是谪仙帮的,可是清华造成了十三弟失踪这样严重的后果,老马作为父亲难辞其咎,无论如何都要受要惩罚的,而清华牢狱之灾也不可避免了。也许对老马来讲,荣华富贵倒是其次,女儿回不来才是最大的打击。

"老臣今日是无事不登三宝殿。"老马几经考虑,终于开了口,"这不,又是为了九丫头的事儿来烦扰王爷了。"他低低地说着,不是不想将声音提高一些,实在是没有那力气。老马的随从躬身将一封信交给我。

我心中一凛,"这是……"

"今儿有人送来的,说是小女写的,还带来了小女的金凤。老臣不敢耽搁,又担心别人说不清楚，只得自己来了。"他话犹未了，便是一阵剧烈的咳嗽，仿佛心都要咳出来了，然后是一阵气喘。哎，我还备下了最新的烟叶子，准备送给他的，看来以后他烟也抽不成了。

信是清华的亲笔无疑，我认识她的字迹。可这信的内容，却令人震惊无比。我反反复复将信看了三四遍，实在无法相信这是我记忆中那个温婉可人的清华格格写的，信的语气实在太狂妄了。

一切似乎都被老四猜中了，在信中，清华毫不隐晦地承认十三弟在她手上，她需要我从地道里带回来的东西，包括财宝和那本书。当然她也给了大家一天的时间来考虑，但如果明天申时她不能见到东西的话，她无法保证老十三的安全。这是赤裸裸的勒索。

老马颇为气愤地说道："这一定是有人假冒了小女之名写的，小女是决不可能害十三爷，这个老臣可以打包票。"

我无言地看着他，想不出话来安慰。我很理解他，我自己也无法接受这个事实，皆因我无法接受碧云骗了我。然而事实就是事实，尽管太过冰冷。清华的字我太熟悉了，何况随信而来的，还有那只传说中已经丢了的小金凤，就连老马也无法否认，这确是清华之物。

我愤怒得恨不能掐死自己，我怎么就会上了碧云的当？堂堂一个王爷，竟被一个黄毛丫头算计，这脸不知丢到哪儿去了。

我现在不得不相信，老四以前所有的推断都是正确的。因为老马将何处园卖了，清华一伙无法到地道中拿东西，不得已才会借着我的手将书和财宝拿出来。然后为了拿到东西，又用计骗走了十三弟。而她们迟迟不动手的原因，现在也已明了，皆因她们怕拿本假书回去，所以碧云才会跟踪而至。可恨碧云还特意实地演练了一番如何查找机关，我居然那么不亦乐乎地跟着她后面奔忙，这真是个大笑话。现在她们知道这本书是真的，所以迫不及待地要来拿走它。难怪碧云在这个时候突然不见，原来是回去报信儿去了，她还拿走了本来掌握在我手中的帕子。

我还常说十三弟为一个女人昏了头，我自己不也是被一个女人骗得团团转吗？

我知道，书中的其他画页也是机关、暗道所在，里面还不知藏了多少秘密，而这些秘密对我大清的危害将是不可估量的。可是我们谁也看不懂，只能望而兴叹。现在为了老十三的命，我只有拿着这些东西去交换，一切似乎都已在她们的掌控之中。

我唯一想不通的是，碧云为何不自己拿走这本书，而要这样再大费周折？

第十三章
后院起火

我疑问在胸,不吐不快。

老马非常赞同我的观点:"这不合情理啊,王爷。碧云既能带走帕子,便也能带走书。"

我点了点头。碧云聪慧无比,清华比她有过之而无不及,既然可以悄悄完成的事,为何还要这样大张旗鼓呢??

我的心现在反而平静了下来,一些疑问也再次涌上心头。如果清华是罪魁祸首,难以解释她为何要上书给皇阿玛,更难以解释她为何要将玉佩交给凤可,这玉佩显然是醉翁之意不在酒,真正目的是为了让我看到,然后告诉老十三。碧云的言行虽然可疑,但也不会全是谎话。那帕子原本是给我的一定不会错,因为黄妈失踪,碧云才再次取了回去,亲自保管,我相信这更多是怕出意外,而不是其他原因。但她为何又带走了帕子?

清华的信与碧云的离去有关系吗?不知为何,我到现在还相信清华对老十三不是完全无情的,更愿意相信,清华是救老十三去了。

可信上的笔迹又如何解释呢?难道清华也是被人劫持,被逼无奈才写下的书信?我忍不住又拿起信来,看了又看。忽然,我的心一紧,莫非碧云也落入敌手了?清华的信与碧云的离去不无关系。

我的这番举动自然瞒不过老马的眼睛。

"老臣现在更加相信,这信不是小女写的。"显然我的言行极大地鼓舞了他的信心,语气也比刚才肯定多了。我情不自禁地点了点头。

然而有一个声音打断了他:"老爷,您不要再自欺欺人了,这信就是格格写的。"是小菊,很明显,她已在屋外听了很久了。她此时不应当在服侍福晋吗?是何时来的,怎么没人发现?我心中一阵恼火,这府中越来越没规矩了。

马尔汉忽地站了起来,伸手一指她,胡子气得直打颤:"你,你怎么敢这样说话?"一个支撑不住,又跌坐在椅子里。几个下人连忙上前安抚他。

何利儿结结巴巴地跟进来:"王爷……"他有些怨恨地去看小菊。我忽然明白了,原来何利儿早已被小菊收买,小菊此次进屋,出乎何顺儿的意料,弄得他猝不及防。

我冲他摆手:"算啦。"挥手让他出去。还有必要计较这些吗?碧云离开了,我现在更想知道小菊的身份了。这一切到底是怎么回事,我的头都大了。现在要有杯酒就好了,能让我清醒一下。

小菊叹气道:"老爷,事到如今奴婢就不能不说实话啦。"这柔柔的声音却犹如一个炸雷,老马不禁吼道:"什么实话?"他用尽了全身力气,可这吼声委实虚弱无比,没有什么气势,未能唬住旁人,反而令他因虚脱了力气而显得更加老迈,也带来了一阵比先前更剧烈的咳嗽。

与他的怒火中烧不同，小菊显得波澜不惊："格格是谪仙帮的人，碧云和黄妈也是。"

我闻言心痛不已，碧云终究还是骗了我。可是，且慢，小菊的话我能信吗？

"你怎么知道？"我轻声问。

小菊同情地看了我一眼："奴婢与她们一同过来，还有什么不知道的？其实老爷以前不早就怀疑过吗？"她古怪地看着老马。老马已咳得喘不过气来了，只是用手指她："你、你、你……"小菊淡淡一笑，"老爷是太信任格格了呢，她几句谎话就将老爷哄过去了。"

老马闭上眼，摇了摇头。我心酸不已，上前握住他的手："老马……"

他苦笑："老臣是老朽了，但小女决不会做出有害大清的事，她曾保证过……更不会伤害十三爷。"

这是从何说起？

他看了看四周，我意欲屏退下人，老马笑道："不必啦，闲言原是止也止不住的，该传出去的还是会传出去。"他灰心地说。

其实清华初来不久，老马觉察到了这个女儿的不寻常。老马是老江湖了，官场混了这么多年，识人很有一套。他便暗暗留意了一下，却也并没有发现太大的破绽。老马便将一切归结于女儿刚刚进府，对一切还不适应而已。

第一个破绽出现在指婚之时。当清华发现自己指婚的对象是老十三而不是太子时，竟至花容失色，难以掩饰地失望。这与她往日的行径太不相符了，老马一直觉得这个女儿是淡然随缘的，从未将荣华福贵放在心上，何况一个端庄自持的大家闺秀明显露出对婚事的不满也实在不合常理。然而不过一个月，清华的脸上便又有了微笑。老马想不明白，但既然女儿心情好了，他也就不再追究了。

真正的破绽出现在清华出走前的一个月。那些日子，她似乎特别烦躁不安。有一天，老马去看清华，事有巧合，院子里竟空无一人，所以也无人通报。老马进房时清华才发现，当时她正对着一堆帕子出神，而这帕子上的刺绣也让老马大吃一惊。

我明白，这些帕子就是碧云带走了的那些，不禁脱口道：

"帕子是如夫人绣的？"

老马点头："不错，正是当初王爷取去的那几块。老臣很意外，追着小女问，这是哪里来的。小女慌乱无比，最后被逼不过才承认是她母亲绣的。"

"你早就知道如夫人未死？"我惊讶道。

老马痛心地点头："这本是一个好消息，可在此时听来，却如同噩耗。如若小妾未死，那小女的来历岂不是……"他难过得说不下去了，何顺儿递上茶，他喝了两口，平静了一下心态，继续说道，"老臣将小女带到书房，再三逼问。小女搪塞不

第十三章
后院起火

过，终于承认，之前认亲时说了谎，她的母亲实实在在还是活着的，只是没有面目见我，才不敢前来。我当时以为小妾又嫁了，便也未再追究。

"当年小妾离家，老臣后来冷静下来，不是没有怀疑，但又想时过境迁，一切都让它过去吧，查多了反而自己心里难过。小女到来，老臣也不是没有疑心过，可是太爱这个女儿。小女又乖巧得很，不像为非作歹之人。虽然被老臣所逼，小女多少透露，说她此来目的就是要嫁给太子，因为这样才能让母亲好好地活着。但小女也向老臣保证，她除了隐瞒母亲活着的事实，其他一切所言均是真的。老臣要她发誓，决不可做对不起大清、对不起十三爷之事，小女毫无难色地答应了，仿佛这是天经地义的事。

"在小女出走的前两天，曾形影不离地整整陪了老臣一天。现在看起来，她那是去意已定，最后一次承欢膝下。老臣当时怎么就没发现呢？"他说得老泪纵横，令我也心酸不已。

"九格格那天可曾有什么异样吗？"我问道。

老马摇头苦笑："当时并未觉得，事后想起已然晚了。小女道过晚安后曾依在老臣身旁，低声说，'女儿永远都是阿玛的女儿，永远不会做对不起阿玛的事。女儿答庆阿玛也一定会做到。'她是那样乖巧，老臣还以为她是嫁期迫近才会说起来的。"他叹了口气，"后来想起，一直觉得小女是有心事的，可又怕给她压力，过问得不多。这都是老臣的疏忽。"

我不禁埋怨："老马，这些事你为何以前不对我说？耽误了多少事儿！"

老马摇头："老臣真的没有想到小女会有这样的背景。一直以为她是个小女孩，以为是老妻和周围人看不得她，才逼得她像自己的母亲一样离家出走的。小女走后，老臣也多次盘问过黄妈与小菊，她们都保证小女是清白的。"老马的脸转向小菊，"小菊，这一点我没说谎吧？"

小菊坦然点头："是的，老爷。但此一时彼一时，当时情况下，奴婢是不得不那么讲。因为奴婢也被人挟持着，稍有不慎，便会丢了性命。那些话都是权宜之计。"

我不禁问："你说有人挟持你？是谁？"

"黄妈和碧云。"小菊一笑，"事情都过去了，也是奴婢立功心切，年轻气盛了一些，没有早点与王爷沟通，才让人有机可趁。"她分明话中有话，我却不想深究了，实在头痛难忍。小菊也不在意，"王爷刚刚不还在奇怪碧云为何没有拿走书吗？有奴婢在，她什么也拿不走的！"

这一语竟是道破天机。原来小菊才是真正帮助我们的人，我一直混淆是非了吗？老马已然瘫软在椅子上，一句话也讲不出来。我要叫人送他回去休息，他却只是摇头。

小菊浅浅一笑："其实她们对书固然是势在必得，地道里的财宝也是她们不能舍弃的,这些钱够买半个北京城了。对于处于困境中的谪仙帮,局外人都不能理解这些财宝对她们的重要性。"

我平静了一下自己的心态:"你好像对谪仙帮很了解。"

"奴婢曾经在那里生活过一段日子。"

我惊讶地看着她:"那你也是……"

她摇头:"奴婢才不是呢。"这次的回答依旧同样迅速。

又一个女人对我这样讲,可我还能够相信她的话吗?我的迟疑未能瞒过她的眼睛,她黯然地叹了一声:"奴婢明白,此时要王爷相信是有一定困难的,毕竟发生了这么多的事。终究奴婢是比不上她的。"

我的脑子空白了一下,然后才明白这口中的她是指碧云。小菊为何要这样讲,我实在不明白。我摸了摸自己的下巴,稍稍安定了一下:"敌与友我现在还敢分么?"

"是敌是友有那么难分吗?"小菊失望地叹了口气,"奴婢想见四爷。"

这让我十分意外:"什么?"

小菊看着我:"四爷会明白奴婢的身份。一切都拖得太久了,是该真相大白的时候了。"她掏出一块小金牌递给我,"这会说明一切。"

第十四章

小菊的身份

老四把玩着金牌，迟迟没有开口。

小菊笑道："雍亲王难道忘记了四十一年的德州变故了吗？"

老四的脸上没有表情："德州之事我当然记得，可这与姑娘有什么关系？"

"当时是谁去报的信？"

老四不解地看着她，小菊轻轻一笑："那个报信的小姑娘就是奴婢啊。"

老四眼中似闪过了一丝奇异的光，但这光一闪而过，他露出一些笑容："原来是你。"

小菊点头笑道："如果不是奴婢报信……"

"本王也不会在这里说话了。"老四接口道，"相隔四年小菊姑娘竟大变样了，恕本王眼拙，一时竟未能认出姑娘。"他拱了一下手，算是给小菊赔罪。

小菊嫣然一笑："这怎么能怪王爷？当时正是晚上，何况组织的教诲，为了避免不必要的麻烦，尽量不要以真面目示人，所以王爷认不出奴婢也是情理之中。"

老四的嘴角向上提了提，似是要笑，却又最终没笑出来，只是点头："苏麻喇姑去世，组织不是已经解散了吗？"

小菊叹息道："姑姑忽然去世，令人扼腕。大家虽成散沙，依然在为大清服务，只是别人不知道罢了。"

这两人对话怎么这么奇怪？我一句也听不懂。再看老马，竟像与他无关，闭目养着神。老十四终究年轻，忍不住问："四哥，你们在说什么，为何小弟一句也听不懂？"他看我，我点头表示与他一样。

老四面露难色，显得难以启齿。哎，皇家的秘密就是多，我早已习惯了不该问的不去问，反正知道的越少，麻烦也越少。

小菊淡淡一笑："往事已成云烟，本无不可告人之处。何况三爷现在奉了皇上的手谕，全权办理这次案件。十四爷、马大人也无不与本案有关，奴婢想，这些事谈一谈也无妨了吧？"她是在征求老四的意见。老四面无表情，既不说好，也不反对。小菊清了一下嗓子，开了口：

格格不嫁

"一切都要从我大清国成立之初说起。"

大清立国之初，前明残余势力屡次兴风作浪，又有各处民间队伍推波助澜，举国维艰。太宗皇帝一面组织武装镇压，一面组建细作队伍深入民间各处及时掌握讯息。到了顺治帝，由于年幼继位，细作队伍便由孝庄太皇太后亲自掌握。太皇太后在太宗的基础上精心组织了一支由女人组成的细作部队，这支队伍利用女人的优势取得的信息量前所未有，为迅速扫清余孽、稳定政权作出了巨大贡献。当时还叫苏茉儿的苏麻喇姑直接领导这支队伍。到了康熙即位，随着政权的逐步稳定，这支队伍已演变成太皇太后派入达官贵人家里随时掌控大臣信息的秘密武器。

由于保密程度高，所以知道的人非常少。组织中人员的联系也是单线联系，除了自己的直接上级，谁也不认识，组织中能够证明自己的身份的只有这面金牌。金牌由当时的孝庄皇太后亲自设计并监制，共发了二百枚，每一个收到金牌的都是皇太后精心挑选的骨干。皇太后授予骨干可自行挑选自己接班人的权利，如果没有找到合适的接班人又不幸以身殉国，则苏麻喇姑会派出下一个人选到约定地点取走金牌。

孝庄太皇太后去世时有遗言传下，康熙盛世前所未有，当今皇上过人的能力已无需女人再为他操心，因此在她去世后可逐渐收回当初发出的金牌而不再选派新的人选。到苏麻喇姑生前最后一次盘点，二百块金牌已收回了一百九十六枚，仍有四枚流落在外。小菊手中的就是四枚中的一块。

小菊的话令我震惊无比，还是第一次听说这个组织的存在。我与老十四面面相觑，不知此话的真假，老马面无表情，小菊讲了这半天，他的眼睛都没有睁开过。老四的表情则有些古怪，一股子说不出的味道。

"你的年纪这么小，四年前苏麻喇姑去世时你不过十三四岁，不可能是她老人家亲自选派的吧？"冷了半天场，老四终于开了口。

"当然不是，奴婢是由师父、金牌的上一位主人菊言选定的。"小菊躬身回答。

我追问道："那何人可以证明你的身份？"

"金牌就能证明。"小菊笑道。

老四手捻金牌没有说话，但脸上的表情显然已认可了这种说法。

小菊又加上一句："雍亲王也可以证明奴婢的身份。"

老四淡淡一笑："时间太过久远，有些事真的不大记得真切了。"

小菊笑道："四爷日理万机，有些事记不真也是有的。可那一年的事儿，奴婢却是忘不了呢。"

我和十四弟都不由自主地支起了耳朵。难道困挠了我们几个多年的南巡之谜,竟会在今天解开吗?

老四指了一下椅子:"坐下慢慢说吧。"

小菊迟疑了一下终是坐了下去。看来这是一个很长的故事。而小菊的讲述也证明了这一点。

四十一年南巡,经过德州,皇上忽然想起了老臣田雯。

田雯是德州人,外官、京官都做得风声水起,政绩卓越,四十年因病乞假回原籍,皇上很是不舍,特谕地方官员予以关照。这一次来到德州,皇上本以为田雯一定会前来接驾,可竟未见其身影,当然要问起了,这才知道,田雯年老体弱、已经卧床多日,皇上当即决定前往田府慰问。太子与老四、老十三本意是要相随的,但皇上体恤老臣,怕人多嘈杂,不利养病,没有带他们。田雯住在德州东南部的马颊河畔,离驻跸之地较远,皇上这一走最早也得明天才能回来。

忽然得了一日空闲,太子十分高兴。他一向是贪玩之人,这几天因皇上在不得不收敛着,现在哪里还能控制得住? 地方官员其实早就打听好太子的喜好,只是碍于皇帝一直未能安排,现在当然也不肯放过这突如其来的好机会。

时任德州知府的侯众山因这两日专职陪伴太子,已混得很熟了,近水楼台先得月,当即在德州最出名的私人花园候月园安排了酒宴,为了让太子尽兴,还订了歌舞。老四为人谨慎,当然不肯前去,怎奈太子受了侯众山的挑唆,一意孤行。老四劝说无果,只能也带着老十三跟着去。这一去大家便落入彀中,为朱明残余势力挟持,差点丧命。这还不算,皇上为了救他们,也身涉险境,若不是老十三拼了命地救护,皇上的命能不能保全还是个问题呢。

听小菊说到这里,我才明白,为何当年皇上从德州回来之后很不高兴,而对太子的感情也一落千丈,根源原来都在这里。皇帝最讨厌声色犬马之徒,又有三十八年南巡的前车之鉴,太子居然还犯这种错误,让他老人家如何释怀? 现在小菊说得轻巧,但当时的情景想必已危急之极,一位太子、两位皇子落入敌手,皇上又近在咫尺,大清的根本竟差一点被毁了呢。十三弟身上的重伤无疑就是当时混战的结果,太子的伤只能有过之而无不及,否则皇上不会在那么危难的情况下还将他留在德州养伤。

小菊伶牙俐齿,讲起故事来很有一套,不比外面说书人差。

老十四焦急地问:"后来呢? "

小菊报以一个微笑:"当时奴婢跟着师父正在德州,师爷已然探知了阴谋,可惜来晚了一步,等奴婢师徒赶到时,太子一行已出了行宫。奴婢与师父又赶到候月园,没想到一着差着着差,竟又失之交臂,当时太子与四爷和十三爷已被挟持。情急之下,师父派奴婢装作一个侍女跟从,伺机向四爷报信。"她看着老四,老四笑着点头:"真亏了小菊姑娘呢。"

老十四叹道："可光报信又有什么用？大家都在贼手，束手无策。到底后来是怎样脱的身？"

小菊笑道："报信，不过是让四爷早作准备，奴婢的师父已到官府调集人马去了。幸而一切都在师父的预料之中，才会最终化险为夷。只可叹太子身中剧毒，无药可解，只能留在德州。又是师父带着奴婢远赴苏州盗来解药，才最终解了这次之祸。"

老四脸上总算露出了会心的笑："想起这件事，真得感谢菊言师父。若非她料事如神，我们早就丧命了。现在她还双手使刀吗？"

小菊笑道："四爷真的记岔了，奴婢的师父是用剑的。"

老四拍了拍自己的头："是啊，国事繁多，有些真记不得了。你这样一说，倒真是的，菊言师父的剑术出神入化，我还曾经讨教过几招呢。"

小菊叹口气："只可惜我师父是左手剑，右手上的功夫毕竟有限的。常人学起来，未必能得进益。"

四弟点了点头，含笑看我。我知道这意味着小菊的身份认定了，确是官方人士。

老四笑问："小菊姑娘这些日子辛苦了，故人到来，小王竟一直不知，怠慢了。你师父在哪里？"

"三年前已不幸殉职了。"小菊黯然神伤。

老四闻言，唏嘘不已。

我心中五味杂陈，看老四的样子，小菊真的是我方人士，那么久以来我岂不一直都是敌我不分？

老马冷眼旁观，直到见小菊的话已告一段落，才面对我和四弟，慢条斯理地开了口："老臣记得当日苏麻喇姑遗言，是要收回剩下的四块金牌。菊言既然去世，金牌应当上缴，怎会滞留在一个小丫头的手中？"言下之意，小菊可疑。

一席话将所有人的目光都转移到了小菊的身上。

小菊黯然："老爷说得一点都不错。当初师父去世时，也曾有遗命要奴婢回京上交金牌。可是在进京的路上遇到了一件奇事，奴婢就被耽搁了。"

十四弟脱口问："什么奇事，是与清华相关的吗？"

老四喝道："十四弟……"然而不得不承认，十四弟说出了我们所有人的心里话。

小菊含笑点头："十四爷真说得一点没错呢，正是九格格的事。"她环视了一下大家，再次开始了长篇大论。这丫头口才极好，几乎所有的人都被她的故事吸引住了。

第十四章
小菊的身份

"当年奴婢的师父因为意外病逝在嘉兴的一个小客栈中，临终留下遗言，要奴婢将金牌和剑送回京城，从此奴婢便可以脱离细作生涯，去过普通人的生活。

"奴婢给师父在附近的村子买了一块墓地，自己搭建了草屋，守了三个月的灵。想起自己从小跟着师父，并无其他亲人，师父一走，从此孤苦无依，不禁痛不欲生，倒觉得不如就陪师父在此地过一世罢了，也免得再见世间纷争，徒留烦恼。"说到这里，小菊向我恭了恭身，"王爷，实在对不住，当日奴婢为了取信三福晋编造了一部分身世，说自己是与九格格一起长大的。奴婢实际是从叔叔去世之后就被师父收养了，与九格格并无接触。"我心中苦笑，你以为我会将你当时所言当真么？

小菊又接着往下说："奴婢既然有心在山村里过日出而作、日落而息的生活，便想早早了了师父所托之事，于是挑了一个晴好的日子就上路了。走了几天进了江宁城，投宿兴月隆客栈。刚和小二谈好价钱，店里来了一个熟人。

"说起这个人，四爷也不会陌生，她就是当年在候月园里勾引太子的那个挽薇。当然，她不会认识奴婢，奴婢当初是一个相貌平平的小侍女，不比她众星捧月似的人人认识。而且奴婢比一年前又长高了许多，为了行走方便，更打扮成一个小子的模样，她自是不会注意到敝衣旧履、风尘仆仆的一个脏小子。

"奴婢从小跟着师父，也行走江湖多年，知道她不会无故到此。出于本能奴婢留意了她的房间号。等她回房后奴婢背地里给了掌柜的二两银子，借了一身店小二的衣裳。初时掌柜的不肯借，奴婢说这个女人是奴婢的二妈，在家骗了奴婢爹爹的银子，到这儿会奸夫来了。老板同情我，不仅不为难，反而让其他小二给予方便。

"奴婢守候了大约一个时辰，正在不耐烦之际，来了一个妇人。"

她说到这儿，卖关子一般住了口，其他人倒还好，十四弟心急难耐："这人是谁？"

"黄妈妈。"

虽然短短三个字，却炸得我们心中一惊，老马原本软瘫的身子竟不由自主地坐直了。

小菊见已达到效果，便又接着说下去："奴婢这是第一次见黄妈，并不知道她是谁，只知道她必定也是谪仙帮之人，与挽薇接头来了。于是奴婢假装送水，躲在门口偷听了她们的谈话。

"原来黄妈是来要人的，可挽薇说原定的阿灵生病了，来不了，暂时南京这边又没有合适的人选。黄妈不相信，怒斥挽薇办事不力。

"挽薇非常怕她，战战兢兢地说：'这两年风声本来就紧，江宁又出了几次事，

人员损失实在太大,一时补给不及,并非有意耽误总舵的事情,还请香主回去帮着美言几句。'

"'再紧也不至于紧到一个人也调不出来吧?既然这样,江宁分舵还有存在的必要吗?'黄妈竟是在与人商量似的。挽薇反而更害怕了,满面堆笑:

"'香主息怒,江宁这边非常重视堂主的事,人不是没有,只是觉得都达不到香主的要求,不敢随意推荐。'

"黄妈竟笑了:'你是在批评本香主的要求太高了,是吗?'

"挽薇连忙解释:'不不不,香主误会了。江宁这边,十三四岁、长得俊俏的姑娘不是没有,只是都不会说苏州话,就怕一星半点儿差错,误了总舵的大事。两日前云舵主已派人到苏州调人去了。'

"黄妈妈抱怨道:'既然这样,你们就该给我传个信,我直接到苏州去接人好了,现在时间都耽搁了。'

"挽薇赔着笑:'怎敢让堂主奔波呢?人已在路上,大概明天就能到,也是位能干的姑娘,年纪虽小,竟是一个人从苏州赶来的。'

"黄妈妈听了点点头。

"奴婢不知道她们说的是什么事,但知道仅凭一己之力是斗不过她们的,而眼下又难以寻找帮手。何况见她们的样子分明有什么重大阴谋,便盘算着第二天报告官府,以便一网打尽。

"第二天一大早奴婢溜出客栈,准备到衙门去。刚走了两条巷子就碰到一个半大小子来问路,奴婢一眼就瞧出她是个女的。她的软软的苏州腔引起了奴婢的注意,奴婢想她不会就是挽薇昨天说的那个姑娘吧?便用话套她。

"她很机警,可是奴婢跟着师父多年会她们组织中的暗语,又提出了挽薇和黄妈的名头,这姑娘就上当了。奴婢骗她说自己是来找她的,那个客栈被官府盯上了,挽薇姐不放心,派了奴婢们几个在必经的路上等她。

"这个姑娘虽年纪和奴婢差不多,但看来是第一次一个人出来执行任务,经验不多,没费多少口舌便跟着奴婢走了。奴婢将她骗到一个没人的巷子,结果了她,匆匆处理了尸体,换上她的衣裳,拿上包裹找到了挽薇和黄妈。

"挽薇受黄妈埋怨良多,只求快点交差,看见奴婢犹如救星,又见奴婢拿出来的信物和说的话都对,便嘱咐了奴婢几句,脚不沾地儿地走了。

"黄妈也没有耽搁,当即叫人套上马车出城。一路上她对奴婢盘问不止,想了解奴婢的过去。因为知道她对来人一点也不熟悉,奴婢干脆信口胡编,黄妈没有发现奴婢的破绽。奴婢唯一无法装得像的是苏州话,虽然会一点,但只能骗骗外地人,苏州本地人一听就知道,奴婢骗她说奴婢并不是土生土长的苏州人。黄妈对这一点很不满意,一路痛骂挽薇办事不力,倒没有过多为难奴婢。

第十四章
小菊的身份

　　"奴婢跟黄妈坐了一天车,晚上天黑时,终于到了一个名叫杜家庄的小村子。在这里奴婢第一次见到了阿九,就是现在的清华格格。阿九见了黄妈非常高兴,而黄妈一见她眼神也不似原来那么凌厉了。

　　"'娘娘怎么回来得这么晚?阿九几天都没人说话,闷死了。'阿九一开口便是流利的苏州话。

　　"黄妈摸摸她的头:'给你选丫头去了呀,还给你带了小礼物。'她指指身后车夫拎进来的小箱子。

　　"阿九欢呼了一声,扑了过去。里面是一些小泥人之类的玩艺儿,一看就是廉价货,而阿九欢喜若狂,拿起这个,看看那个,爱个没够。奴婢心想阿九还真是可怜,这些大街上遍地都是的东西,值得如此喜欢么?

　　"黄妈笑着拍拍她:'这些东西等会儿再看吧,你来看看这个丫头你可还喜欢。'

　　"阿九似乎此刻才注意到我,抬头冲奴婢一笑,奴婢只觉得眼前一亮,从来没有见过这么让人看着舒服的姑娘。

　　"'你叫什么名字?'她的声音软软的,非常好听。

　　"奴婢愣了一下:'我叫红月。'这是那个死去的小姑娘的名字。

　　"阿九皱了一下眉:'红月?怎么会有红色的月亮呢?'似乎百思不得其解。

　　"黄妈手扶她的肩柔声道:'你觉得不好,给她另起一个吧。'

　　"'这使得吗?'阿九迟疑着,'名字人家已用了许多年了吧。'

　　"奴婢笑道:'有什么使不得,小姐看怎样就怎样好了。'心里却暗道,这本也不是奴婢的名字,正嫌它不好呢,看阿九这模样,起出来的名字必也是如风花雪月一般美的,心里很是期待。

　　"阿九扶头想了一下,看到奴婢衣角绣的菊花,笑道:'你也爱菊么?我也是啊,不如你就叫小菊吧。'这名字实在不见得有多高明,而且犯了奴婢师父的讳,有心不要,又怕她起疑,只得点头答应了下来,暗中不知叫了多少声师父,请她老人家原谅。

　　"黄妈笑道,'听你的,就叫小菊。时候不早,坐了一天车也累啦,早点歇着吧。'这最后一句话是向奴婢说的。黄妈向车夫做了个手势,车夫出去不一会儿进来一个老妪,黄妈对我说,'你跟着杜娘娘去休息吧。'说完再没心思理我,回头柔声细语地和阿九谈着话。

　　"奴婢这一天也确实累了。杜娘娘将奴婢带到后面的一间屋子里,这屋子不算小,布置虽然简陋,但床上的铺盖都是新的。杜娘娘从头到尾一句话也不说,奴婢开始还有说话的兴趣,问了几句之后见她总不理人,便也不想说了,索性上床睡觉,杜娘娘见我脸也不洗,脚也不烫,笑着摇摇头出去了。而奴婢一躺上柔软的床,觉得浑身都软了,没一会儿就进入了梦乡。

"第二天奴婢是被琴声叫醒的,眼睛一睁,天已大亮。推开窗户,阿九穿了一袭淡粉色的衣裳,坐在树下练琴。

"黄妈在旁边指点着,她的余光看到我,便走了过来,轻声道,'赶紧梳洗好了出来。'语气严厉,没有任何商量的余地。

"奴婢在心里暗自抱怨一句,行动却不敢迟缓。奴婢知道,只有取得她的欢心,才能探知最后的秘密。桌上放了一套干净的衣裳,也不知是何人何时放进来的。奴婢想了想,打开了红月的包袱,却发现除了两套都打有补丁的衣裳,其他什么也没有,这才明白为何黄妈妈要派人送衣裳过来,实在是我今天是没什么可换的,而昨天穿来的那套假小子的衣裳我无论如何也不想再套上身了,破不说,关键是脏得厉害,昨天一脱下我就将它扔得远远的,今天已然不见了踪影。

"穿起衣裳,大小正合适,虽还算新,但显然已经有人穿过了。这时我才一阵后怕,昨晚睡得真死,别说是有人翻了奴婢的东西,就是将奴婢杀了奴婢也不知道。好在在客栈时,奴婢将剑和金牌都藏起来了,要是带到这里,一定早被人发现了。

"奴婢马马虎虎地擦了一把脸,重新打了辫子,走到门外时,阿九的琴也弹好了,正在听黄妈训话。黄妈看到我,示意奴婢先站在一边,依旧将自己要说的话都说完了,才回头看看奴婢:'昨日坐车辛苦,明日必须早起了呢。'阿九也向我点头打招呼。

"黄妈妈递给奴婢一张纸,上面密密麻麻地写满了字。奴婢看了差点没晕过去,这纸上是奴婢每天要学的功课,琴棋书画、吹拉弹唱,无不包括,甚至连如何走路、如何说话、如何吃饭这样日常的生活都作为功课写在纸上,并规定了练习的时间。奴婢不解地看着黄妈妈。

"黄妈妈道:'看明白没有,明白了就照着上面所写的安排自己的生活。'

"'可是,这也太多了。'奴婢低低地说,尽管知道这话会让黄妈妈不高兴。

"黄妈妈倒没有生气,淡淡地说:'阿九比你学的多多了。'这时候远远地杜娘娘招了一下手,黄妈妈向阿九道,'你先练着。'便丢下我们走了过去。

"阿九打量着奴婢:'你穿这件衣裳比我好看多了。'

"奴婢才知道这是阿九的衣裳,便笑道:'多谢啦。其实我也带了几件衣裳来的。'

"'你的那些衣裳吗?'阿九笑了,这笑美得让我差点忘记呼吸,心上又是一道闪电通过的感觉。'都不能穿呢。'她轻轻道,皱了一下眉头,'外面的日子是不是很苦?'

第十四章
小菊的身份

"奴婢含糊地点了一下头,她同情地叹了口气。奴婢生怕她再追问,连忙笑道,'我们每天都学这些吗?'

"'是啊。'阿九低头拨弄琴弦,好听的音符便从她的手指下滑溜出来。

"'可是学这个有什么用?'

"她讶异地看了奴婢一眼:'你来的时候没人跟你说过吗?'

"奴婢心里一跳,好在她正低头抚琴,没有注意到奴婢的脸色,奴婢忙笑道,'当然说过。只是我疑惑的是,你是小姐,学这些也就罢了;我不过是丫头,学这些不是多余吗?'

"阿九笑道:'怎会多余? 世上本无多余的技能。'

"说话间远远看到黄妈妈已向这边走来,奴婢生怕言多必失,不敢再多讲话。黄妈妈心情很不错,待阿九一曲抚完,便夸奖道:'这两日进益不小。'

"'可总还有几个曲子手生弹不好。'阿九叹气。

"黄妈妈抚着她的头:'你也太性急了些。'她抬头看看我,'你都会些什么?'

"奴婢心中暗自盘算了一下,一向跟着师父走东窜西,黄妈妈列的这些东西除了吃饭、走路无一精通,要说拿得出手,也就是还会下棋,这还是因为奴婢的师父喜欢,不得不学的。但我决定不告诉黄妈妈这个,免得她给学习量加码。想到这里,奴婢低声道:'除了认识几个字,其他的一窍不通。'

"黄妈的脸色便有些不大好看,据奴婢猜想定又是在心里将那个挽薇骂了若干遍。黄妈沉吟了一下:'这也罢了,你件件都学些皮毛吧,免得别人问起来你一窍不通,不像阿九小姐身边的丫头。'奴婢闻言一喜,刚想说话,黄妈又道,'给你七天时间,你先将苏州话学会了,必须让苏州人也听不出你是外地的才行。'

"奴婢点头,'可是这里跟谁学呢?'

"黄妈道:'没有人教你。听到我与阿九的对话吗? 我们说,你在旁边听着,自然而然也就会了。'

"奴婢听这话都快晕了。这要学到什么时候才能会?黄妈还不罢休,再加上一句,'第七天我会考你,如若出一点错,就不要吃晚饭了。以后每天我都会考你,只要一句话说错,就一顿别吃饭,两句不对,两顿不吃。'

"奴婢吓了一跳:'那三句话不对,就一天不吃了?'

"黄妈点头,没有多余的解释。阿九笑着安慰我,'你不要担心,学起来很快的。'这话让我觉得心中暖暖的,不由自主地对这个阿九有了好感。"

说到这里,小菊略略停顿了一下,扫视了一眼听得津津有味的我们,叹了口气道:"现在想来,奴婢竟是错的。世人都说人不可貌相,这样一个阿九,其心机之深远胜黄妈,所做之事令人发指,非常人能够想象。"

格格不嫁

　　这番话令老四若有所思地点了点头，老马的脸色十分难看，嘴唇抖了抖，但最终没有出声。老十四却将不高兴立即放到了脸上："阿九做了什么让你这样说？"看那意思，小菊要不说出个子丑寅卯来，他是不会善罢甘休的。

　　我也不知为什么，很不喜欢小菊这样讲。在她也许是为了下面的叙述作铺垫，可我听了却觉得相当反感。

　　小菊将各人的表现看在眼里，轻轻呷了一下嘴，又继续她的故事：

　　"山村的学习生活就此开始了，除了各种技能外，黄妈还为奴婢们编造了无懈可击的身世，这身世是大家每天都要复习的功课，而且黄妈常会出其不意地考奴婢们。练习了一两月之后，奴婢和阿九俨然成了身世中的人，自己的来历反而需要想一想才会说了。阿九就是用这个身世取得了尚书大人的信任，最终成为清华的。

　　"奴婢三人在这里过着与世隔绝的日子，除了那个杜娘娘和当初赶车回来的杜老头，奴婢就再也没有见到过其他人。这两人是一对夫妇，一个主内一个主外，杜娘娘专管大家的吃喝拉撒，而车夫老杜则负责外出采办。相处了两天，奴婢才知道，这两人又聋又哑，可以与他们交流的只有黄妈。

　　"这种情况下，奴婢与阿九都学得很快，而阿九尤其努力。奴婢的心思是早点学完了，可以离开这个鬼地方，而阿九显然不是如此。奴婢看得出来，虽然黄妈妈对奴婢时有训斥，对阿九却疼爱有加，从来也不舍得说一句重话，这当然也与阿九骄人的成绩分不开。

　　"奴婢从来没有见到过像阿九这样的人，显然她是谪仙帮的宝贝，虽然生活在小山村中，粗茶淡饭、荆钗布衣，却如公主一般的高贵，而奴婢也从来没有见过将学习这样枯燥无味的事情当做乐趣的人。

　　"学习之余，她很少与奴婢讲话，这大概是缘于黄妈妈的吩咐，因为刚刚来的两天，她对奴婢还是相当友好的，为奴婢适应新生活提供了不少帮助。阿九不是一个刻板的人，下午常常一个人跑到村子后面喂兔子、看小鸟，有几次奴婢与她遇到，她还笑着打招呼，但也并没有初来时那样的谈心。

　　"有一次，奴婢与她在山后练习礼仪，见左右无人，奴婢便问她为何要学得这么刻苦，琴棋书画只要略懂一些就行了，不需要门门精通的。她很惊奇地看着我，许久才说：'花的美丽稍纵即逝，而花的香味却能叫人回味深长。'说完这句之后，她便起身走了，以后也再未对奴婢说过之类的话。

　　"每隔十天左右黄妈就会放奴婢一次假，随奴婢做什么，但不许出自己的房间。后来才知道，奴婢放假的日子，黄妈和阿九就会消失一整天，这时候就会有一位名叫如水的妇人来陪奴婢，黄妈妈叫她小水，阿九则叫她水娘娘。

　　"水娘娘脾气很好，也很健谈，但一涉及谪仙帮和黄妈、阿九之事便三缄其

第十四章
小菊的身份

口,怎么问也不回答。奴婢初时还想从她身上打开缺口,探听黄妈妈和阿九的去向,但试了几次无果,便也罢了。

"如水对奴婢的看管没有黄妈妈要求的严厉,她很好说话,允许奴婢一个人在村子里转悠,但不许跑远。利用这样的机会,奴婢曾经跟踪过几次,不过都没结果。

"每次出门回来之后,阿九的神色都似乎很黯然,黄妈妈也唉声叹气,阿九的功课做得更勤了,有时竟通宵达旦。

"这样的生活持续了半年多,填鸭式的训练虽然辛苦,但成效显著,奴婢自己都觉得像变了一个人,说话是软软的苏州腔,才学也有了长足进步,虽然还没到出口成章的地步,可随口吟两首对景的唐诗、宋词是一点问题都没有。至于个人的身世,我们早已将黄妈编的那一套当成了真的。

"黄妈出门也越来越频繁,有时带阿九,但更多的时候不带,出门的天数也从一天,渐渐变成了两天、三天,最长的一次是五天。阿九在家坐立不安,除了练习功课,就是发呆,跟她说话,也心不在焉,往往答了上句没下句的。

"黄妈每次回来之后,和阿九两人必定要躲进房里谈半天话。奴婢偷听了两次,不仅什么都没有听到,反而被杜娘娘发现了,告诉了黄妈。黄妈虽然没说什么,但做事更加避开奴婢了。奴婢不敢再轻举妄动,深怕功亏一篑,误了大事。

"过年前,黄妈妈亲手给阿九和奴婢一人做了一身新衣裳。这个年过得既安静又快乐,我们难得不需要做功课,反而有些不适应。黄妈妈也少有的和蔼,饭后常和大家一起说笑,猜灯谜、猜枚子,输了的人被打手心。这样舒适的日子,让人差点忘了还有山村外面的事。

"正月末过,黄妈便又出门了,这一次她只走了一天,第二天便回来了,带回了一箱子衣物首饰。奴婢曾在不少达官贵人家待过,一看就知道这些物件价值不菲,非普通富户所能拥有。黄妈一回家就迫不及待地给阿九装扮起来。佛靠金装,人靠衣装,这句话是说得一点也没错的,阿九穿戴之后,宛如仙子下凡,越发美得动人心魄,高贵得令人不敢直视,黄妈非常满意。

"黄妈也带回了给奴婢穿的衣物,虽是丫环的服饰,但显然不是普通人家的丫头能够穿的,首饰也均是真金白银,一般中产之家还不会有。

"奴婢知道执行任务的日子到了,只是不知是什么任务,又不敢随便乱问。黄妈让我们穿着别脱,细细体验上半天,免得出去后像穿着别人的衣裳那样不自在,让人看出破绽来。

"第二天天还没亮,老杜就开始套车。奴婢和阿九也被早早地叫了起来。

"吃早饭时,杜娘娘的眼睛就没离开过阿九。桌上都是阿九爱吃的东西,杜娘娘不断地将这些东西挟到阿九的碗中,尽管阿九一直在说够了够了,但杜娘娘的筷子就是不停。最后阿九吃得都快吐出来了,早饭才算结束。这拼命吃下去的东西令阿九一路上受够了罪,吐了好几次,胃也痛了一天。

"杜娘娘将我们送到村口,拉着阿九的手久久不想松开,临行竟偷偷洒下了眼泪,仿似阿九这一去就不会再回来一样。

"车刚上路没多久,奴婢就认出这是回江宁的路。

"江宁这边已派了人在等着我们,这个人奴婢不认识,听黄妈叫她阿月,后来阿九偷偷告诉我,阿月的全名叫月如。月如与黄妈似乎很熟,黄妈对她也不像对挽薇那样,两个人有说有笑的,十分亲热。

"月如看阿九的眼神犹如黄妈一样,疼爱有加。阿九对她也很好,她们给人的感觉像一家人。

"住宿的地方还是上次的兴月隆。安顿下来之后,我们都呆在黄妈妈的房间里聊天。

"月如见四下没外人,便对黄妈大倒苦水,说日子越来越难过了,能用的人越来越少,经费也非常不足,上头只知道压着下面的人办事,根本不管她们的难处。

"黄妈听了笑笑,让她不要着急,说如果这一次进京能达到目的,就什么都解决了。

"月如显得很惊讶,说这次是真的就要去了么?她有些不舍地看了看阿九。黄妈妈笑道,一切还要等上头决定,能不能成行还在两说呢。

"可惜黄妈妈说完这句之后便再也不说有关的话了,只与月如叙旧,说的大都是怀念故人之类的话题。从谈话中奴婢听出,月如以前长期和黄妈的妹妹一起执行任务。

"晚上奴婢与阿九同住一间屋子。奴婢想等她睡着了,去取上次藏的金牌和宝剑,因为看这情景,以后再到江宁的可能性似乎不大。而且这么久未查看,奴婢实在不放心。但阿九因胃疼,一直翻来覆去地睡不着。奴婢等到三更以后,实在撑不住,便就睡了。第二天睁开眼,天已大亮,阿九正对着奴婢笑:'你睡觉还真死呢,我都叫了你好几遍了。'

"'是坐车太累了些。'奴婢支吾道,因为冷又往被子里钻了钻。

"阿九轻笑道:'该起床啦,月如刚才就来叫过了,我看你睡得香,就没忍心叫你。'

"正说着话,外面想起敲门的声音:'起来了吗?'是月如。阿九打开门,月如头向里伸了一下,看到床上的我,笑道:'小姐已起来了,丫头倒还睡着,真该要请家法了。'她进来掩上门,'快起来吧,收拾一下,一会儿咱们要换个地方。'

"阿九点点头。奴婢刚想问为什么,忽然想起昨日来的路上黄妈说过,不该问的不要问，便又咽下了已到嘴边的话。只是这样，真的无法再拿金牌和剑了，奴婢心中暗暗焦急。好在，不一会儿奴婢就找到了机会，黄妈叫阿九过去帮忙收拾东西，月如也跟过去。奴婢以迅雷不及掩耳之势飞快地起了床；从后窗中跳出去，跑到藏东西的柴房，从墙中取出东西，打开一看，一切安好，不禁松了口气，想了想，又放回宝剑，只拿回牌子。

"回到屋里，阿九还没回来。奴婢定了定心神，开始慢悠悠地收拾东西。

"新的地方是一个有着五进房子的小院落，是谪仙帮租下来的。据月如说，之所以昨天住客栈，是因为这个院子还没收拾好，不便搬进来。好在，经过一夜突击整理，现在总算能住人了。

"'让你们在小客栈中委屈了一夜，真是不好意思。'月如歉意地说。

"对这话，我嗤之以鼻。江宁的繁华不弱京城，这样的房子一般租给那些临时来宁、又嫌客栈不舒服的达官贵人，装修自是不必说了，里面各式用具也一应俱全，大到家俱摆件，小到碗筷，无不精美奢华，租客可以随时拎包入住，只需带上随身衣物就行了。只是这样的房子租金不菲，都是按日计算的。

"说什么没有来得及准备好，完全是个借口，而且是不高明的借口。因为这样的房子是一天十二个时辰都有人在照应着的，根本无需租房人自己收拾。从谪仙帮的困难程度来看，奴婢更愿意相信，这房子其实一直都未租下，因为我们到达的日期不明，少租一天省一天租金。

"黄妈对月如的话一笑了之。

"黄妈虽然只是香堂的堂主，但威望很高。江宁分舵的云舵主下午专程前来拜访，还带来许多礼物，见面之后更是再三道歉，说准备不周，请多包涵。黄妈妈与她淡淡地客气了几句，其态度还没有对月如热情。云舵主像是热脸贴上冷屁股，奴婢都替她尴尬得慌，而她对此怠慢竟似一点儿也没生气，自说自话地坐了一会子就告辞了。黄妈仅仅起身站了站，脚都没挪一下，云舵主后来是月如送走的。

"在这里，我们开始了真正的体验，大家都进入新角色。阿九的小姐并不需要演，她天生有一种让人仰视的能力，本就是高高在上的主子，只是她暂时还不习惯对黄妈妈发号施令，为这，黄妈第一次对她发了火。黄妈妈成了一位忠心护主的奶妈，恭敬对上，严厉对下，她也无需多演，因她对奴婢我一向严格，只不过现在又多了几个下人让她管理而矣，而这几个人对她来说不过小菜一碟。奴婢虽不是很适应，但因有月如的帮助，进入角色也很快。

"这样又过了十几天之后，黄妈满意了，出了一天门。

"第二天我们按照设定好的身份，穿上当初黄妈带回家的衣饰坐上了马车。马车也不是老杜赶的又旧又破的那一辆了，而是大户人家常用的绸缎装饰的新

格格不嫁

车子,坐进去既宽敞又舒服。老杜也换了新的行头,一看就是有钱人家出来的。月如带领着奴婢们,坐了有两个时辰的车,到了一处大宅子的内院。

"月如向黄妈妈笑道:'我只能送到这里了。'

"黄妈妈点头,招呼着大家下车,她的一言一行无不切合奶妈的身份。

"奴婢有一些紧张,皆因知道在这里,奴婢将会见到这个组织的最高首领。奴婢不知道她的名字,只知道大家都叫她姨妈。

"当年跟着师父曾多次听说过这位总舵主,可是连师父也未见过,一直成为她老人家临终的一件憾事。没想到奴婢今日竟能如此幸运。而奴婢更加激动的是,既然来到总舵,一定会见到那位闻名已久的观音了吧?她的名声比起总舵主是有过之无不及的,不仅貌倾天下,而且能力过人,是师父神交已久的对象。

第十五章

谪仙帮主

　　"这里是谪仙帮江宁分舵所在,院子幽雅清静,花草错落有致,与其说是黑帮老窝,不如说是哪位才子读书养性的别院。总舵主莅临分舵,亲自看望既将出行的我们,奴婢越加觉得此次任务非同寻常。

　　"有人替代月如给我们引路。一路上不断有人与黄妈打招呼,黄妈有报以微笑的,也有当没看见的,但都没有停下来说话。走过两进房,最终我们到达了一个小小的院落。门口有人正伸长了脖子在看,一见我们不禁喜笑颜开,连走几步上来迎接。

　　"黄妈少有这样热情,上前拉住她的手摇了两摇:'音袖,你怎么在这里?'

　　"来人低声道:'我现在调到姨妈身边了。'她示意了一下内院,伸出三个手指。

　　"黄妈声音也压得低低的,却难掩饰其中的喜悦:'又做后护法了?'

　　"音袖频频点头:'听说你要来,一大早就在这里等你,脖子都抻酸了。'

　　"'这是我的不是,劳音大护法久等了。'黄妈向她一伸手,'哪儿呢?我来帮你揉揉。'

　　"音袖笑着一让:'哪敢劳动李香主呀!'她看看跟在黄妈身后的奴婢和阿九,眼光自然又被阿九吸引过去了,'这个一定是……和她娘真是像呢。'

　　"'可不是么。这一次有你照应,我就放心多了!'黄妈向奴婢与阿九两个示意,'来见过音袖姨妈。'

　　"音袖笑笑:'今儿心情好着呢,本就不用担心的。'

　　"大家不再废话,举步向里走去。

　　"姨妈是个五十多岁的贵妇,一脸慈祥,说话很和气。奴婢的紧张在她的微笑中化为乌有,同时也不禁失望,难道名倾天下的谪仙帮总舵主就是这样的?

　　"然而很快奴婢就发现自己错了,黄妈妈对她非常恭敬,这不是普通的情感上的敬仰,更多的像是敬畏。在她面前,黄妈妈甚至连个座位也没有。

　　"与姨妈在一起的,还有两个中年妇人,看年纪与黄妈差不多,笔直地站在姨妈后面,见我们进来,只敢微微示意,算是与黄妈打个招呼,连微笑也不敢露。而刚才还笑语吟吟的音袖,此刻也面沉如水,将我们带进来之后,便往姨妈身后一站,与那两个妇人的表情没什么区别。

"'不容易啊,小莲。'姨妈仔仔细细地打量了我们一番,然后对黄妈说。这称呼差点让奴婢笑出声来,黄妈妈偌大的年纪,想不到还会有人以小称之。

"黄妈妈丝毫也没觉得此称呼有何不妥,毕恭毕敬地问:'您看还有需要改进的地方吗?'

"姨妈面露微笑:'你办事我还会不满意吗?'她向阿九招手,阿九走了过去。姨妈伸手抚了一下阿九的脸,向着黄妈妈点头:'果然颇有阿兰当年的风范,只是不知道是否如我的阿兰那样多才多艺?'

"阿九稍稍后退了一步,沉默不语。黄妈妈陪笑道:'阿兰是您老人家亲手栽培的,大约谁也训练不出第二个阿兰了。只是这丫头颇有天赋,学得也还算刻苦。虽不能说件件技艺精通,也有一两样能拿得出手了。'

"这马屁拍得正好,姨妈听得十分开心:'世有千里马,然后才有伯乐。你能亲手培养这个丫头,也算有福了。'奴婢不禁好奇,阿九已是奴婢平生所见最聪慧秀美的女孩子了,难道还有人比阿九更出众吗?这个阿兰到底是谁?会不会是传说中的观音?

"姨妈拉着阿九的手:'这情景又似回到了二十年前了呢。'这话说得有些伤感。

"音袖连忙笑道:'让这丫头给您展示一下,解解闷儿?'

"'我哪有闷可言,烦都要烦死了。'姨妈话是这样说,脸上却有等着欣赏之意。

"音袖拍了拍手,几个人无声无息地抬了琴、桌、凳进来,以最快的速度摆放好后,又无声无息地退了出去。奴婢一见,大为惊讶,这琴是阿九在杜家村时用的,可我们上路之时并未带着它,是谁拿来的呢?

"阿九后退两步,一甩帕子,行了一个标准的屈膝礼:'阿九献丑了。'

"这首曲子是迄今为止奴婢听过的阿九弹得最好的曲子,可一曲弹罢,姨妈脸上并无惊喜,只淡淡地说:'也还算好。'显然她并不是十分满意。'你看呢?'这话是向站在她右手的音袖说的。

"音袖陪笑道:'依属下看来,也算不错啦。您不能老拿兰妹的标准来衡量别人,别人哪能达到?何况莲妹也没有您老人家调教人的本事,这丫头要是您亲自调教,肯定比现在不知要强到哪里去了。'

"姨妈被说得眉开眼笑,她还真是喜欢听人拍马屁。'能有阿兰的七分了吧?小莲辛苦啦。'最后一句算是对黄妈妈的肯定。

第十五章
谪仙帮主

"黄妈连忙躬身笑道:'姨妈过奖了,也就四五分的意思。属下向来音律上有限,又不太会教。'

"姨妈笑道:'罢了,你又这样过谦,阿九丫头会以为自己真的技不如人,该没有信心了。'奴婢真是不明白,她既然怕打击阿九,又何必像刚才那样说?让大家又夸了一通阿兰的好处,实则是在变相拍她的马屁。

"姨妈安慰黄妈:'阿九此去原与阿兰当年不同,又有你在旁边帮衬着,这样也算够了。小莲你也不必难过,她虽不如阿兰,可只怕整个京城还找不出这样色艺双绝的丫头。'

"黄妈妈低头答了一个是。姨妈指着我向她道:'这个丫头就是小云找给你的吗?'

"黄妈笑道:'正是。'她将奴婢向前推了推,'您瞧这丫头怎样?'

"姨妈看了奴婢一眼:'小模样儿还不错。'

"'人也还聪明;该学的都学会了。'黄妈笑着补了一句。

"姨妈点头叹道:'美主慧婢,原该如此。你叫什么名字?'最后一句是向奴婢说的。

"奴婢正听她们对话,没想到还有自己的事,仓促之间急忙答道:'小菊。'竟忘记了黄妈的吩咐,既没有行屈膝礼,也没有对姨妈用尊称。黄妈有些不高兴,暗自扫了奴婢一眼。

"姨妈已看到了她的眼色,淡淡道:'算啦,汉人原也不讲究这些,到了京城再慢慢适应吧。'她的嘴角露出一丝不易觉察的笑意,'小莲,此去你要辛苦了。'她陡然正色道:'不过,办成了这件事,你便是帮中的大功臣。我原也答应了你,只要这件事办成,以后我的位置就是你的。'

"黄妈垂首道:'多谢姨妈。'

"'这次去只许成功,不许失败。'姨妈沉声道,有不可抵抗的威严。

"黄妈更加恭敬:'属下知道。属下家人犯的错,原本还得属下家人自己弥补。'

"姨妈点头:'知道就好。你放心,我会照顾好她的,只要你们一回来,她便又是帮中一人之下、万人之上的左护法。'

"黄妈低声答道:'属下谢姨妈恩典。'

"'你道我这样做心里就好受吗?'姨妈低声说。她起身离座,音袖想上前扶她,她摇手拒绝了,径自走到黄妈身边,面容越加慈祥可亲,'你们姐妹是我最爱的两个丫头,期望也一直最高。换第二个人犯那么大的错,早死千百遍了,可她呢,我却一直留在身边重用,当然她也争气,这些年帮了我不少忙。我年纪大了,等你回来也该将这交椅让出来了。'她又一次对黄妈许下承诺。

191·

格格不嫁

"黄妈惶恐道：'属下不敢妄想。何况帮中没有您老人家坐镇，如何还能走下去？'

"姨妈苦笑：'你就别安慰我啦，我知道这些年帮中对我怨言颇多，可是到底巧妇难为无米之炊，现在看来，兰丫头倒有先见之明。我年纪也大了，早该让贤啦。你受阿兰拖累，至今职位只是一名堂主，心中一定没有少埋怨我吧？'

"黄妈低声道：'属下不敢。'

"'我知道你这孩子一向不争名利，职位虽低，帮中口碑却甚好。我真是累啦！'姨妈面露疲惫之色。

"黄妈正想出言劝解，这时，进来一个中年妇人，径直走到姨妈身边耳语了几句。姨妈笑道：'既是这样，你便带她们去。'

"妇人感激涕零：'多谢姨妈的恩典。'说毕，向黄妈和阿九使了个眼色，三人躬身退了下去。

"奴婢见势也要一起告退，姨妈笑道：'她们有事，你就不必去了。'

"奴婢低声答了个是，心中疑窦丛生，又不敢多问。

"姨妈手扶着头：'年岁大了，坐了一会便觉得累。'奴婢迟疑着不敢说话。她转脸叫道，'阿绿。'三个护法中的蓝衣妇人应声而出。姨妈笑道：'你带……'她显然忘记了奴婢的名字，奴婢连忙躬身道：'奴婢小菊。'姨妈呵呵一笑，'在我这里不用自称奴婢的。'奴婢不禁红了脸，低声道：'属下……'蓝衣妇人向奴婢摇了摇手，奴婢生生咽下了后面的话。姨妈笑道：'阿绿，你带小菊下去歇会儿，吃点点心。等着她们一起回去。'

"阿绿点头称是。姨妈不再看我们，在音袖和另一个护法的陪同下向后面去了。

"阿绿领着奴婢穿门过户，来到一个房间。

"'这是我的住处。'阿绿解释道，'江宁分舵不大，一下子来了这么多人，到处都住满了，只能委屈你先在我这里歇息一下了。'

"如果奴婢猜得不错，她的身份一定也是什么三大护法之一，竟然对奴婢用这样客气的口吻说话，实在令人意外。奴婢赶紧换上受宠若惊的表情，躬身道：'您太客气了，属下不敢当呢。'

"她笑着拍拍我的肩：'红月，你不要紧张，我与你姑姑宁息是最好的朋友，原本就该照应你的。'

"这句话却让奴婢真的紧张起来了，她知道红月这个名字，还说起什么姑姑。如果叫宁息的这个人就在这里，那奴婢的假身份不是要立刻被揭穿了吗？奴婢一下子呆住了。

"'怎么,难道你已经知道了?'大约是奴婢的表情太过奇怪,阿绿问道。

"奴婢定定地看着她:'知道什么?'这只是下意识的回答,却不知会有什么样的后果。但话既出口,就收不回来了,只盼不要捅漏子。

"'你姑姑前几日在扬州殉职了。'她悲痛地说。

"这真是个令人高兴的消息,奴婢差点笑出声来,情急之中不得不狠狠地掐了自己一把,才勉强变笑为哭,挤出了一滴眼泪:'不可能。'

"'但这就是真的呢!'阿绿叹气道。

"奴婢又掐了自己一把,用悲痛的声音说:'原来前两日奴婢做的梦是真的。'索性坐下,趴在桌上哭了起来。真的要感谢黄妈这些日子对奴婢的锻炼,否则奴婢是怎么也不可能演得如此逼真的。

"阿绿情不自禁地将奴婢揽在怀中:'可怜的孩子。难怪你姑姑一直说,你与她最有默契了,原来前几日你就做梦梦到她了。'居然这么巧的是,奴婢随口掐出的日子竟真是那个宁息殉职的日子,阿绿更加信任我了。

"'到底我姑姑是怎么死的?'奴婢哽咽着问。

"'别提了。'她又叹了一口气。

"据阿绿说,这个宁息是她最好的朋友,多次一起执行任务,感情比亲姐妹还好。姑姑前些日子被总舵主派去扬州执行任务,临行前再三请她照顾奴婢,还说回来后姑侄可以见个面,好好叙谈一下,却没想到一去不返,一缕芳魂留在了异乡。

"奴婢心里暗叫侥幸,这真是苍天保佑,一场大祸就这样消于无形。

"阿绿疼爱地抚着奴婢的头:'节哀顺变吧,孩子。'她自己的眼泪却落了下来,奴婢不得不与她抱在一起哭了一场才罢。哭过之后,她的心情好了一些,拉着奴婢的手道:'你比你姑姑给我讲的还要出色,难怪她会向总舵主推荐你了。'

"这又是一句令奴婢惊讶的话。难道,奴婢竟是姨妈亲自选派的,那她为何要瞒着黄妈和阿九呢?背后还有什么秘密不成?

"'你可千万不要告诉阿莲宁息是你的姑姑,知道吗?她与你姑姑一向不和,如若知道了你们的关系,你的日子就不好过了,她那个人是睚眦必报的。'阿绿嘱咐道。

"奴婢乖巧地顺着她的语气答道:'多谢姑姑提醒。宁息姑姑以前就嘱咐过属下,不要随便告诉别人属下与她的关系。'

"'这就好。你应当还不知道这一次的任务吧?'

"奴婢点点头,阿绿冷笑:'我就知道阿莲不会这么早将底露给你的,当然这也是本帮的机密,知道的人越少越好。只是你也是要参与其中的,有些事她也该早点告诉你啊。'言外之意,黄妈不信任奴婢。

格格不嫁

"奴婢舒了口气,看起来这个阿绿与那个宁息姑姑的关系不是一般好,因为爱屋及乌,连带对奴婢都十分信任起来,奴婢正好从她这里探听一些消息。

"其实奴婢的这些小心眼都白使了,阿绿本来就是来给奴婢布置任务的,只是这任务实在叫奴婢大吃一惊,而奴婢要在其中担任的角色也令人一点儿也想不到,所以在阿绿说完之后,奴婢又忍不住问她:

"'绿姑姑,您是说阿九是兵部尚书的女儿?我们此行的目的是陪她到尚书府认祖归宗?'

"阿绿笑道:'这有什么不能相信的?阿九与生俱来的高贵,一看就是个官家小姐。'

"'那她怎么会流落到咱们帮中的?'

"阿绿的回答更令人吃惊:'她的母亲将她带回来的。'

"'她的母亲?难道也是帮中之人?'这更让奴婢百思不得其解了。

"众所周知,谪仙帮中有规定,凡是在执行任务中生下的儿女都必须要杀死,绝不允许带回帮中,违者斩立决。之所以这样做,是因为这些孩子的父亲大都非富即贵,杀死孩子,一方面是斩断大家的后路,免得大家心生二意,另一方面也是怕这些孩子长大后知道了自己的身世,背叛本帮。阿九的母亲是谁,居然敢这样公然违背帮规?

"阿绿很有耐心地解释:'这说来话就长了。你道阿九的母亲是谁?'

"这正是奴婢想要知道的,她这样一反问,奴婢心下顿时恍然大悟:'难道,就是大家口中的阿兰?'

"阿绿赞许地点头:'聪明。'她拉过一张凳子,坐在奴婢身边,讲起了这位大名鼎鼎的阿兰。

"阿兰对外使用的全名是李玉兰,她是姨妈最得意的门徒,从十二岁开始就能独立承担任务,并且所有任务都完成得十分出色。她为人狠,做事下得了决断,在承担第二次任务时就杀死了一个年纪是她三倍的男人,令所有人刮目相看。而她以后的建树,更是别人望尘莫及。

"她二十二岁时,在姨妈的力荐下开始担任北京分舵的舵主,用不到三年的时间让原本濒临绝境的北京分舵重现生机,一跃起成为最大最富有的分舵。最鼎盛时期,京城每条街道都有她开设的店铺,许多达官贵人成了店里的常客,这些店铺不仅取得了惊人的信息,其创造的财富支撑起了组织在整个华北地区的开销。她在京城买下多处产业,建立起前人不敢想象的地下交通网,这些密室、暗道一次又一次救了组织中的成员。当然掌握全部信息的只有玉兰本人,她深知保守秘密的关键是知道秘密的人越少越好。迄今为止,帮中再无人创造出玉兰这样的辉煌,她也因此受到了当时总舵主的无数次夸奖。而她的恩师,时任帮中副总舵

第十五章
谪仙帮主

主的姨妈，更是四次亲临分舵看望这位爱徒。

"听到这里，奴婢忍不住插口问：'难道连观音也比不上她么？'

"阿绿一笑：'观音？'她的神色有些古怪，'谁知道呢，谁也没有对她们做过比较。'她接着给奴婢讲玉兰的故事。

"帮中所有人都认为，如果不出意外，像玉兰这样既有能力又有背景的将来必定会坐上总舵主的宝座。可谁也没想到，这样一个女人会败在孩子的身上。

"为了便于活动，玉兰将自己嫁给了一个比她大几十岁的老头子，时任户部侍中的马尔汉，做了外室。尽管年纪有差距，可阿兰也抗不过自然规律，她有了孩子。这个孩子拨动了玉兰心底所有的柔情，也令她开始有了私心。她明白，总有一天她会离开京城，为了保住孩子的命，她必须早作打算。

"玉兰要么不出手，一出手就是大手笔，令所有人瞠目结舌。玉兰竟然亲手将秘道画成图，将此图与大量财宝藏匿在了一个谁也不知道的地方，然后带着孩子出逃了。出逃之前，她居然还先清洗了北京分舵，几乎知道秘道的人员都没逃过她的毒手。她亲手创造起来的北京分舵几乎被她完全毁了。这不算，她还轻轻巧巧地杀死了前去监督她的帮中两大高手，为自己顺利出逃扫清障碍。

"此讯传到总舵时，她已出逃多日了，帮内上上下下无不闻之变色。姨妈急忙赶到总舵向舵主请罪，毕竟玉兰是她一手调教的，分舵舵主的位置也是出于她的举荐，现在玉兰犯下这么大的错，她有不可推卸的责任。总舵主震怒，发誓要倾全帮之力找回玉兰，将她千刀万剐，以解心头之恨。姨妈竭力劝说，以人头作保，说玉兰会在一月之内回到总舵，这才免去了帮中这一大难。

"姨妈真的非常了解玉兰。果然不过二十多天玉兰就回来了，一起回来的还有当时跟她去的两个丫头月如、水如，以及她的孩子，大家都叫她阿九。玉兰的聪慧非常人可比，她知道要想给阿九安定的生活只能回到组织。

"总舵主当然暴怒，但玉兰藏下的王牌也确实令她心动，想想看，遍布京城的产业、秘道和足以买下几座城池的财宝，这对处境越来越困难的谪仙帮该是多大的诱惑？

"阿兰还嫌不够，又提出了一个更加让人心动的理由，阿九十三岁之后因为她的出身可以参加选秀，以马尔汉的家族地位加上阿九的容貌嫁给皇族不是难事，甚至有可能成为未来的太子妃。

"这个条件实在太诱人了。阿九虽然年龄尚小，但小模样看得出来是个美人胚子。如果阿九成了太子妃，运气好一些再诞下一位太子的话，那大清的天下不就到了谪仙帮的手中了吗？还有必要再这样打打杀杀、提心吊胆地过日子吗？就算她无法诞下太子，可毕竟也已深入到了内庭，所掌握的信息亦非常人可以想象的。谪仙帮扬眉吐气的日子也指日可待了。

"玉兰因此不仅无过,反而有功,在姨妈的运作下,玉兰成了四大护法之一的左护法,位列四大护法之首。地位虽高,玉兰心里也明白,她已不可能再得到以往的那种信任了,其实她已被限定在总舵,行动没了自由。

"阿九并未能够如愿留在玉兰的身边,但为了让玉兰放心,姨妈出面将玉莲,玉兰的亲姐姐紧急调回,专门调教阿九。姨妈知道,只有金玉外表是不行的,女孩子最重要的还是有内涵。玉兰的计划虽然诱人,但真正实施起来可不像说说那么容易。玉莲也是姨妈亲手调教出来的,天资虽不如玉兰,但与帮中其他人相比也算是佼佼者。更重要的是,玉莲做事相当谨慎,在姨妈的心中,她原要比玉兰更可靠一些,而且只有她玉兰才肯放心地交出女儿。其实在杜家村中每隔一段时间,黄妈和阿九就会消失,并不是为了别的,就是去看望玉兰。

"玉兰在总舵一待若干年,其间姨妈无数次要求玉兰交出北京的财宝和秘道图,均被玉兰以种种理由拒绝了。姨妈虽然也派了很多人马进京查找,无奈玉兰下手太狠,离开前对分舵中的高层进行了大范围的清洗,除了极少数不重要的秘道还有幸存者知道外,其他的根本找不到,更不要说金银财宝了。玉兰表示,除非自己的女儿进京并取得了一定的成就,她是不会把秘密说出来的。因为她要把财富用在刀刃上,而且这些东西是将来阿九晋升的阶梯。

"姨妈太了解玉兰了,知道没有办法,也只得听她,但师徒之间的隔阂却更大了。玉兰不仅不去弥补这种关系,反而认为自己王牌在手,以为姨妈投鼠忌器,更加肆无忌惮。老舵主死后,姨妈如愿坐上了总舵主的宝座,玉兰也进一步得到重用。姨妈虽然忌惮她,但有些事却也不得不倚重她,这让姨妈心中更不舒服。一年前玉兰因一件任务的重大失误,致使帮中损失极大。姨妈忍无可忍,削去了她左护法的职位,要她自己闭关自省。

"黄妈与阿九闻讯,心急如焚,连夜上书要求实施玉兰当年的计划,以求将功补过。

"说到这里,阿绿叹了口气。

"'那后来呢?'奴婢催促道。

"阿绿看着奴婢,笑了笑:'后来?后来你不是都参与进来了吗?'

"奴婢想了想,开口道:'奴婢此去有什么其他任务吗?'

"阿绿叹道:'不愧是宁息极力推荐的人,果然聪明。你这小模样如果只跟在后面去当个小丫头就太可惜了,当然还有其他任务。'

"她起身倒了一杯水,却不并喝,而是荡涤一下杯子,将水倒在门外。奴婢明白她不过是借此到门口看看有无闲杂人等经过,这个人还真是谨慎。可惜她再也想不到,坐在她面前的人根本不是她口中的红月。

第十五章
谪仙帮主

"阿绿倒了水,坐得离奴婢更近一些,说话声也比方才小了好些。

"'你去了,主要任务就是监视她们,一有什么不对,立即将信息传回总舵。

"这真是一件奇异的事,谪仙帮竟然选中一个官方人士去监督她们自己的人,还有比这更好笑的吗?奴婢一时间难以掩饰嘴角的笑意:'可是,她们似乎对奴婢有所防范呢。'

"阿绿浅浅一笑:'防范你原在姨妈她老人家的意料之中。那秘道财宝是她们保住玉兰、保住她们自己的最后一根稻草,自是不会轻易让别人知道。其实,姨妈大人大量,只要她们将这些东西交回便既往不咎了。你去了,任务说简单也简单,只要防着她们别再做手脚就行了。'

"'可属下一个人怎么看得住她们两个人呢?'

"阿绿以为奴婢畏难,笑道:'傻孩子,你怎么会是一个人呢?'

"'难道还有人帮助属下?'奴婢脱口问道。

"她并不正面回答,只是说:'去了,你就知道了。一旦有情况,会有人与你联系。'

"奴婢知道谪仙帮做事一向都是这样遮遮掩掩,喜欢故弄玄虚,而且处于奴婢现在的位置,实在也不方便再问。看起来,姨妈依旧不能完全信任黄妈与阿九,所以才会派出红月这个眼线。

"奴婢知道这次如果坚持下去真的可以取得很辉煌的成功,虽然孤身一人,但好奇和立功心切都让奴婢坚持了下去。摧毁谪仙帮是奴婢师父一生的志愿,既然现在机会送到面前,奴婢是无论如何也不能退缩的。

"想到这里,奴婢立即对阿绿表示了一下对谪仙帮的忠心,阿绿听得频频点头。

"直到下午太阳快落山,阿绿才将奴婢又带到姨妈那里去,尚未进门,音袖便拦住了我们:'姨妈这会子有事,就不用进去啦。'她代替姨妈对奴婢一番嘱咐,只不过是此去辛苦,等着奴婢回来庆功之类的套话。

"说了没有一会儿,黄妈与阿九也来了,音袖又将上述的话讲了一遍,脸上完全是公事公办的神气。黄妈脸上也淡淡的,全然没了今天第一次见面时的亲热。

"嘱咐完毕,黄妈便带着我们顺原路返回。月如和老杜已在院子中等了半天。

"京城之行很顺利,阿九几乎没费事就取得了信任,当然这一方面是玉兰事先安排的结果,另一方面也缘于马大人思女心切。奴婢的打算是一旦发现秘道和财宝便立即报告官府,因为奴婢比约定的交牌时间已晚了半年多了,再晚就可能找不到那个等奴婢交牌的人了。

"为了选秀成功,姨妈和玉兰早就制定了周密的计划,黄妈只需根据情况对计划作具体的调整就行了。一切都很顺利,但财宝和秘道的事黄妈和阿九提也不提,偶然奴婢问起,她们或是不答,或是以时机未到搪塞。

"侯门的日子并不好过,初来之际,阿九处处受刁难,马太太、九姨娘都派人到留春院,名义是照应,实际是监视。但阿九居然化腐朽为神奇,很快取得了绝大数人的喜欢。就连马太太也情不自禁地喜欢上了这个女儿。

"每隔一段日子就会有人与我们联系,有时是奴婢去,有时是黄妈去。每次奴婢接到的指示,都是要监视好黄妈与阿九,防止她们撇开人单独查找到财宝和秘道图。每次都会有玉兰带给阿九的家信,这些家信肯定都经过组织的严格检查,但没有发现秘密。玉兰每次在信中都是要女儿安心,好好完成姨妈交待的任务。每隔一段时间,玉兰就会捎一条自己绣的帕子给阿九,阿九也会捎回一条她绣的帕子。

"长年观察中奴婢终于发现,并不是黄妈和阿九不想拿财宝和秘道图,而是因为马大人将房子卖了,玉兰千算万算,绝算不到马大人会卖了那所她亲手设计、建造的房子。可是拿不到秘道图,就算玉兰自己也很难准确找出每一个机关,更别说从未来过帝都的黄妈和阿九了。阿九也曾提过要马大人买回房子,可现在的房主执意不出让,阿九又不敢过于逼迫父亲,怕引起怀疑,只能作罢。好在婚期将近,她们盘算,只能等婚后阿九自己能够当家作主时,再想办法将房子买回来。

"时间一日日滑过,奴婢心急如焚。曾数次溜出尚书府,到金牌的交接地点等接头的人。可是时间太久了,接头人已然不再出现。奴婢这一下真的没了主张,现在是孤家寡人一个了,接下来该怎么办呢?

"可是这时候奴婢忽然发现自己不受组织的信任了。有数次奴婢去接信时,组织给奴婢的指示都是候命。奴婢不明白自己在哪里露了马脚,又不敢轻举妄动。

"恒亲王妃过寿那天,因为是约定接信的日子,所以只有碧云与奴婢陪着阿九去祝寿。然而这次的信息显然是不同寻常的,黄妈急匆匆地赶来了,奴婢看得出来阿九与黄妈情绪有些失控,可是奴婢也亲眼查看了黄妈带回的东西,与往日没有任何异样。

"过了两天,黄妈忽然来找奴婢。

"'帮中出事了。'她面沉如水。

"奴婢一惊:'黄妈妈,出了什么事?'

"'总舵被毁了。'这几个字她虽是轻轻吐出,可却如同千斤沉重,显然她是考虑了很久才将这个消息告诉奴婢。

"奴婢的心怦怦直跳,辨不清是喜是悲,如果黄妈说的是真的,那奴婢是否可以就此了结此事,将情况报告官府,然后自己一走了之呢?可是,黄妈妈说的是真还是假?

第十五章
谪仙帮主

"奴婢一副悲痛欲绝、惊恐万状的样子:'黄妈妈,那咱们怎么办?'

"'静观其变吧。'她苦笑,"实在不行,咱们也只能将错就错,随着格格去做十三福晋。"

"真没想到她连退路都想好了。

"可是……"

"她摇手不让奴婢说下去:'小姐这几日已悲痛得失去自制,这一次大祸……'她显然是悲伤得说不下去。奴婢陡然明白,一定是玉兰已遇难。可这信息她们是怎么得到的,为何奴婢一点也不知情? 奴婢与她们的消息来源并无不同啊。莫非阿绿曾说过的那个人出现了,但为何不与奴婢联系反而去找黄妈她们?

"像是看出了奴婢的疑问,黄妈低声道:'以后再也不会有信传来啦。'

"奴婢诧异地看着她。她摇头道:'大难来时,大家都作鸟兽散。上次传信就是看在我的老面上,老陈才在原地等着,将帮中出事的信息告诉咱们,让咱们早作准备。这时候想必他已不知到哪里去了。'

"她这算是对奴婢的解释吗?

"黄妈一筹莫展的样子让奴婢也失去了主意,想了半天才问:'那秘道和财宝?'

"'当然还要找下去,但也不急在这一时了,如今风声太紧,咱们的处境实在危急得很。'黄妈肯定地回答,'以后只能靠咱们三个人自己啦。这些日子小姐的心情不好,你要多担待一些,特别是其他人那里还要帮着搪塞一下,知道吗?'

"奴婢点点头,心中却很茫然。难道这秘道和财宝的秘密真的要暂时尘封起来了吗? 那奴婢是去是留?

"阿九的脾气变得古怪了,她一天到晚不愿意见人,话也越来越少。每晚定省回房之后,除了黄妈谁也无法再见到她。这让奴婢有些不安,可主婢名分既定,奴婢又不好强行闯进房中打探,只能去问黄妈。然而每次奴婢问起来,黄妈总是叹气,低声道:'她在屋里给她娘戴孝,怎么可以让他人见到呢,岂不又生是非?'有两次,她甚至将奴婢拉到里屋门口,看阿九缟衣素服坐在桌边垂泪,那模样我见犹怜,不由自主地相信了黄妈的话。

"黄妈又一再地给奴婢打招呼:'她这样是不应当的,咱们现在这个时候更应谨慎才是。可怜她失去了母亲,咱们不好太过苛刻,只能担待一些了。好在有些姑娘出嫁前也是这样情绪异常的,别人问起来咱们也拿这个回答,倒不用担心。'除此之外,她还给奴婢吃定心丸,'咱们三个现在是生死同命,必须共进退,否则一个也逃不掉。只有等风声稍稍平息之后,再作打算。你放心,小菊,到什么时候我们都不会丢下你的。'

格格不嫁

"奴婢此时如食鸡肋,进退两难,既不想前功尽弃,又不想再浪费太多的时间,因为听黄妈的口气,何时再找财宝和秘道图还不能确定。另外,无法联系接受金牌之人,也是奴婢的一块心病。

"正在犹疑之际,变故忽然发生,阿九在进香回来的第二天不见了。那一天奴婢浑浑噩噩,都不知是怎么过来的。

"奴婢相信黄妈一定知道阿九的去向,可是奴婢却无法从她那里打听到任何消息,几乎奴婢才一开口,她不是哭就是反问奴婢应当怎么办,那些个小丫头因见黄妈都没了主意,更加没了分寸,个个都来向奴婢要主意。奴婢被她们弄得束手无策,头都大了。毕竟,论心智、论谋略,奴婢都不是黄妈的对手,唯一的办法就是盯紧了她。奴婢知道,她若也走了,奴婢就真的前功尽弃了。

"可是,姜还是老的辣,奴婢终究未能看住她,因为她另有帮手,这个帮手是我们谁也想不到的。事情过去之后,奴婢再回头想想,才觉得是多么蹊跷。

"碧云在此次事件中异常活跃。她一向与奴婢并不十分融洽,虽然平时也姐姐妹妹地叫着,但关系一直保持在口头要好的阶段。自从阿九失踪后,她忽然与奴婢亲近起来,三天两头往奴婢屋里跑,哭诉自己的委屈和不幸,痛陈她在此次事件中是多么无辜,希望奴婢能够帮助她。奴婢一直以为她是怕老爷责怪,所以想要奴婢为她美言几句,倒也没有怀疑她是别有用心的。

"黄妈离开尚书府的前一天,碧云一直在奴婢房中待到二更时分才走,第二天天不亮便又来了,还是眼泪涟涟的。奴婢一时心软,陪着她说了近两个时辰的话。心还未谈完,便有小丫头来报说,四处找不到黄妈妈。当时碧云一顿臭骂将小丫头迂走了,这令奴婢十分诧异。碧云虽然是太太的心腹,但平日脾气却好得很,从没一句重话对人,今天这是怎么了?许是奴婢的样子提醒了她,她勉强一笑:'心里烦得很,这些丫头还来烦人。黄妈又不是小孩子,怎么会不见了呢?大惊小怪。'

"她说得轻轻巧巧的,然而奴婢却开始不安,提醒她道:'碧云,既然她们来告诉你了,还是找一找吧。'

"'没事。'她肯定地说,又给奴婢讲起了她的烦心事。可是现在奴婢哪儿还有心思听?勉强按捺住性子,过了一会又有小丫头过来,说诚亲王来了,老爷要找黄妈,可是黄妈不在屋里。

"碧云不耐烦道:'知道了,你先去吧,老爷那儿一会儿我去回。'

"奴婢心里像有十八只猫爪在挠着:'碧云,黄妈可能真的已走了,你不打算赶紧将此事告诉老爷和太太吗?'

"她定定地看着奴婢,忽然笑了:'走都走了,告诉还有用吗?'

"奴婢一惊,她这是什么意思?

第十五章
谪仙帮主

"直到此刻,奴婢才开始怀疑碧云。

"想起事情的来龙去脉,碧云真的值得怀疑。格格失踪那天,碧云全程陪同,许多内情都只有她一个人知道。她说那天晚上与奴婢一起值夜不假,但奴婢实在是被她硬拉过来的,虽然曾听到里屋的声响,却并未能见到格格本人。确切的说,是自从格格进香回来之后就未曾见到过她。如果碧云说了谎,格格根本就没有回来呢? 一个念头忽然从心中冒了出来。因为碧云的特殊身份,大家忽视了她做同谋的可能性。事实上,她就是阿绿口中那个早已布下的棋子,也是谪仙帮的人。

"奴婢看着碧云,碧云也看着奴婢。

"'黄妈的事我必须要向老爷汇报。'奴婢站了起来。

"碧云依旧稳稳当当地坐着,嘴角露出一丝微笑:'你去嘛。'

"她这种无所谓的态度,让奴婢捉摸不透。

"'你不担心我去向老爷说些什么? '

"'你能说些什么? '她似笑非笑。

"她在轻视我! 奴婢不由自主地想到,这种不屑激起了奴婢的怒火,索性将心中所想的挑明了说出来,'我已经知道了你的身份,现在就去告诉老爷。'

"她依旧一脸的不在乎:'你知道了什么? '淡漠得像是在听说别人的事情。

"'你是谪仙帮的。'奴婢一字一顿。

"她注视着我:'那又怎样? '

"她居然这么容易就承认了,奴婢一阵心跳加速:'我要去告诉老爷! 你知道,老爷要知道你是反清组织的,会做些什么吗? '

"她坐在那里依旧动也未动:'你去吧,最好告诉老爷他的女儿也是谪仙帮的。'

"奴婢一愣,随即说道:'奴婢当然会说。'

"她像是听到了什么好笑的事,竟鼓起掌来:'好呀,从来没见过谁去赴死还如此积极的。'

"奴婢不禁愕然:'你这是什么意思? '

"'小菊姑娘的身份是什么? '她慢悠悠地反问。

"此话问得奴婢一愣,差点脱口说出自己是官府之人。奴婢咽了一口唾沫,定了定心神:'反正我和你不一样。'

"她走过来,扶着奴婢的肩膀:'是吗? '一副原来如此的神情,'自然咱们是不一样的,要不然也不会将你撇到一边儿去呀。'她凑近我,耳语道,'只是有些话还是劝你三思后再讲出去。格格若是谪仙帮的,你认为别人会认为咱俩谁是谪仙帮的? '

"奴婢愣愣地看着她,这个女人真是不容小觑呢。可是细想起来,她说得也不是没有道理,谁会相信她与阿九、黄妈是一伙的呢?众所周知,她是太太派到阿九身边的眼线,而阿九的行踪她也确实没少向太太汇报,为此,老爷还曾与太太大吵过几次。老爷是信任奴婢的,可是如果奴婢告诉他阿九是谪仙帮中人,老爷还会信任奴婢吗?奴婢是官府中人不假,但缺少让人信的证物,只除了那块金牌,马尚书会认识这块金牌吗?奴婢没有把握。

"奴婢的犹疑没有瞒过碧云的眼睛,她笑道:'妹妹,你歇歇吧,姐姐就不打扰了。有些事你是得好好想想呢,不要乱了分寸。黄妈这一走,八成三王爷又要将咱们叫去问话了,你最好想想怎样回答才能保佑自己平安吧。'她甜美地笑了,奴婢却气得恨不得将她杀了。

"她并不理会我的怒气,不慌不忙地迈步出门,忽然回头,大声道:'我想,我要再去看看黄妈还在不在屋里,如若不在,是要去报告太太和老爷一声的。'

"碧云走了,奴婢在屋里却难以平静,回想起整件事情的始末,不禁怀疑自己早就进入了人家的圈套。以奴婢这样一个小姑娘的智商,大概在第一次到黄妈身边时假冒身份就被发现了吧?阿绿那些让人深感侥幸的话都是特意编出来骗奴婢的,好让奴婢死心踏地来到京城。她们一定误以为奴婢是政府派来的,所以想将计就计,从奴婢这里打探到更有利的信息。可惜,奴婢没有那么大的利用价值。所以,最后她们设下一个局,将奴婢套了其中,然后一个一个地走掉了。想到这里,奴婢不禁苦笑。

"奴婢不知道,黄妈这一出走,奴婢的处境会恶劣到什么程度。可事到如今,奴婢想必已踏不出尚书府一步了。

第十六章

逃出尚书府

"三爷再次来搜查阿九的东西,十三条帕子忽然出现,让奴婢吃了一惊,这是阿九的宝贝,是她母亲亲手绣的,她一向形影不离地带着身边,怎么可能留在这里?

"看着碧云那装着焦急万分和不明所以的脸庞,奴婢气得都快说不出话来了,毫无疑问,她又一次取得大家的信任,并成功地将一切疑点都转移到了奴婢的身上。而奴婢的特殊身份在此刻却百口莫辩。

"府中风言风语,都在说下一个失踪的对象肯定是奴婢。奴婢听见只能苦笑,分辩的话却一句也讲不出来,其实现在说什么都是越描越黑了。

"奴婢的处境比想象中困难得多了,除了九姨娘偶尔还对奴婢表现一两分同情外,其他人都是嗤之以鼻,仿佛奴婢是两次失踪事件的罪魁祸首一样。幸灾乐祸、落井下石者更是不计其数,毕竟奴婢因为阿九曾经受到过老爷的无限信任,而这信任现今已折扣得所剩无几了。

"黄妈事件发生后,奴婢与碧云都被调到太太身边,可是处境却天壤之别。奴婢被软禁在太太的后房,房门也不许出,连见老爷一面剖白的机会都没有。与奴婢相反,碧云又当起了太太的贴身大丫头,而且似乎比以前更加受宠,太太对她已到了言听计从的地步。

"一天下午碧云忽然来到奴婢的住处,亲自给奴婢送饭。当着众人之面,她展现了无限的姐妹情深,是人都会认为她与奴婢的感情比山高,比海深。奴婢气到无语,只能不理她。而她三言两语就将这不理解释成了姐妹之间的赌气,又一再地跟奴婢道歉。旁人听得只是一笑,反而帮她说好话,说她不容易,一直在太太跟前帮奴婢求情。奴婢更不好解释了。

"屏退众人之后,她收起了笑,慢悠悠地开口道:'人家好心来看你,你却笑都不笑一下,有这么讨厌我吗?'

"奴婢撇了一下嘴:'知道我讨厌你就不要来呀。'

"她笑叹着摇头:'那怎么行呢?好妹妹,你关在这里,我日夜悬心呢。你知道为何我要来给你送饭吗?'

"'我不知道，也不想知道。'奴婢冷冷地说道。说实话，面对她我真的一肚子火，如若不是她，奴婢也不会如此受挫。

"她根本不在乎我的态度，依旧好脾气地笑着：'大家姐妹一场，临别也要来告个别呀。'

"奴婢吃了一惊，她这是什么意思？脸上却依旧淡淡的，别过脸不理她。她并不在意，双手扶着奴婢的肩膀，轻声道：'咱们处了有两年多了吧？一直多么融洽，脸都没红过。这一去，以后再也见不到了，想起来还真有些伤感呢。'她打开食盒，'这是我特地让厨房给你做的你最喜欢的几样菜，以后我不在，大约不会有人想起给你做了。'她幽幽地说，此刻如果进来个人，一定以为我们姐妹情深似海。

"奴婢冷笑：'此时你还有必要演吗？'

"她一脸不满：'什么演呀，我是真心舍不得你呢！'

"奴婢不禁暗自叹气，这个女人，其厉害之处一点都不比黄妈差呢。'怎么，你要离开尚书府？'奴婢淡淡地开口道。

"她微笑着：'还说不想知道，看看，关心起姐姐来了不是。'

"奴婢厌恶地皱了一下眉，侧身躲开她想拉奴婢的手，心中却盘算个不停，她的身份并未暴露却要走，难道她的任务完成了？是已经取得了财宝和秘道图吗？

"奴婢问：'三王爷今日又来过了，是吗？'

"她嘴角露出了一丝笑。奴婢又问：'你要去哪里？'

"'去我该去的地方。'

"奴婢冷笑：'你要回总舵？'

"'总舵？'她忽然笑了起来，抚摸了一下奴婢的头，'这个漂亮的脑袋怎么这么聪明啊，是该回去了。'

"奴婢想躲开她的手，这一次却未能躲得开，只得悻悻地说：'这么多东西你们能带得走吗？'

"她笑道：'我们的事你就不要操心了。'起身准备出门。

"奴婢灵机一动，大声说，'其实你们还没有拿到东西是不是？东西在三王爷手中。'她一愣，不由自主地停了脚步。'被我说中了。'奴婢心中一阵欣喜，又趁热打铁，'你们引三爷进来，就是要借三爷的手将东西取出来？'

"她索性转身笑道：'是啊。你知道了又怎么样，跑去告诉三爷？你出得去吗？'

"奴婢冷哼了一下：'你别管我能不能出去，你还是先想一想能不能拿到自己想要的东西吧！'

"她看着奴婢不说话，分明在等着下文。奴婢笑道：'你们不觉得自己失算了吗？居然选了三爷做枪手，他的睿智非比常人，怎会看不透你们的阴谋，乖乖地将东西交给你们？'

第十六章
逃出尚书府

"'真的呢，我们都没有想到。'她用敬佩的口吻说，脸上却是讥讽的笑。

"奴婢怒道：'你不相信我的话，你去试试啊，看你能不能将东西拿回来。'

"'我本来就是准备去拿东西的啊。'她脱口说道。这句话显然出口快了，她停顿了一下，索性笑道：'要不咱们打个赌，看我能不能拿得到。不过可惜，你又出不去，输了也没法惩罚你。'

"说完，她转身走了，留下奴婢一个人疑惑不已。是什么能够让她如此笃定？奴婢将这些天前前后后发生的事情都想了一遍，忽然明白是十三爷。自从黄妈妈走了之后，好几天都没有听到十三爷的消息，一定是被阿九骗走了。

"阿九给人的印象一直是艳若桃李，冷若冰霜，对任何人、任何事都是淡淡的，一股子不放在心上的神气。正因为这样才吸引人，十三爷为了她可以肝脑涂地，她说什么他都是信的。

"奴婢坐立不安。必须赶在碧云拿到东西之前见到三王爷，将一切都告诉他，免得他再上了当。于是奴婢立即想法离开了尚书府，

"出逃行动十分顺利，唯一不妥当的是，奴婢不得不打晕了看管自己的老妈子，然后穿上她的衣裳，大摇大摆地出了府第。但一来到王府，奴婢却发现自己来早了，不仅碧云未到，就连王爷也没有回来。那么让奴婢如何向王爷说出碧云的阴谋，这不会太过突兀了么？

"碧云下午才赶到，见了奴婢，惊讶得嘴巴都关不上了。我们互相并不揭穿，只是暗暗地较着劲。她想早点拿到她想要的，而奴婢却不可能让她轻轻巧巧地将东西拿走。她取得了凤福晋的信任，奴婢也从福晋那儿得到了同情，大家都得以在王府安身下来。后面的事，三王爷就都知道啦。"

小菊讲述了一下午，天已经黑了。老马已然坐不动，半躺在了椅子上。老四给我使了个眼色，我暗暗叹气，不得不走上前去："老马，你回去歇着吧。"

老马黯然点头。临行之前，他握住我的手，摇了两摇："老臣先走啦。"说得好像要永别一样，站在门口，看着他远去的身影，我的眼泪竟不由自主地掉了下来。

不知何时，老四站在我的身后："三哥，咱们好好商量一下。"

我苦笑道："还商量什么？难道咱们还有第二条路可走吗？"

小菊说的故事虽然惊世骇俗，但可信的成分多一点，凭她一个小丫头无法将此故事编得如此顺溜。我看了老四一眼，他也双眉紧蹙。老十四垂头丧气，大概接受不了心中的女神竟然是这个样子。我又何尝能接受得了碧云是我们的死对头的这个事实？

众人重新坐下，老四又将刚才对我讲的话说了一遍："咱们再商量商量吧，下一步该怎么办。"我和老十四却没有说话的心思，可以提建议的似乎只有小菊一人。

小菊四下扫视了一眼，欣然开口："奴婢就不知进退了。"老四向她点头，她报以一个微笑，依然美若花朵，我竟有些厌恶起来。她正色道，"以奴婢对这个组织的了解，如果规定时间不将东西送到，她们真的会杀了十三爷。阿九的性格中有她母亲的遗传，这逃生的紧要关口她是什么事都能做得出来的。"

老十四冷笑："你说清华？"分明不信小菊所言。

小菊叹口气："奴婢与她朝夕相处了三四年，当然非常了解她。"

老四也说："小菊说得没错。当务之急是先按清华信里的要求做，伺机救出十三弟。"

"谁能肯定信一定是清华写的？"老十四反问。

老四道："那是清华的笔迹。"

"如有人冒充呢？"老十四反驳道。真没想到，他居然这样护着清华。

老四看向我："三哥，你看呢？"

我摇摇头，心里真希望这是别人冒充的，可真的不是。

老十四愤怒地看着我："三哥，我真没想到你也这样说。如果这信真是清华写的，那让十三哥情何以堪？"

我不禁感叹，原来他的心结是在这里。到底兄弟情深，虽有芥蒂，可关键时候还是关心他的。

"此事是否应当好好再合计一下？"老十四说。

老四看了他一眼，手扶着头，没有说话，却看我。让我说什么呢？老十四真是个孩子，事到如今，还有咱们商量的余地吗？到明日清华信中提出的时间，只剩下短短的几个时辰，再不准备就来不及了。

我心中一直觉得信来得非常突兀，若非清华为人所迫，一定是别有用意的。可是此信我左右看了不下十遍，却未见任何端倪。我有心将这些话说与老四他们听听，大家一起参谋参谋，可转念一想，还是罢了。只怕老四不会相信我的话吧？他对清华的偏见就犹如我对小菊一样，何况现在刚刚听完了小菊的长篇大论，我们一时脑子还转不过神来。我觉得小菊的话中有破绽，可却又不知破绽在哪里。

"三哥，你看此事应该怎么办？"见我长时间不开口，老四干脆地问，这一来，我倒真的不好再不开口了。

我稍稍沉吟一下，考虑着话应当如何讲："小菊说得不是没有道理，东西咱们当然应该准备好，而且要像信中要求的那样不折不扣。但是无论如何也不能随随便便地将东西交出去。这些地道、秘室藏在京城而不是其他地方，不挖出来是大隐患，将来的危害不可估量。"

老四非常赞成我的说法，就连老十四和小菊也频频点头，但要找出地道和秘室，就必须能解开图中的秘密。大家面面相觑，束手无策。

第十六章
逃出尚书府

还是老十四沉不住气:"三哥,当初碧云解佛座巷秘道的暗语时,你不就在旁边看着吗?难道一点都没有看会?"

我泄气地摇头:"如若解得开,也不会等到现在了。"

他犹自不信。兄弟们都知道我是最爱机关之类的东西,没事常在家中研究,也曾为好几个兄弟设计过秘室,用于收藏珍贵字画和古董。可是十四弟你这一次高看我了,李玉兰真不愧是谪仙帮前无古人、后无来者的能人,她设下的局谁又能解得开?

我有意无意地看了小菊一眼,她也正在看着我,我将老十四给我的球又抛给了她:"小菊姑娘曾在谪仙帮中待过,又与清华形影不离,知道如何解图吗?"

小菊双手一摊,表示一样无奈:"王爷都解不开,奴婢哪能解得开呢?"

老四问她:"你和碧云、清华她们在一起的日子也不算短,难道就没有发现什么端倪?"

然而小菊是真的解不开的,这一点我十分肯定。不是小菊太过自大,就是派她的人走眼了,凭她的能力对付碧云一个都困难,居然要她以一敌三,这不是笑话吗?

果然小菊说:"她们处处防着奴婢,从来没有谈论过这事。奴婢到了王府才知道地道是藏匿在诗集中的,那些图奴婢也曾仔细看过,却未看出任何疑点。"我不禁摇头,可怜小菊到此时仍未找到钥匙,看来掌握解图办法的,除了李玉兰,就只有黄妈、碧云和清华这三个人。

老十四此时提出一个疑问:"你既然已到了三哥身边,为何不早点将实情告诉他,也好争取一点主动?"这句话问得真好,犹如一声怒喝,点醒了我,我的脑子又开始清晰起来。小菊方才的那些话水分颇多。她若是官方人士,为何屡屡给我下套,在茶和点心中做手脚?

小菊嘟起嘴:"十四爷,您当奴婢不想讲吗?三爷那么信任碧云,奴婢说的话他根本就不相信,如果不是手上握有确实的证据,不仅扳不倒碧云,还会将奴婢自己折进去的。"她嗔怨地看了我一眼,"不信任倒也罢了,王爷还常给奴婢下套……秘道图虽是藏匿在书中,可咱们却无解图的方法,就算拿到了也没有用处。奴婢与其此时跳出来揭穿碧云,逼她离开王府,还不如麻痹着她,伺机发现解图的方法。何况十三爷在她们手中,稍有不慎便有性命之虞,奴婢怎敢轻举妄动?"

一席话说得老四频频点头,他拦住还想提问的十四弟:"好啦,这些话暂且别提啦,咱们还是商量商量眼下最紧要的。"

"最紧要的?"我摸了摸自己的下巴,"最紧要的就是解开秘道图,不然图交出去以后就回不来了。可是时间这么紧,咱们有办法吗?"

老十四问我:"三哥,当初碧云是如何找出佛座巷的秘道的?"

格格不嫁

我迟疑了一下,索性将方法和盘托出。我一边说,众人一边惊讶着,大约谁也想不到李玉兰的心思会如此缜密,如果不是碧云告诉我的话,任我们大家想破了脑袋也不会猜出其中奥妙的。

小菊显然是第一次听到这个方法,脸上的惊讶怎么也止不住,大约她心中更多的是懊丧,曾经解秘的钥匙近在咫尺,她却想也没想过要好好看一看。

"那么咱们用这种方法不就可以解出所有的秘道和暗室了吗?"我话音刚落,她就迫不及待地说。

我苦笑:"理论上是这样的。可是帕子上传递的信息本身就是谜,本来碧云答应了我过些日子就告诉我如何解图,可惜清华的信来了,碧云连同帕子也一起失踪了,你叫我还如何解图呢?"

小菊一握拳头:"碧云真是狡猾。不过,王爷也无需感叹,将来总有抓住她们的时候,一切终有真相大白的一天。"

这话听得十四弟微微冷笑,小菊是在宽她自己的心,还是在宽我们的心?也太可笑了吧。

老四叹了口气:"咱们还是先商量明天救十三弟的事吧。"

半夜我回到家,凤可还没有睡,一副望眼欲穿的模样,见了我如获至宝:"你可回来了,我的爷。"她几乎是扑向我,手上力道大得吓人。

"怎么了?"我敷衍地问。说实话,真有些累了,不仅是身体上的,更主要是内心。

凤可掩上半开的门,将我拉到桌边坐下,顺手从头上拔下簪子,先将半暗的灯火挑明,然后才从贴身处掏出一张纸条,神神秘秘地递给我:"爷瞧瞧这个。"

这是一张画满小脸的纸,像是小孩子的玩意儿。我不明所以地看着凤可。

"这是在碧云给景儿做的衣裳里发现的。"凤可轻轻地解释,眼睛还不断地扫向窗外,一副生怕别人听去的神情。

我心里一动:"怎么,碧云画的?"

凤可肯定地点头:"就放在那件褂子的袖子里。要说这种小脸并不奇怪,碧云经常教景儿画着玩。可是爷你想,她既然藏得如此紧密,分明就是不想让我之外的人发现。而且今天的小脸实在诡异得很,与往日的有些不同。"

听她这么说,我不禁将放下的纸又拿了起来,这一看,还真发现了蹊跷,所有的小脸均是用西文数字拼成的,有的数字上还有小点。我的心砰砰直跳,碧云留下的东西果真别有深意啊,怪不得前些日子她就一直缠着我要学如何书写西文数字,原来是为了这个。我紧紧地握了一下凤可的手:"你可真是太厉害了,居然能发现它。"

凤可期待地问:"爷,这可有用吗?"

第十六章
逃出尚书府

"太有用啦！"我捏了捏她那吹弹可破的美脸。

凤可拍着胸口舒了舒气："这就好了，我紧紧地藏了一天了。为了它，还将景儿早早打发出去了呢，就是怕他看见了。"

我小心翼翼地将纸收了起来，想了想问："这没别人知道吧？"

凤可娇嗔道："那是自然。"我赞许地拍了拍她的香肩。

"我听说清华写了信来，马尔汉大人都惊得从病床上爬起来了。"见我脸色舒缓了，凤可小心地问，"是出了什么事吗？"

深宅大院果真没有秘密，我那里前脚刚走，这里就满府风雨了。老马说得果真没错，闲话是止不住的。我安慰她道："是好事儿。如果顺利的话，明天咱们就能见到十三弟了。"

她却显然不相信："真的？"想必今日小菊的话也已传到了她的耳朵里，今天她并不是好奇，是怕我们卷入是非。

我已没有心思向她解释，现在有更重要的事需要立即去做。我手扶她的肩："我说是好事，就是好事，什么时候骗过你的？时间不早了，你早点睡。"

"那爷呢？"

"我还有些事要办。"

她难得善解人意："那爷快去吧！"随即又加了一句，"我等爷回来，为爷和十三爷接风。"

第一次感到财宝过多也是累赘，原本觉得挺结实的箱子，没想到几个人抬着走了几步就彻底散了架。这散架的地方又偏偏选在大门口，金银财宝散落得到处都是，惊得街上的行人全都愣住了，不由自主地止了脚步。幸而老四已调来不少兵丁，所以哄抢的场面没有出现，但这已经够叫人震惊了，因此没有半刻钟的工夫，街上便站满了交头接耳的人，怎么轰也轰不走。到最后，老四干脆制止轰人的兵丁，随他们去看吧，看看财宝又不会飞到他们眼中去。

等将财宝换好箱子，重新装上车捆好，太阳已经升到头顶。小菊急得犹如热锅上的蚂蚁，口中不住说："怎么办？时间就快来不及了。"她看着我们，我们也看着她，相对苦笑。

老四自怨自艾："是我疏忽了，昨天就没想到那些箱子长期放在地道中，早就烂了，上次能从地道中搬回来就已够幸运的了，哪里还吃得消二次搬运？"

"好在现在已经可以出发了。"我安慰了他一句，飞身上马，心中却忐忑无比，今天能够顺利救出老十三吗？

老十四拍马走到我身边，眼睛却看着小菊："你怎么办？会骑马吗？"这真是马后炮，昨天晚上老四早就问过并准备好马匹了，等他现在想起来黄花菜都凉啦。

格格不嫁

　　小菊上马的姿态十分优美,看来是个老手,这在女孩子中不多见,她娇美的模样配上一匹白得没有一根杂毛的马,实在是一道风景。老十四撇了一下嘴,然后又想到一个问题:"我们该往哪儿去,三哥?信上好像没指出地点。"

　　"不是好像,而是就没有。"老四冷声说道,拍马从我们身边超了过去。

　　老十四赶紧拍马赶上:"那怎么办?"

　　老四不再说话,递给他一张字条。

　　"哪儿来的?"老十四一边问一边打开纸看。

　　我从后面赶上来:"今天一大早有人射在你四哥家的大门上的。"

　　"我怎么不知道?"他有一些生气,大约是怪我们没有早点告诉他。

　　我笑着解释:"不是不告诉你,是没来得及。"

　　但这解释显然无法让他释怀:"三哥怎么知道的?"

　　我摸了摸下巴:"今早我拿了东西回来,刚走到老四家门口就有人送来了这个东西。确切地说是我第一个收到的,然后才拿给你四哥。"

　　小菊在后面接口道:"谪仙帮的人做事一向谨慎,不到最后她们是不会告诉咱们交接地点的,就怕大家准备得充分,会对她们有所不利。"

　　老十四难得地赞赏小菊的话:"这帮人委实狡猾得很,等我抓着他们,非得碎尸万段不可!"又转头向小菊:"你也知道了?"

　　小菊嫣然一笑:"三爷拿来的时候,奴婢正与四爷在一起。"

　　老十四不再说话,狠狠地给了马一鞭子,跑到前面去了。

　　我向小菊笑道:"年轻就是好啊,一股子冲劲儿。"

　　小菊似笑非笑地看着我:"王爷何出此言?王爷您不过年近而立,最是年富力强的时候呀。"

　　"老了老了,脑子转得慢了,好些事儿都想不通!"我一边说一边叹气。

　　小菊笑靥如花:"王爷最睿智了,也会有想不通的事吗?"

　　"当然了,昨日你说的话我就有好多想不通的地方。"

　　"比如……"

　　"比如清华为何要出走?"

　　"谪仙帮垮了,她们想要远走高飞。"小菊脱口答道。

　　我不禁笑了:"你认为她们这样还能走得了?就算她们今日能拿回东西,又怎么随身带走?"

　　小菊闻言看着我没有说话。

　　我深吸了口气:"再等三个月,成亲之后,黄妈和清华就可以神不知鬼不觉地拿回她们想要的一切,何必闹得如此天翻地覆?还暴露了碧云这个隐藏很深的棋子,是不是太得不偿失了?"

第十六章
逃出尚书府

小菊被我说得无言答对，愣了半天才说："奴婢倒没想到这些呢，听王爷这样一说还真有道理。不过，"她话锋一转，"咱们毕竟不是阿九和黄妈，她们心中怎么想的咱们怎么可能猜得到呢？她们毕竟不是常人。"

我笑笑："是吗？普通人都不会做的蠢事，清华会去做吗？"阳光下，她眼中闪过的一丝惊慌尤其明显。

太阳下骑了一会儿马，已有细小的汗珠从她额角冒出来。我从怀中取出一块帕子递给她，她一笑，接过去，却忘了擦汗，只是紧紧捏在手中。

我做人是厚道的，并不逼她给出答案，而是自己的问题自己解决："小菊，你说会不会有这种可能？"

"什么可能？"她犹疑不定地看着我。

我温和地一笑："你别紧张，我也是说出来咱们探讨一下。昨日你也在场，当时来向老四汇报的人不是说吗，虽然总舵已毁，多个分舵也没了，可迄今为止她们的总舵主和四大护法却是活不见人死不见尸。"

"倾巢之下，焉有完卵？"小菊若有所思。

我冷笑："不是有漏网之鱼吗？"

"王爷的意思是？"

"难道你不认为这些人都来了京城吗？"

她迟疑了一下："不会吧！"

我笑着反问："你怎么知道？"

她讪讪地："奴婢也只是猜测而已，王爷怎么那么肯定她们来到京城？"

"非如此，不能解释清华的行径啊！当然，其实我也只是猜一猜，并没有真凭实据。"我看着天上的太阳，"怎么已这么热了？"眼角余光却去看她，很明显，她松了口气。

我怎么可能让她放松，假意思考了一会儿，又道："不知为何，我左思右想都觉得总舵的人是逃到京城来了。如非这样，黄妈那么精明的人，不会与清华行此下策，她们简直将自己所有的退路都堵死了。"

小菊为难地看着我："王爷，有些话小菊不得不讲了。"

"什么话，你说你说。"我大度地一挥手中的鞭子。

"阿九的地位非旁人可比，许多事黄妈都要问她的主意的。"

"非同小可？"我玩味着她的话，"你是说这次事件的策划者是清华，而不是黄妈？"

她点点头："应该是这样。"

我的脑海又浮现出清华和黄妈的样子，本能地否定了小菊的说法。

"为什么？"我问道。

格格小嫁

　　"阿九非常不想嫁给十三爷,其实很久之前她就想离开了,是黄妈一直压着才未能成行。"她吞吞吐吐地说出这句话,我却没有过多吃惊,只是想听听她后面还会怎样说。

　　"黄妈就任凭清华胡作非为?"

　　"黄妈是阻止不了她的。"

　　"为什么?"

　　"阿九的身份太特殊了。"

　　"怎么个特殊法?"

　　她咬了一下嘴唇:"其实,玉兰不是第一个违背帮规将孩子留下来的人。"

　　我心中暗道,当然不是第一个。谪仙帮的帮规如此不通人情,反对它的人一定不在少数,李玉兰入帮不算早,不会是第一个吃螃蟹的人。

　　"第一个将孩子留下的人是姨妈。"小菊轻轻说道。

　　我不禁感慨万分,所谓上梁不正下梁歪,怪不得李玉兰姐妹都会如此大胆,敢无视帮规,原来她们的师父就是如此。

　　"王爷知道姨妈留下的孩子是谁吗?"

　　明知小菊是在卖关子,我却压抑不住自己的好奇,脱口问道:"是谁?"

　　小菊一字一顿道:"李玉兰。"

　　我惊得差点儿从马上掉下来:"什么?"

　　小菊得意地看着我,非常满意自己制造的这种效果。

　　转念一想,我却摇了摇头:"不可能。"这事有些不对头了,黄妈的真名是李玉莲,都说她是玉兰的亲姐姐。小菊的话不仅否定了碧云,她自己也自相矛盾了。

　　小菊笑道:"事到如今,奴婢还为什么要说谎呢?更何况这是奴婢亲耳听阿九和黄妈说的。黄妈的来历奴婢不清楚,但肯定不是李玉兰的亲姐姐,大约只是姨妈的养女。帮中妇女因不许带回自己的亲生孩子,所以常常去偷老百姓的孩子,黄妈大概就是这种情况,她与玉兰年纪相仿,姨妈认了她,也可以给自己的女儿作伴啊。"

　　这样说来,清华岂不是谪仙帮帮主的亲外孙女?

　　我却很快发现了此话的破绽:"那你为何昨日不告诉我们?"

　　"昨日马大人在场,他那个状况奴婢还忍心说吗?何况此事说不说关系也不大,只是别让马大人心里太苦罢了。"

　　我苦笑:"你还真是心善。"但这丫头的话我能相信吗?

　　小菊又道:"阿九从小在帮中长大,见惯了那些失去孩子母亲的悲痛,她与她母亲是仅有的帮中后代,命运又都如此坎坷,所以她非常讨厌嫁人。当初指婚之后,她曾日夜啼哭,黄妈劝了不知多少回都没用,要不然婚期能定得这么远?阿九今年都十八岁了。现在她的母亲、外祖母又全都生死不明,她哪还会有心情嫁人?"

听她意思,清华真的是逃婚而去,临走前还想捞一些财宝走?如果这是实情,她利用老十三作筹码也能说得过去。可是,事实真会如此吗?那不是太残酷了吗?

我正想得出神,没想到马忽然站住了脚,我的身子猛地前倾,差点掉下马去。

小菊惊讶地说:"怎么回事,队伍为何停下了?"

我好容易才坐稳身子,老十四已打马过来:"有辆车坏了。"他远远地喊道。我看着小菊:"车又坏了,一切还真不顺利!"小菊紧紧地咬住嘴唇,没说话。

"今天怕是赶不到孙家店了。"老十四懒懒地说,口中叼根草躺在了草地上闭目养神。这小子还真能抓紧时间休息。我用脚暗暗踢了他一下:"有些过了啊。"

他一睁眼,瓮声瓮气地说:"三哥你别理我,心里烦着呢,像这样什么时候才能见到十三哥!"这小子,声音这么大,吓了我一大跳。我刚想说话,他眼睛倒又闭上了。我解嘲地摇了摇头,打开水袋,喝了两口水。

老四在前方不远,背靠一棵树坐着,默默地喝水,脸上严肃得像谁欠了他三吊钱似的。

小菊冷眼打量了一下我们兄弟三个,大概觉得与他们两个中的谁说话都不容易,便又选择了我,过来坐在我身边唉声叹气。

我向来对女人是最心软的,何况又是小菊这样好看的妙龄少女?反正现在什么也做不了,与其百无聊赖地坐着,还不如就与她聊聊天、解解闷呢。我从身边将自己的水袋递给她,她倒没嫌弃,拿过来就喝了一口,又还给我,我笑笑将水袋仍盖好了放在身边。

"这下可麻烦了。"小菊一下一下地拔着身边的野草,显然她非常不安。我理解她,在太过期待的时候,一点小小的意外总会被无限放大的。

我叹叹气:"这也是没办法的事。"

"车子怎么会无缘无故地坏掉的?"小菊疑问道。

这问题我本来可以不答,她这是质问谁呢?但想了想还是说:"这谁知道?"我摸着自己的下巴,"可能财宝太重将车压垮了吧。"

她从身边狠狠地揪起一把野草:"就该将准备车子的人拉出去斩了。"这话说得凶狠无比,我不由自主地看了她一眼。大约是感觉到自己的失态,她又连忙柔声道:"奴婢真的急死了。谪仙帮是什么事都做得出来的,到时候她们见不到想要的东西,对十三爷就会……哎,奴婢真是担心啊。"

"可申时已到了。"我抬头看看天空,太阳正稳稳当当地向西行着。

小菊将信将疑:"不会这么快吧?咱们那么早就出来了。"她也看了看天,显然信心不足。

格格不嫁

我笑笑："你瞧瞧日头，咱们出来得是不晚，可这一路发生多少事？箱子坏了，捆好的东西散了，哪一样不耽误工夫？何况咱们一路这速度……"我干脆从怀中掏出西洋表，啪地打开，递给她，"你看看这个。"

小菊的眉都快攒到一起去了："这可怎么办？"

"怎么办？凉拌！"老十四忽然插口道。我看了他一眼，这小子连眼都没睁开，可嘴角边不断抖动的草证明他并没有睡着。

小菊气结："这……这怎么可以？难道十三爷你们都不管了吗？"她真的急了，居然忘记了敬语。这话本是向我说的，可我还没来得及开口，老十四已睁开眼，露出一丝坏笑："怎么会不管？当然管。"他一翻身坐了起来，狠狠地说，"总有一天，我会拿住那些害我十三哥的人，千刀万剐为他报仇。"说完，便又立即躺了下去。

小菊手指着他，半天都没能说出一个字来。

我笑着劝她："你别理老十四，他一向没正形。其实，如果为老十三，咱们真的没有必要如此担心，不是吗？"

她讶异："怎么，三爷也这样说呢？"

"她们扣留十三爷的目的是什么？"

"当然是为了交换三爷手中的东西。"

"没拿到东西又怎敢对十三爷不利？"我慢悠悠地说出答案。

小菊闻言摇头："可谪仙帮向来言出必行……"

我知道她又要危言耸听，赶紧拦住她的话头："言出必行那也看是什么事，这一次我们本是无心爽约，东西迟早会到她们的手，所以想必清华也能宽宏一二。"

小菊愣了一下："话虽如此，清华怎会知道这里发生了什么事？"

我忍不住笑了："你也太小觑谪仙帮啦，亏你还说在帮中待了很久，对她们的行事方式应当比我清楚得多呀。我可以肯定，这一路谪仙帮跟踪咱们的眼线就没断过。你没注意吗，那一对回娘家的小夫妻和那个货郎？"

小菊仿似不可思议："他们会是眼线？"

"肯定是！"我不容置疑。

"为什么？"她的声音有些发软。

"你看那对夫妇，年纪轻轻，本来应似糖里调蜜，可一路上两人却拘谨得很，话都没说一句。刚刚休息喝茶的时候，那男的扶女人从毛驴上下来，那女的看都不看他一眼，还说了声谢谢，哪有夫妻之间会这样的？当然了，你是小姑娘你不懂。小夫妻走后来的那个货郎，跟着咱们多远啦？中途路过好几个村子都不去卖货，他那一驴车东西是买回去看的怎么着？"我仿佛忽然想起来一样，"你不是还和货郎搭讪过几句吗？就没看出他有什么不对？"

她的眼底闪过一丝慌乱，笑道："没有发现什么呀！"

第十六章
逃出尚书府

我一笑："你们女孩子，一看到他那满车的东西眼都花了，哪儿还注意到人呀！"我给了她一个台阶。

"那是那是。"她连声答道。

我总结道："所以咱们这里发生的任何事情,她们肯定都知道了,对不对？"

她走神了："什么？"

我笑道："谪仙帮呀！"

她讪讪地："是啊,到底还是王爷英明,奴婢都急糊涂了。"

忽然老十四又开了口："你怎么会突然这样糊涂？是为我十三哥急的吗？"他猛地凑到她眼前,"难道,你爱上十三爷了？"

这样的猝不及防,让小菊不仅吓了一大跳,也更加窘态百出,脸红得像块红布一样,只是不断地说："三爷,您看,十四爷怎么能开这样的玩笑呢？"她急得都似快要哭了。

我呵呵地笑道："老十四,别乱说话。"又安慰小菊："别理那个臭小子,向来说话没有分寸。"

老十四正色道："三哥,我可真没开玩笑。因为小弟觉得非如此就想不通,如若不是爱上了,小菊姑娘干吗如此担心十三哥的安危？衬得我们这些做兄弟的倒好像不关心他似的。实际呢,并非我们寡义,而是小菊姑娘太多情了。"

小菊叹气："十四爷您误会了。奴婢是在悔恨,若不是奴婢立功心切,没有早些将阿九之事上报官府,十三爷就不会身陷囹圄了,所以奴婢总觉得对不起十三爷,如若他有三长两短,这一辈子奴婢都不会心安的！"

"你放心,十三爷吉人天相,一定会没事的。"我尽量将声音温柔一些。失踪的是我弟弟,没人劝我,我反而要拿这话去劝别人,这可真是奇怪了。

小菊勉强笑道："当然。"她看看远方,"怎么替换的车子还没来呢？"

"就要到了吧。"我感觉有必要作一番解释,才能让她再宽心一些,否则她老这样哭丧着脸,任谁也受不了。

"其实四爷已派人到前面交接地点向清华报信了, 就算清华她们没有放眼线,车坏了的消息也早传过去了。至于车子,老四已派人找了几辆,可惜都不适用。承重、隐密、安全都要考虑的。不过,这里离军营不远,调用几辆运送辎重的车子还不是难题。大约很快就会来了。"

小菊没精打采的。

我们又坐了很久,有一搭没一搭地说着闲话。正在我搜肠刮肚也想不出下面的话题时,老十四站在远处向我们招手,口中喊着："车换好了,可以上路了。"

我心中一喜,与小菊不约而同地说："可以走了！"

第十七章

碧云来了

这一次上路大家走得更慢了，每个赶车的士兵都小心翼翼如履薄冰，因为刚才那辆车就是因为速度太快，一时刹不住才断了车辕的。我们跟着车队走得气闷之极，看着就要下山的太阳，小菊难过得眼泪都快掉下来了。

经过前些日子雨水的冲击，路上坑坑洼洼，很不好走。马要跑得快些倒还好，如今这样的速度反而颠簸得厉害。老十四走了一会，实在按捺不住，跟我们打个招呼跑到前面去了。小菊脸色煞白，坐在马上摇摇晃晃，仿佛随时会掉下来。

"要不然停下来歇歇？"我建议道。

小菊笑笑："奴婢可以坚持的。"但瞎子都能看得出来，她已是强弩之末。

老四回头看了一眼，没有说话。

又走了大约半个时辰，小菊终于坚持不住了，主动跟我说她需要下马歇息。看着前面走得稳稳当当、一言不发的老四，不用说，陪伴美女的责任又落在我身上了。

喝了水，又坐了半日，小菊脸色好了一些。老十四从前面打马过来叫我们："三哥，你们太慢了。快点来呀，四哥在与谪仙帮交接东西了！"

小菊一喜，但随即又疑惑："十四爷说什么？"

我笑道："谪仙帮来接东西了。"

喜悦划过她的眼底："真的？可刚刚三爷不是说这里离孙家店还远着吗？"

我摸了摸下巴："我也不大认路，想必是我记错了。到了是好事，十三爷就快回来了，你不就不需要内疚了吗？"

小菊也笑："是啊。"这时老十四已跑到我们跟前，催促道："快上马呀，四哥在等着呢！"

小菊犹自狐疑，我索性代她问出心中的疑问："这里是孙家店？"

老十四笑了："当然不是。"

"那怎么会交接东西？"我一边问一边看了小菊一眼，小菊向我赞同地点头。

老十四剑眉一挑："就咱们这速度，谪仙帮等不及了呗。再说晚上看不清，万

第十七章
碧云来了

一咱们交出的财宝是假的,那她们不白费心机了么?所以过来接咱们来了。"他哈哈地笑着。

这笑感染了我和小菊,情不自禁地相对而笑。

"这下可好了!"我们不约而同地说,又问,"十三弟怎么样?"

老十四露出他那招牌式的坏笑:"人家前站来的只是验货人,说十三哥就在后面不远,只要货是真的,立刻让咱们去接回他。谪仙帮做事还真是谨慎啊!"他话是和我说的,眼睛却看小菊。

小菊淡淡笑道:"江湖帮派,都是这种行事风格。"意思不足为奇。

"你这可说错了,"老十四少有的严肃起来,"谪仙帮可不是江湖帮派,她们的野心大着呢!"

说话间,我们已与老四相距不远。果然来了一队人马,正与老四在交谈着。然而小菊看了却不禁脸色一变。

夕阳下,那个穿着红衣的身影尤其熟悉。我的心都要从嗓子眼跳出来了,忍不住大声叫道:"碧云。"叫过之后却又后悔,不过一个小丫头,见到她我有必要这样兴奋吗?何况我也几十岁的人了,还这样不稳重。老十四给我扮了一个鬼脸。

忽然一匹白马从我旁边一闪而过。我急道:"坏了!"刚刚精神一恍惚,倒怠慢了老四昨日给我分派的任务,小菊要跑了,我的罪过可就大了。

老十四依旧笑得坏坏的:"女孩子骑马也这么鲁莽,我的白雪可不喜欢这样,它向来最讨厌不温柔的女孩子了。"

我简直气结,什么时候了还这样气定神闲的,忍不住催他:"快让白雪回来!"

老十四叹口气:"三哥竟然也有心急的时候!"他不情愿地打了个长长的呼哨,远处渐渐走远的白雪居然转身了。我向老十四竖了一下大拇指,老十四一脸得意,"本来还想多玩一会儿的。"意思我破坏了他的兴致。这小子,爱捉弄人的本性什么时候也改不了。

白雪转眼又到了我们跟前,小菊的脸比白雪身上的毛还要白。

老十四从小菊手中抢过缰绳,怪了,缰绳一到主人手中,暴躁不安的白雪立刻安静下来。这一次小菊吓得可真不轻,花容都失色了。

老十四从未像今天这样真诚地给人道过歉,我若不是他三哥,准认为他这歉意是真的发自肺腑,不掺一点杂质:"真是不好意思,刚刚忘记告诉你了,白雪除了我之外,是不愿意别人骑着它跑的。昨天晚上我做了一夜的思想工作,它今天总算才肯驮你,可你要跑的话,它就不高兴了,是不是?"最后三个字竟是贴在白雪耳边说的,而白雪为了证明主人的话,忽地一跃,生生地将小菊甩下了马背。

小菊跌得龇牙咧嘴,这一次眼角掉下的泪是真的,因为实在太疼了。

老十四更加抱歉了,急忙去将她扶了起来,那手足无措的样子滑稽可笑,嘴里还不断地嘀咕:"摔疼了吗?摔哪里了?"他揉搓着双手,"你你,哎,你是个女孩子,男女授受不亲。我也没办法帮你!"我差点不相信自己的耳朵,这小子居然说"男女授受不亲"?他忘了他从小是怎么为了吃嘴上的胭脂,追得宫里的小宫女们没处躲没处藏的?

小菊恨恨地瞪了他一眼。

老四和碧云也闻声过来了,见小菊的痛苦样,碧云一脸的同情,其关心程度不亚于老十四:"怎么了,小菊妹妹?"虽然想上来帮忙揉揉,怎奈小菊不愿领她的情,生生将身子转过去,躲开了她的援助之手。好意被拒,碧云竟无一丝尴尬,只是笑笑。

老四可没他们两个这样爱表演,一句废话也没有,直接叫过两个兵丁将小菊带下去了。老十四不禁有意犹未尽的缺憾,不过这缺憾又很快被他扔到脑后去了,另一件事占据了他的全部心思:"我十三哥呢?"话是问的老四,可老四没回答。他便又用眼看碧云,毕竟第一次见面,他没好意思嬉皮笑脸。

碧云没工夫答他,上来先将她那标准到无可挑剔的屈膝礼给我和十四弟各使了一遍,之所以没老四,大约刚才已行过礼了。

老十四焦急地问:"我十三哥呢?"这次可是直接问的碧云。

碧云为难地笑笑:"十三爷没事。"眼睛却不由自主地去看老四。老四冷哼了一声,碧云的神色有些尴尬。

我四处张了张,不见老十三的身影,心中不禁咯噔一下。还没来得及询问,老十四已然开口:"那他怎么不来见我们,难道受了重伤?"

碧云赶紧含笑否认。老四叹气,又是那副恨铁不成钢的表情:"到现在还恋着那谪仙帮的妖女呢!"说完他干脆走一边歇着去了。

碧云皱了一下眉。老十四向我努了努嘴,意思老四又开始偏见作祟了。我回了个笑:"随他去吧。"

不过,这也不能怪老四,老十三是应当理智一些。稍微有点头脑的人都知道,发生了这么多的事,清华还适合做十三福晋吗?

老十四笑问碧云:"我十三哥到底干吗去了?怎么也不见清华?"

我低声道:"你这傻小子,他们两个自然是在一处的!如若我猜得不错,定是清华要走,老十三挽留她去了。"

碧云向我挑了个大拇指,难得得到碧云姑娘的夸奖,我心里甜丝丝的。

老十四叹气:"清华真是,事情都平息了,干吗还要走?现在一切苦尽甘来,皇阿玛明日也到京了,正好可以给他们主婚,十三哥这下总算是尘埃落定了。"我心中苦笑,若他们真的成了亲,那就真的尘埃落定了,只是不仅仅是终身大事,也包括老十三的前程。

第十七章
碧云来了

我们兄弟一般十八九岁之后就会封王，再不济也是贝勒，可老十三已是十九岁的年纪，连个贝子也不是，以皇阿玛对他的宠爱，其中深意谁会不明白？但如若他一意孤行，只怕又会是天上地下的另一种结局，这不仅改写他自己的命运，也将改写我大清国的命运。

碧云只是苦笑。我暗自摇头。"

老十四热情高涨："清华现在哪里，我帮十三哥劝劝她去！"

这种热心显然让碧云十分意外："十四爷要去？"她不住地拿眼睛看我，既不说好，也不说不好。

我拉住准备上马的老十四："你去干吗？清华想留下，谁也赶不走她；可是她要走，只怕谁也留不下她。"

碧云也笑："方才回来的路上，正好经过马大人的一位朋友家，马大人便将九格格和黄妈妈安排在那儿住下了。谁知十三爷便也赖在那里不走，奴婢与马大人劝说了半天都没用，只能罢了。依奴婢看，这会子去劝只怕是劝不动，倒不如明儿等情势稍稍缓和一下，主子们再去不迟，"

我连声附和。老十四也顿感无趣，只得作罢。

我们一起往回走。

老十四一向自来熟，没一会儿便又缠上了碧云，问东问西。碧云倒有耐心，有一搭没一搭地回着，碰到她不想说的，便以"说起来话长"来搪塞。怎奈老十四是个厚脸皮，像牛皮糖一样粘着人不放，就连碧云这样聪明的人也不禁有些无奈，只是看着我苦笑。

我心里又何尝愿意老十四缠着她，要知道我可是有一肚子的疑问想要问她的。

最后，还是老四看不下去，将老十四叫走了，这才总算给碧云解了围。我刚想开口，碧云便笑道："奴婢就知道王爷又有事要问了。不过，还是饶了奴婢吧，什么事儿回到城里，大家一起说。奴婢真的累了呢！"她的声音软软的，竟似在撒娇一样。

我心一软，话到嘴却变了风向："我知道你累，本就是想让你坐到车上去，好好歇会儿的。"

碧云调皮地一笑，拱了拱手："多谢多谢。"竟真的策马上前坐车去了。

看着她的背影，我有几分失落。

我策马追上前去："碧云，你还真的要休息吗？"并非我不体贴碧云，实在是心中疑问太多，不吐不快。

"是王爷要奴婢去休息的呀！"她似笑非笑地看着我。

我只得说:"是你说你累了!"

她忽地"扑哧"一笑:"奴婢还真以为王爷体贴下人了呢。就知道王爷有许多话要问的,所以一直准备好了答案等着呐。"

原来我又上了这丫头的当,我不禁叹气,为何每次见了她我脑子就转得慢了呢?

她玩着手上马鞭:"其实奴婢一直有些担心呢,就怕王爷猜不出"小脸"中的秘密,贻误了时机。"

我微微一笑,猜出秘密是我颇为得意的事情。纸上一共画了十五个笑脸,前十三个都好猜,是用来解开书中秘密的,我只需按照碧云上次的方法,按图索骥就行了。而结果也证明,我猜对了。难是难在后两个笑脸上,令人百思不得其解,分解开的是十个数据,那么奇巧,还全是三个倍数。这倒底是什么意思,将我们兄弟三个难得抓耳挠腮。

"不会无缘无故地写下这些数字。"老四自言自语,"前面的笑脸是解书中秘密的,那后面这两个是解什么秘密的?"

这句话提醒了我,难道最后两个笑脸,竟是用来解开信中秘密?碧云离开不久,就来了清华的信,我和老十四都本能地觉得信中所言必非清华本意,可又查找不到破绽,莫非这是向我们传递信息来了?

我此言一出,老十四连连赞成,就连老四也没反对。

每个数字对应一个字,我们很快就从信中挑了出来,"宛平王家庄,速救十三爷。"王家庄,正是我们从书中发现的一个秘道的所在,毋庸置疑,老十三与清华、碧云等人都被关在这里。本来我们是因为摸不清老十三具体在哪里所以才不敢轻举妄动,现在既然有了地方,还有什么不好办的?老四负责着京畿防务,什么都缺,就是不缺人。

我们所有的疲惫和烦闷一扫而空,老四当即连夜调兵遣将,一路路人马直奔各处,约定时间一起动手,以便一举成功,就连老马都从床上爬了起来。

老马的病其实早就好得差不多了,之所以一直在床上躺着,是为了迷惑那个没有从府中挖出来的眼线,但既然女儿下落已有,时间又如此紧急,他哪里还能躺得住?索性将所有事情向太太和盘托出,指出她身边有小菊的眼线,严禁府中人出入,他自己则跨上马按照老四的安排,奔到王家庄救女儿去了。

财宝散落了,车子坏了,都是为了迷惑敌人,一方面告诉他们我们来了,只是因为意外才不能那么快到达;另一方面是为了稳住小菊,对我们来说,谪仙帮的人我们一个都不想少的。

事情办得非常顺利,时间还比我们所预计的早完成了半个时辰。

碧云听完我的讲述,不禁叹气:"奴婢真的高估三爷了。"她一脸失望。

第十七章
碧云来了

我满心欢喜地等着夸奖,没想到她却说出这番话,一下心变得冰凉:"你这是什么意思?"

碧云赔笑:"王爷,您别生气啊。其实用不着笑脸也能解出信中秘密的。奴婢还以为英明如王爷,早就看出其中端倪了。"

"你是说信中就能看出来?"不是我不信她的话,我们兄弟几个都要将信盘烂了,也没发现其中奥妙。

"是啊。奴婢心中没底,不知这笑脸何时才能到达王爷手中,就怕误了正事。所以在与清华汇合后,决定在信中也做一些手脚,以便爷能发现,从信中发现线索后,到凤福晋那儿取回小脸。谁知这功夫竟是白费了。"她嘟起嘴。

我从怀中掏出信,仔细看看,依旧不知如何解开秘语,一咬牙,干脆向碧云拱拱手:"姑娘,还请赐教。"

她忍笑道:"亏爷还是京城中有名的才子,竟连这个也看不出来吗?信是寄给马大人的,抬头却写着三爷,这不奇怪吗?"

说实话,我真的没有想到这个,只得讪讪地笑道:"我还以为因为我负责这案子,所以才将信写给我的。"

她打断我:"写给爷就直接送到爷府上好了,何必要绕这个圈子? 这是其一,另外爷是王爷,除了特殊关系,想必所有信笺往来中都不会再称您为三爷了吧?以清华的才识,不会在人物称呼上犯这么明显的错误,她直截了当地称呼三爷,爷真没觉得有一丝不妥吗?"听她这么一说,还真是如此。也怨我当时听了小菊的话,心神不宁,疏忽了。

碧云见我点了头,便又接着说下去:"王爷再想想,您从最后两个小脸中解出的数据是什么规律?"

我这才真的恍然大悟,连忙又拿起信。这封信一共五十字不到,按照规律找出的另几个字为:"景儿衣、纸脸。"现在我对碧云真的佩服得五体投地了,就算凤可未发现纸脸,只要我们解开了信中之谜,也会发现那些纸脸,最终按原计划摧毁谪仙帮的。

碧云叹气:"谁知奴婢们的心思都白用了,王爷根本就不明白。"

我呵呵笑道:"这不是先发现小脸了,信也就没再往深处想。"碧云分明不信我的话,可也没有揭穿我。我不禁汗颜了,对着一个小丫头说谎。

"你怎么忽然想起要去找清华的?"我连忙换了话题。

碧云笑道:"奴婢去找清华,是应她所约。"

"你是说清华约你?"

碧云点头。

"可是,她不是已陷入敌手,怎么还能够约你?"我真的奇怪了。莫非清华真如小菊所言,身份特殊?

　　碧云含笑看了我一眼:"当然用信啊,难道还有其他办法吗?"

　　这让我更好奇了:"什么信?"

　　"这说起来可就话长啦!"她学着菊香的口吻说道,又似在搪塞老十四的腔调。

　　我才不管其他,一个劲儿地催促:"你快说,你快说。"

　　她笑道:"这个故事呀,还是等大家都在的时候一起说吧。"

　　我怎会允许她卖关子,当即沉下脸:"你到底说不说?"

　　她猾黠地一笑,做了个鬼脸,意思你以为我怕你呀?

　　"说呀,碧云!"我温言求道。

　　碧云皱着眉看着我:"其实说穿了爷就会觉得不值一提啦!"

　　原来,碧云是谪仙帮一直想诱捕的对象,除了想要她手中的东西,不让她再帮我外,还有其他原因,至于原因后面再谈。清华落入敌手后,帮中人多次向清华逼问碧云的下落,清华一直都不肯讲。可是时间一天一天过去,总不见救兵前来,清华便有一点沉不住气了。黄妈自动上门,给了清华启示,为何不利用谪仙帮的人为她送一封信给碧云呢?

　　恰好此刻,谪仙帮也因时间拖得太久,使起了苦肉计,派了一个据说是玉兰临终前的遗言嘱托人到清华身边。清华与黄妈一商量,干脆将计就计,利用她们的特殊文字递了一封信给碧云。表面上这是一封让碧云晚上出来见面的信,实则暗藏玄机。信是白天时送到我的府中的,碧云拿到一看就明白了,当即作好了一切准备,晚上施施然赴约去了。自然,这一去就回不来了,只能去与清华汇合。

　　"清华送来的信说的是什么?"我好奇了。

　　"说的就是咱们所用的解救十三爷的法子啊,今日这一切不都是她的办法么?"碧云笑道。

　　"难道,这些办法都是清华想出来的?"

　　"也不能说全部。小脸是奴婢想的,只是没来得及亲手交给王爷。"

　　"你为何要画那些小脸?"

　　"奴婢很担心,有一天出去会回不了王府,所以要早作准备。奴婢一旦被她们捉去了,就真的没人能为王爷解开书中秘密了。可是小菊在爷身边,奴婢又不敢过早将东西交给爷,无奈之下,只好出此下策。"

　　我沉思了一下:"我可真的不明白了,既然清华能送出信来,为什么不直接告诉我们她们被关在哪里,何必又要你身涉险境?"

　　"别提了。"碧云悻悻地说。

　　为了不让别人产生疑惑,她们从来没有亲眼查看过那些地道和秘室,虽然她

第十七章
碧云来了

们能够解出书中秘密,但却不认识地方,所以清华和黄妈虽然能够肯定这是十三幅图中所指的一处,实实不知道自己被关在哪里。清华来信就是让碧云想法熟悉地形,然后自入虎穴,大家汇合后再想办法将信息传递出来。

碧云见信大喜。她这段日子晚上频频出门,就是按照图上一处一处寻找,本意是想发现关人的地方,谁知人没找到,倒将地形熟悉了。既然清华有信到来,事不宜迟,她立即付诸行动,当天晚上便与来人接上头,当然也就毫无悬念地被捉走了。

我摸了摸自己的下巴:"你说的信息传递方法又是用你家的那些别人不认识的文字?"

碧云点头。

"如何瞒过别人的眼睛?"不是我不相信碧云的话,那些曲里拐弯的字,只要一拿出来,别人就会怀疑了,还会帮她们送信?谪仙帮的帮主可不是一般人。

碧云笑笑:"当然不是直接写那些字。笔画结构都融合在字中,只是除了奴婢家的人,谁也不认识。"

"这个文字只怕谪仙帮的帮主也能看明白吧?"我慢慢地说。

碧云讶然地看着我:"王爷何出此言?"

"我已知道清华的真实身份了!"

她笑了:"这很了不起吗?大概四爷、十四爷都知道清华的身份了吧?"她居然还有心思开玩笑。

我正色道:"告诉我清华的真名是不是叫阿九?"

"是啊,一定是小菊那丫头告诉你的吧!怎么啦?"她不以为然。

我暗自叹气,看来小菊的话也不全是假的。"阿九是谪仙帮帮主的外孙女吧?"

碧云仿佛没听清一样:"什么?你说什么?"

我又重复了一遍,她像听到什么好笑的话忽地笑了:"这一定又是小菊和爷说的!"

"是她说的。"我承认。

碧云撇撇嘴,很是不屑:"这话爷也相信。"她忽地话峰一转,"奴婢知道爷是在关心阿九,生怕她不够清白。其实,阿九才不是什么谪仙帮主的外孙女呢,她没那么大的福气。谪仙帮帮主的外孙女就在爷的面前。"话虽这样说,可我看得出来她没将这当成福气,反而难过得快要哭了。

我吃惊得差一点儿要从马上掉下来了。这又是怎么回事儿?

回到城里,天已经全黑了,安顿好所有的事,已经下半夜,心却兴奋得安定不下来。

这次行动有意想不到的巨大收获。除了已香消玉殒的李玉兰,谪仙帮的总舵主与三大护法无一漏网,同时被捉获的还有四五个分舵的舵主,其他虾兵蟹将就不用数了。这一次虽不敢说已将谪仙帮一网打尽,至少已元气大伤,谪仙帮想再像以前那么欢实地蹦跶是没有一点可能了。

"碧云,你将所有事情讲讲。"老十四又跟屁虫一样地缠着碧云。其实这话也正中我下怀,只是我没他那么脸皮厚,好意思粘着人家姑娘。

东方,启明星已经升起,露出了鱼肚白。老四伸了个懒腰:"时候不早啦,这会儿反正也睡不着,碧云,你干脆将事情讲讲。你要是不讲啊,十四爷是不会放过你的。"

碧云一脸无奈:"好吧,既然主子都已这样说了。"

这称呼有点怪怪的,碧云是从来只称呼大家为爷的,为何独称老四为主子?

老十四也不管什么礼节规矩,一拍身边最近的椅子:"碧云,坐这儿说。"又殷勤地端上一杯热茶。

碧云只是笑,并不过来。直到老四说:"十四爷让你坐,你就坐。这一次你功不可没,原是有坐的资格的。"碧云这才敛衽致礼,斜签着身子坐下了。这丫头真的越来越奇怪了,她为何会对老四尊敬如斯呢?

不过,一切谜底就要揭开了。

"从哪里说起呢?"碧云为难地看我们。

老十四兴兴头头地接口:"先从你为何会出现在清华身边说起吧。"

"这说起来可就话长了。"碧云笑道。

老十四站起来作了个揖:"姐姐,求求你,别再说这句话了。"碧云忍不住笑了起来。老四笑道:"十四弟你坐下。"

碧云接下来的话就让我们吓了一跳:"这要从奴婢的真实身份说起。奴婢是菊言唯一的弟子……"

我又惊又喜:"你……"

碧云含笑点头。老四也笑道:"这都是我疏忽了。三哥,老十四,我还没向你们介绍,这位碧云丫头才真正是咱们官家的人啊!"

"可是,你刚才又说你是……"我迟疑着,不知道能不能将碧云刚刚的话说出口。

碧云十分坦然:"奴婢也确是谪仙帮主的外孙女,这件事四爷早就已经知道了。"看着我与十四弟的疑问,碧云一笑:"苏麻喇姑去世后,我们的组织已由四爷接手。三年前碧云奉师命来到京城,第一时间就与四爷联系过了。"

第十七章
碧云来了

碧云的生母名叫李玉梅,是谪仙帮主的亲生女儿,也是谪仙帮第一个逃过杀害的孩子。当初姨妈为了混淆视听,故意收养了与女儿年纪相仿的玉兰姐妹,并在女儿的事被发现后,将玉兰指为亲生。玉兰从小靠聪明躲过了无数次追杀,后来因为玉兰实在太突出,组织才认可了她的存在。

玉梅也是帮中人,第一次出来执行任务便是嫁人,一年后玉梅生下了碧云,她又欢喜又害怕,因为玉兰从小的遭遇让她的印象实在太深刻了。当时,正好玉莲路过家中,玉梅将自己的担忧告诉了姐姐,想请玉莲给碧云找一条生路。玉莲答应并带走了碧云,对外宣称是自己收养的孤女。因为玉莲也确有一个亲生孩子死了,所以她的做法倒正符合谪仙帮的习惯,一时也无人怀疑。碧云长到五岁时,玉莲心中总是不踏实,生怕碧云身世暴露后会保不住她,有负玉梅重托,因此一直在想万全之策。

恰在此时,菊言出现了。她本来是来刺探谪仙帮消息的,可惜落入圈套,什么都没打探到不说,自己还被捉了。而捉住她的人就是玉莲。

了解到菊言的身份,玉莲心动了,这一生她们所想的不就是如何脱离谪仙帮去过清白安定的生活吗?虽然碧云跟着菊言不一定安定,但身世肯定清白了,而且以后碧云的后代也不用再受这样的煎熬。一向胆小的玉莲铤而走险,以一命换一命的方式放走了菊言,当然她也没有隐瞒碧云的真实身份。菊言虽说犹豫,还是答应了这次交换。

时光荏苒,转眼到了四十一年的秋天,碧云已经十五岁了。那一年,碧云跟着师傅刚完成了一件大任务,路过德州就住了下来。

有一天菊言出去看望老朋友,碧云一个人在家中作功课。下午菊言回来了,脸色很不好。

"快拿上家伙跟我走。"菊言简单交待一句,便冲向自己的房间。

碧云跟着师父这么多年,从未见过她如此惊慌失措,当时也不敢多问,拿起宝剑就出了门,有一辆马车停在客栈门口。菊言一言不发上了车,碧云也连忙跟上。

车上坐着师父的师妹竹晚。碧云问候师叔,竹晚只点了一下头,向菊言道:"师姐,这一次只有咱们这几个人,成么?"

菊言笑笑:"不成又有什么办法呢?"

"要不留下小云?"竹晚提议。

菊言拒绝:"不行,多一个人多一份力量。"

竹晚叹了口气。碧云心中的疑惑更深了,可是又不敢随便开口,因为师父曾有言在先,不该她打听的事就不许打听。好在,这一次师父没有瞒她的意思。车子奔跑了大约一个多时辰,一路上碧云总算大概了解了事情的始末。

格格小嫁

原来下午菊言与竹晚正在茶馆喝茶，从二楼的窗口忽然看见前面的街上来了个老相识，谪仙帮的四大护法之一阿绿。这让菊言不得不警觉起来，四大护法轻易不离开总舵，阿绿怎么会一个人出现在德州，莫非谪仙帮舵主来了？联想到这几日皇上正因南巡经过德州，菊言的心安定不下来。

正在沉思之际，菊言又看到了自己的老熟人，李玉莲。菊言明白，会让谪仙帮的两大高手同时来到德州，除了皇上再没有别人。菊言与竹晚使个眼色，一个人悄悄下楼，跟上玉莲到了一个僻静之处。玉莲早就觉察到有人跟踪，也正想在这里彻底甩掉尾巴，但一看是菊言便松了口气。

"你怎么到这里来了？"菊言问。

玉莲苦笑："何止是我，另外，四大护法也全部到了。"

菊言指了一下天："可是为了？"

玉莲点头："当然是为了他，不过下手却不是从他开始。"

"难道竟是太子？"菊言诧异道，"他在行宫之中，如何下得了手？"

"他在宫中当然下不了手了。"玉莲笑道。因为碧云已托付给菊言，所以玉莲倒不隐瞒，将整个事件和盘托出。太子受了知府侯众山的引诱，出宫喝花酒去了。侯众山是谪仙帮的人，花酒不过是幌子，抓太子和几个阿哥才是真的。

菊言急了："现在还来得及救吗？"

玉莲摇头："大约来不及了。"

马车悄无声息地停在一片小树林中。三个人下了车，一个黑影凑上来："师姐。"

碧云闻声吓了一跳，月影师叔也来了？ 能让师父师姐妹三人相聚，情况肯定已危急到无以附加的地步，今晚看来一场恶战免不了了。碧云下意识地握了一下手中的剑，她的武功迄今不到师父的二成功力，一会儿能够自保么？ 会不会拖了师父的后腿？ 她这才觉得，竹晚师叔不让她来是对的。

菊言压低声音："事情如何了？"

月影的声音一样低沉："小妹在这里看着，前前后后进去有十六个人，其中不乏高手，只怕咱们不是对手呢！"

"四大护法到了几个？"

"只有前护法阿绿。"

"只有阿绿？"菊言不禁沉思起来。玉莲不会说谎，那其他几位护法在哪里？"李玉莲到了没有？"菊言又问。

"在里面。"月影回答，"就数她来得晚，刚刚才进去，你们就到了。"

菊言露出一丝笑，可惜树林中太黑，别人都看不到。

第十七章
碧云来了

其实菊言是在心中想当年收下碧云真的做对了，这些年玉莲为她提供了不少信息，虽与谪仙帮关系不大，但却为打击其他反清组织作出了不少贡献，也正因此菊言才功勋显赫，最终从四个师姐妹中脱颖而出，继承了师父的衣钵。这一次，菊言本来以为事关谪仙帮，玉莲自己又牵涉在内会有所隐瞒，但现在看起来，玉莲竟是和盘托出了。看来为了碧云，玉莲真是什么都敢做呀。谪仙帮四大护法中，左右护法为姐妹俩，李玉兰、李玉梅。玉梅是碧云的亲生母亲，与玉兰一向姐妹情深，如若遇见她们，只要有碧云在，事情总是有转寰的余地的。所为难的，是另外一个护法，对她实在不够了解，只知道她的名字叫红袖，而刚刚玉莲提出来头疼的也正是此人。

"官府那边呢？"竹晚的问话打断了菊言的沉思。

"别提了！"月影抱怨，"四师妹到现在都没有音信。"

碧云这才知道，为了对付谪仙帮，师父姐妹四个竟然全到了。这位四师叔碧云从未见过，目前大概是一位封疆大吏的夫人，隐藏得极深。当年，月影三师叔因喝多了酒，不小心说露了嘴，被师父罚面壁一个月。而碧云更是被师父逼着，必须忘记那天晚上听到的事，只要稍稍提起一点儿，便要受罚。现在，花语师叔竟也被逼浮出水面。

竹晚看着菊言："怎么办？"

"必须有人先进去摸清楚情况。"菊言低声道。

众人沉默了一下，情况自然是需要摸清楚的，只是里面是什么局面还不明确，该由谁去呢？

月影跃跃欲试："我去！"

菊言拦住她："不，还是我去吧。我带着云儿一起去，你们在外面等着。四师妹调过人来，就赶紧接应。"

"师姐，云儿还是个孩子。"竹晚不放心。

菊言笑道："我心里有数。"

出了树林，菊言握了一下碧云的手，一件冰凉的东西到了碧云的手心，碧云不用看便知道又是那块雕成莲花的玉佩。碧云心中一直就十分疑惑，每一次与谪仙帮遭遇时，师父总会将这件东西交给自己，任务完成后又立刻收回。好几次，碧云询问缘故都被师父以"此物吉祥、能保佑她平安无事"等语搪塞掉了。但碧云知道，事情肯定不会如此简单，可想要从师父那儿打听到任何情况又是不可能的。

为了玉佩碧云没少贿赂竹晚师叔和月影师叔，可惜在这件事上，两个人的嘴都非常紧。

可能是意识到她的迟疑，菊言捏了一下她的手："戴上。"碧云知道师父的脾气，熟练地将玉佩戴在了脖子上。

格格不嫁

一个硕大的院子暴露在眼前。这个地方碧云后来才知道叫"候月园",是德州最好的私人花园。园门口无人把守,显然刚刚谪仙帮进来时已做掉了原来的守门人,但不知什么原因,谪仙帮竟也未在门口安插暗哨。师徒俩顺利地进了园子。

这过份的顺利让碧云心中有些不安,偷眼看师父,她也似是一头雾水不得其解。然而情势又逼迫着师徒两个不得不奋力上前,无暇顾及其他。

远处灯火通明,欢笑声一片,显然是正在举行宴会的人们。一个送酒的丫头从面前走过,菊言很轻易地解决了她,让碧云换上小丫头的服饰。

"小心。"菊言嘱咐一声,便消失在廊后。

碧云理了一下衣裳,又抚了一下有些凌乱的鬓发。虽然心慌,但也不是第一次扮丫头了,所以看起来还是有模有样的。碧云深吸了口气,拿起了放酒的托盘。

厅里到处都是喝得已不知道自己是谁的人们,这东倒西歪的样子令人可笑。好几个人甚至拉住碧云要她喝酒,碧云好不容易才摆脱这些醉鬼。碧云从从容容地在厅上走了一圈,酒已分发殆尽,却依旧未能发现师父所说的太子和那两位阿哥。主宾席上空无一人,太子和皇子到哪里去了?是否谪仙帮已得手了呢?

碧云沉吟了一下,缓步出厅,一个小厮站在门口,里面那样闹,他竟然还在打盹儿。碧云轻轻摇了他一下:"哥哥。"

小厮本想发脾气,一见是碧云这样俊俏的小丫头,天大的怒火都没了,转而为笑:"妹子又来送酒,辛苦啦!"猛然又似醒悟,"你不是慧儿?"

碧云笑得十分甜美:"慧儿姐姐累了,让我帮着送一次酒。"

小厮十分同情:"可不是累嘛,从下午忙到现在了,连口水都没空喝呢。你一定是厨下马妈妈的女儿,刚到府里来的那个吧?"

碧云正想怎样给自己找个合适的身份,没想到他倒给自己送了个台阶,连忙顺梯下楼:"哥哥的消息真是灵通,什么都知道。"

碧云的赞赏如此真诚,让小厮非常高兴:"真没想到妹妹竟这样俊俏。"

碧云假意热情:"哥哥有空来厨下吃酒,我娘经常提到哥哥,说哥哥为人是最好的。"

小厮更加高兴:"来来来,我一定来。"

"刚刚我娘让问,一会还需要温酒吗?今儿可喝了不少呢!"碧云一副知情人的语气。

小厮道:"别烫酒了,"他压低了声音,悄悄往里一指,用自己人的口吻说,"你看里面这些爷,哪个不喝得昏天黑地的?你们也歇歇吧,忙了一天了,你娘怕是连晚饭还没顾上吃吧?"

碧云笑:"可不是,哥哥你知道的,我娘就是个操心命。哥哥可吃了?要不要我再到厨下拿点东西来。"

第十七章
碧云来了

"不用了不用了，"小厮连连摇手，"你娘让人送来的晚饭，吃得我都撑了。"他夸张地拍了一下自己的肚子。

碧云呵呵一笑，又假意为难："那侯大人不得怪罪吗？"

"侯大人？"小厮冷笑了一声，"早陪着正主儿快活去了，剩下的这些人不用管他们。我是走不开，还得在这儿伺候着，妹妹你歇歇去吧。"小厮十分体贴，仿似碧云真是他妹妹一样。

碧云故意失望："侯大人走啦？我听娘说今儿是宴请太子殿下和几位皇子的，本来还想趁着送酒来目睹一下皇家风范，谁知竟见不着。"这模样活像一个没见过世面的小姑娘。

碧云的话让小厮更加相信了她就是马妈妈的女儿，因为今天一天已有不少小丫头到他这里来打听太子们的消息。小厮四下张看了一下，将碧云拉到一边："好妹妹，要别人我是不会告诉她的，可你是马妈妈的女儿，就和我亲妹妹一样，与旁人不同。"他一指右边一处灯光，"看到那边没有？伏月楼，十四爷喝多了，四爷在那边陪他。门口伺候的是我的好哥们顾小三儿，你提哥哥我的名字保准让你进去。"

闻听此言，碧云的心稍稍安定了一些，又满脸堆笑："那一会儿是得看看去，这一辈子我还没见过这样大的官儿呢。"她的话透着一股小家子气。

小厮笑道："要不说妹妹是姑娘家呢，就是好奇。其实还不是与咱们一样，一个脑袋、两眼睛、一鼻子的。"

碧云故意扭捏地笑了一笑，又问："那太子爷呢，也喝多了歇着去了？"

小厮神秘地一笑："他是喝多了，只是那酒与四爷、十四爷喝得不一样，他是酒不醉人人自醉，那侯大人啊就是陪着太子解酒去啦。不过妹妹你还太小，说了你也不懂。"他以过来人的身份说。

碧云心急如焚，侯众山既是谪仙帮人，只怕太子已落入敌手，必须早些将此事告诉师父与师叔她们。碧云无心再与小厮纠缠，又随意谈了两句，借口娘在等她回去，先走了。

第十八章

十三爷不见了

伏月楼院门口站了几个人，其中有两个的服饰与刚刚厅前的小厮一样，想必也是候月园的人，只是不知道哪一个是小厮口中的顾小三儿。其他的一定是四爷自己带过来的人。看伏月楼如此平静，想必两位阿哥在楼中安然无恙。

到此刻，碧云忽然发现自己犯了一个大错误，居然未问小厮的姓名，这还如何上前与顾小三儿搭讪呢？可若没有熟人，定是无法混进伏月楼接近两位爷的，那又怎样完成师父的命令？

碧云看了看自己身上的衣裳，决定先过去再想办法。就在这时院门开了，又有人说话的声音隐约传来："爷只出去走走，不用跟着了。你们照顾好十三爷，他若酒醒了，便来告诉我。"

一个人走了出来。灯光下，看得很清楚，他衣饰华贵，气度不凡，碧云几乎立刻肯定这出来的人就是随皇帝一起来的四阿哥，也就是师父口中的四爷。她心中一喜，连忙悄悄跟了过去。

并非碧云不想立即上前，只是菊言交待了，在未能完全确认太子已被劫持的情况下，最好不要搞出太大的动静。为了让碧云很快证明自己的身份，菊言还将自己的金牌交给了她。这一天，碧云才知道，四爷就是目前组织在京城的固定接头人。若是换了其他人，碧云要证明自己的身份还有一番周折呢。

四爷走走停停，分明没有目的。碧云跟了好一会儿，直到确定院门口的人都离得很远，肯定听不到他们的谈话时，才迈步上前。

"是四阿哥吗？"碧云声音里透着一丝紧张。

"你是？"虽然看不清四爷的表情，但因为碧云的称呼，他肯定是愣住了。除了皇上，敢这样当面称呼他的只有一种情况，组织中的人来了。

"主子吉祥。"碧云一边说着一边行了个屈膝礼，趁势递上金牌。在这汉人的府第中，忽然冒出一个称呼自己为主子的丫头，想必四爷心中应该有了一点底吧？碧云暗暗地想着。

四爷用手接过金牌，手指一抹，想是已验出了金牌的真假，看也未看，便又还给了她。这令碧云好生佩服,四爷是除了师父之外,第二个不用眼睛辨别真假的人。

"菊言呢?"四爷问道,声音虽轻,但威势不减。

碧云更加恭敬:"鄙师就在不远处,请主子借一步说话。"

四爷点点头。碧云乖觉地带起路来,转过一道长廊,轻轻学了两声虫鸣,菊言从藏身之处闪了出来。

"怎么回事?"四爷问,虽然菊言到来让他心中不安,但声音却平静如昔。碧云不禁由衷赞叹,四爷果真名不虚传,这份从容淡定是她无论如何也学不来的。

菊言先做了个手势让碧云去把风,然后才将事情简明扼要地讲了一遍。

"想不到她们真的来了。你可曾发现太子的踪迹?"四爷显然吃了一惊,碧云远远听着他的声调高了一个层次。

师父的声音透露出一丝不安:"刚刚属下与竹晚师妹已经将整个园子找了一遍,均未发现太子殿下。月影在门外守着,亦未发现太子出门,所以才不得已惊动四爷。"

四爷似乎在考虑,过了一会儿才说:"我现在就去找太子,你等我的信儿。"临行前,他又将自己的扳指取了下来,"拿这个派人到行宫调人过来,越快越好。"

菊言伏首称是,又提议道:"让小徒碧云陪着爷去吧,她年纪虽小,却还机灵。"

四爷迟疑了一下,点了点头。

碧云跟着四爷直奔事先给太子安排的住处——望月阁。阁外与伏月楼一样宁静,门外把守的人还在那儿站着,没有出事的痕迹。

"四爷!"见两人过来,一个太监模样的人过来打了个千。

四爷问:"太子爷呢?时候不早,该起驾回行宫了。"

太监诧异道:"奴才也一直在等太子爷过来。"

"什么?"四爷吃了一惊,"你是太子贴身之人,怎么竟未与他在一起?"

灯光下,太监脸色惨白:"刚才侯大人说要带太子爷去赏花儿,太子爷不让奴才们跟着,要大家在这里等他。"他看着四爷,显然后面还有话,谁敢违拗太子爷呢?可是又不敢将此话说出来,怕四爷发怒,作为近侍不在太子身边,已是死罪。碧云知道,世间都在传闻太子喜怒无常,杀人犹如草芥,看着几个下人连话都不大敢说出口的样子和四爷脸上的表情,显然世间传闻并非空穴来风。

"这是多久前的事儿了?"四爷努力压抑着自己的怒火。

"半个多时辰!"太监期期艾艾地说。

四爷腾起一脚,将太监踢了个四脚朝天:"蠢才,等你想到太子爷,太子爷早出事儿了!怎么不赶紧告诉我?"这火气腾然而起,碧云吓得大气也不敢出。与她一样状态的,还有另外几个在门上守着的太监,这一声怒喝,竟让众人不由自主地齐刷刷跪下了。

被踢的太监虽说疼得龇牙咧嘴,还是赶紧从地上爬起来,重新跪好:"太子爷不让告诉四爷与十三爷,奴才就……就……"

四爷怒道:"还不快找!"他急得仰天长叹,碧云低声道,"主子……"

四爷捉住离他最近的一个小太监:"赶紧跑去伏月楼,将十三爷叫起来,我们要立刻离开这里。"碧云知道,师父已从谪仙帮的内线那里打听到谪仙帮这一次的策略是各个击破,现在看起来第二个目标定是十三爷。

忽然天空划过一道红光,过了一会儿,又是一道蓝光,碧云惊喜道:"月影师叔发现太子爷的踪迹,竹晚师叔跟去了。"话犹未了,又是一道蓝光从头顶划过,"师父也知道了。"

四爷也看到了,只是诧异:"真的?你怎么知道?"

碧云笑道:"这是大家约好的暗号。"她一甩手,也发出一颗蓝色的信号弹。话犹未了,菊言已飞奔过来:"四爷,谪仙帮挟持着太子殿下往东边去了。"

"东边?"四爷像是打了个激灵,"不好!"

菊言也顿时醒悟:"皇上!"大臣田雯家住在德州东边的马颊河畔。

四爷再也无法保持平静:"快走。"他一指碧云,"你去照顾十三爷,必须将他带到一个安全的地方。"

碧云还没来得及说话,四爷与师父已经走远了。碧云小声嘀咕:"我又不认识十三爷,我去保护他?我大约连伏月楼的门也进不了啊!"然而时间容不得她迟疑,她必须立即带走十三爷。如果猜得不错,谪仙帮一击成功后,为了增加胜算,是不会轻易放过四爷和十三爷的。

碧云来到伏月楼,刚刚还在门口服侍的下人已全然不见踪影。碧云顾不得多想,提剑冲进楼中。房间一片狼藉,几个下人倒在血泊中,饶是她是跟着师父后面出生入死多年,这种惨状也令她惊恐不已。无可奈何之下,她只得强忍着冲鼻的血腥味,上前一个个检查,无一例外,这些人身上虽还有热气,但肯定已与她不是一个世界的人了,刚刚被四爷派来报信的小太监也在其中。看伤势,血流得虽多,却都是一刀毙命,之所以会有这么多的血,是因为刀口实在太深太长了。

碧云很诧异。望月阁与伏月楼相隔不远,并未听到打斗的声音,这些人是怎么死的?是谁杀了他们,十三爷又去了哪里?

她深深吸了几口气,让自己的心神安定下来,一个想法冲进她的脑子:"敌人是从楼内来的,所以才能这样来去迅速。这几个下人正是奉了四爷的命前来叫醒十三爷,却不料遇见有人想偷走正熟睡的十三爷,因此丧了命。"碧云懊恼自己晚来了一步。

第十八章
十三爷不见了

但是,这些下人都是年轻力壮的小伙子,既然能安排来服侍皇子,想必身上总是有一两分功夫的,再不济,也有几分蛮力。是谁能在一瞬间杀死这么多人,而且这么多人连一声也没叫出来?据碧云所知,就算功力如师父一样深厚,也没办法一下子杀死这么多人的,何况又是如此深的伤口。一击毙命,讲究的是快狠准,伤口可以很深,但却不会很长,那太浪费时间了。难道敌人是多人同时出的手?碧云又再一次查看,她立即否定了自己的想法,这六人是一个人杀的。杀手一共出了两刀,伤口的位置能够看得出用刀的连贯性。

这要多锋利的刀和多凶狠的杀手啊?碧云默默地想着,在他的刀下,人已不是人,是没有生命的物件。

碧云恐惧极了,却又不敢往后退缩,她虽害怕血腥,可并不胆小。既然四爷要她保护十三爷,她就必须将此事做好。她找了个干净的地方坐下,开始思考起来。

这是一间装饰豪华的卧室,是四间屋子中最西边的一间。屋内一桌一椅、一帘一帐,无不奢华至极。屋子的格局非常普通,前门后窗,左右两边均是雪白的墙,只是现在这墙上满是血迹,让人看着很不舒服。

一个硕大的衣柜靠西墙而放。碧云觉得有些奇怪,却又不知怪在哪里。她上前打开衣柜,柜子里只放了些未用的卧具,也有一两件替换的衣裳,这点东西连衣柜的一只小角落都未填满。碧云闻了一下,没错,柜子中也有血腥味。她伸手一摸被褥上一块湿湿的地方,是血。碧云关上柜门。

她知道自己为何会感觉奇怪了,到处都是血迹,偏偏柜门上一滴也没有,这是为什么?放在柜子中的被褥,本不该有血迹,却又偏偏有了。碧云明白,杀人时,柜门是开着的。时间这么紧,为何要开着柜门?是谁打开的呢?

转念一想,碧云现在明白谪仙帮是如何进的伏月楼了。她的眼前浮现出这样一幅情形,两个人抬着熟睡不醒的十三爷准备从柜中的暗道出去,一个杀手警觉地戒备。就在此时下人进来了,看到眼前的情景,惊呼声还未出口,杀手就已手起刀落,干净利落地送他们去了极乐世界。杀完人,杀手几乎看也没看,就尾随着同伙进了柜子,护送众人走了。

碧云轻轻推着柜子的内部,试了几下,柜子都纹丝不动。她忽然想起血迹,试着将有血迹的那部分向左右推拉,还没两下,柜子动了,一个如门一样的出口暴露在眼前。她定了一下心神,回手从桌上抄起一盏灯,这是她唯一能找到的照明工具,然后想也未想,进了洞口。

碧云小心地走着,她不知道这条道路通向何方,却又不能不走下去。虽然不过几十米的长度,她却像走了一年那么长久。终于地道到了尽头,一块石头挡在面前,草虫的声音也听得格外真切。她侧耳倾听了一下,外面并无声响。她举起灯,石头上光滑无比,碧云明白,一定常有人在此出入,便用力推了推,石头居然被推开了。碧云吹灭灯,走出洞门。定了一会神,有微微的月光从前方透进来,碧云明白自己依旧在地道中,便摸索着往前走。

前面有微弱的人声,碧云屏着呼吸,偷偷向外瞧着。借着天上的月光,她发现外面是一个小院,一辆车和一些马停在院中,几个人正在窸窸窣窣地整装待发。只听一个人问:"沁香,洞门你关好没有?"另一个道:"哎呀,属下忘记了。"听声音,似是一位少女。先前的人发怒道:"你总是这样失头忘尾的,总有一天你会因此丧命的。"旁边一人冷声道:"算了,让她现在去关上就是,也不会有人这么快发现的。"这声音不怒自危,先前的人显然很怕她,没有说话。第三个人道:"小香,你去关门,一会儿赶上我们。"

碧云不由得暗叫侥幸,怪不得那门这么容易开,原来是忘记关了。一阵窸窸窣窣的脚步声越走越近。碧云向里面隐了隐身。那女孩子进得显然着急了一些,并未注意到洞口有人,碧云轻轻巧巧地从后面打晕了她,想了想,将她拖进刚刚出来的地道中。见她身量与自己相仿,碧云灵机一动,干脆剥下她的衣服自己换上,又出来将洞口堵死。

其实碧云明白,最好的方法是杀掉沁香,可是她却不敢杀人。

再看外面,车和那几个人已经走了,只留下一匹马,显然是给这个沁香的。院门边一道角门开着,碧云不敢耽误,立刻上马。出了门才发现,这似是侯月园的一个小角门,方向正与她们所在地相反。月黑风高,情况又不熟悉,难怪月影师叔未能发现。

碧云追了一会儿,前面影影绰绰一群人。见她过来,便有人压低了声音叫道:"沁香,你磨蹭什么,快点过来。"

碧云含糊地应了一声,向前又追了一些,可是始终不敢靠得太近,原先的人又想发火,才说了一句,便有人轻声笑道:"莲心,算啦,沁香还是个孩子,你越骂她她越傻。你是她母亲,她都不敢靠近你,你还不说改改你的脾气。"莲心叹口气:"我的女儿哪像这个蠢货。"又是先前那冷冷的声音:"只有不会教的师父,没有教不好的徒弟。"莲心这才住了口,但回身看了碧云好几眼,虽看不清她的表情,碧云知道她一定是在瞪自己,心里好生为那个沁香难过,怎么会有这么不通情理的师父。

天渐渐亮了,碧云心急如焚,她的假面目这下可藏不住了。心中发慌,便也掉队得越来越远,莲心又开始骂人。此时忽然出现一件奇事,大家纷纷从马上解下帽子戴上,并放下了帽上的罩纱。碧云连忙依葫芦画瓢,将帽子取下戴上,因为晚了一步,又被莲心一顿臭骂:"你以为自己漂亮呢,要露张脸来给别人看?你要真有能力,就被派到前面去了,哪会让你在后面殿后!"

第十八章
十三爷不见了

骑马走在最前面的人转过身:"你能不能闭嘴!"这正是晚上三番四次责备莲心的人。微风轻轻摇摆着她的面纱,借着晨光,碧云看到她的下巴上有一道长长的伤疤。显然,莲心刚才的话是在指桑骂槐,而莲心为气她,故意地没有放下罩纱。凭心而论,莲心的轮廓与五官都长得不错,不知为什么凑成的这张脸让人看着总觉得不舒服。

因为带了面纱,碧云的胆子壮了一些,竟走到队伍中间。莲心见她上来,便绕到她身边,低声骂了起来。生平第一次,碧云觉得骂人也是一种艺术。这莲心不带脏字地骂了一刻钟,其间竟无一句重复。领队之人这一次不知为什么,竟没有开口解救碧云。昨晚劝莲心的那人过来劝道:"算啦,别与孩子生气。"又说碧云,"小香,不是姨娘说你,你娘也是为你好,你别老是木头桩子似的,做事机灵一些,知道吗?"碧云含糊应了一声。那人叹气道,"这孩子真是令人着急呢。"莲心唉声叹气:"可不是么,我都要为她急死了。"那人劝道:"算啦,总比我好,我连个孩子都没有呢!"两个人嘀嘀咕咕去说孩子的事了,碧云悄悄离她们远了一些,耳根这才清静。

四处张望,均是陌生的景色。碧云不知道这是哪里,只知道自己在向东边走,这与昨晚师父所说的方向不谋而合。跟着这帮人能不能找到十三爷的下落?碧云心中无底,却又不敢不跟着她们,因为离开这支队伍,她就更加找不到十三爷了。

昨晚出来时,她曾悄悄数过,一共是十二人的队伍,清一色全是女人。领头的是一个穿紫衣的女人。莲心似乎很不屑于紫衣人,一路骂个不停,却又不敢当面违背,只能将火全发在沁香身上,碧云只得代为受过了。

众人慢慢地走着。碧云蹭到车子旁边,恨不得上前掀起车帘看看十三爷到底在不在车上。守车的女人看见她,嘴角露出一丝笑意:"小香,你还不快到你娘身边去,一会儿她又该发脾气了。"

碧云轻轻嗯了一声,不说话。女人以为她不愿意,笑道:"那你也别再掉队了。"分明让她跟着自己走。碧云正中下怀,连忙点头。

然而这个女人警觉得很,碧云虽然紧靠车子,却没有接近车子的机会,又不敢出口询问,怕露了马脚。恨不得现在起一场大风,能够将车帘卷起来才好。可惜,这一天的天气偏偏好得很,虽也有风,除了能吹动薄薄的面纱外,对厚厚的车帘却无能为力。

又走了大概十里路,天色已大亮。一个戴着面纱的女人站在路边,看见紫衣人打了个手势。紫衣人连忙拍马上前,恭敬道:"水香主"。女人点头:"林香主辛苦了,左护法在前面村子中等你们。"

紫衣人朝后面招了一下手,大家策马跟上。碧云发现,不知何时,莲心已放下了一直卷在帽顶的罩纱。

格格不嫁

　　水香主带着大家来到村中一处较大的院子面前，院门大开着，大家鱼贯而进。主人家已作好了接待的准备，正在烧水做饭，并腾出了一进小院子，让大家休息。奇怪的是，那辆车她们就扔在院子中间，无人去管它。碧云的心一沉，十有八九十三阿哥不在这辆车上，否则她们决不会如此不上心的。仔细想想，也只有这样才符合谪仙帮的办事风格。碧云盘算着应该如何脱身，再去寻找十三爷的下落。

　　看着大家解帽子，碧云磨蹭起来，莲心又开始骂人。碧云不明白，为什么天下竟会有这样脾气坏的女人，然而这骂却逼得她无路可退。正在她绞尽脑汁，想着如何应付时，那个带她们进来的水香主从后面转了出来："莲心，你眼中还有护法吗？这样吵闹。"又伸手一指碧云："过来。"碧云迟疑着，水香主语气温柔了一些："过来，孩子，护法要见你。"莲心的嘴动了两下，想是有话想说，旁边一路劝她的女人悄悄拉了一下她的衣袖。

　　碧云知道，躲是躲不过去了，与其众目睽睽之下露出真容，不如先随着水香主去再作打算。碧云刚刚过去，水香主便一把抓住她，用几乎耳语的声音道："你是不是觉得十三爷在这辆车上？"

　　碧云这下真的被吓到了，水香主一牵她的手，音量恢复了正常："你这傻孩子，快跟我进来，算你有造化。"手上力道之大，不由得碧云不从。其实碧云此时已忘记挣扎，因为她的话实在太奇怪了。

　　水香主单独带她进了一个小院，一进门，她就将院门关上了，几乎是瞬间，她从碧云的脖子上拿走了玉佩。碧云本能地拿起了剑。水香主冷笑："沁香不会武功。"

　　碧云勉强道："你想做什么？"尽力不让自己的声音颤抖。

　　水香主根本不理她，只是道："你跟我来。"碧云知道，此刻除了跟她走，没有其他出路。

　　一个女人坐在屋里沉思。碧云心叫可惜，这是一张精致到了极致的脸，若没有那道贯彻全脸的伤疤，只怕全天下也找不出这样风华绝代的人了。更奇怪的是，碧云对她竟有似曾相识的感觉。

　　水香主叫碧云："还不快见过护法。"

　　碧云迟疑着。女人道："如水，这是谁？"

　　水香主并不回答，只是过去将玉佩交给了她。女人愣了一下，向碧云招了招手，碧云竟不由自主地走了过去。她轻轻取下她的帽子，叹了口气："到底还是个孩子。"忽然又微笑，"你师父可还好？"

　　碧云听不明白她这奇怪的言语，不敢回答。不过，可以肯定的是，这个女人对自己没有恶意。

第十八章
十三爷不见了

如水端过一盘点心："吃吧。"

碧云也确实有些饿了，就着茶，狼吞虎咽地吃了起来。女人看得直笑："慢点，慢点，别噎着。"又轻轻地抚着碧云的头发，这神态好似一个母亲在看自己最心爱的女儿。

碧云困惑地看了她一眼，却并不影响吃东西的速度。最终一盘点心吃完了，碧云也毫不犹豫地打了个饱嗝。

见碧云吃饱喝足，如水笑道："你过来。"她牵着碧云的手走向里屋妆台，打开一个包袱给碧云化妆。不过半炷香的工夫，她拿出一面镜子："看看吧！"碧云大吃一惊，镜中完全是一个不相识的女孩，皮肤干黑没有光泽，左脸上有一个硕大的红色胎记，奇丑无比。

如水满意地看着自己的作品："这才是沁香。"又向女人笑道，"属下也只见过沁香一面，实难做到一丝不差。虽然还有瑕疵，不过莲心一向粗心，大约是看不出来的。其他人也极少看见你的真面目，所以你不要担心，跟着队伍走好了。"最后一句话是向碧云说的。

碧云奇怪地看着她。她笑道："护法对你没有恶意。"

"你们会帮我？"

"当然。"如水笑了，麻利地收拾起东西。

女人走过来，拿出刚刚抢走的玉佩递给碧云，"收好，不要再带着了，太招眼。"

"这玉佩你认识？"碧云问。这才明白师父为何会给自己这东西，原来它真的能救命。女人是因为它才会帮自己的。难道这个女人就是师父口中的内线？碧云看着她温柔的眼神，更加坚定自己的想法。

女人笑道："你要记住，凡是带这种玉佩的都是你的朋友。"

水香主亲自将碧云带出来交给莲心。莲心满面堆笑："让香主费心了。"又骂碧云，"还不快谢谢香主提携。"碧云用刚刚水香主教的眼神看着莲心，愣愣地呆了一下，然后才手忙脚乱地行礼。虽然隔着帽纱莲心未必看得清楚她脸上的表情，碧云却做得一丝不苟。莲心又想骂人，水香主摇摇手："这孩子很好，护法非常喜欢。"

莲心连声称谢："都是香主的提携。"

水香主微微一笑，转身走了。

莲心难得好脾气地看了碧云一眼，旁边有人过来笑道："莲心，你家小香真是好福气啊，一来被左护法看上，将来前途无量呢。"

莲心也很诧异沁香会有这么好的奇遇，虽然心中没有底，但好不容易才逮到

237 ·

这个扬眉吐气的机会,得意还是要得意的。她叹气:"我们哪有这么好的福气,只要小香将来能够不像我这样,老在后面垫后给别人当替死鬼就好了。"一边说一边挑衅地看着紫衣人。紫衣人默默地喝着水,似是没有听到她的话。莲心撇了一下嘴,一推碧云:"走,回去,给娘好好讲讲护法都跟你说了什么。"

碧云知道,谪仙帮目前只有一位总舵主,并未设副职。四大护法中以左护法的地位最高,难道刚刚接见自己的竟是谪仙帮的二号人物?听师父讲,她是现任总舵主的养女,在帮中一人之下,万人之上,总舵主都对她言听计从,难怪莲心高兴如斯。

昨晚那个老劝莲心的人也过来帮着高兴,又暗暗地捅了莲心一下,似是叫她不要如此放肆忘形。现在碧云已知道她的名字叫白月,是这支队伍中仅次于紫衣人的二号人物,也是最聪明的一个。她行事与紫衣人完全相反,随和得很,与下属之间的关系非常好。但也正是碧云最需要避开的对象,因为她与莲心母女非常熟悉。

碧云见她来了,微微向旁边让了一步。白月笑道:"小香吃过饭没有?"这女人虽长得不怎么样,但态度和蔼可亲,并不叫人生厌。感激她昨日一直在为自己说情,碧云含笑点了点头,又拙手拙脚的行礼。

"将帽子解开,歇息一会儿,大约很快就要走的。"莲心柔声道。听惯了她的骂人声,陡然如此,碧云还真有些不习惯,本能地避开了她的手。莲心一愣,凶光又从眼中冒出来,白月连忙拦她:"算啦,她爱戴着就戴着吧,这是多大点事,也值得你发火的。"

莲心叹口气:"我就担心她那蠢样子没被护法看见。"言下之意,护法若见了她的模样,一定不会喜欢的。碧云心想,沁香的模样是不敢恭维,不过,以护法的修为,还不会如她一样以貌取人吧?莲心既然这样讨厌小香,为何当初又要收养她呢?碧云实在想不通。

碧云不了解莲心,莲心这个人是会钻牛角尖的,唯其这样,她才活得如此累。当初莲心生的女儿脸上就有与沁香一模一样的胎记,这使她在夫家没少受人讥笑。完成任务回来时,她杀死了自己的孩子,却又一直耿耿于怀。沁香是她一次执行任务时发现的,生生从人家手里抢来的。小香让她受到了更多的嘲笑,她自己也有些后悔,女儿是自己生的没得选择,选个养女又何必一定要选这么丑的呢?每次看到小香,她就会想起自己的女儿,想起别人对自己的取笑,这几种心情掺杂在一起,让她还怎么好过得了?脾气越来越暴戾,人也越来越古怪。小香的容貌是她心中最深的痛,既怕别人看见了不待见她,又怕别人看不见错待见了她。所以她们母女虽然来到这支队伍的时间不短,却没有什么朋友,唯一还能够说话的就是白月。

第十八章
十三爷不见了

这几年谪仙帮缺少人手,连沁香这样以前只安排在家中做做粗活的,也必须要出来执行任务。莲心又不放心她了,知道这丫头很笨,担心她稀里糊涂地送了命,决定还是母女两个在一起。思来想去,只有林香主这里合适小香。林香主的静思堂专司殿后,所有女人不是天生的丑,就是后天受了伤,因此大家谁也不会取笑谁。新环境下,一切从头开始,莲心在帮中混了多年,也算老人了,若在原处,一定早就升迁了。可静思堂并没有空位让她坐,一等多年还在最底层混着,心里难过,火气自然也就更大,小香在她的痛骂下越发猥琐得没法看了。

刚才莲心的话,让白月不禁笑了:"莲心,你以为护法是何人?她怎么会没看到小香的样子呢,是不是,小香?"碧云点点头,白月到底是副香主,水平就是比莲心高。

碧云默默地将帽子摘了下来,这是为了打消别人的疑心。刚刚水香主送她出来时,就已经吩咐,必须要让大家知道她是将沁香送出来了,而且这个沁香是真的。至于后面的事,她们则自有安排,无需碧云担心。但除非逼不得已,一定不要开口,因为碧云与沁香的声音实在相差太多,口音也不对。还好,沁香本来就是沉默寡言之人,常常半天也不开口说一句话,所以倒不会引起别人太大的疑心。

莲心看着白月:"就知道点头,一句话都不讲。我都想不明白,护法怎么会看上她的。"碧云假装害怕,畏畏缩缩地躲在一边,看着地上发呆。

白月笑笑:"她刚刚见了护法出来,心情一定是激动的。你让孩子定定心,平复一下心情好不好?"

莲心也笑了,她抬手抚了一下碧云的头发。不知为何,一样的动作,护法让人觉得那么温暖,莲心却让人觉得这么别扭。

太阳将要偏西时,大家才又开始准备上路。然而,水香主匆匆忙忙地过来了:"大家先回去,暂时不走。"说完也不等众人开口,便又转身离开。事出突然,大家都有些不淡定,一时间也无人再回房,或站在院中,或站在厅中,三五成群地议论纷纷。有胆大的竟窜出门去,找护法身边自己相好的姐妹打听消息。只除了紫衣人,依旧默然无语地喝着茶,似乎一切与她无关。

不一会儿,打探消息的人回来了。据说总舵主那边极其不顺利,被官兵阻在了什么地方前进不了。而挟持太子的那一伙人,到现在还未与总舵主接上头,总舵主手中缺少与官兵对抗的本钱,进退两难。总舵主专门派人过来接护法过去,所以她们这一队人暂时还不能回总舵,需要原地待命。

正在大家议论纷纷之际,水香主又来了,这一次她的神色更加焦急,先走到紫衣人身边耳语了一番,然后招手要莲心带碧云过去,四个人一起回到左护法的院中。碧云感觉莲心很紧张,短短不过半刻钟的路程竟扯了不下十次衣裳。如果没有猜错,莲心很少有机会见护法,否则不会如此在意。

屋子里多了两个人,一位和蔼可亲的妇人和一个清丽的少女。这妇人让碧云感到心安,这少女却令碧云自惭形愧,虽然碧云一向也自诩相貌不差。

少女冲过来拉住紫衣人的手:"林娘娘,我想死你了。"

林香主抚她的头:"林娘娘也想你呀,几月不见,阿九又高了好些。"她冲着阿九身后的妇人笑了一下。

妇人含笑点头:"可不是么!"又向阿九招手,意思要她过去。阿九有些不舍地看了林香主一眼,林香主推她:"去吧,去吧。"阿九叹口气:"就知道你们有要事要谈的,我到里面屋子去了。"

林香主躬身施礼,莲心也连忙拉碧云依样画瓢。谪仙帮的礼节与别处不同,不过刚刚碧云得到了水香主的指点,所以也行得有模有样。

左护法微微点头:"你就是莲心吧?"她声音柔和。

莲心受宠若惊:"属下正是。"

"阿九小姐来了,她没有带丫头。我看你的女儿不错,可愿意将小香留下来陪伴阿九几天?"护法虽是商量的语气,却没有商量的余地,不过这也正是莲心求之不得的好事,赶紧满脸堆笑:

"属下的女儿能够陪伴小姐,是她的造化。只是,就怕小香太笨,服待不好小姐。"

左护法微微一笑:"你太过谦了。"端起茶碗来慢慢地喝着,不再说话。这是她事情已完要莲心出去的意思,可惜莲心与她接触不多,不明白。林香主给莲心使了几个眼色,莲心兀自不觉,也许是女儿的际遇令她太过兴奋,故意忽略了林香主的暗示。碧云恨不得提醒莲心一声,可想想还是什么也没做,因为她现在不是碧云,而是沁香。

水香主过来拉碧云:"你陪阿九小姐到里面玩去吧,至于你,"她看了一眼莲心,给人高高在上的感觉,与刚刚温和的态度截然不同,"先出去吧,这里有些事要谈。"

莲心恋恋不舍地看着自己的女儿,给碧云理了一下衣裳,低声嘱咐:"你要听阿九小姐的话,千万不要再像以前那样了。"她的眼睛中竟有一丝泪光。

后来碧云才知道,谪仙帮的人,特别是像莲心这样底层的人常年累月的四处奔波,与居无定所的人没什么两样。阿九虽是左护法的女儿,却跟着自己的姨妈在总舵主那边生活,而静思堂是由左护法直接管理,所以这一别莲心是不知何时才能再见到女儿的。碧云很后悔,当时对莲心的真情没有反应,反而盼着她早点离去,现在想来,实在太无情了。

第十八章
十三爷不见了

水香主带碧云进屋时,阿九正静静地看一本摊在桌上的书,但这个坐姿看书显然十分不舒服。看见碧云,阿九十分友好地笑了一下,站起来,趁机合上书。碧云差点儿笑出声来,因为太过匆忙,她的书都放反了。碧云几乎可以肯定,她是听到她们的脚步声刚刚跑回来坐下的,也亏得她,身手如此敏捷,还能做到脸不变色心不跳,大约早就习已为常了。水香主显然也看到了,笑着指指桌上。阿九俏皮地笑了,连忙将书转正过来。

水香主给两人作介绍:"阿九,你就叫姐姐吧,小香的年纪比你大一些。"

碧云很诧异她说得如此肯定,明明两人个头、年纪看上去都差不多,哪里就能分得出大与小?而且沁香的地位与阿九不能相比,谪仙帮等级森严,水香主为何不仅不要碧云给阿九行礼,反而让阿九叫自己姐姐?

阿九亲热地拉起碧云的手:"姐姐。"她叫得非常自然,碧云更加奇怪了。水香主很高兴:"你们两个在这里玩一会儿,我到前面看看去。"

阿九一把拉住她:"水娘娘,发生什么事了吗?为何娘娘那么着急地带我来这里?"

水香主安慰道:"没事,没事。不要担心,有你娘在这里,任何危机都会化解于无形的,你就不要管了,替你娘好好招待一下小香姐姐。"她一边说着话,一边变戏法似的拿出许多好吃的东西。

阿九嘟着嘴:"我就知道你们还拿我当孩子,什么事也不想告诉我的。"她忽一笑,非常得意,"可是我已经全都知道了,娘娘是来找一个人。"她打量了一下碧云,"不会就是找小香姐姐吧?"

水香主看了她一眼,指了指外面,意思不要乱说话。阿九笑笑,声音小小的:"是不是嘛?"水香主敲了一下她的头:"你别问我,我什么也不知道。刚刚又偷听你娘她们说话,当心她知道了生气。"

阿九一脸不在乎:"知道就知道好了,反正她又舍不得打我的。再说,很快我就要跟娘娘回去啦,她想责备也找不到人。"

"你这没良心的小东西。"水香主笑骂道,"刚来便想走,你娘都要想死你了。"

阿九笑道:"那为何她不要我跟着她?我也很想她呀!"

水香抚着她的头:"傻孩子,哪有不要孩子的娘?她都是为你好。"

碧云的眼神不由自主地被阿九胸前的东西吸引。那是一块刻成莲花的玉佩,与师父给她的几乎一模一样。她勉强克制自己,忍住凑上前去看的冲动。想起护法曾说过的,戴这种玉佩的都是她的朋友,难道她与阿九之间还有什么渊源吗?这才明白水香主为何说她戴着玉佩太招眼了。

外面有人来催水香主,水香主向碧云嘱咐一声便出去了。

阿九笑看着她的背影,然后向碧云招招手,蹑手蹑脚地跟着。碧云本来就对外面的事很感兴趣,既然阿九要去,她自是乐得相陪了。

外面,一个碧云未曾见过的女人正在向左护法汇报事情。看她风尘仆仆的样子,一定是刚刚赶了很远的路才过来的。

从大家的言语中碧云了解到,这一次谪仙帮的计划实施得很不顺利。她们本来是兵分三路,总舵主亲自率领主力部队守候在马颊河畔伺机劫持皇帝,如不能成功,则等阿绿所带领的第二队人马到来,利用手中的太子逼迫皇帝就范。同时,由左护法率领第三队人捉住四阿哥和十三阿哥,在一边待命。如若前面已成功便罢,若未成功,便用二位阿哥的性命作为交换大家脱身的条件。因为一向传闻,康熙帝非常爱护孩子,这两位阿哥又深得圣心,这样的交易想必皇帝是情愿做的。

可是,人算不如天算。首先阿绿所带领着挟持太子的那队人未能按期与总舵主汇合,目前他们到底在哪里,还不知道,因为总舵主派出几路打探消息的人都了无踪迹,更别谈回音了。由于手中无牌,总舵主不敢轻易向皇帝叫板。但她不敢叫板,并不代表皇帝就不敢向她动手,在她犹豫不决之际,皇帝已摧毁了她的先头部队。她有些想不通,皇上是如何知道她们的人马驻扎在那里的呢?可是,现在却没有心情去考虑这些,她最钟爱和信任的右护法红袖已被皇上捉去,生死不明。现在,总舵主派人来是要从左护法这里接走十三爷,去交换红袖的性命。

碧云心里有数,一定是师父与师叔她们将太子截回了,并封锁了消息,所以谪仙帮才摸不着头脑。那么师父她们是否回过候月园,有没有发现留在地道中的沁香,她们会不会来找自己呢?碧云心中没有底,不过无论如何,现在听到的一切对碧云都是好消息,最起码她已知道十三爷目前是安全的,而且就在左护法手中,她跟的这条路算是跟对了。

左护法略略沉吟了一下,先让林香主拿她的腰牌去取货。碧云相信,这"货"一定是十三爷。林香主领命而去。左护法向来人道:"你先回去上覆总舵主,我将一些杂事处理一下,亲自将十三皇子送到总舵主那里,去救回红护法。"

来人迟疑了一下:"可是,总舵主说让属下……"

左护法拦住她的话头,语气不容商量:"红护法对本帮重要至极,我若不亲自前去,如何放心得下?再说,将人交给你,再出一点差错,你能承担得起吗?"

来人陪笑道:"总舵主特地安排了人手交给属下带来,这里离总舵主所在之地也并不远,一定不会有差错的。"

水香主在一边冷冷地开了口:"是么?宁香主也托大了,绿护法不是到现在还没将太子送到总舵主那里吗?当初绿护法不也是信誓旦旦,说一定不辱总舵主重托的么?绿护法若是早点将太子送到,总舵主也不会如此被动,红护法也不会落入敌手了,哪里还用左护法亲自出手。"听水香主这语气,来人是绿护法的人,而绿护法与左护法又似不和。

第十八章
十三爷不见了

来人脸色一变:"水香主这样说是什么意思? "

水香主笑呵呵的:"我没有别的意思,只是提醒宁香主话不要说得太满,毕竟意外是随时都会发生的。"

来人向着东边总舵主所在的方向抱了一拳:"属下是奉了总舵主之命来接十三皇子的,水香主何必牵扯上这些? 绿护法对总舵主一向忠心耿耿,这次事件定会给出一个合理解释,总舵主自会处置,水香主就不必操心啦。"她的话说得非常强硬,眼睛也毫不示弱地瞪着对方。

水香主冷哼了一声:"我自不会操心这些事。我不明白的是,为何我辛辛苦苦捉来的人,要平白无故地交与你们? 要送十三阿哥,也当是我们送去,哪是你说要便就要走的? 总舵主真是这个意思吗? "言下之意,来人假传圣旨。

来人向左护法一躬身:"护法,属下不明白水香主这是什么意思? 难道是不相信属下? "

水香主伶牙俐齿地回道:"不是我不相信宁香主的话,是宁香主的这种做法,令人觉得总舵主不信任我们护法。现如今总舵主身边只有右护法一人,正是缺人之际,为何反而不要左护法前去? 众所周知,左护法足智多谋,曾多次为本帮化解危机。"

话音刚落,护法便接口道:"总舵主的意思是不相信本座吗? "她笑容满面,只是这笑阴冷得很,面上的那道伤疤显得十分狰狞。

来人连忙恭敬地弯下腰:"护法多虑了,总舵主的意思是体恤左护法,不忍护法身涉险境。"

水香主慢悠悠地说:"听宁姐姐的意思,是护法多心了? "虽然是询问的口气,挑拨之意十分明显。

来人更加惶恐:"属下不敢。"她虽不怕水香主,却非常畏惧护法。

水香主向护法道:"属下辛辛苦苦才捉来的人,为何要轻易地交给别人? "这话是她第二次问了,只是对象不同。

护法尚未开口,来人便道:"水香主理应以大局为重,不是吗? 再说水香主也应当体恤一下护法呀。"

护法不禁笑了:"宁香主的话让本座不明白了。"

来人满面堆笑,一脸讨好之色:"听说李香主带着阿九小姐也到了这里,左护法更该早日回总舵,与女儿共叙天伦之乐。阿九小姐是我帮之宝,关涉将来我帮兴荣,她的安危是最重要的。水香主现在最需要做的,应该是护送护法和阿九小姐回去,不是吗? "

水香主怒道:"是谁告诉你阿九到这里的? "

来人平静地一笑:"难道阿九小姐不在这里吗? "

水香恨恨地瞪了她一眼,护法摇摇手,让她不要再讲,笑着向来人道:"难得你肯替我着想。"

"关心护法,本是属下份内之事。"来人恭敬地答道,只是碧云怎么听怎么觉得这话像是在危胁。今天的奇事可真是不少,难道左护法见女儿也要总舵主的批准吗?很明显,这一次阿九的到来没有得到允许,来人才将其作为把柄握在手中。

护法微笑着点点头:"你是如何知道阿九到了这里?"

来人弯身道:"是属下不小心看到了阿九小姐的披风。"她的眼睛看向护法身后,果然那边的椅子上有一件大红的衣裳。

水香主正想开口找个托词,护法微微一笑,拦住了她:"那孩子总是失头忘尾的,一会儿叫人给她拿进去。"水香主躬身答道:"是。"护法给水香主使了个眼色,水香主虽不情愿,但还是取出一只荷包递给来人:"姐姐一路辛苦,路上给大家买杯茶喝吧!"护法居然向下属行贿?碧云惊讶得要叫出声来,这谪仙帮真是太怪了。来人略推托了一下,也就收下了,口上自然千恩万谢,得意之色也从眼睛中流露出来。

碧云心中叹口气,来人倒也聪明,可是似乎这聪明又聪明得不在地方。虽然一时占了上风,护法会放过她吗?

护法端起了茶碗:"你先去歇会儿吧。"

"可是属下的事……"来人躬身问道。

水香主拦住来人:"好了,你没看到护法已让林香主去将人带来了吗?"

"难道十三阿哥不在这里?"来人显然不相信水香主的话。

水香主冷笑:"这话稀奇。护法的安排难道要一一告诉你不成?"

来人脸色一变,护法笑道:"本座怎么会让十三阿哥也待在这院里呢?狡兔尚知三窟,绿护法就没教过你们吗?"

水香主笑着接口:"绿护法做事一向喜欢直来直去,这一次一定又是大张旗鼓地带走太子,所以被人家盯上了,无法与总舵主汇合。"

来人气得脸上有些变色。护法淡淡道:"你先带你的人下去吃些东西,一路奔波,想必也累了。回去还有许多路走,正该养好精神才是。人一带到,我便交与你带着。只是总舵主那里……"

来人连忙含笑弯身:"属下知道,绝不会说阿九小姐到了这里。"

护法满意地点点头。水香主向前做个请的姿势,来人恭敬地行礼告退。

碧云可以肯定,来人不会为左护法打掩护,可是左护法居然相信了她,这叫碧云无法理解。

第十九章

真的找我

　　来人刚走,与阿九一起来的妇人便从一扇屏风后转了出来。她满面愁容:"二妹,你真的要将人交给宁息带走?"

　　这个称呼让碧云吃了一惊,原来这妇人竟然是左护法的姐姐,那么她一定就是总舵主的另一个养女李玉莲了?碧云暗道,真想不到,一天之内,竟有幸与这两个大名鼎鼎的人物相遇。不过奇怪的是,江湖上被传得凶神恶煞般的两个人为何自己却对她们一点都不反感,反而感觉相当亲切和熟悉?想起阿九的玉佩,碧云有一丝不安,莫非自己与谪仙帮还有什么瓜葛不成?

　　护法笑道:"交与她我如何能放心?"

　　玉莲的神色缓和了一些:"这就好。我有很重要的事要与你说。"看来她十分焦急。

　　护法道:"姐姐,且坐下喝杯茶!什么事慢慢说。"站起身,亲自倒了一杯茶给她。

　　"我哪还有喝茶的心思。"玉莲将递过来的茶碗往桌上一放。

　　护法笑了:"姐姐何时变得如此急脾气?"这笑如此宁和,与刚才截然不同。碧云十分肯定,护法一定非常重视家人。想不到,世上被传得狠毒无比的女魔头也有如此温情的一面。

　　"又给妹妹惹了麻烦。不过,我也是不得不来。"李玉莲叹口气,"刚刚舵主派来的人已将情况全都说了,你知道太子为何没有落网?"

　　"不是没有落网,是被人解救走了吧!"护法纠正她。

　　玉莲很是佩服:"一切都瞒不过你的眼睛,没错,是被人救走了。"

　　这话,给了碧云确切的消息,也让她心中一喜。师父得手了,一定会与师叔她们四下寻找自己的下落,迟早会来到这里,因为她一路留下不少标识。只要救出十三爷,她就圆满完成了自己的使命,可以向四爷交差了。

　　护法看了一眼自己的姐姐:"这事儿与姐姐脱不了干系吧?"

　　玉莲愣了一下:"妹妹何出此言?"

"总舵主的计划虽说仓促，却周密详尽，若非知情之人透露，对方又怎会这样轻易得手？帮中知道全部内情的，就只有咱们几个人。总舵主、阿绿、红袖她们没有理由泄露，至于玉梅，她与总舵主在一起，想说也没有机会说。剩下的只有咱们姐妹两人，我与那边没有瓜葛，不是姐姐还会是谁？"她似笑非笑地看着对方。

玉莲没有说话，但显然是默认了。这样的事她竟承认得如此爽快，碧云十分意外，略一想，也就明白了，不外乎两种可能，一是玉莲知道瞒不过去，二是让护法知道也无所谓。碧云更偏向于前一种。

护法冷笑："姐姐的胆子越来越大了，竟置本帮利益于不顾，公然帮朝庭做起事来，这样下去还如何得了？"越说到后面，护法的面色越沉。碧云的心也跟着沉起来，原来玉莲才是师父口中的眼线。莫非她是受师父所托才来的？护法是否真的生气了？

玉莲依旧面带笑容："妹妹既然顾本帮利益，为何不将十三阿哥让宁息带走？时机稍纵即逝，总舵主那里心急如焚，妹妹却在这里推三阻四，难道也是在为本帮着想？"

护法慢腾腾地说："我手下拿到的人，为何要交给她们处理？"

这声气与刚刚水香主的话不谋而合，看来水香主与那个宁息之所以针锋相对，是护法的授意。而且护法刚才亲口也说，让宁息休息，不过是缓兵之计，她并不想交人。难道她要放走十三爷？碧云被自己的想法逗笑了，这也太滑稽了，既然要放，当初何必大费周章地捉过来？

"堂堂护法，说出这样不顾大局的话来，还说自己一心为帮中利益着想？"玉莲冷哼了一声。这一着以子之矛攻子之盾的招数使得十分高明。但护法不是其他人，并没有被问住，反而笑着看她："如是本日之前，我当然会将人毫不犹豫地交给宁息。可是，今日我却不得不再作考虑。"

"为什么？"玉莲脱口问道。

护法神秘地一笑："这个且等等再说。姐姐来到底为了何事？"她话锋忽一转。

玉莲迟疑了一下。

护法笑了："既然事已得手，姐姐就该带阿九回杜家村，为何来见我？想必是那边的人来求姐姐的？"

玉莲苦笑："果然什么都瞒不过妹妹的眼睛。好吧，确是受她们所托，找一个人。"

"找谁？"

玉莲的身子前倾，离护法近了一些："一个年纪与阿九差不多大的女孩子。"

这话让碧云愣了一下，看来阿九说得没错，玉莲此行当真是为了寻找自己。没想到，盼望的救兵就在眼前。回头去看，阿九正得意地看着自己，意思她早就猜到了。碧云怀疑是玉莲告诉她的，带阿九来，一方面可能是真来不及安顿她，另一方面也不能排除玉莲让她当说客的可能，毕竟护法爱女心切，有阿九在，事情总会有回寰的余地。

"我这儿这么大的女孩子可不少。"护法闲闲地说着。碧云明白她早就知道玉莲的来意，之所以绕这么大的一个圈子大概是想证实自己心中的疑惑。现在她是明白了，碧云心中的疑惑却更大了。

玉莲索性不再遮遮掩掩："妹妹，你就不要再和我打哑谜了。我已接到消息，那孩子不会往别处去，只会在妹妹这里。"

护法笑了："原来姐姐是有备而来。不过，姐姐说在这里，可是我却未见。到底是怎样的孩子，让姐姐如此担心？"这大概是护法兜圈子的真实目的。

"但她是真的不知道我的身份吗？"碧云暗自问自己，回想护法见到自己的神情，碧云肯定地摇了摇头。

玉莲叹气："妹妹又何必装腔作势？你如此聪明，怎会猜不到她是谁？"她以守为攻。碧云由衷佩服，这两姐妹都是人精，个个心机了得，真是让人服了。

"原来都是真的。"护法轻叹着点了一下头，"这样的事情，姐姐却不告诉我，为什么？"她不满的神情犹有少女的任性。

"我告诉你，难道是要事发后，让妹妹一起来担责任吗？从小到大，我何时让你为我分担过过错？"玉莲坦然地看着她，显然此话不是虚言。

护法笑了："好，就当姐姐是为我好。"显然，玉莲的话打消了她多年以来的顾虑和误会。

"当然是为你好，不然你还以为是什么。"玉莲的语气有些冲，大概妹妹的误会让她也生气了。

碧云暗自好笑，这一对老姐妹不耍心眼，又开始耍脾气了。

护法柔声道："这是妹妹不对，不该误会姐姐的。"站起来行个礼，算是赔礼道歉。生平第一次，碧云发现行礼也能行得如此风致娟然。今日第二次，碧云为护法可惜，如果没有那道该死的伤疤就好了。

玉莲横了她一眼："自然是你的不对。"

护法将茶端给姐姐，玉莲不肯接。护法又再三赔笑，玉莲这才接过去。这感觉相当怪，好像护法才是姐姐一样。见玉莲脸色缓和了，护法突然问："真的是她的孩子？"碧云的心怦怦直跳，这话是什么意思？师父一直说自己的父母为国捐躯，她是孤儿，护法口中的她是谁呢？

玉莲一愣，正往嘴边端的茶碗停下了："是不是她的很重要吗？"

"很重要。"护法回答得斩钉截铁。

玉莲索性将茶往桌上一放："如果我说是，那又怎样？"她试探道。

护法哼了一声："如果是，我要将她送到总舵主那里，让她看看她自己的女儿也违反了帮规，既然能这样惩罚我，我倒要看看她是如何对待自己的亲骨肉。"

轻轻的几个字如同晴天霹雳，将碧云都要打懵了。她紧张地盯着玉莲，既想知道答案，又怕知道答案。

玉莲似笑非笑："你说的这是真的？"

"当然！"

"我却不信。"

"那姐姐试试。"

玉莲笑了："罢了，你这样一说，我倒放心了。姐姐虽没你能干，但还不算笨。好啦，她在哪里？我要将她带走，和十三爷一起交给她的师父。"

护法道："姐姐说话真是好笑，你一个没找到，倒想从我这里带走两个人。"

"你会让我带走她们的！"玉莲十分肯定。

护法站了起来："好，可以带走他们，但你必须亲口告诉我她到底是不是玉梅的女儿！"

玉莲隔着桌子拍了拍她的手："你还是小时候那样，什么事都要弄个水落石出。其实真的没必要，你与玉梅一起长大，关系好得别人动她一根头发你都要去拼命，我不相信你会对她的女儿下得了手。"

护法苦笑道："我是下不了手，一看见她，犹似看到我的阿九。"

玉莲悬着的心放了下来："我就知道，有你在，孩子是不会出事的。你早就认出她来了，是不是？"

"她带了你的玉佩。"护法轻轻答道，"她刚一出现，水儿就将她认出来了。这孩子胆大得很，又很聪明，不像是姐姐带大的孩子。"

玉莲笑道："阿九也是我带大的，她的胆子也很大呀。"

"阿九只是顽皮，那孩子有的是胆识，不一样的。"护法摇了摇头，"阿九将来但有她的一半，我就放心啦。"

玉莲正色道："二妹，为了阿九，你真的不考虑一下以后的退路吗？"

护法黯然无语。

四福晋听说我们还在商量公事，专门派人送来点心。大家多少用了一些，唯有老十四心急难耐，胡乱塞了两口后，便不停催促："快说呀，碧云，左护法会如何处置你与十三哥。"

碧云浅浅地笑着，看了一眼正吃点心的我们，慢慢喝了一口茶："当时奴婢听说自己是谪仙帮总舵主的外孙女，整个人都傻了。幸好阿九在后面扶着奴婢，才没有摔下来。可能是奴婢状态实在不好，阿九凑到奴婢耳边：'咱们回去吧。'她拉

第十九章
真的找我

了一下奴婢的手,但这个时候奴婢怎么能回去?"

老十四一拍桌子:"对对对,当然不能回去。"

我啼笑皆非:"十四弟,你别打岔,让碧云好好说下去。"老十四略带歉意地冲我笑了一下,挠了一下自己的头。

碧云继续说道:"阿九自己其实也不想回去,见奴婢坚持,便顺水推舟罢了。"

这时候另一个打岔的人来了:"阿九是不是早知道你的真实身份?"老四问。我看了他一眼,没有说话。

老四什么时候都忘不了阿九,事到如今,他对阿九的身份还不能释怀吗? 不管怎么样,阿九毕竟是帮了咱们大忙的,没有她,谪仙帮这颗毒刺还不知何时才能拔掉,并且,阿九也并没有与老十三再续前缘的打算,否则就不会坚持不回京城啦,现在放不下的其实是咱们的十三弟,我们倒真的要好好考虑一下如何将那铁了心的家伙拉回头。

从这一点,我就很佩服阿九,拿得起,放得下,没有哪个女孩子会对唾手能得的荣华富贵不动心的。难道,老四要将老十三不肯放手的错也安在阿九头上吗?

碧云显然也明白老四的意思,迟疑了一下:"她大约是知道的。阿九聪明得很,长年累月与奴婢的娘生活在一起,奴婢的意思是黄妈妈,"碧云解释道,"有些事虽然奴婢的娘没说,她也大概能猜到八九不离十了吧。"

碧云的话我十分赞同。谪仙帮那种生活状态,人是非要练出眼观六路、耳听八方的本领不可的,否则无法生存下去。其实不止谪仙帮,我们皇家又何尝不是如此? 阿九是谪仙帮未来的希望,这种本领更应当是最基本的功课吧? 她的心机都是为了活着不得不锻炼的本领。

"就算知道也没什么,"我摸着自己的下巴,"阿九肯与李玉莲一起来救碧云和十三弟,不会仅仅是因为碧云的身份。"碧云感激地对我点了一下头。

老四呵呵笑道:"三哥认为还有其他原因?"他这么高兴倒是我没有想到的。

"当然!"我回答得十分干脆。

老四点点头:"没错,这才叫伏线千里,阿九做这一切都是为了以后顺利进京作准备,"他的目光转向碧云,"因为她帮过你,在京中遇见你时,你才会放她一马。而她也帮过十三弟,才会将指婚的对象选定为他,她知道事发后,仅救命恩人这一样十三弟就对她下不了手,何况现在十三弟对她用情如此之深? 我现在才明白,当初她为何会拿走十三弟的玉佩。只是她没有想到,最终的结局会是这样。"他意味深长地看了大家一眼。

老四的意思,阿九是情势所逼,才见风使舵地转到了我们这一方,而非出自她的自愿? 这也太不顾事实了吧! 幸而老十三不在这里,否则他非跟他拼命不可。就是老十四,本来懒懒地半躺在椅子里的,这话也让他情不自禁地坐直了身子,虽不至动手,但不满是很明显的了。

我真的无语了,老四想的与我和碧云所想的简直云泥之别,阿九当年冒着生命危险救人的初衷都要被他歪曲到姥姥家去了,真亏得他想得出来。

碧云苦笑了一下:"四爷猜得不错,兰姨是在为女儿将来进京作准备,但却又不是四爷所想的那样,因为压根的,阿九来到京城的目的就是为了摧毁谪仙帮。"

老四被这话惊到了,居然站了起来。我不禁笑了,也有让他坐不住的时候。

"你是说,阿九不是在你的影响下才做这番事的?"老四问道。

主子站起了,碧云也不敢再坐,连忙起身,老四向她摆了摆手,意思要她坐着别动。碧云看着老四:"天底下会有不为自己女儿好的母亲吗?"

老四若有所思地坐了下来,想了想,还是不服气:"可她的母亲毕竟是谪仙帮的二号人物啊!"

哎,老四,你让三哥我说什么好呢?阿九与你到底有何仇,你会对她偏见如此?

碧云叹口气,最终没有出声,想必是不知道怎么说。我笑道:"老四你这样想就不对,碧云的母亲还是一号人物的亲生女儿呢,为何她也要将碧云送出谪仙帮?许多事并不是我们表面所看到的那样。其实有一件事,我早就疑虑在心了,李玉兰脸上的伤疤到底是怎么来的?"

碧云笑得十分凄凉:"兰姨自己划的。"

"自己?"老十四也惊叫起来,"为什么?"

女人,特别是美人是很重视自己的脸的,为了让自己变得漂亮一些,女人什么都敢做。李玉兰算得上一个大美人,该是怎样的决心才能让她对自己那张毫无瑕疵的脸下得了手?

碧云叹口气:"兰姨是为了阿九才这么做的。"

"为了阿九?"我们更想不通了。

碧云点头:"奴婢也是后来听娘说的。当时有别有用心的人跳出来,说兰姨风华绝代,是帮中第一美人,阿九比她差远了。所以不必等阿九长大,有些计划兰姨就可以出来实施。兰姨为了杜绝这些人的想头,自己用簪子划了脸。当时她才二十四岁,正是一生最美的时候。谪仙帮虽然有修容术,可她的伤实在太长太深,神医也无能为力。"

我和老十四唏嘘不已。老四开口道:"这女人可真下得了手!"这什么话一经他说出来就变了味儿。

老十四看了他一眼,催促碧云:"不要再讲闲话了,你往下说。"分明是不想再听他四哥的谬论。

碧云一笑:"兰姨对我娘的问话,一直都没有开口回答。这时候水香主回来

第十九章
真的找我

了,兰姨问,'事情都安排好了?'水香主含笑点头,又向我娘说,'莲姐,你与阿九回去的车我也备好啦,你们随时可以动身。'我娘显然没有想到,愣了一下,'你是说要我们现在就走?'她看着兰姨。兰姨反问,'你们不走在这里做什么呢?'我娘悻悻地坐下来,'我要的人怎么办?'兰姨使了一下眼色,水香主便冲着我们的方向叫道,'阿九,你们两个还不快出来。'阿九冲我做了个鬼脸,意思又被发现了,她拉着我,更确切地说是扶着我,慢慢走到厅中,娇声叫道,'娘。'这声音甜得都快将人化了。

"兰姨却不为所动:'别跟我嬉皮笑脸的,你也该懂事啦,不要成天像个孩子似的。娘都说过多少次了,在娘处理事情的时候不许偷听。'阿九含笑听着教训,默然不语,却又悄悄背转脸向奴婢的娘使了个眼色。

"娘轻轻咳了一声:'好啦,妹妹,你别用教训孩子来转移话题,还是那句话,我要的人呢?'

"护法无奈地一笑:伸手一指我,'有一个就在这里了。'

"娘看了一眼奴婢:'怎么是她。'她站起身,想上前却又止步摇头,'这不会是我的云儿,我的云儿是很漂亮的。'

"水香主笑了,牵住奴婢的手走过去:'姐姐有所不知,这是妹子的手笔,不然这孩子早就被人发现了。'又推奴婢,'碧云,这是你娘啊,分开才几年,你就不记得她了么?'

"奴婢的心全都乱了,水香主再说什么奴婢都听不进去。娘的眼泪却流了下来:'没错,这双眼睛到什么时候我都认得的,云儿。'她忽然就将奴婢搂在怀中,奴婢这时醒悟了过来,连忙挣脱开:'不会,不会是这样。'奴婢平生从未这样手足无措、语无伦次过。

"她吃了一惊,随即平复了一下自己的心情:'娘知道你是难以接受的,娘本不该认你,只是……'她指了一下阿九身上的玉佩,'你不是也有这个么?凡是娘带大的孩子,娘都会给她一个这个。'

"'可是,师父说……'奴婢嗫嚅着。

"兰姨笑了笑,这笑有几分苦涩:'别听你师父的,她一定说你是孤儿。'她走过来抚了一下奴婢的头,向我娘道,'姐姐,咱们不该认孩子,这对她太过残忍了。'她又回头瞪了一眼阿九,'你若不拉着碧云姐姐偷听娘的谈话,什么事都没有。'

"阿九小声说了句话,兰姨没听见,喝道:'说什么呢?大点声。'

"阿九一愣,转到奴婢身后,似有拿奴婢做屏障的意思,然后大声道:'你知道我会偷听,让我们去别的院子好了。留我们在这里,不就是想让我们听到的嘛,好免去你们当面解释的烦恼。'

格格不嫁

"兰姨向水香主道：'这孩子说什么呢，真会胡思乱想。'但显然这话说中了，兰姨的脸上有些不大自然，大概她不会想到女儿竟会当着众人的面揭穿她。

"水香主附和着笑笑：'这丫头真的是心思转得太多了。'

"我娘冷笑了两声：'好了，就算我家阿九心思想多了。说说吧，你打算如何处置我的云儿？'

"兰姨讪讪地笑：'姐姐何出此言，我若处置她，就不会将她留在这里，还帮她化了妆了。'

"娘满意地点了下头：'既然这样，我先谢过妹妹了。那十三爷呢？这孩子之所以闯到这里，是奉命来救十三爷的。你不放人，这孩子回去完成不了使命，一样没活路。'

"水香主笑道：'姐姐也太危言耸听了吧，她是官府的人，完不成任务还有杀头之罪不成？'

"'妹妹，你也知道是官府，她没保护好的是十三皇子，怎么就不是死罪？'我娘笑着反问。

"'娘，一块儿放了算啦，救人就救到底嘛。'阿九附和道，笑得像花一样，这大概是她惯用的讨兰姨欢心的手法。兰姨早已司空见惯，瞪了她一眼。水香主笑道：'阿九，你就知道帮你娘娘，你娘该多伤心啊。'兰姨道：'这小东西心里哪有我！'语气颇为落寞。阿九过去搂住她笑道：'怎么会没有娘呢？正是为娘考虑，阿九才这么说的呀。'

"水香主不禁笑了：'哦，这一次你又是为娘考虑的，你倒说说，怎么为你娘考虑的？为你娘考虑，就是让她交不出人给总舵主，然后受罚呀！'

"阿九刚想开口，我娘笑道：'阿九这一次还真是为她娘考虑的。云儿回去要有三长两短，她的亲娘玉梅心中会怎么想？外面的都说玉兰是总舵主的女儿，最疼她，可到底最疼谁，别人不知道，我们还不知道吗？到时候老人家心疼起玉梅来，会待见玉兰你吗？'

"水香主笑道：'总舵主不见得为了碧云与兰姐生气吧？碧云毕竟是帮规不容的，何况又入了官府？'

"'帮规？'我娘笑了，'是有帮规，也确实不允许。碧云活着，老人家肯定生气；可碧云真出事，老人家也不见得就不心疼。你说呢，玉兰？'

"兰姨无奈地笑笑：'姐姐所言极是，妹妹还说什么？'她向水香主一伸手，水香主递给她一个玉佩，兰姨又交给了我娘，我娘诧异，'这个是？'

"兰姨笑道：'十三阿哥身上的。姐姐以为就你知道给孩子留个玉片儿作纪念吗？大清皇帝也会啊，这是阿哥身份的象征。交给姐姐吧，将来你们到京中，说不定还有用呢！'

第十九章
真的找我

"我娘犹疑不定：'你们将十三阿哥怎么样了？'

"'能怎么样呢？放了。'兰姨的口气像是在说一件微不足道的小事。

"奴婢简直不敢相信自己的耳朵。水香主笑道：'小云刚来，护法就知道她的来意了。为了不让孩子回去为难，小妹在你们到来之前就已将十三阿哥放了。'

"'真的？'我娘又惊又喜，转而又担心，'那你们怎么办？'

"兰姨叹口气：'难得姐姐现在还能想起我。怎么办？凉拌！'真想不到，她居然会说俏皮话。

"水香主笑道：'兰姐怎么会让小云为难呢？她宁可自己为难。姐姐现在明白为何小妹跟在姐姐后面进门了吧，就是被兰姐派去做这件事的呀。正想回来后怎么让小云避开众人的耳目回去呢，姐姐来了，我们倒不用再找借口，姐姐一起带她出去吧。'

"'那你将十三爷交给谁了？'奴婢忍不住开口问。

"水香主笑道：'小云，我帮了你这么多，叫一声水姨都不肯吗？'奴婢低下头，她也并不为难奴婢，继续说道，'应该是你师父吧，因为我看她的信号弹的颜色与你的是一样的。'

"奴婢吃了一惊：'你怎么知道我的信号弹？'

"水香主笑笑：'这个我就要向你道个歉了。刚刚给你化妆时，没有告诉你就拿了你一颗信号弹，实在对不起呀。不过，以后你也要当心呢，自己的东西一定要保管好，不管这个人能帮你多大的忙，你都不能完全相信她。'

"这话令奴婢出了一身冷汗，如果兰姨与水姨是敌人，早就借着奴婢信号弹将师父师叔她们引过来一网打尽了。

"兰姨笑道：'姐姐，你该带两个丫头走了，人家菊言在外面八成已等得不耐烦啦。再说，我这里还有事儿要办，你们在我也不大方便。'她这是在促驾。

"我娘现在总算可以舒心地笑了，向阿九和奴婢道：'走吧，咱们别在这里碍事了。'

"阿九有些不舍，兰姨笑着摇手，'去吧，很快就能见到的。'

"水香主笑：'这会子又知道舍不得了，下次来了少气你娘，知道吗？'

"阿九做个鬼脸：'我何时气过娘啦？'

"水香主笑：'那你少气我。'

"'偏气你！'阿九勉强笑道，泪水却在眼眶中打转。水香主叹气，一手拉一个，要送奴婢和阿九出去，看她那样子真的很着急。我娘却站在原地，隐隐听见她说，'二妹，你也别做得太绝，能放的就放了。'这一次，她们说的话是真的不想让我们听见。

"过了不到半刻钟的时间，我娘就出来了。其间，水香主又特意带我作为沁香去和莲心道别。'阿九小姐与小香投缘呢,要带她回杜家村。'水香主这样说。

"看得出来,这对莲心是个天大的好消息,情不自禁地要给阿九磕头,被水香主以'年纪小,怕折寿'给挡过去了。

"莲心是真的将沁香作为女儿的吧,虽然她爱的方式令人难以接受。奴婢暗暗下定决心,一定要请师父饶沁香一命,这样至少她们母女还是有团聚的机会的。自然,这件事奴婢后来还是做到了,只是沁香再也没有见到过莲心,因为她死也不肯回去。

"我们坐上马车,走了不到十里路,师父果然在前面等我们。我娘将奴婢交给师父,两个人躲在林子中讲了半天话才出来,自然这一次奴婢与阿九是什么也听不到了,因为我娘当时根本就没许我们下车,水香主又一直在旁边看着。我娘回来后,只向水香主点了点头,然后看了奴婢一眼,一句话也没讲,就头也不回地带着阿九走了,她甚至没肯让阿九下车。

"奴婢的心有一些沉重。师父却很高兴,拉着奴婢的手上下看了又看,夸奖了很多,可惜当时奴婢没有心情听。"

讲到这里,碧云的故事算是告一段落。天也早已大亮。

老四站起来伸了个懒腰,向我道:"三哥,咱们去将老十三请回来。"

我叹叹气:"那小子肯回来?"

老四的手捏成拳头:"我就是绑也要将他绑回来的!"

五月的天气,一有太阳就热了。

昨日一夜未睡,现在兴奋劲儿过了,困劲儿也上来了,老十四被车一颠簸,居然睡着了,还打起小呼噜。瞌睡这种病是最会传染的,我也觉得困意上涌,有些支持不住,抬头一看,对面的老四正在闭目养神呢。碧云偷偷背过脸去打了好几次呵欠,她自然也很困,可当着我们的面,她无论如何不敢睡,只能勉强撑着。

我坐正了身子,弹走已迫在眉睫的睡意:"碧云,有件事我一直想问你。"我的声音放得小小的,免得惊醒那两人。

有人说说话,就没那么困啦,我心里想着,嘴上却没说出来。聪慧如碧云,总会明白我的心意吧?

她勉强振奋精神,以同样小的声音问:"王爷想问什么?"

"你是怎么到的尚书府?"这确实是我一直想问的,昨晚时间太紧,碧云没有来得及说。

"师父安排的。"她懒懒地回答,上下眼皮都快粘上了。哎,看来她现在没有说话的兴致,真辜负了我一片良苦用心。

"菊言师父不是已经去世了吗?"老十四不知何时已醒过来,插口问道。这突然的声音,吓了我一跳。

碧云脱口问:"谁说的?师父活得好好的,哪个人这样诅咒她!"她十分气愤,声音不知不觉地大了。

老四道:"十四弟,小菊的话你也信。"他的眼睛却没睁开,我都分不清他是没睡着,还是被老十四和碧云吵醒的。

"是这个死丫头,"碧云咬牙切齿,"她什么谎话不好编,居然编出这样的事来,太不像话了,明儿奴婢非得去掌她的嘴不可。"如此激动,睡意自然早被赶到爪哇国去了。

碧云生气也挺可爱的。我一直觉得这丫头荣辱不惊、喜怒不言,原来是没有触到她的底线,竟然也有这样急躁的时候。

"你师父怎么想到安排你到尚书府的,我怎么感觉你在那里就是为了配合清华和黄妈?"老十四这句话算是问到点子上了。我颇后悔发起谈话,本意是两人私聊,如今四个人全加了进来,我倒没有插话的余地了。

碧云看了老四一眼,有一点迟疑。老四笑道:"十四爷既然问,你就说与他听听。"我怀疑老四自己也想听,想必从前碧云的汇报含有水分。

碧云点头:"为了摧毁谪仙帮,四爷早就运筹帷幄啦。多年以来,主子的心愿就是彻底消灭谪仙帮,固我大清根本。主子的决心,自然鼓舞了属下,个个都不敢怠慢,只要有点机会都要奋力向前的。"

我的手又情不自禁地去摸下巴,这是什么意思,碧云为何突忽拍起老四的马屁?这可不是她的作风。

老四也看了她一眼,不过看得出这家伙还是挺高兴的。自然,谁不愿意听好听的?

碧云像是没看到我们诧异的眼神,依旧自顾自地说了下去:"德州之事完毕后,有一天,师父忽然对奴婢说,要让奴婢到尚书府去。还说这是扳倒谪仙帮的机会。奴婢问,'什么机会?为何只要弟子一个人去?'师父慈爱地看着奴婢,'怎么会是云儿一个人,主子就在京城,有什么事主子都会帮你的,你怕什么?'奴婢点了点头,问,'弟子应当怎么做?'师父抚着奴婢的头,'一切师父都会帮你安排好的,你去了就知道了。'过了两天,张伯行夫人回京省亲,路过德州,奴婢便成了张夫人的贴身丫头,到京城没两日,就顺利地跟了马夫人。后来的事,大家都知道了。"她说话的时候,不停地偷看老四。老四脸色平静如水,什么也看不出来。

这个丫头,说话不尽不实,不合情理之处颇多。此计谋中,只怕少不了李玉兰与李玉莲姐妹两人。可因为顾忌老四,她却不敢一下子说出来。现在我总算明白,她为何要将老四抬在前面,就是为了后面堵他的嘴。本来嘛,摧毁谪仙帮是你上面的意思,我们下面是为了完成主子的心愿,就算行事当中有何不妥当之处,也是可以原谅的。

"那你当时知不知道,将会要你配合的人是清华和你娘?"老十四这小子,今日是怎么了,句句话都问在点子上。

碧云笑笑:"后来才知道的。不过……"她又朝老四看,在探究他的态度。

"不过什么?"老十四催问。

碧云迟疑了一下,似在下决心:"奴婢想,师父总不会不知道这件事吧。"她的眼睛看着老四,似在问,"主子也知道这件事,对不对?"老四转过脸避开了她的目光。

我心下恍然大悟。昨日碧云提到李玉莲姐妹、李玉莲与菊言的两次避人耳目的谈话,不是没有深意的。碧云配合清华的行动,大概从那时就定下来了。菊言一定早就将此计划向老四进行过汇报,老四从一开始就知道阿九的来历了,只是没想到最后的指婚对象竟是他最疼爱的十三弟,所以才会那样强烈地反对婚事。可惜的是,老十三浑然不觉哥哥的良苦用心,而老四又无法解释个中因由,只能痛苦地看着事件发展下去。到如今尘埃落定,他怎么可能允许十三弟娶清华?

那么皇阿玛呢,他是完全不知晓么?还是将老十三当成了一颗棋子在用?我宁愿相信他老人家是什么也不知道的。

我向碧云道:"这么大的事,你师父不会自作主张吧?"

如果知道这句话会结下我与老四的一生的芥蒂,我就不会提了。但当时,我实在很想帮助碧云,为清华和老十三讨个公道。

碧云没有开口。老四看了我一眼,也没说话。

老十四追问:"四哥,你到底知不知道?"

被逼得无处躲藏的老四讪讪地说:"菊言自是不会自作主张。"虽不是正面回答,却肯定了他一直知道事件始末。

"那当时你为何不提醒一下十三哥?"老十四埋怨道。

老四苦笑:"我怎么提醒?我当时也不知道他看中的就是清华,马大人家的女儿实在太多了。"

这借口找得实在不怎么样。老十四果然撇了下嘴,虽然什么话都没说,但鄙夷之色非常明显。

老四大概也觉得刚才的回答过于草率,想了想又道:"身为皇子,什么事都要从大局考虑的,小不忍则乱大谋。"这才是他的真心话,不过现在说这些已没有任何意义了。

我笑道:"这样看来,清华确是从一开始就是来帮咱们的呀!"老十四赞同地点了点头,碧云更是感激地一笑。

老四摇头:"未必。这女孩子心机重得很,谁知道她内心是怎么想的。"这老四还真固执。

十四弟哼了一声："清华心机再重，也不过是女子。何况这一次的事，若无清华，十三哥也不能平平安安地回来。"

"平平安安回来？"老四不禁冷笑，"他人在哪里？不是还把持在清华手中么？"

这话相当难听了，我有些听不下去，刚想开口，老十四已抢了先机："好像是十三哥坚持不回来吧？清华并没有要他留下，甚至还再三地要他回来。"他看着碧云，碧云赶紧连连点头。

老四词穷了，当时沉下脸："十四弟，难道我这做哥哥的还会害老十三不成？我做一切都在为他好，不管如何，当初事件的始作俑者就是清华。"

"为他好，"老十四十分不屑，"若四哥真为十三哥好，指婚之时就会提醒他，他也不至于陷得这样深。现在你一心要拆散人家，算怎么回事？"

老四气得掉转脸不理他。我连忙出来打圆场："十四弟，你少说一句。你四哥的想法是对的，清华确实不适合再做咱家的媳妇了。你放心，老四会为她安排一个好归宿的。"

老十四冷笑："我有什么不放心的，清华关我何事？我只是说句公道话而已。四哥明明知道清华的为人，还一再歪曲，这是什么意思？清华于大清是有功的，当初加入谛仙帮也不是她的错，就算有错，这功过相抵也够了。反正我是不会劝十三哥回来的，我来就是为的支持他。"

老四气道："十四弟你，你就不要去火上浇油了，好吗？"他悻悻地说，"早知这样，我就不会带你一起来。"

"我本来就没说过要劝十三哥回去。再说，我要来你还能挡得住我怎的？"老十四那神气能气死人。

老四虽还没死，但已经被气得够呛，手指着他向我道，"三哥，你来评个理。"

这叫我说什么？两个都是兄弟，我帮哪一个。感情上，我帮着老十四，但大局来讲，又不得不说老四才是对的。我正在考虑怎么开口，老十四已抓住我的袖子说道，"小弟并非是一定要为清华讲多少话。三哥，你有没有想过，离开京城清华会过怎样的日子？谛仙帮的首领是落网了不错，但你能肯定全部落网了吗？那些余孽对我大清不再有什么伤害，也不敢来动你我这样的大清皇子，可对清华那样一个弱女子却绝不会手软。如若将来她有个三长两短，四哥这良心可能过得去，又如何面对十三哥？"

我在心中暗暗给老十四竖了下大拇指，一番话说得有情有理。老四也被他震到了，不禁愣了一下。我们期待地看着他，他却只是叹了口气。

马车停了下来。"到了！"碧云麻利地跳下车，卷起车帘。赶车的小子已将踏板放到地上。老十四却等不及，直接从车上一跃而下，无视跪在地上迎接的主人家,飞奔进院,口中叫道:"十三哥,你在哪里?"

他这不拘小节的样子将主人家惊到了,我笑着解释:"这孩子太激动了。"

主人躬身陪笑:"小的明白,十四爷与十三爷兄弟情深。"

然而,老十三一个人落寞地站在院中,手中拿着一封信,对老十四的呼唤根本没有反应。数日不见,他瘦了好多,重要的是精神十分萎靡。

老十四惊诧地停了下来。老四急步上前:"十三弟,你受苦了。"

老十三看看他:"清华走了,以后再也不回来了!"

老马从城里赶了过来。不是他想来,是他不得不来。老十三坚持不离开,谁劝也没用。我们兄弟在这里吵吵闹闹,门外偷听的主人急得都快哭了,本来皇子降临是蓬荜生辉的喜事,可老十三这种状态,万一有个三长两短,那就要喜事变祸事了。

老四来时信誓旦旦,说绑也要将老十三绑回去,可到了这里都成了空话,谁能忍心绑他,谁又能绑得了他?他的状态近似痴傻,看来清华去意已决,否则老十三不会伤心如斯。

解铃还需系铃人,既然当初是老马将人送来的,自然还需老马将人领回去。主人家干脆一不做二不休,快马加鞭将老马请了过来。其实他不叫,我们兄弟也要派人去的。皇阿玛明日到京,老十三不回去会是怎样的后果,我们就是用脚趾头想也能想得出来的。

"清华的信会不会像上次那样暗含玄机?"老十四问。

他真令人啼笑皆非,这种事难道清华还要用暗语来写吗?然而这话却给了老十三希望,他一把拽住碧云:"是暗语吗?是怎样的暗语?"力道之大,让碧云疼得差点叫出声来,是我上前才将她解救出来。

碧云看我和老四。老四急忙笑道:"十三弟别急,让碧云看一下。"他使了个眼色。

碧云迟疑了一下,接过信。这字果然是清华的,寥寥数句,意思却真的非常明白。老四催促道:"碧云,信上有其他意思吗?"他眨了一下眼睛,我没有看错。老四这是什么意思,是要碧云说谎吗?长痛不如短痛,何必再骗老十三,将来他发现了,岂不又要痛苦一次?

其实从刚刚老十三的叙说中,事情已经非常明了。清华之所以昨日没走,不过是缓兵之计,晚上陪老十三聊到半夜也是权宜之策,好让老十三放松警惕,才能顺利出走。或者她的心中对老十三真的有难以舍弃的真情,才会像昨日那样犹豫不决?但昨晚那片刻的温情,却又让老十三更加放不下了。正是昨日以为已经得到,今天忽然真的失去,才令他痛得难以自持。

第十九章
真的找我

"她不想影响我的前程。"老十三反反复复地说着这一句话。为何他总是对老四这样说，难道他心里明白，这婚事老四在其中会起很大作用？我心酸不已。

碧云半天默然不语。老十三催道："你说呀，碧云。"

碧云有泪水滑下："对不起，"她先对老四说，然后面向十三弟，"奴婢实在看不出来格格还有其他意思。十三爷，您这个样子，是格格不想看到的。"

老四不满地看了她一眼，我也不满地看着他。碧云做错了吗，错的一直是他自己。

老四转身安慰老十三："算啦，十三弟，她能这样抛下你，就说明她对你完全没有感情。像这种无情无义的女子，不想也罢，回头哥哥再给你找个比她好十倍的。"这话才一出口，我就知道坏事了。果然，老十三被激怒了，他猛然站起来，冷笑道：

"四哥对清华还是偏见如斯！此生除了清华谁也不娶。"

老四苦笑："你不要这样，娘娘在宫里等着你呢，你也该早点回去看看她呀！"

老十三愣了一下，继而点头："我自是要回去向她老人家道别的。总之今生找不到清华，我是不会再回来的了。"

"为了一个女人，有这个必要吗？"老四真的急了，"你总要想想娘娘对你的养育之恩，想想皇阿玛对你的期望。"

老十三冷笑："没有清华，我要这些有何用？至于娘娘，今生儿子对不起她老人家，只能来世再回报了。"

老四怒目圆睁："太不像话了，你哪里还像一个皇子。"

"皇子怎么了？"老十三笑了，"皇子也是人啊！"他的笑比哭还要难看。

"身为皇子岂能被这些儿女私情左右，你该想想江山社稷才对！"老四语重心长。

老十三摇头："我连一个女人都对不起，还谈什么江山社稷。"

老四愤怒地举起手，老十三却平静地看着他，我连忙上前隔开他们。老四也真是，老十三现在心智糊涂，你就不能让让他吗？

老十四这时也一副剑拔弩张的样子，腾地一下从椅子上蹦了起来，看来他是一定要力挺老十三了。我虽不满，但也不能再说什么火上浇油的话，让老四更下不来台，只能劝道："坐下坐下，亲兄弟这样子，让别人笑话。"

老十四一屁股坐下去，凳子不满地叫了一声，大概都要散架了。老十三却依旧站着，看来老四不道歉，此事过不去。但老四会道歉么？他这个人一向固执得很，是绝对不会承认自己错了的。何况这一次，若从大局考虑，老四还真没错，是老十三太不成熟了。

恰好老马此刻来到，适时缓和了紧张的气氛。

格格小嫁

不过这老头面上虽然焦急万分，精神气儿却好得惊人，一进来他就打着哈哈，给我们一一行礼，然后问："听说小女又不见了？"这话也不知是问谁的，我们谁也没回答。还是碧云简简单单地将事情讲了一遍。其实老马还有必要问吗？他这做法无异此地无银三百两。

我给老十三使了个眼色，可惜他太难过，什么也没看到。老十四倒看见了，这小子今天的机灵比往日更胜十分，一开口就直奔要害："老马，你将清华藏哪儿去了？"

显然谁也想不到他会这样直白，老马愣了一下："老臣也是刚接到小女失踪的消息……"

"别给我打马虎眼儿！"老十四喝道，"你别说你不知道女儿在哪里，如今你是她唯一的亲人，她不投奔你能够去哪儿？"

老马急于解释："老臣真的不知道啊，一接到消息老臣都急坏了，匆匆忙忙地往这里赶。"

我上前一拍他的肩："得了，老马，别再哄我们了。女儿丢了你是这神气，别人不了解，我还不了解你吗？你老实讲九格格现在在哪里？"

老马陪笑："王爷，老臣是真的不知道啊。"他悄悄瞟了老四一眼。老十四眼尖得很，立刻看到了："老马，你说是不是有人逼着清华这么做的？"

"没有，没有。"老马话一出口便觉得不妥，又赶紧解释，"老臣是觉得小女一向有主见，谁也逼迫不了她。这事儿先缓一缓吧，也许过两日小女想通了就回来了。"

老十三颓然地看着他："大人，清华不愿意我是不会逼她的，你只要告诉我她是不是很好就行了。"

老马露出苦笑："十三爷，你可不要急坏了身子。小女不懂事，爷就忘了她算啦，小女顽劣得很，真的配不上十三爷呢。"

老四咳了一声，说："天色不早啦，清华是肯定不在这里的。我看咱们先回去，有什么事慢慢商量。"

"还商量个屁呀！"老十四往椅子上一赖，"今儿老马不将女儿交出来，我是不会离开的。"

老马叹气："我往哪里交女儿去！"他求救一般看着我和老四，我没有理他，老四无能为力。

碧云也向我投出求救的眼神。我明白她的意思，是要我帮着劝十三弟回去。不是我不想帮她，是我不忍心帮她。老十四方才在车上的话点醒了我，走到哪里，清华都难以逃过谪仙帮的毒手，除非留在十三弟身边才能得到最好的保护。

我端起茶碗喝了一口，说："什么事儿都怕倒根，倒到最后事情就明白了。这

第十九章
真的找我

偏僻之地,难道清华是用脚走出去的? 慢说她一个娇滴滴的女儿家,就是我们也脚量不来。主人家想必不会这样狠心吧,总会安排个车马什么的。将主人家叫来问吧,我不信就什么也问不出来。"

老马凑到我跟前,一股烟味儿直冲鼻子,我皱了一下眉,他陪着笑脸:"王爷,还是先回去吧,什么事儿咱慢慢商量。"

老十四一跷二郎腿:"什么慢慢商量,今儿必须给个说法。"老马又过去给他作揖,老十四理也不理。老马便去劝十三弟:"十三爷,有些事冷一下再处理不是更好么? "

"就怕一冷之后,再也无法热起来罗!"老十四慢条斯理地开口道。老四气得瞪了他一眼。这小子不怕,立刻以牙还牙,狠狠地瞪了回去。

我笑道:"老马,要不要我将主人家叫过来问一问? "如果老马识时务,定是不想我这样做的。当面揭穿他,除了让他丢人,实在没有一点好处。

老马向我作揖:"罢了,我的三爷,什么事都瞒不过你的眼睛! "他一拍大腿,似是下了决心,"好吧,昨晚老臣已派人将小女接回去了。"

老十四从凳子上跳了下来,一揪他的胡子:"好你个老东西,原来是你指使女儿这样做的,我十三哥要有个三长两短,看你如何向皇阿玛交待! "老马被他揪得连连叫疼,我忍不住笑了,上前打圆场。

老十三的眼睛都要放光了:"你是说她现在在尚书府? "

老马无可奈何地点头,看了一眼老四,又急忙说:"不过老臣可不知道小女肯不肯见十三爷,这婚事还是算了,老臣自会到皇上跟前请求退婚的。"

老十四眼睛一瞪:"说什么呢? 老马,这亲结与不结你说了不算,清华说了也不算,知道吗? 只有我十三哥说了才算。我这就进宫,让娘娘召见清华,看她还能不能躲在家里不出门。"

老十三感激地笑了笑。我的心一疼,不知道这对老十三是好还是坏。

回来的路上,我与老马、碧云坐的一辆车。我低声笑道:"老马,你老实说,这事是不是与老四有关系? "

老马讪讪地:"三爷,看您这话说的,四爷怎么可能做对十三爷不利的事。"

我心知肚明,暗自叹了口气。老四是真心帮兄弟的不假,但这帮法是否有些过火? 老十三会感激他吗? 对清华也太不公平了吧?

第二十章

观音其人

碧云幽幽地开了口："其实，这也不能完全怪四爷。这一次的事，主子对格格一直是心存感激的，他所顾忌的是兰姨的身份。"

我看了一眼老马："你兰姨也曾帮过咱们大清，功过相抵，也就算啦。"碧云看着我，嘴角动了动没出声。我明白，这丫头心里有话，却又因为为难无法讲出来。我笑了笑："一切顺其自然吧。"

刚刚老四说的话已让我有了一些疑惑，现在冷静下来想想，就什么都明白了。看来让十三弟继承皇位绝非空穴来风，或许皇阿玛已曾亲口许诺过，不过一直在等时机而已。清华出自谪仙帮的经历，实在难以母仪天下。如果只做侧妻，老十三又势必不能答应。基于此，老四才竭力地反对婚事。我如今也拿不定主意，是帮老四还是帮老十三了。等将来老十三登上九五至尊的宝座，一切时过境迁，那时他就知道真正应该感激的人是谁了。

回到尚书府事情会如何发展？我们心中都没有底，想必老四已将个中情由都与老马父女讲过了，清华才会如此决绝，无论如何，她是承担不起让老十三失去江山的责任的。但老十三肯轻易罢手么？老十四所想到的，想必老十三也早就想到了，所以才有一见老马就问清华好不好的话。若换成是我，想必也是不肯让自己心爱的女人身涉险境的吧？

我看了一眼坐在对面的碧云，她脸朝窗外，正默默地想着心思。

无人说话，车厢中一时冷了下来，气氛非常尴尬。漫漫长路，还有很久才能到京城，因为沉默，旅途显得尤其的长。老马轻轻咳了一下，算是打破了沉寂。坐在车上无法抽烟，这对烟瘾极大的他是个折磨。又走了一刻，他实在忍不住，给我打个招呼，跳下车，迫不及待地拿着烟枪到远处过瘾去了。见我们停下来，后面的老四他们也都下了车。

老马倚着路边一棵树，吧嗒吧嗒地抽着烟。老十四上前笑笑："老马，你可别拖延时间，又让清华跑了。"

这话说得老十三脸上一变，老马急忙笑道："不会，不会。老妻也不会让她走的,外面这形势……"他咽下了后面半截儿话,大概是想说外面乱得很吧,可当着我们几个阿哥的面,又觉得不妥,生生地咽了回去。

老马烟瘾太大,要让他过足瘾,没一炷香的时间根本不行。

我们就这样站在路边,各自找个树荫想着各人的心思。

老十四不知何时已凑到了碧云身边,低声道:"我才听四哥讲,谪仙帮手上血债最多的不是总舵主,而是观音。她这一次落马了么?她到底是谁?"

碧云的脸色非常古怪:"十四爷到现在还不知道观音是谁么?"

我也顿时来了兴趣。观音大名如雷贯耳,但到底是谁我却真的不知道。

"观音就是兰姨啊。不过,自从她自毁了容颜,这个称呼就再不许人叫起了,所以后来入帮之人大都不知道。"碧云一边说一边看看站在一旁的老四。老四十分平静。

说实话,我不是没有想过,但一直觉得李玉兰年纪太小,似乎当不得观音的称呼。如今从碧云口中说出来,我还是吓了一大跳。难怪老四不同意这婚事,观音对我大清的伤害实在太大了,谪仙帮几次对皇阿玛的刺杀都是由观音亲自策划并参与的。

老四在旁边一直没有开口,但他的意思十分明显,似乎在问,这下你们知道我为何要反对婚事了吧?

老十三道:"母亲是母亲,女儿是女儿。"言下之意,观音的账算不到清华头上。这话也不能说没有道理,但有的事不是道理就可以讲清楚的,如果这样,世上的一切倒简单了。

老四道:"有其母必有其女,咱们对清华的了解还太少了。观音如此狠毒……"他的话外音也很明显,母亲这样,女儿也好不到哪里去。

老十四冷笑:"难不成杀人犯的儿子也一定就是杀人犯?儿子不想杀人,我们也非逼着人家拿把刀杀人去?真是笑话。"他一边说一边还狠狠地踹了一下身边的树。

老四不理他的嘲讽,依旧自顾自地说下去:"你们还记得小菊讲过的话吗?"

"小菊的话就不要提了,不知是谁说过,她的话原是信不得的。"老十四慢悠悠地再次开了口,眼睛却看着天上。他今天的反调是唱定了,而且话锋健得很,几乎是老四来言还没说完,他的去语就已出口。

老四拿他没办法,只得叹气。

碧云咬了一下自己的嘴唇,似在下着决心。她看看老四,却不向他说话,而是问我:"三爷相信一个母亲会害自己的女儿吗?"

我还未开口,老十四便说:"天下自然没有会对自己孩子不利的母亲。"

老四反驳:"诚然,一般情况是这样,但观音是嫡仙帮的人,在那样的组织里有什么事不可能发生？更何况，她是观音，做事向来心狠手辣，不说咱们不知道的，只是李门惨案她就杀了多少人？"

"不管在哪里，女人只要有了骨肉，母性都会复苏的。"碧云比他声音更有力，老十四赶紧力挺她，"不错，虎毒尚不食子，何况是人？"

在老十四的支持下，碧云开了口："谪仙帮自来是有杀害骨肉的传统，但这些女人并非出自自愿，而是被逼无奈。观音有超人的智慧，她在帮中的地位也为她保护女儿提供了极有利的条件。观音为自己女儿设下的命运，从来不是让她为谪仙帮卖命。"

观音的前半生只能用"辉煌"二字来形容。这个谪仙帮中百年一遇的人才不仅有过人的智慧，而且有出众的容貌，她从十二岁开始独立承担任务，没有一次失手，虽然手无缚鸡之力，但死于她手下的武林高手却不在少数。二十二岁时她临危受命，担任京城分舵舵主，不过两年时间，不仅让本已濒临死亡的北京分舵起死回生，而且焕发出了前所未有的活力。她天生的经营能力让她积下了大量财富，这些财富支撑起了嫡仙帮的半壁江山，观音在帮中越来越重要，地位也越来越高。若此以往，观音定会成为新一任谪仙帮的帮主。

一切转变发生在清华出生以后，这个玉琢般的女儿唤起了玉兰心中所有的爱，她开始厌恶杀戮，渴求自由，然而自由并不是想要就能有的。观音明白，自己的身份已令女儿跌入了万劫不复的深渊。女儿的命运只有两个，死或入帮，而入帮的后果也可能是另一个"死无葬身之地"。

观音因此日夜揪心，无法自拔。她可以毫不犹豫地杀死自己腹中的胎儿，却无法杀死自己活生生的女儿。

观音用两年的时间在思考着自己女儿的出路，最后她终于找到了一条路。

说到这里，老四打断碧云的话："这哪里是出路，分明是一条不归路！"

"不，四爷，您错了，"碧云驳道，"观音为自己女儿所设下的命运不是让女儿送死，而是要洗白女儿，让女儿从此过上正常人的生活。为此目的，观音整整运作了十四年，并赌上了她的性命。"

观音知道自己罪孽深重，如果被官府抓住绝不会被赦免，反而会牵累自己的女儿和丈夫，因此除了携女出走之外别无选择。但她已为女儿将来过上平静安宁的生活作了充分准备。首先是备下财宝和秘道图，这既是重新取得姨妈信任的筹码，也是诱惑姨妈等上钩的诱饵，更是将来免除家人罪责的条件。其次回到总舵，再获姨妈的信任。第三保护女儿，不让她沾上一丝血腥，这个很难，但观音做到了。每次帮里有重大活动，姨妈为了锻炼阿九的胆识，总会让玉莲带她到现场看看，但又会在见到血腥之前，将她送回去。德州之行便是如此，阿九才得以为救十三爷出一份力。

第二十章
观音其人

为了圆满完成计划,观音作了十几年的准备。

第一信息传递。玉兰知道无法让女儿将所有秘密预先带走,一是量太大,二是姨妈防备很严。可能有人认为可以早一点让阿九记熟这些信息。但玉兰不敢冒这个险,阿九是孩子,没有玉兰的心机,万一走露风声,不仅前功尽弃,母女将死于非命不说,还会牵连许多帮过她们母女的人。所以玉兰化整为零,用帕子传递。最绝的是她利用自家的刺绣手艺,创造出一种文字,融汇于针法之中,阿九从小学会了这种技能。为了让帕子传递信息时不被人识别,阿九从小到大用的帕子都是玉兰亲手做的,所以帮中人有错觉,认为从帮中送来的帕子是在安阿九的心,小菊也才没有从中发现端倪。由于路远,信息传递不方便,也怕信息太密会引起别人的误解,玉兰整整用了两年多时间才将整个秘道图的信息传完。为了促使阿九早日实施计划,玉兰在最后一条帕子上透露自己将死去的信息,而她最终也是为女儿牺牲了自己的生命。

第二帮助阿九完成指婚。从玉兰的本意来讲,她不愿意这样做,因为女儿一旦被选中,将来真相大白又增加欺君之罪,会很难脱身。但阿九做王妃是当初玉兰诱惑姨妈的重要砝码,箭在弦上不得不发。当然这个计谋实施得十分完美,阿九俘虏的决不仅仅是十三阿哥一个人的心。

第三如何让女儿全身而退。玉兰考虑再三,阿九等只有功成身退这一条路。而想完整身退,就必须铲除整个组织。阿兰知道完成这个计划就必须有人接应阿九,因为姨妈肯定有眼线盯着阿九,除了明着跟去的小菊,必然还有她们谁都不知道的暗线。玉兰在见到碧云后,便想到她也可以成为自己的暗子,碧云是官府中人,到时候可以更好地帮助阿九,并且这样的泼天功劳她也不想让不相干的人得去。初时她拿走十三阿哥的玉佩时,是担心碧云的身世被人发现,可以让碧云拿着玉佩去寻求十三阿哥的保护,但玉莲的到来让她灵机一动,让这玉佩可以保护三个人。当初玉兰在放走十三阿哥和碧云时,就与菊言有了约定,必须帮她成就这件大事。面对从天而降的大功,菊言没有理由不答应,何况玉兰又刚救了十三爷和自己的徒弟。

这时候随着失败行动的增多,谪仙帮的组织已在不断萎缩,姨妈也渐渐感到力不从心。玉兰虽不能完全得到姨妈信任,但在缺人的时候却不得不用她。去年官府一次全国性清剿令组织再次受到重创,碧云的亲生母亲也在这次活动中不幸丧生,失女之痛令姨妈简直一蹶不振。玉兰趁机提出组织应韬光养晦,积蓄力量。姨妈赞成这个观点,她已没有能力也没有心思再维持下去了。

关于帮会隐居的地点,有人说深山老林,有人说边陲重镇。玉兰力排重议,说京城。她的理由充分,第一,小隐于林,大隐于市,常言道:"灯下黑。"第二资金充足,她有大量资产留在京城,够这些人生活几辈子了。第三有庇护,阿九是十三福晋，有足够的力量保护她们，而且各方面信息容易掌握。

姨妈最终采纳了玉兰的建议，其实也是无奈之举。也可能姨妈心中另有打算，准备在取得财宝后就远走高飞。但不管怎么样，玉兰将谪仙帮中几乎所有的重要人物引来了，这为一网打尽作好了充分准备。

观音的计划很完美，她唯一没有考虑到的是十三阿哥会对阿九动真情，并因此落入敌手。阿九可能也动了真情，她没有勇气将自己的身份暴露给十三阿哥，所以没有按照玉兰的要求直接归还玉佩，而是将玉佩给了凤可。她认为凤可迟早会将此事告诉三阿哥，十三阿哥便会知道这件事。

阿九离开，黄妈做完必要的善后也安然撤退。碧云一直隐藏得很好，她的任务是混淆视听，暂时留在尚书府做耳目，在顺利引导大家找到何处园中的地道并将解秘码留下后也全身而退，回到菊言身边去接受另外一个任务。

可就在此时，意外发生了。碧云忽然发现十三阿哥不见了，她心里没了底，告诉黄妈和阿九这个信息。黄妈的想法是不用管，交给三阿哥就行了，因为她们再拖延下去，只怕无法脱身了。阿九表面同意了，最后却一声不响地救人去了。

这一下只得改变原来的计划，碧云销毁了准备交给三阿哥的解码方法，住到亲王府来。因为，此时碧云和黄妈都相信观音已经死了，所以下定决心一定要救出阿九，才能不枉玉兰的牺牲。

碧云的话很奇怪，以为观音死了？这是什么意思？我忍不住问碧云。

碧云叹气："兰姨当然没有死。奴婢们当时真的很笨，试想，兰姨若死了，谪仙帮的首领们怎么可能全来到京城呢？帕子中传递的是假信息，不过是在促使我们大家下决心。她知道，如果她还活着，我们投鼠忌器，是不会实施计划的。"

我的心一沉，难道李玉兰也被抓进来了？可我并没有看到脸上有伤疤的女人啊。老十四也提出自己的疑问："难道清华的母亲还活着？"

这句话，让正在一个劲儿抽烟的老马停了下来。

"兰姨现在是真的死了。"碧云非常难过。

来到京城之后，玉兰将大家安置在宛平县郊的李家庄。这个地点很偏僻，除了玉兰，帮中谁也不知道这儿。庄中住户不多，又多是未曾开化的农民，问个事儿都费劲。人少信息也就少，这一点让姨妈很满意。

最大的院子就是玉兰当年建的，现在住在里面的人家姓周，是玉兰偶然救起的一对因经营失败而寻死的父子，不是帮中之人。当时玉兰说得很清楚，这院子包括院子中所有东西都是送给他们父子的，只有一个条件，三代之内不得转让他人，如若发现转让，她不仅会收回所有东西，并且也不会轻饶他们。自然的，她也露了一点厉害手段，这手段让这家人到现在想起还心有余悸。临行之时，玉兰给这对父子留下了几千两白花花的银子,让他们维持生计。因为是自己的东西,这对父子将这里打理得非常好。玉兰走时,不过父子两人,这次回来,已是十几口的大家庭了。谪仙帮一来,自然这些人都暂时失去了自由。

这个宅子有地道,地道中也有大量财宝,这些财宝让帮中过够了苦日子的人们疯狂起来。在大家喜不自禁的争相翻看财宝时,玉兰用非常平淡的语气告诉大家,这点东西还不及她所藏的十分之一。

其实,玉兰的安排是有深意的。这儿离四爷防戍卫兵驻防地不过二十余里,最近的哨口才五里地。姨妈直到三天后接到眼线的情报时,才知道了这个情况,但为时已晚。京城人生地不熟,哪里再去找能装得下这么多人的大院?而且,又如何处置主人一家?难不成将十几口人全杀掉?只怕她们还没逃出来,这里的血腥气已将官兵招来了。玉兰又一次以"灯下黑"做了借口,姨妈虽不愿意,也只能权且相信她,只盼着北京分舵的现任舵主早点出现,好带大家脱离必须全部依赖着李玉兰的困境。

分舵舵主是来了,可惜,没给姨妈带来任何希望。她的能力比玉兰差得不是一星半点,苦心经营了若干年,分舵没有任何起色,整个分舵的人还没有这次来到北京的人多,哪有能力接待她们?也找不到这么大的地方。姨妈发了火,要她现拿钱派人去买。钱是拿走了,人也派出去了,可派出去的人再也没有出现过。面对财宝,谁能挡得住诱惑?更何况是成天提心吊胆、朝不保夕的人?姨妈很生气,分舵舵主只是苦笑,她原知道自己的手下是什么事也办不成的。

然而此时,阿九出走的消息已经传来了,玉兰无论如何也不可能斩断姨妈所有的眼线。姨妈醒悟过来,她已落入了玉兰的圈套,既然阿九不做十三福晋,那么玉兰许诺的所有一切都是假的了?她将大家骗到这里来的目的显然路人皆知。到此刻,姨妈还不能相信她亲手养大的女儿会彻底背叛她。

玉兰十分平静地等待着处置。她知道,财宝一露,谪仙帮的人是怎样也不肯轻易离开的,诱敌深入的目标既已达成,她也可以安然离去了。姨妈到时,她正在喝茶。面对姨妈的怒火,她笑得非常坦然,为女儿,死得其所。

姨妈非常愤恨地质问,你对得起女儿,可对得起我的养育之恩吗?

玉兰淡淡地笑着:"对得起的。我救了你的外孙女,保住了你最后的血脉,还帮她立下大功,免受你的诛连,九泉之下,我可以去见玉梅了。"

姨妈惊诧地追问,可惜玉兰什么话也讲不出来了,因为她在姨妈来之前已喝下了自己亲手调制的毒药。

碧云的叙说令我们惊诧不已,没想到观音竟是以这样的方式死去。不过,这大概是她最好的结局了。

老十四很好奇:"碧云,你一直在三哥府中,这些事你是怎么知道的?"

格格不嫁

　　这小子现在倒又笨起来，肯定是清华与黄妈告诉她的呗，毕竟她们被关押在谪仙帮手中已有不少时日，肯定与帮中人有过接触。碧云的回答证实了我的猜想，这些事是她先前提到过的水香主告诉她们一家三口的。

　　玉兰死后，水香主也少不得受到牵连。好在，玉兰一死，任何事都死无对证，不管用什么方法折磨她都来个死不认账。她原本曾经陪着玉兰在北京分舵待过，总舵主想从她身上打开缺口，所以后来也就不得已地安抚起来。水香主这时便打马虎眼，不说知道，也不说不知道。逼得急了，就拣些不紧要的说了一点，比如佛座巷的暗道，要紧的却偏偏一个也不说，只推托记不得，让大家干着急。但对财宝与秘道的数量，水香主不仅没有隐瞒，反而添油加醋地进行了描述，令谪仙帮中的人们更加欲罢不能。为了去留的问题，帮中吵得一塌糊涂，两派之间差点动手，总舵主烦得头都大了，几天都下不了决定，最后还是贪念占了上风。

　　水香主表示，自己只有拿到地道图才能按图索骥，否则没有办法，因为玉兰是不可能将所有秘密都告诉她的。这话让总舵主信，玉兰是她一手养大的，自然了解她的性格，即使是自己最亲近的人，玉兰也没有将整个事情和盘托出的习惯。

　　这种情况下，为了取得秘道图和所有财宝，总舵主才想出要诱捕十三阿哥。其实如果一切都按照玉兰的安排，总舵主的计策根本不可能成功，偏偏出了个痴情的十三爷，差点让一切付之东流。

　　到了现在，一切都已真相大白了。我们齐齐地看着老四，谁也不说话。老四也看着我们。除了老马烟斗上的烟气，一切都像静止了。

　　老马一袋烟抽完，拿烟锅往树上一磕："不早啦，早点上路吧！"说完带头往前走。

　　大家这才醒悟过来。我走到车边，却没看见碧云跟过来，回过头，老四正与她在窃窃私语。我一抬腿，上了车，吩咐赶车的把式："咱们先走吧。"

　　把式道："那碧云姑娘？"

　　我笑笑："四爷不会丢下她的。"

　　因为成果卓著，我和老四兄弟两个都受到皇阿玛的嘉奖，加封进爵不算，年内还能拿个双俸。当然这点钱不算什么，重要的是荣耀。

　　这件事情上有人受奖，就有人受罚。同在京中却一直没有关心过此事的太子被皇上当着群臣的面骂了个狗血喷头。我觉得太子也太无辜了，没有关心此事的又不仅是太子一个人，皇上为何就捉住他不放？不过，皇帝盛怒，谁也不敢为太子讲情，或者说没人愿意替他讲情，虽然皇帝尚未褫夺太子封号，但总给人一种大势将去之感。

第二十章
观音其人

相对于太子，老马就幸运多了。他的女儿是始作俑者，皇上却很大度地没说一句责备话，反而夸他忠肝义胆，不仅没有降职，还赏赐了件黄马褂。上午受赏，下午老马便上书告老还乡，皇上挽留了几句也就答应了他的请求。这应该是最好的结果，老头子感激涕零，据养心殿的小太监说，出来时头上一道红印子，肯定是磕头磕的。

老十三也意气风发。我们苦口婆心的劝说不敌皇阿玛的一纸圣旨，清华被皇上召见，这小子自告奋勇做了护花使者，亲自到尚书府去接她。不过，依我看他们俩的婚事八成是没戏了，因为我听到传言，皇上有意让德妃娘娘收清华做义女。路上遇见老十三，我本想将这个消息告诉他，想想又算了，实在不忍心再让他伤心，且由他高兴两天吧。

老十四一天到晚往我家跑，不为别的，就为听碧云讲述过去的往事。与他一样深感兴趣的还有我家里的那几位，将碧云当成了神一样膜拜，每天缠着她不放，连碧云要回尚书府陪清华都不允许，就怕她一去不回头。直到后来碧云保证，只要她在京中，每日下午必来府中陪福晋们说话解闷，大家才肯放她回去。这丫头倒也没食言，当真每日都来。

这一次我算是真正见识了什么叫口才好了，什么凤可、菊香、小菊，与碧云相比，统统不值一提。虽说解救老十三和清华的活动我全程都参加了，可一听起碧云讲起来依旧津津有味。

菊香是最心急的，每天早早地就让人为福晋们安排午餐。三福晋有一次拿起筷子时，顺眼看了一下放在案几上的沙漏，忍不住笑了："我说我不饿呢！"啪一声将筷子扔在桌上。

凤可见她这样，也不禁看看沙漏，一样的撑不住，笑骂道："菊香，你干的好事！干脆福晋一起床就让她吃午饭算了。"

菊香自己勉强忍着笑，低声埋怨："这该死的厨下，奴婢只说早一些，也没叫他们这么早呀！"终于还是笑了。

凤可看福晋："饭菜怎么办呢？"

"怎么办？"福晋也看她，"吃了呗，还能怎么办！"又是一阵嘻嘻哈哈。

我只能摇头，这群女人都能将房顶抬起来了，就连福晋都被她们带坏了。

也许是我一直默然不语，福晋终于注意到了我："王爷怎么了？是嫌饭菜不可口么？"

我掏出我的西洋表："夫人，您瞧瞧这才几点？"真心地讲，我没有责备菊香的意思，是真的不饿。

可凤可误会了："管它几点，吃完了早点听碧云讲故事！"她倒直接。菊香也附和着点头，自然帮腔的也少不了我的三福晋。

这话倒将我逗乐了："你们以为人家碧云也像咱们这么早就将饭吃了？"

凤可笑笑："这可不管，反正我这里已将接她的人派去了。"

我啼笑皆非："人去了她就会来么？"

"怎么不来？"凤可反问，"王府派人去，哪个敢不给面子啊！"菊香和秀儿连连应和。

这倒也是实话。想起这两天的事儿，我不禁叹口气："只怕这故事呀，是听不了几天了。"

凤可横了我一眼："干吗呢？泼我们的冷水。"

我拍了一下她的香肩："我还真不是危言耸听。听老四讲，马大人家要举家回乡，碧云已向老四辞了公职，要一起跟着去，大概日内就要起程了。"

"不会吧！"凤可道，"我怎么从来没听这丫头说起过，姐姐听说过吗？"

福晋摇头："没有。"

"要想个法子留下碧云姐姐就好了！"菊香插口道。

我哼了一声："留住她？她想走谁也留不住。"

凤可撇嘴："爷又什么都知道，你怎么知道就留不住她呢？"她眼珠子一转，向福晋道，"我娘家三弟还没娶亲，要不我将碧云介绍给他？"

这话听得我头疼，我龇了下牙："这是什么主意呀！"

"好主意！"凤可不服气地瞪了我一眼，"我弟弟不会嫌她是个丫头的。"

我气得都不想说话了，还说什么她弟弟嫌人家，也不问问是否配得上人家碧云。凤可越想越高兴，忽地站起来，冷不防撞了我的胸口，疼得我直抽冷气，她不仅不道歉，还振振有词，"干吗不让开点呀，爷，我的肩都疼了。"我懒得理她，她也没空理我，一个劲儿地问福晋，"姐姐看这个主意怎样？我这就回家与我爹娘说去。"

福晋看了一下我的脸色，笑笑："算啦，碧云与令弟不合适。"

凤可有些不高兴："怎么不合适？我弟弟也是一表人才的……"

福晋拍拍她："我知道，妹妹，就是因为咱们弟弟一表人才的才不合适呀。碧云见惯刀光剑影，咱弟弟是个读书人，哪儿管得了她？娶回去公公婆婆也做不得她的主吧？"

凤可若有所悟："这倒真是呢！"

这时，派去接碧云的人没回来，老十四倒带了坏消息来了。老十三触怒天颜，被罚跪在养心殿门外，已经半天，正等我们兄弟去解救他。

第二十一章

皈依佛门

我们来到养心殿外时，老四已到了，脸色发白，眼圈发黑，整个人像霜打的茄子。我从来没想过，他居然也会有如此颓丧的时候。

"怎么回事?"我迫不及待地问，声音压得小小的。其实再小的声音也没用，我们三个阿哥集聚在门外交头接耳，那边还跪着一个，早已成为宫中的大新闻，用不着明天，所有人都会知道这里发生过什么事。

老四闷哼了一声:"别提了。"

原来我听到的传闻不是空穴来风，皇阿玛召见清华的目的，名义上是嘉奖，实则是让德妃娘娘认义女。其实这倒是个两全其美的法子，一方面能让老十三放弃他的痴心妄想，另一方面也能让清华名正言顺留下免去被追杀的危险。

皇上的这个安排也算用心良苦了，不用说这一切为的都是老十三，好让他心安理得地退掉这门婚事。清华非常坦然地接受了这一切，她甚至表示自己可以听从娘娘的安排留在永和宫中。

一旁的老十三不干了。德妃虽然像以往一样和声细语，态度却非常坚决。老十三见事无果，便一口咬定是皇阿玛与德妃逼迫清华，清华才肯答应做义女的，还对清华说什么要她放心，他是不会变心的，只要她表明态度，他愿做个平民百姓与她共度此生。

这种不合礼制的话在永和宫中当众说出来，娘娘非常生气。无奈，这是自己的儿子，她不好发脾气，只能将站在一旁想笑又不敢笑的宫女们骂了出去，然后索性让清华当场表态，是做儿媳还是做女儿。清华自然毫无疑义地选择了后者。

老十三没法再对娘娘纠缠，便又开始谴责清华，其言辞之强烈、用词之不妥连德妃娘娘都听不下去了，拦了好几次都没拦住，急得一再地给清华打招呼。清华很平静，仿佛老十三骂的别人，不仅不生气，反而劝娘娘，说她能理解，不会与哥哥计较。

这一句哥哥让老十三安静了下来，盯着清华半天没言语。他刚刚发火时，娘娘急着要他停下来，现在真停下来，娘娘反而更加着急了。而清华也没了方才的淡定。

老十三忽道："儿子要去找皇阿玛。"

德妃惊问："你去干吗？你皇阿玛正在养心殿处理公务。"

"儿子自然有事,娘娘放心,不会要求皇阿玛收回成命的。"老十三愤然地看了清华一眼,转身就走。

德妃娘娘急坏了,连忙让人将老四叫了过来,又让老十四去将我搬来。德妃知道,老十三去了还不知说出什么不得体的话来,现在养心殿大臣不少,他的这种做法是将家事公布于众,皇上再好的耐心也要发火的,她一个人是无论如何也保不住老十三的。

娘娘又急忙让太监去禀报皇上,总算小太监脚快,最后,皇上是在上书房接见的老十三。据老四说,他来到时皇阿玛还是和颜悦色的,正语重心长地劝说着老十三,动之以情,晓之以理,就算铁石心肠的人也点头了,站在一边的德妃与清华更是泪水涟涟。怎奈老十三油盐不进,一直与皇阿玛死顶,弄得皇上很没面子。老人家着急起来,再次要清华当场表态,是愿意做儿媳还是愿意做女儿,自然清华又一次选择了后者。结果,老十三就发狂了,冲着娘娘说什么他一辈子不娶,要皈依佛门做和尚去。急得娘娘当场差点晕倒,因为精神不济,皇上让老四与清华将德妃先送回永和宫,自己与老十三再谈谈。

老四安顿好娘娘,急急忙忙地赶到上书房,刚走到殿外,就听见皇阿玛正在大骂孽子,说什么老十三是不忠不孝的忤逆之人,让他跪到外面反省去,没有他的话不许起来。他急忙进去,皇阿玛已气得跌坐在龙椅上,老十三还直挺挺地站着,一股不达目的誓不罢休的气势。皇上捶着椅子骂："还不将他给我拉出去。"小太监这才过来,可哪里拉得动,最后是老四亲自将他弄出去的。皇上真的生了气,向外叫道："让他跪到养心殿外面去,让大臣们都看看这就是他们心中的十三阿哥。"

"跪了有多久了？"我关心道。

老四苦笑："两个多时辰。"

我看了一眼,那小子身子挺得笔直。我招手将站在拐角处的小太监叫过来,"给十三爷送个厚垫子去,这样跪着哪里吃得消。"

小太监很为难："奴才早就送过了,十三爷不要。"

老四证实了他的说法,劝我道,"三哥别费这个心了,他这时候看我们谁都不顺眼,我们的好意他也不会接受的。"

这小子,还真犟啊。我摸了一下自己的下巴："清华呢？"

老十四不明就里："应该还在娘娘那儿吧！"

老四负气道："三哥问她做什么？没有她,还惹不出这样大的麻烦。"

第二十一章
皈依佛门

这话叫我不爱听，老十三牛性，关清华什么事？老四总爱将错往别人身上推，要我说，清华也算通情达理的姑娘了，她一切听从别人的安排，根本没有考虑一下自己，到哪里去找这样好的姑娘？只是这会儿我也懒得与他争论。

"让清华来劝一下老十三吧，总不能就让他这样与皇上硬顶着。"

我的后一句，老四认为是对的，可前一句他却不以为然："算啦，她来了，又多生是非。"

我暗自摇头，解铃还需系铃人，怎么老四连这个都想不通？

天过正午，越来越热。我们站在阴凉处犹自不觉，老十三跪在太阳地里可真有些受不住了。本来前些日子他被谛仙帮所拿受了不少罪，回来之后又为情所困，日夜烦恼，身子很弱。

老十四烦恼地四处看着："咱们一起求求皇阿玛去？"

老四摇手："再等等。"

话犹未落，皇上的贴身太监三德子端着茶碗走了过来。我们几个连忙迎上去。三德子的嘴往十三弟的方向一努。原来，皇阿玛到底还是心疼这个儿子的，派人送水给他了。

老四暗指一下天："这会子怎么样？"

三德子压低声音："气儿是有些消下去了，这不，让送水来了。"我做个手势，意思要他快去，我们兄弟几个则紧张地在远处看着。

然而没一会儿，三德子苦着脸回来了。老十三那小子竟真的忍住没有喝，他这是要和皇上顶下去？三德子的笑比哭还难看："奴才说个大不敬的话，这爷儿俩可真是爷儿俩，脾气都拧。"他不敢耽搁，又急急忙忙地要往回走。我一把拉住他，将茶水倾在地上。三德子一笑，意思奴才知道怎么办。

我笑笑："有劳三公公了。"他点头致意，"王爷太客气啦。"

看着他的身影走远，老十四建议："三哥，四哥，咱们要不到上书房看看？"

我自然赞成。老四沉吟了一下："咱们可别一块儿去，那样事儿僵了就没回旋的余地了。"

我笑："有理。"心里明白他不想同去的原因，他与老十四的看法本就南辕北辙，求情的目的当然也不一样，去了别兄弟两个再争起来，当然，老十三这里需要个人照应也是真的。

我和老十四刚走到上书房门口，三德子便出来拦住了我们，将我俩拉到一个没人的拐角，压低了声音："兵部尚书马大人在里面呢。"

老马已然辞官，今日到这里一定也是为了十三弟的事。三德子笑道："说来也巧，皇上正想派人去叫马大人，马大人倒来了。"我陪着一笑。三德子也站在外面，看来这次谈话皇阿玛是不想任何人听见的。

老十四伸长脖子看了一下："也不知谈些什么。"

我拍拍他的肩,让他少安忽躁。

他四下转转,又问："也不知老马来到底为什么。"

我摸了摸下巴上刚刚冒出的胡须尖儿："也不外乎两样,不是好事,就是坏事。"

"三哥心中的好与坏是什么样的?"他似笑非笑。这小子试探我。

我一笑:"好与坏本就没有明显的区分,这与福祸原没两样啊。有些事现在看是不好,但时间久了,再回头看,也未必就是坏事。"

三德子呵呵地陪着笑,老十四看了我一眼,似是不太明白。这小子,终究还是太年轻了。

"哟,马大人出来了。"三德子忽然说,急急地迎了上去,"大人,您这就回去了?"

老马勉强笑道:"不回去在这里做什么?"他给我们兄弟打了个千,"老臣就不陪王爷和贝勒爷啦。"

老十四笑道:"老马,你何必这样着急,到底十三哥的事怎样了?"

老马道:"皇上疼爱儿女之心与百姓是没有两样的,十三爷马上就要被赦免了,十四爷放心。"他说完转身便走。

我一把拉住他:"老马。"

他回头冲我抱了抱拳:"老臣要赶着回去,家里还有一堆的事,少陪了。"老头今天有些怪。

老马一走,三德子也急着回去伺候皇上,我请他代为转达我与老十四求见的意思。不一会儿,皇上果真召见我们兄弟。

然而我们刚请了安,还未来得及开口,皇阿玛便道:"你们来的意思我都明白了,我已派人去让老十三起来了。你们也跪安吧。"

我一头雾水,既然如此,皇上何必接见我们兄弟?来到养心殿门前,老十三与老四已然离去。"两位主子到永和宫去啦。"小太监说,我顾不得多问,又拉老十四往永和宫赶。

然而,刚刚走到了永和宫甬道口,便看到前面有两个人影。老十四捅了我一下:"是四哥与十三哥。"

这两人呆呆地站着,确切地说,是老十三呆呆地站着,老四只是陪他,不过看老四的表情倒像卸下个大包袱似的。老十四刚想开口,老四摇了摇手。

这时,一个小宫女急匆匆地从永和宫里出来,手中捧了个小匣子。老十四叫住她:"红湘,你要去哪里?"

小宫女急急忙忙地行个礼:"清华格格将娘娘给的赏赐忘记了。"一边说一边

第二十一章
皈依佛门

就想走。

老十三忽地冷笑:"她人都走了,还会要你皇家的赏赐吗?"

小宫女吓了一跳,没敢说话,脚下却也迈不开步了。老四向她使个眼色:"快去,这会子格格还没出宫门。"

小宫女不敢耽搁,连忙跑了,她大约是想快些脱离这个是非之地吧?

那么清华呢?

尾　声

　　碧云专程登门告辞。三福晋和凤可都非常热情,一再让她安定下来了来信,又询问阿九的情况。饶是碧云平日里口齿伶俐,这会儿也没法应付了。主人告别完了,又有菊香、秀儿等一干丫头,更是又哭又笑,吵得我头都疼了。知道的是认识了十几天的姐妹,不知道的还以为骨肉分离呢。我在旁边好笑,女人真是天生会演戏。

　　我今儿上朝时已经听说了,老马举家外迁,碧云也要跟着去。至于地点,大概是九姨太的老家金陵。难得老马一大家子居然能够如此齐心,马太太强硬了一辈子,最后还是从夫了。

　　我的心里有些空落落的。

　　碧云终于一一都道了别,赠完礼物打算出门,三福晋和凤可非让我代表她们送碧云到十里长亭。碧云一再说不用了,但架不住三福晋和凤可的热情,只能作罢。

　　和碧云一起坐上马车,我真的有些伤感。这样聪慧的女子为我平生仅见,今日一别,再相遇真不知何年何月了。

　　碧云还在抹眼泪,而且还将泪水抹在一条非常精美的帕子上。我撇撇嘴:"快将泪收起来吧,真有那么伤心就不要走好了。"她愕然地看着我,我赶紧指指她手里的帕子:"瞧瞧,帕子都脏了。"

　　碧云低声道:"爷又不是女人,哪知道女人的心思!"不过,她倒也不再哭了,看看帕子上又是鼻涕又是泪的, 便重新拿一条新的出来,那条脏了的准备收起来。

　　我皱眉:"这么脏,你还放在包袱里?"

　　她讶异:"那放哪里?"

　　"这儿,这儿。"我随意指了一下车厢角落。碧云看看我没说话,我伸手抢过来扔在边上。碧云瞪了我一眼,不过也没说什么。

　　我掩饰着自己的窘态:"一会儿我帮你扔掉。"这话竟让她的嘴角露出一丝笑

尾　声

意,我更局促了,莫非这丫头已猜中了我的心思?我不过是想留个念想罢了。我轻咳了一声,故意转移话题:"爷怎么不明白女人?我家里那么多,环肥燕瘦,差不多各种类型的女人都全了,她们喜欢什么,讨厌什么,脑子里想什么,我都知道,我还不够了解?"

碧云笑道:"对对对,爷已阅遍天下秀色了嘛,什么不懂呢!"她的眼中闪过一丝戏谑之色。

这味儿我怎么听着不对,怎么有一点……?

我摸了摸下巴:"是不是有点酸了?"

碧云斜了我一眼:"说什么呢,您可是位王爷。"她转过脸不再说话。见她这冷冰冰的样子,我暗自叹气,恨不得将刚才的话收回来。正在懊丧不已,碧云轻声说:"奴婢明白您的意思。"

"哦?"我心头一喜,"那你说说看。"

碧云摇头:"有些事不说比说好。"

我不禁泄气,弄了半天还是这样,难道要我开口请她留下来吗?我可不是十三弟,没有那样的耐心,更没那样的热情。再说了我请大概她也不会留下的。见她漫不经心的样子,我又忍不住说:"其实还有一种女人是我没见识过的。"她依旧不说话,我只得又接着说下去,"就是你家这样的女人。"

她看着我。

我已不管后果了:"你家的女人都是铁石心肠。"碧云的眉已开始倒竖,我只当没看见,"你知道十三弟为了阿九准备放弃的是什么?就这样阿九都不动心,还是抛下十三弟走了,千年寒冰都没有她的心冷。"

碧云笑了:"爷说的是这个?爷怎么知道阿九就是铁石心肠呢?"她忽然叹口气,"其实正是因为知道十三爷将要放弃的是什么,阿九才不愿留下。她不想十三爷为她放弃,难道这也有错吗?"

我当然知道清华没有错,可如今面对碧云,我心中无来由的生气:"好,就算她走是成全十三弟,那她为什么要对十三弟说她从来没有爱过他?难道留一点余地都不行?就算走也没必要走得如此绝情吧!"

"阿九这样说了吗?"她看着我。

我心道,又来了,故作失忆。

"你忘了那天在永和宫门外,阿九亲口对十三弟说的,你、老四都在场,这可没法赖了吧?你不要说你没听见。你可知道你们走后,十三爷伤心成什么样子,到今儿还在床上躺着呢。"

格格不嫁

　　我可不是危言耸听,那天老十三心痛不已,是我、老四和十四弟费了很大劲儿才将他弄进永和宫的。这一次,他是真的饭不吃,话不讲,躺在床上痴了一般,太医也束手无策,娘娘的眼泪更是流得可以用盆装了。昨儿我让三福晋去永和宫探望,还仍在床上,没有起色呢。

　　"听见了又怎么?"碧云哼了一声。这丫头脸皮真够厚的,我都当面揭穿她了,她居然还这样无所谓。

　　我冷笑:"那你刚才又那样说。"

　　碧云反问:"阿九那天是怎么说的?"

　　我嘿嘿一笑,"碧云丫头,清华的原话我都记得一字不差。"

　　她摇了摇头:"成,那请王爷赐教吧!"

　　我不禁冷笑,她这是不见棺材不掉泪呀。我清了清嗓子:"你妹妹说,'清华从来没有对十三爷动过真情!'"

　　碧云叹着气。这什么意思,难道我说得不对,或者这丫头又要耍诈?

　　"这句话我到死都会记得,肯定不会错。"我不容置疑地加了一句。

　　碧云淡淡地:"奴婢可没说王爷错了。"

　　没说错,那她是什么意思?看着她那有些轻视的眼神,我忽然明白了这句话的真正含意。皆因我们平日清华清华地叫惯了,竟忘记世上本来就没有清华这个人,她怎么能对十三弟动真情呢?清华没有动过情,那么阿九呢?

　　"难道,难道……"我无法再说下去,心里忽然有些疼痛。这是怎样的女子,她已牺牲到无我的境地,我竟还在这里误会她。

　　碧云黯然道:"她怎么说得出如此伤心的话!"

　　是很伤心,伤了老十三,也伤了阿九自己。阿九明白老十三以后会登上九五之尊的宝座,也明白自己的经历无法母仪天下。她留下,只能令他失去天下,她离开,他却能得到整个江山。老十三的痴情,人人皆知;阿九的痴情,又有谁明白?

　　这个女孩子,到底为老十三做出了怎样的牺牲?皇家需要她时,她义无反顾地答应留下;皇家不需要她了,她又毫无怨言地立即走开。如果当初按她母亲的安排,她可以神不知鬼不觉地将自己隐藏起来,谁也找不到她。如今,她已暴露在世人面前,难道她不知道现在离开京城自己随时都有被杀害的可能吗?或者正如当初老十四所想的那样,心死了,人到哪里都一样吧。

　　我现在也理解了碧云。她为了保护妹妹,宁愿共涉险境,舍弃光明前程。我不禁汗颜,我辈大丈夫尚不如一个弱女子,还有何脸面在人前谈经论道?

　　几匹马飞奔着超过我们的车,马受了惊原地连打几个圈儿,我和碧云被甩得

尾 声

东倒西歪,好不容易才坐稳身子,碧云已吓得脸色煞白,不知何时倒在我怀里了。见我看她,小脸涨得通红,赶紧坐正身子,尽可能离我远些。我不禁好笑,原来她也有娇羞的时候,又后悔刚刚没有好好一亲芳泽。

何顺儿在外面叫:"爷,你没事吧?"

我掀开窗帘:"怎么回事?"

"回爷的话,是四爷与十三爷的马惊到了咱的马。"

我以为自己听错了:"你说什么,老四和老十三? 老十三能下床了?"

碧云这时也不淡定了:"十三爷? 他来做什么?"她的不安感染了我。我笑笑:"不会有事的。"她若有所思地摇摇头。

车飞奔起来,我和碧云紧张地扶着车把。其实我知道,去与不去都不会有什么改变。老十三既然能飞马前来,谁还能改变他的主意?

车队停在路边,除了阿九几乎所有人都站在路上。不过人虽多,却很安静,就连一向强势的老马太太都不声不响地待在一边。

一辆车前,黄妈和老马各站在一边。十三弟一只手把着车辕,颓丧无比,老四是他的护卫,与老马一方成为两两相对的势态,看来已僵持了一会。见我们来了,老马像是遇到了救星:"三爷,您快劝十三爷回去,阿九是不可能下车的。"

我还没来得及开口,十三弟便道:"三哥你别劝我,除非清华跟我回去,否则我在路上站一辈子。"

这是什么话! 我看看老四,老四也是一脸无奈。

老马叹口气:"十三爷您还是回去吧,阿九如果愿意留下早就留下了,又何必再来强求?"他一边语重心长地说着,一边试图将老十三的手扒开,可哪里扒得动? 老马试了几次没有成功,干脆放弃,一撩袍子跪在地上:"老臣跪请十三爷回驾!"十三弟根本不为所动:"大人,您今儿再跪也没用了,说破天我也不会放清华离开。"我和老四赶紧架起老马,老十三这小子真够狠的,别再让老头儿跪出什么好歹来。

碧云走上前站在自己母亲身边。老十三见她犹如救星:"碧云姐姐,你帮我劝一劝清华。"

碧云笑道:"十三爷,得之是幸,不得是命。阿九的心意早就说得明明白白,奴婢如何能够劝得动她?"

十三弟不禁笑了:"好,你也说她说得明明白白的,那就更加应当劝她下车。难不成你比我还痴呆,到如今还不明白她的话中之意吗?"

格格不嫁

　　这小子何意,难道他已明白了阿九话中的真情?我看看老四,老四再次无奈地笑。看来德妃娘娘又投降了,老四这是被迫跟着做说客来的。

　　碧云神色古怪之极,略沉吟了一下,与自己的母亲耳语了几句。黄妈惊讶不已,她回首看看车门犹豫不决,最终被女儿拖到另一边。十三弟拱了拱手,又指指车子,意思想要碧云开口说情,碧云摇摇头。

　　老马的脸色很不好看,瞪了碧云一眼,碧云苦笑。老马拦住老十三不让他掀车帘:"还是算啦,难道十三爷要小女终身都没名份吗?"

　　老马这又是什么意思?

　　老四上前打哈哈:"老马,你想多啦,娘娘特地要我来与你和太太道歉,原是她那天说话欠妥,你不要放在心上。"他推心置腹,"令爱是你的掌上明珠,皇上和娘娘自然也很看重她,如今皇上已收回成命了。"

　　老头露出一丝喜色:"莫非?"

　　老四点头:"就按那日皇阿玛与大人说的,让他们共结连理吧。"

　　老头呆了一呆,脸上的喜色没有了:"这不妥,小女可承担不起千年的骂名。"

　　我恍然大悟,皇上最终还是答应了老十三的要求,但也相应地夺取了他今后的一切,大概到死他只能做个阿哥,他的孩子更是没有世袭的资格,难怪老马会拒绝。

　　老十三赔笑:"大人,所有过错都由我来承担,与阿九无关。"

　　老马坚决地摇头。老四笑道:"大人是不是太武断了,为何不听听阿九自己的意见?"

　　"小女的心意老夫自然明白。"老马想也没想就答道,又向家人叫道,"都上车,准备出发。"

　　老十三拦住他:"大人……"

　　老四也道:"大人,你让令爱亲自说句话又有何不可?"

　　老马哼了一下:"王爷,阿九是不会说什么的,不信,你们可以问。"

　　老十三叫道:"阿九,你说句话呀!"车中无人出声。

　　我不禁心生疑惑,我们来了半天车中一直没有任何动静,莫非阿九不在车中?我看着碧云,碧云一笑,我的心定了一些。

　　老四道:"大人,您就让阿九亲自开个口,我这弟弟也就不坚持了。"看来,他也有与我先前一样的疑问。

　　老马似乎对这种疑问很不屑:"丫头,你说句话,是跟阿玛走还是跟十三爷走?"

尾 声

"跟阿玛走。"我们总算听见了阿九的声音。

老十三几乎扑到车前："阿九,你下来,我只与你说一句话……"车中又再次归于沉寂。

老马看着老四："王爷听到了啦,可以放我们一家人走了吧!"

老四干笑了一声："嘻,跟谁走还不是一样,只要大人答应了此婚事,大家的方向都是一样的。"真没想到,老四还能这样给自己找台阶。

阿九的话并没有打破僵局,事情似是没有任何进展。

时间一点一点过去,太阳已快落到西山背后了。我打破沉寂:"老马,我看先回城,什么事明儿再说。"

老马断然拒绝:"可别了,三爷,老夫这一大家子的出门不容易,京里的房子我们都顶出去了,回去可没地儿住。"

我笑了,使劲一拍他的肩膀:"老马你说笑呢,我那儿,雍亲王府,哪里不能住下你这几十口人? 再不济,老十三那儿能全腾出来给你们,你们爱住多久住多久。都是自己人,什么不好商量。"我一边说一边给大家使眼色,让小厮们上前赶车往回走。

老马这老狐狸早看出我的企图,赶紧拦住我:"老夫是看了黄历出门的,好不容易挑了今天。"

"那就再挑个好日子。"

"罢了,王爷,老夫父女要在城里再待几日,出点事儿可承担不了责任。"

我拉住他连说带笑:"得了,老马,别跟我这儿打哈哈,咱俩几十年的交情,这面子你也不卖么? 谁敢说这种话,我老三先跳出来替你骂他。"

老马似笑非笑:"这可是您三爷说的。"一边的老四不禁有些讪讪的,我恍然大悟,老马这火气不是没有来由,八成那话是老四母子说的,这样我还真不敢骂。

老马敲敲车门:"丫头,王爷都说到这地步了,你也发个话,阿玛都听你的。"

车中传出一个淡然的声音,是阿九:"不用了,王爷,阿九今天是一定要走的。"

我暗自叹气。十三弟还真是没用,阿九一介女流,你把她拖下车还怕她不跟你回去?

此时,老四出声了:"阿九,我可以说几句吗?"

"雍亲王请讲。"

"大家都知道,本王是一直不赞成这门亲事的,可是……阿九,如果一个女人对为了她肯放弃皇位的人还不愿嫁的话,真的太傻了。你不要说这是为了成全他,他得到天下,心里却不快活,要天下做什么? 如果你是因为害怕,担心自己承担不起让他放弃江山的责任,承担不起他这样的感情,那你就走,我会拉老十三回去。但我也要明确告诉你,你走了肯定会后悔的。走与不走,都由你自己决定。留下,虽没有江山,却有快乐;走了,有了江山,但多了两个心碎的人。"老四说完,拉开老十三站到路边。

　　这话说得我鼻根酸酸的,碧云又开始抹泪了。实在意外呀,我那一向冷静的四弟居然会说出这番动人的话来,真是士别三日,刮目相看。

　　车内的阿九依旧没有动静。这安静令人窒息,我都开始绝望了,同样绝望的还有我的两个兄弟。我正准备开口叫上大家回去,一只纤手轻轻挑起了车帘,阿九慢慢从车里探出脸来,嫣然一笑。刹那间,天地万物都为之黯淡。

　　我忽然觉得,全天下所有的男人都会做与十三弟一样的选择。